୨୦୦୫ ପ୍ରଥମ ଶିବରାମ ପାତ୍ର ସ୍ମୃତି ସମ୍ମାନ
୨୦୦୮ ଓଡ଼ିଶା ସାହିତ୍ୟ ଏକାଡ଼େମୀ ପୁରସ୍କାର

ସମୁଦ୍ର ମଣିଷ

(ବାସ୍ତବତାର କଥୋପନ୍ୟାସ)

ସମୁଦ୍ର ମଣିଷ

(ବାସ୍ତବତାର କଥୋପନ୍ୟାସ)

ଭୀମ ପୃଷ୍ଟି

BLACK EAGLE BOOKS

Dublin, USA | Bhubaneswar India

ସମୁଦ୍ର ମଣିଷ (ବାସ୍ତବତାର କଥୋପନ୍ୟାସ) / ଭୀମ ପୃଷ୍ଟି

 BLACK EAGLE BOOKS

USA address:
7464 Wisdom Lane
Dublin, OH 43016

India address:
E/312, Trident Galaxy, Kalinga Nagar,
Bhubaneswar-751003, Odisha, India

E-mail: info@blackeaglebooks.org
Website: www.blackeaglebooks.org

1st Edition 2006, 2nd Edition 2011

First International Edition Published by
BLACK EAGLE BOOKS, 2024

SAMUDRA MANISA
(The real life fiction)
by **Bhima Prusty**

Cover & Interior Design: Ezy's Publication

ISBN- 978-1-64560-561-4 (Paperback)

Printed in the United States of America

ଚାଂଦବାଲି ବାଲିଗାଁର ସ୍କୁଲକୁ........

ନିର୍ଦ୍ଧୂମ ଖରାବେଳେ

ନିର୍ଦ୍ଧୂମ ଖରାବେଳେ ସେ ଘରୁ ବାହାରିପଡ଼େ।

ପ୍ରଥମେ ବାଲିହୁଡ଼ା ପଡ଼େ। ତାଳଗଛ ଉଚ୍ଚର ବାଲିହୁଡ଼ା। ବୁଦ୍‌ବୁଦକିଆ ଝାଉଁ, କଣ୍ଟାବୁଦା। ବାଲିହୁଡ଼ାରେ ଥିଲା ମୋର ପ୍ରଥମ ଘର ! ଜୁହାରିଆ ଲହରି ମାଡ଼ରେ ନିର୍ଦ୍ଧୂମ ରାତିରେ ବାଲିହୁଡ଼ାରୁ ଖସ୍ ଖସ୍ ଖସେ ବାଲି। ଖାଇ ଖାଇ ଆସିଲା ଘର ଡିହ। ମାଟି ପିଣ୍ଡା, ନୁଆଣିଆ ନଡ଼ା, ତାଳବରଡ଼ା ଛପର ଘର। ମୋର ପ୍ରଥମ ଘର ।

ସେହି ବାଲିହୁଡ଼ାରେ ସେ ଅଣ୍ଟା ସଳଖ କରି ଛିଡ଼ା ହୁଏ। ଏମିତି ବିଡ଼୍ ବିଡ଼୍ ହୁଏ । ମନେ ହେଉଥାଏ ତ ଯେପରି କାହା ସହ କଥାବାର୍ତ୍ତା କରି କହୁଥାଏ।

ସେ ବାଲିହୁଡ଼ାରୁ ତଳକୁ ଓହ୍ଲାଏ। ଭୁଷା କଳା ବାଲି। ଏଣେ ତେଣେ ପାଞ୍ଚ ଦଶଟା ମଲା କଇଁଛର ଲାସ୍ ପଡ଼ିଥାଏ। ବାଲି ଉପରେ ଗୋଟେ ଜାଗାରେ ନଥ୍ କରି ବସିଯାଏ।

– ଏଇଠି ଥିଲା ଆମର ପ୍ରଥମ ଘର । ଜେଜେଙ୍କ ଘର। ଏ ଘରେ ଜନ୍ମ ହୋଇଥିଲା ମୋ ବାପା । ଏଇଟା ଥିଲା ମୋର ପିଲାଦିନର ଘର। ନୁଆଣିଆ କୁଟା ଛାଆଁଣୀ ଘର। ଚଉଡ଼ା ମାଟି ବାରଣ୍ଡା। ଏଇଠି ଜେଜେ ବସି ହେଁସ ବୁଣୁଥିଲେ ଓ ସେପାଖରେ ଗାଈଗୁହାଳ, ହେଇ.... ସେ ପାଖରେ ଗୋଟେ ଗାଡ଼ିଆ ଥିଲା। ଭାରି ଖାରିଆ ପାଣି। ହେଲେ ବାଗ୍‌ଦା ଚୁଙ୍ଗୁଡ଼ି ଭଲ ବଢ଼େ। ଘରେ ଶୀତ ଦିନେ କଙ୍କଡ଼ା ଝୋଳ ହୁଏ। ସୁନେଇ ରୂପେଇ ଜଙ୍ଗଲରୁ ଯଦି ଚଢ଼େଇ ବାପା ଧରି ଆଣୁଥିଲେ, ସେଦିନ ତ ଘରେ ଭୋଜି।

ସେ ସେଇଠି ମଧ୍ୟ ବେଶି ସମୟ ବସିପାରେନା। ତାକୁ ଯେପରି ତାଳଗଛ ଡାକୁଥିଲା, ଆମ୍ବଗଛ ଡାକୁଥିଲା, ତୋଟା ଡାକୁଥିଲା, ସେ ଆଗକୁ ଚାଲେ। ଚାଲୁ ଚାଲୁ ବିଡ଼୍‌ବିଡ଼୍ ହେଉଥାଏ।

ଏଇଟା ଥିଲା ଆମ ତୋଟା । ଥିଲା ଗୋଟେ ମସ୍ତ ବରଓସ୍ତ କୁଣ୍ଡାକୁଣ୍ଡି ଗଛ । କେତେ ପ୍ରକାର ଖେଳ। ଗଛକୁ ନେଇ ଏତେ ଖେଳ ପୁଣି ଥାଏ ? ଖଜୁରୀ ଗଛର କଣ୍ଟାଝଣ୍ଟା ଜଣାପଡ଼େନା, ଯେତେବେଳେ ତୋଳାଯାଏ ଖଜୁରୀ କୋଳି। ଏହି ଏଠି ବାଲିରେ ଗୋଟେ କଳା ମଲା ଗଛ ଚେରର ଗୋଇଠି ଦେଖାଯାଉଛି, ସେଇଟା ଥିଲା ଗୋଟେ ମୋଟାସୋଟା ବଢ଼ିଆ ଜାମୁଗଛ। ଜାମୁକୋଳି ଭଳି କୋଳି ନାହିଁ।

କାହାକୁ ବିଶ୍ୱାସ ଜଣାଇଲା ଭଳି ସେ ଗୁଣ୍‌ଗୁଣ୍ ହେଉଥାଏ। ଗୋଟିଏ ଗୋଟିଏ ଆଗେଇ ଚାଲୁଥାଏ। ସମୁଦ୍ର ଢେଉରେ ଖରାବେଳର ସୂର୍ଯ୍ୟ ଝଲ୍‌ସୁଥାଏ। ସେ ସମୁଦ୍ରକୁ ମୁହଁ କରି ନିରିଖେଇ ଦେଖେ, ପରଳ ପଡ଼ି ଆସିଥିବା ଆଖିକୁ ସମୁଦ୍ର ଦିଶେ ଥଲଥଲ ନେଳି କଲିଜା ଭଳି ଧକ୍ ଧକ୍।

–ଓ ସେହି ଛୋଟ ଢେଉ ପାଖରେ ଥିଲା ଆମ ଗାଁ ଦାଣ୍ଡ। ଅଂକାଣି ବଂକାଣି। ଦୁଇ ପାଖରେ ଗେଞ୍ଜାଗେଞ୍ଜି ଘରଟିମାନ । ତା'ଭିତରେ ଭିତରେ ଥିଲା ନଡ଼ିଆ ଗଛଟିମାନ । ବହୁତ ପୁରୁଣା। ବହୁତ ଉଚ୍ଚ। ଯେଉଁଠି ବଡ଼ ଢେଉଟି ଭାଙ୍ଗିଗଲା – ସେଇଠି ଚାଟଶାଳୀ ଘର। ସଭା ଘର। ବୈଠକୀ ଘର, କେତେ ନାଇଁ କେତେ ଘର।

ଯେଉଁଠି ସମୁଦ୍ର ଆକାଶ ମିଶିଛି ସେଇଠି କେଉଁଠି ଗାଁଠୁ ଦୂରରେ ଥିଲା ମୋ'ମାମୁଁ ଘର। କୁଆଡ଼େ ଗଲା ମାମୁଁ ଘର ? ମାମୁଁ ମାଇଁ ଆଉ ଅଜା ? କୁଆଡ଼େ ଗଲେ ସାତଭାୟାର ସାତ ସାତଟା ଗାଁରୁ ପାଞ୍ଚଟା ଗାଁର ଲୋକ ?

ସେ ବିଡ଼୍ ବିଡ଼୍ ହେଉଥାଏ ନା ଗୋଟେ ଦେହଜ ମନ୍ତ୍ରକୁ ଗୁଣ୍‌ଗୁଣେଇ ହେଉଥାଏ ? ନିର୍ଦ୍ଧୂମ ଖରାବେଳେ ସେ ଘର ଭିତରେ ଚଇନି ହୋଇ ବସିପାରେନା। ତାକୁ ଡାକୁଥାଏ ତା'ବାପାର ଘର। ତା ଜନ୍ମ ଥାନ। ଷଠୀଦୁଷୀ ଯେଉଁଠି ଥିଲା, ଡାକୁଥାଏ ତା' ଜେଜେ ଘର । ଯେଉଁଠି ମୁରବୀ ଓ ଗାରିମାରେ ମସଗୁଲ ଥିଲା ତା'ପିଲାଦିନ । ଧୂଳି ଖେଳର ଦାଣ୍ଡ । ବୁଲା ବାଆଟିଆ। ଖେଳ ଓ ଯୁଦ୍ଧର ସବୁଜ ଦିନ। ମାମୁଁ ଘର ଗାଁ।

ପାଦ ପାଖରେ ପହଞ୍ଚିଲାଣି ସମୁଦ୍ର। ଉଜୁଡ଼ି ଯାଇଛି ସବୁ। ଖାଇ ଶେଷ କରି ଦେଇଛି ସମୁଦ୍ର – ତା'ମାମୁଁ ଘର, ଜେଜେ ଘର, ବାପାଙ୍କ ଘର। ତଥାପି ସେ ନିର୍ଦ୍ଧୂମ ପବନ ହାତଟିମାନ ଦେଖାଯାଏ । ଠାରି ଡାକୁଥାନ୍ତି ଆ'ଆ'। ସେ କେଉଁ କାପାଳିକର ଅଶରୀର ପେଷଣ ଭଳି ସେୟାଡ଼େ ଯାଏ। ସେଇ ସବୁ ଜାଗାମାନଙ୍କରେ ପହଞ୍ଚିଗଲେ –କେଉଁଠି ଥାଏ ଭଙ୍ଗା ଅଣ୍ଟାର ତାକତ – ଗୋଡ଼କୁ ସଚଳ କରି ଚଳେଇ ନେଇଯାଏ। କେଉଁଠି ଥାଏ ସ୍ମୃତିର ଏତେ ତେଜ ? ଗୋଟେ ବଧିର କାନରେ ଶୁଭିଯାଏ – ଯେତେ ସବୁ ହଜେଇ ଦେଇଥିବା ଶବ୍ଦ ଓ ସମ୍ବୋଧନ। ମେଜିକ୍ ଭଳି ଚଅଁରିଯାଏ ଆଖିରେ

ତାକତ୍। ପରଳ ପଡ଼ି ଆସିଥିବା ପୁଅ ତୋଳା କୁହୁଡ଼ି ଛେଦି ଖେପିଯାଏ ଏଣେତେଣେ। ସାଉଁଟି ଖୋଜି ଲୋଡ଼ି ହୁଏ ପାଣି ମାଡ଼ିଯାଇଥିବା ଘରଦ୍ୱାର, ରାସ୍ତାଘାଟ। ତୋଟା ଗଛବୃଛ।

ଯେତେବେଳେ ସୂର୍ଯ୍ୟ ମା' କୋଳକୁ ଗଡ଼େ। ହେନ୍ତାଳ ବଣୁଆ ଚଢ଼େଇର ଶେଷ ଚକ୍କରରେ ଖିନ୍‌ଭିନ୍ ହେଉଥାଏ ଆକାଶ। ସମୁଦ୍ର ଢେଉରେ କିଏ ଢାଳି ଦେଇ ଥାଏ ଗେରୁଆ ଗେରୁଆ ଶେଷ ଦିନର ଜୀବନ। କାନପୁର ଗାଁ ଭିତରକୁ ମୁହଁ ସଂଜ ପଶି ଆସିଲା ବେଳକୁ ସେ ସମୁଦ୍ରକୁ ପଛ କରେ। ସମୁଦ୍ର ବାଲି ଟପି, ବାଲିହୁଡ଼ାରେ ଉଠି, ପାଦଚଲା ରାସ୍ତାରେ ଆସି ପଞ୍ଚୁବରାହୀ ମନ୍ଦିର ବେଢ଼ା ଭିତରେ ପହଞ୍ଚେ।

ସେତେବେଳକୁ ମନ୍ଦିରରେ ଆରମ୍ଭ ହୋଇ ଯାଇଥାଏ ସନ୍ଧ୍ୟା ଆଳତି। ପାଞ୍ଚପାଞ୍ଚଟା କସ୍ତା ରଙ୍ଗୀନ ଶାଢ଼ୀ ପିନ୍ଧା ମାର୍ତ୍ତଣ୍ଡ ପଞ୍ଚୁବରାହୀ ମୂର୍ତ୍ତି ସାମ୍ନାରେ ପୂଜାରୁଣୀ ଝୁଲିଝୁଲି ବରାହୀ ମା'ଙ୍କ ସାମ୍ନାରେ ଆଳତି ହଲାଉଥାଏ। ଝୁଣାଧୂଆଁର କୁହୁଡ଼ି ଭିତରେ ମନ୍ଦିର ଭିତର ଲାଗୁଥାଏ ଭୌତିକ। ମନ୍ଦିର ବାହାରେ ସାତଭାୟାର କେତେକ କୀର୍ତ୍ତନୀୟା ନିଜ ଭିତରେ ବାଜି ଲଗାଇଲା ଭଳି ସ୍ୱରରେ ଗାଉଥାନ୍ତି ଭଜନ। ବାଜୁଥାଏ ମୃଦଙ୍ଗ, ଝାଞ୍ଜ। ମନ୍ଦିର ଭିତରେ ଧୁମ୍‌ଧୁମ୍ କରି ବାଜୁଥାଏ ବଡ଼ ବାଜା, ଆଉ ଜଣେ ନିଜକୁ ଦୋହଲାଇ ଦୋହଲାଇ ଗୋଟିଏ ତାଳରେ ପିଟି ଚାଲିଥାଏ ଘଣ୍ଟା।

ସେହି ସମୟ ଟିକକରେ, ପଞ୍ଚୁବରାହୀ ମନ୍ଦିର ବେଢ଼ା ଭିତରେ, ଗୋଟେ ଉଜୁଡ଼ା ପିଛିଲା ଜୀବନକୁ ସମୁଦ୍ର କୂଳରୁ ଦେଖି ଫେରିଥିବା ତା'ମନ ଭିତରେ ଯେପରି ତିଆରି ହୁଏ ଗୋଟେ ଭାବାନ୍ତର। କାଳିସୀ ଲାଗିଲା ଭଳି ଯେପରି ଗୋଟେ ଭାବବୋଧ ତାକୁ ଆଚ୍ଛନ୍ନ କରିପକାଏ– କାହିଁ କେତେ ପୁରୁଷ ଧରି ଲମ୍ବା ବୁନିଆଦି । ତା'ବାପା। ତା'ବାପା । ତା' ବାପା। କୁଆଡ଼େ ଗଲେ ସେମାନେ। ସେ କେବଳ ଗୋଟେ ନଡ଼ା ବନ୍ଧା ମଣିଷ ଭଳି ବଂଚି ରହିଛି ଆଉ କେତେ ଦିନ ପାଇଁ, ଖାସ୍ ମରିଯିବା ପାଇଁ।

ତା' ଜେଜେ ଥିଲେ ସାତଟା ଗାଁର ମୁରବୀ। ଜେଜେ ଅନ୍ତେ, ବାପାଙ୍କ ଭାଗକୁ ପଡ଼ିଲା ପାଞ୍ଚଟା ଗାଁ। ଦୁଇଟା ଗାଁକୁ ସମୁଦ୍ର ଚଳୁ କରିଦେଲା। ବାପାଙ୍କ ପରେ ତା'ଭାଗରେ ପଡ଼ିଛି ଦୁଇଟି ଗାଁ। କାନପୁର, ସାତଭାୟା। ଆଉ କେଇଟା ବର୍ଷ ପରେ, ଏ ଦୁଇଟା ଗାଁକୁ ବି ଖାଇଯିବ ସମୁଦ୍ର। ଲୋକେ କେ କୁଆଡ଼େ ପଳେଇବେ। କେତେଜଣ ବି ଲାସ୍ ହୋଇ ସମୁଦ୍ରରେ ଭାସିବେ। ସେ ବିପ୍ଲାତରେ ବି କ'ଣ ପଞ୍ଚୁବରାହୀ ମନ୍ଦିର ତିଷ୍ଠିବ ? ସବୁ ଭୁଷୁଡ଼ି ପଡ଼ିବ। ଯେମିତି ଖସ୍ ଖସ୍ କରି ମିଳେଇ ଯାଏ ତା'ର ବୁନିଆଦି। ସାତଟା ଗାଁର ନିଶ୍ଚିହ୍ନ ଇତିହାସ। ସେମିତି ମିଳେଇ ଯିବେ ଠାକୁର ଠାକୁରାଣୀ।

ତା'ଭିତରୁ ଯେପରି ଗୋଟେ କୋହ ମାଡ଼ିଆସେ। ଆଳତି, କୀର୍ତ୍ତନ ଭଜନ

ଜଣାଣ ଭିତରେ ସେ ଶାଂକୁଡ଼ି ମାଂକୁଡ଼ି ମୋଡ଼ିମାଡ଼ି ହୋଇଯାଏ। ସେ ଦୂରେଇ ଆସେ କୀର୍ତ୍ତନୀୟାଂକ ପଙ୍ଗତରୁ । ମନ୍ଦିରର ଆଳତିର ଗହଳି ଚହଳି ଉପାସନାରୁ। ମନ୍ଦିର ଫାଙ୍କ ପାଖ ଅନ୍ଧାରିଆ ଜାଗାରେ ଛିଡ଼ା ହୁଏ। ଆଖିରେ ଯେପରି ତା'ର ଚଅଁରୁ ଥାଏ ନିଆଁ। ପେଜୁଆ ଲେଂଜଡ଼ା ଆଖିରୁ ଗଡ଼ି ଆସେ ଲୁହ। ଝିଣ୍ ଝିଣେଇ ଉଠେ ଅଭିମାନ। ଢୋ ଢୋ କରି ମନ୍ଦିର କାନ୍ଥରେ ମୁଣ୍ଡ ପିଟି ଚିତ୍କାର କରେ– ''ମା ଲୋ ମା ! ପଞ୍ଚୁବରାହୀ ତୁମେ ପାଞ୍ଚ ଭଉଣୀ। ଏସବୁ ତୁମରି ଲୀଳା ଲୋ ମା' ! ହେ ମା' ପଞ୍ଚୁବରାହୀ, ହେ ମା' ବିମ୍ବଳେଇ, ମା କମଳେଇ ଲୋ ମା' ଜଂଜାଳି । ହେ ମା' ବାଟକୁମାରୀ ! ତୁମମାନଙ୍କ ବଡ଼ଭଉଣୀ– ଏ ଦରିଆ ସାତଟା ଗାଁରୁ ପାଞ୍ଚଟା ଗାଁକୁ ଖାଇଲାଣି। ପୁଣି ଏ ଦୁଇଟା ଗାଁରୁ କାନପୁର ଗାଁକୁ ଖାଇଲାଣି । ଏ ସାତଭାୟାକୁ ସାହା ହୋ ଲୋ ମା'। ସାତଭାୟାର ନାଁ ରଖ। ନିଜେ ଯୁଗଯୁଗ ଧରି ଏଠି ବିରାଜମାନ କରିଥା ଲୋ ମା । ଦରିଆ କୋପରୁ ଏ ଗାଁ ଦୁଇଟାକୁ ରକ୍ଷା କର ।''

ସେ ଭିତରେ କେତେବେଳୁ ମନ୍ଦିରର ଆଳତି ଶେଷ ହୋଇ ଯାଇଥାଏ । ବନ୍ଦ ହୋଇ ଯାଉଥିବା କୀର୍ତ୍ତନ, ମୃଦଙ୍ଗ, ବଡ଼ବାଜା, ଘଣ୍ଟାର କାନଫଟା ଶବ୍ଦ। କେବଳ ଅନ୍ଧାରରେ ସାତଭାୟା ପାଇଁ ତା'ର ପଞ୍ଚୁବରାହୀ ପଥର ମନ୍ଦିର ପାଖରେ ଲୁହର ଜଣାଣ ଚାଲିଥାଏ।

କୀର୍ତ୍ତନୀୟା ପଙ୍ଗତ ଭିତରୁ କିଏ ଜଣେ ଯାଏ, ତାକୁ ଜୋର୍ କରି ମନ୍ଦିର ସାମ୍ନାକୁ ଆଣେ। ପାଣି ପାଦୁକା ପିଆଏ। ସବୁଦିନ ଭଳି ସେହି ମୁଣ୍ଡ ପିଟୁଥିବା ଜାଗାରୁ ଝରୁଥାଏ ରକ୍ତ। ମୁହଁକୁ ମୁହଁ ଦିଶୁ ନଥିବା ରାସ୍ତା ଅଣ୍ଡାଳି ଶେଷକୁ ସେ ଫେରେ।

ସାରା ରାତି ଘୁ ଘୁ ଡାକୁଥାଏ। ନିତିଦିନିଆ ଝାଉଁ ବଣ, କିଆବୁଦାର ଆୱାଜ ଲଂଘି ହୁ ହୁ ଧୂଳିଝଡ଼ ମାଡ଼ିଆସେ। ଲଗାଲଗି ସାହିବସ୍ତିରୁ ଅଲଗା ନିରୋଳା ତା'ଝୁମ୍ପୁଡ଼ି ଭିତରେ ସେ ନିଶ୍ଚିନ୍ତରେ ଶୋଇଥାଏ। ରାତିରେ ସମୁଦ୍ରର ଜଳ–ନାଚ ସମୁଦ୍ର କୂଳରେ ଘର କରିଥିବା ଲୋକପାଇଁ କ'ଣ ବା କୌତୂହଳ ଥାଏ ? ରାତି ବଢ଼େ। ନିସ୍ତବ୍ଧତା ଭିତରେ ସମୁଦ୍ର ଗର୍ଜ୍ଜନ ବେଶୀ ବାରି ହୋଇପଡ଼େ। ବେଶୀ ବେଶୀ ଶୁଭେ ତା'ର ଘୁଂଘୁଡ଼ି । ସାରା ରାତି କବାଟ ରଖିଥାଏ ଦର ଆଉଜା। ସାରା ରାତି ତା' ନୁଆଣିଆ ଝୁମ୍ପୁଡ଼ି ଭିତରେ ଦିକିଦିକି ହୋଇ ଜଳୁଥାଏ ଗୋଟେ ଲଣ୍ଠନ।

ରାତି ପାହିଲେ ପାଖ ପଡ଼ୋଶୀ ଯେପରି ଲାଗୁଆ କରି ପଠେଇ ଦିଅନ୍ତି ନାଲି ଚା'ରୁ କଂସେ। ଅଧସେର ମୁଢ଼ି। ଖରାବେଳେ କେଉଁଠି ନା କେଉଁଠି। କାହାଘରୁ ଆସେ ପଖାଳ। କେବେ ଗରମ୍ ଭାତ। ଭଳିକି ଭଳି ତରକାରୀ ପାଞ୍ଚ ଘର, ପାଞ୍ଚ ମାଇପିଙ୍କ ହାତ ତିଆରି। କିଏ କିଏ ଆସନ୍ତି ପଚାରିବାକୁ – କାଲି ସକାଳ ଚା' ସେ ଦେବେ କିଏ କିଏ

ଜିଗର ଲଗାନ୍ତି – କାଲି ଖରାବେଳର ରନ୍ଧା ତା'ଘରେ ହେବ। ପ୍ରତିଦିନ ପଞ୍ଚୁବରାହୀ ଦେଉଳର ଖିରୀଭୋଗ ତାକୁ ମାନ୍ୟ ହିସାବରେ ମିଳେ । ସେ ତା' ଅଗଣାରେ ଖେଳୁଥିବା ପିଲାମାନଙ୍କୁ ଖିରୀଭୋଗ ବାଣ୍ଟି ଦିଏ। ରାତିରେ ସେ କିଛି ଖାଏନା। ସାତ୍ତ୍ୱିକତାରେ। ଉପବାସରେ ସେ ହେଜେ ଅତୀତ। ଦେଖେ ସାତଭାୟା ପାଇଁ ସ୍ୱପ୍ନ।

ସେ ଘରେ ଥିଲାବେଳେ କେହି ନା କେହି ଗାଁ ଲୋକ ଦଳେ ତାକୁ ବେଢ଼ି ବସିଥାନ୍ତି। ବିଡ଼ି ଟାଣୁଥାନ୍ତି। ସେ କେବଳ ସେମାନଙ୍କୁ ମନେ ପକେଇ ଦିଏ – ଦେଖରେ ପୁଅମାନେ ! ମୁଁ କ'ଣ କହିଥିଲି ସତ ହେଲା କି ନାହିଁ। କହିଥିଲି ନା ଏକସ୍ତୋରିରେ ବାତ୍ୟା ହେବ। ଗୋବିନ୍ଦପୁରର କ୍ଷତି ହେବ। ଗୁଡ଼ାଏ ଲୋକ ମରିବେ । ହେଲେ ସାତଭାୟା କାନପୁରର କିଛି କ୍ଷତି ହେବନି। ସେୟା ହେଲା। ପୁଣି କହିଥିଲି ବହୁ ଆଗରୁ ବୟାଅଶୀ ମସିହା ଜ୍ୟେଷ୍ଠ ମାସରେ ବାତ୍ୟା ହେବ। ହେଲେ ସାତଭାୟା କାନପୁର ଗାଁର କିଛି ହେବନି । ବାତ୍ୟା ହେଲା। ହେଲେ ଆମ ଗାଁ ଦୁଇଟାର କିଛି ହେଲା ? ପୁଣି ଏବେଠୁ କହି ରଖୁଛି ଆଗାମୀ ଦୁଇହଜାର ମସିହା ପାଖରେ ଗୋଟେ ବାତ୍ୟା ବିପ୍ଳାତ ହେବ। ସେଥରକ ମଧ୍ୟ ସାତଭାୟା ତିଷ୍ଠିଯିବ।

ସମୁଦ୍ର କୂଳରେ ଡରିମରି ରହିଥିବା ତା'ସାତଭାୟା ଲୋକଙ୍କୁ ସେ ଆଖି ମିଟି କରି ସ୍ୱପ୍ନ ଦେଖାଏ – ''ଦେଖ ପୁଅମାନେ ! ଆମର ଏଣେ ଦେଖିଲେ ଜଙ୍ଗଲ। ତେଣେ ଦେଖିଲେ ସମୁଦ୍ର। ଆମେ ଆମ ମାଟି ଛାଡ଼ି ସମୁଦ୍ରକୁ ଡରି ଅଲଗା ଜାଗା ବି ଉଠିଯାଇ ନାହୁଁଚା ହେଇ ଦେଖ ! ଗୋବିନ୍ଦପୁର ଲୋକ ସମୁଦ୍ର କୂଳ ଛାଡ଼ି, ଜଙ୍ଗଲ କାଟି ଗାଁ ବସେଇଲେ। ଫୁଟାଣି ଦେଖେଇ କହିଲେ– ଆମର ସମୁଦ୍ର କିଛି କରିବନି । ଦେଖିଲ ତ ବାସ୍ତୋରି ବାତ୍ୟାରେ ସେ ଗାଁର ସତ୍ତା ରହିଲା ନାହିଁ। ଶହଶହ ଲୋକେ ମଲେ। ଯେଉଁମାନେ ବଂଚିଲେ ଓକିଲପାଳ, ଗୁପ୍ତିଘାଟ ପଳେଇଲେ। ସମୁଦ୍ର ସବୁ ସହିବ ମଣିଷର ଗର୍ବ ସହିବ ନାହିଁ। ସମୁଦ୍ର ସାତଟା ଗାଁରୁ ପାଞ୍ଚଟା ଗାଁକୁ ଖାଇ ସାରିଲାଣି। ନିଜର ଧର୍ମ ରକ୍ଷାକରି ଏ ପର୍ଯ୍ୟନ୍ତ ସାତଭାୟା କାନପୁର ଉପରେ ଦୟା ଦୃଷ୍ଟି ରଖିଛି।''

ସେ ପ୍ରଗଳ୍‌ଭ ହୋଇ ଗପେ। ତା' ଗପ କହିଲେ ସାତଭାୟାର ଗପ। ତା' ସ୍ମୃତି କହିଲେ ଜେଜେ ବାପା, ତା' ବାପା ସମୟର ସାତଭାୟାର ସ୍ମୃତି। ତା' ସ୍ୱପ୍ନ କହିଲେ ଦି'ଟି ଗାଁକୁ ନେଇ ସ୍ୱପ୍ନ। ବାରମ୍ବାର ସମୁଦ୍ର ହଜମ କରି ପକେଇ ରଖିଥିବା ଦୁଇଟି ଛୋଟ ଗାଁ ଯେପରି ତା'ର ଦମ୍ଭ। ସବୁବେଳେ ସେ ସାତଭାୟା, କାନପୁରିଆଙ୍କୁ ଗୋଟିଏ କଥା କୁହେ – ''ଏଇଠି ପଡ଼ିରୁହ। ସମୁଦ୍ରକୁ ଡରି ଗାଁ ଗଣ୍ଡା ଛାଡ଼ି ହେନ୍ତାଳ ଜଙ୍ଗଲକୁ, ଗୁପ୍ତିଘାଟ, ଓକିଲପାଳ, ରାଜନଗର ଛାଡ଼ି ଚାଲି ଯାଅନି। ଏ ମାଟି ଛାଡ଼ି ଚାଲି ଯାଅନି।

ଶୂନ୍ୟରେ, ଆବେଗରେ ସମୁଦ୍ର ପାଣିପବନଖିଆ ବାଉଁଶ ବଣ ଭଳି ତା'ଦୁଇହାତର ଆଶ୍ଳେଷରେ ଭିଡ଼ି ଧରିରଖେ ସାତଭାୟାକୁ କାନପୁରକୁ। ବେଳେବେଳେ ଭୟଙ୍କର ଅଶୁଭ ସ୍ୱପ୍ନରୁ ସେ ରାତିଅଧରେ ଉଠିପଡ଼େ। ତ୍ରିକାଳଦର୍ଶୀ ଭଳି ଗଣନା କରେ ସାତଭାୟା ଆୟୁଷର ଭାଗ୍ୟ – ଆଗାମୀ ପଚାଶ କି ଅତି ବେଶୀରେ ଅଶୀ ନବେ ବର୍ଷ ବେଳକୁ ଆଉ ସାତଭାୟା ଗାଁର ଚିହ୍ନବର୍ଣ୍ଣ ନାହିଁ। ସମୁଦ୍ର କାନପୁର, ସାତଭାୟା ଗାଁ, ନଡ଼ିଆ ଗଛକୁ ହଟେଇ ମାଡ଼ି ଆସିଛି ବିଲ ଟପି ହେନ୍ତାଳ ବଣ ଯାଏଁ। ଚୌଦିଗ ଜଳାର୍ଣ୍ଣବ। ଜୁଆର ଭଙ୍ଗାର ପ୍ରକୃତି। ଜଳର ପାଦରେ ଦଳିମକଚି ଦେଇଛି ସାତ ସାତଟା ଗାଁ। ଶହଶହ ମଣିଷଙ୍କର ଗୋଟେ ଚଳମାନ ଧାରା।

ତା'ଜେଜେ ଥିଲେ ସାତଟା ଗାଁ ସାତଭାୟାର ମୁରବୀ। ତା ବାପା ଥିଲା ପାଞ୍ଚଟା ଗାଁର ମୁରବୀ। ଆଉ ଦୁଇଟି ଗାଁର ସେ ପାରଂପାରିକ ମୁରବୀ । ସେମାନେ କ'ଣ ବା କରିପାରିଥାନ୍ତେ। ବରଂ ହରେଇ ଥିଲେ ଗାଁ । ମଣିଷ । ମୁରବୀ ପଣିଆ। ସେ ବି କ'ଣ କରିପାରିବ ? ହା ହୁତାଶ ହେବା ଛଡ଼ା ସେ ବୟସ ଭାରାରେ ନଇଁ ପଡୁଥିଲା। କ୍ରମଶଃ ସେ ଆଉ ଯାଇ ପାରିଲା ନାହିଁ ସମୁଦ୍ର କୂଳକୁ, ଖରାବେଳେ କି ପଞ୍ଚୁବରାହୀ ମନ୍ଦିରକୁ, ସନ୍ଧ୍ୟା ଆଳତି ବେଳେ। ତା' ଆଖିକୁ ଭଲ ଭାବରେ ଦିଶୁ ନ ଥିଲା। ଗଛ ବୃଛ, ଲୋକବାକ ସମୁଦ୍ର ଦିଶୁଥିଲା ଧୂଆଁଳିଆ । ଥଲଥଲ। କ୍ରମେ କ୍ରମେ ଯାହା ବା ଶୁଣି ପାରୁଥିଲା ସାତଭାୟା କୁଆ ଡାକ, ପଡ଼ୋଶୀଙ୍କ କଥାବାର୍ତ୍ତା, ସମୁଦ୍ରକୁ ମୁହଁ କରି କୁକୁରର ଭୋ ଭୋ ଅଭିସଂପାତ ସମୁଦ୍ରର ଡାକ– ସେ ସବୁ ସେ ହରେଇ ବସିଲା। ଶବ୍ଦ କହିଲେ କେବଳ ତା'ର ନିଜ ଶବ୍ଦ। ସେପାଇଁ ସେ କେମିତି ଗାଡୁରମାଡୁର ହେଉଥିଲା, ସେ ସବୁ ଶବ୍ଦର କୌଣସି ଭାଷା ନଥିଲା। ସେତକ ମଧ୍ୟ କହିଲା ନାହଁ। ଶେଷରେ ତା'ପାଟି ପଡ଼ିଗଲା ଓ ସେ ମରିଗଲା।

ତା' ବଂଶରେ କେହି ନଥିଲେ, କିଏ କାନପୁର ସାତଭାୟା ଗାଁର ମୁରବୀ ହୋଇ ଛିଡ଼ା ହେବ ? କେବଳ ତା'ନୁଆଣିଆ ଝୁମ୍ପୁଡ଼ି ଘରଟିଏ ଥିଲା। ପ୍ରତିବର୍ଷ ଗାଁ ଲୋକେ ପାଳିକରି ସେ ଝୁମ୍ପୁଡ଼ିରେ ଛଣଛପର କରିଦିଅନ୍ତି। ରାତି ପାଇଁ ଜଳିବା ପାଇଁ ଗାଁ ଲୋକେ ଚାନ୍ଦା କରି ଲଣ୍ଠନଟିଏ କିଣି ଦେଇଛନ୍ତି। ପାଳି କରି କିରୋସିନି ଦେଉଛନ୍ତି । ପ୍ରତିବର୍ଷ ତା'ବାର୍ଷିକ ଶ୍ରାଦ୍ଧ ଦିନ ଗାଁ ମାଇପେ ତା'ଘରକାନ୍ଥ ଅଗଣା ଲିପାପୋଛା କରି ଦିଅନ୍ତି। ଅରୁଆ ଭାତ ମୁଗଡାଲି ଭୋଗ ଦିଅନ୍ତି। ସେଦିନ ରାତିରେ କୀର୍ତ୍ତନୀୟା ତା'ଘର ଅଗଣାରେ ମେଳା କରନ୍ତି। କେହି କେହି ଅନୁମାନ କରନ୍ତି– ବୁଢ଼ା ସାତଭାୟା ଛାଡ଼ିଯାଇନି । ଘର ଭିତରେ କେହି ଆଣ୍ଠୁରେ ମଥା ଭରା ଦେଇ କୀର୍ତ୍ତନ ଶୁଣୁଛି। କେହି କେହି ଶୁଣିଲେଣି– ଅଧ ରାତିରୁ ସେ ଦର ଆଉଜା ଶୂନ୍ୟ ଘରୁ ବୁଢ଼ାର ଘୁଙ୍ଗୁଡ଼ିର ଶବ୍ଦ।

ସାତଭାୟା ଦରିଆ ଉପରକୁ ଡେଇଁପଡ଼େ ପ୍ରତିଦିନର ସୂର୍ଯ୍ୟ। ସକାଳ ହୁଏ। ପାଳିଥିବା ସ୍ତ୍ରୀଲୋକଟିଏ ଲଣ୍ଠନ ଲିଭେଇ ନେଇଯାଏ। ଘରର ଅଗଣାକୁ ପହଁରା ମାରି ସାଫ୍ ସୁତରା କରିଦିଏ। ଗୋବର ପାଣି ଛିଞ୍ଚି ଦିଏ। ପୁଣି ସାତଭାୟାରେ ହୁଏ ସବୁଦିନିଆ ଖରାବଳେ। ସେ ନ ଥାଏ। ହେଲେ ଛାଇଟିଏ ଯେପରି ଝଲ ଝଲ ଆଲୁଅ ହୋଇ ବାଲିହୁଡ଼ା ଉପରେ ବସେ, ସମୁଦ୍ର କୂଳରେ ଛାଇ ଚହଲେ। ପୁଣି ଢେଉରେ ମିଳେଇ ଯାଏ । ସନ୍ଧ୍ୟା ନଏଁ। ପଞ୍ଚୁବରାହୀ ମନ୍ଦିରରେ କୀର୍ତ୍ତନ ଚାଲିଥାଏ। ମନ୍ଦିର ପଛ ଅନ୍ଧାରରେ ଢୋ ଢୋ ମୁଣ୍ଡପିଟା, କାନକୁ ଶୁଭୁ ନଥିବା ପବନରେ ମିଳେଇ ଯାଏ। ସନ୍ଧ୍ୟା ବଢ଼େ। ପାଳିଥିବା ଗାଁ ଲୋକଟିଏ ତା' ଶୂନ୍ୟ ଝୁମ୍ପୁଡ଼ିରେ ଲଣ୍ଠନଟିଏ ଜାଳି ଦେଇ କବାଟ ଦରଆଉଜା କରି ଆଣେ।

କି ଦିନ କି ରାତି......

କି ଦିନ କି ରାତି ସମୁଦ୍ର ଗର୍ଜୁଥାଏ – ଘୋ ଘୋ 'ଘୋ ଘୋ'। କି ଦିନ କି ରାତି ଅଖଂଡ ବାଈଆଧୂନୀ ଜଳୁଥାଏ – ଫରଫର।

ସାରା ରାତି କୁମ୍ଭୀର ଭଳି ଅସାଡ଼ ନିଦରେ ସେ ଶୋଇଥାଏ। ବଢ଼ିଭୋରରୁ କିଏ ଯେପରି ଦଲକାଏ ଆଇଁଷିଆ ଲୁଣିଆ ହାଓ୍ୱା ହାତରେ ସାଉଁଳେଇ ଦେଇ କୁହେ – ଉଠ। ସେ ଉଠେ, ଘରର ଅଗଣା ପହଁରେଇ ଆଣେ। ଅଖଂଡ ଧୂନି ଜଳୁଥିବା ଚାଳିଆକୁ ଭଲ ଭାବରେ ଗୋବର ପାଣିରେ ଲିପେ। ମୋଟା କାଠଗଣ୍ଡି କେଇଟା ଧୂନି ଭିତରକୁ ପକେଇ ଦିଏ। ଶୁଖିଲା କାଠକୁ ନିଆଁ ଯେତେବେଳେ ଚଅଁ ଚଅଁ କରି ଚାଟି ଦେଉଥାଏ, ଗୋଟେ ସନ୍ତୁଷ୍ଟ ନଜରରେ ଚାହେଁ ସେ ଧୂନିକୁ ।

କ୍ରମଶଃ ପରଳ ପଡ଼ି ଆସୁଥିବା ଆଖିରେ ଦେଖାଯାଏ – ଯେପରି ଧୂନିର ଧାସ ଉପରେ ଠିଆ ହୋଇଥାଏ ଅଗ୍ନି ପୁରୁଷ ! ଅବିକଳ ବାଈଆ ଭଳି ସେମିତି ଟଂବାଳିଆ ନହ ନହକିଆ ଅଶୀ ବୟସର ଚେହେରା। ହୁତୁ ହୁତୁ ନିଆଁ ଭଳି ଜଳୁଥିବା ଗାରଡ଼ ଆଖି । ଲଂବା ବେକରେ ଲଡ଼ବଡ଼ ହେଉଥିବା କପାଳରେ ଅଗ୍ନି ଟିପା ଭଳି ସିଂଦୂର କଳି । ଫୁର୍‌ଫୁର୍‌ ପାଚିଲା, ଦରପାଚିଲା କହରିଆ ନିଆଁଛଡ଼ ଭଳି ବାଳ କେରାଏ। ଧୂନି ପୁରୁଷକୁ ସେଦିନ ସକାଳର ପ୍ରଥମ ପ୍ରଣିପାତ କରେ। ତା'ର ଆରମ୍ଭ ହୁଏ ଦିନ।

ସାତଭାୟାର ଅନ୍ୟାନ୍ୟ ଦିନଠାରୁ ପୂର୍ଣ୍ଣମୀ ଦିନଟି ତା' ପାଇଁ ନିଆରା। ରାତି ପାହିବା ଆଗରୁ ତା' କାମ ଆରମ୍ଭ ହୋଇଯାଏ। ଛାପିକାପିକା ମୁହଁ ଅନ୍ଧାରରୁ ସେ ଘର ଅଗଣା, ଅଖଣ୍ଡ ଧୂନି ମଣ୍ଡପ ଚାରିପାଖ ଲିପାପୋଛା କାମ ସାରି ଦିଏ। ବଢ଼ିଭୋରରୁ ଗାଧୋଇ ଯେତେବେଳେ ଗେରୁଆ ଶାଢ଼ୀଟିଏ ପିନ୍ଧି କପାଳରେ ମେଞ୍ଚେ ଧୂନି ପାଉଁଶ ବୋଳି ଦିଏ – ଆରମ୍ଭ ହୋଇ ଯାଇ ଥାଏ ପୂର୍ଣ୍ଣମୀର ସକାଳ।

ପ୍ରିୟ ପୁରୁଷକୁ ସଜାଇଲା ଭଳି ସେ ଧୂନି ମଣ୍ଡପରେ ମୁରୁଜ ପକାଏ । ଫୁଲ ଦୂବ ବରକୋଳି ପତ୍ରରେ ସଜାଏ । ଧୂନି ମଣ୍ଡପ ପାଖରେ ମୃଗଛାଲଟେ ପକାଇ ବସେ । ଧୂନିର ନିଆଁ ଧାସ ଓ ସାତଭାୟା ସକାଳର ଖରାରେ ତା' ମୁହଁ ଦାଉ ଦାଉ ଦିଶେ । ସେଦିନ ସେ ନିଜକୁ ଖାସ୍ ବାଞ୍ଛା ମା' ସଜେଇ ଥାଏ ବୋଲି କାଳିସୀ ପରି ବସିବା ଥାନରୁ ଆଗକୁ ପଛକୁ ଦୋହଲୁ ଥାଏ, ଭୁଟୁଭୁଟୁ ହୋଇ ଏଣୁ ତେଣୁ ଶବ୍ଦ କରି ଅଲଣା ମନ୍ତ୍ର ପଢୁଥାଏ । ବାଞ୍ଛା ଧୂନି ପାଖକୁ ସକାଳୁ ସକାଳୁ ସାତଭାୟା, କାନପୁର, ଓକିଲପାଳ ଗାଁ ମାନଙ୍କରୁ ଭକ୍ତମାନଙ୍କ କାଁ ଭାଁ ଗହଳି ଯେତେବେଳେ ଆରମ୍ଭ ହୋଇଯାଏ-ତା'ର ସେଦିନର ଅସଲ କାମ ଆରମ୍ଭ ହୁଏ ।

ଭକ୍ତମାନେ ଧୂନି ପାଇଁ ଆଣିଥିବା କାଠଗୋଛା ଠିକ୍ ଜାଗାରେ ରହିଲା କି ନାହିଁ ନଜର ରଖେ । ଭକ୍ତ ଆଣିଥିବା ଚାଉଳ, ପରିବା, ଫଳମୂଳ, ଟଙ୍କାପଇସାର ଦକ୍ଷିଣା ସବୁ ଗୋଟେ ବଡ଼ ଟୋକେଇରେ ରହିଲା କି ନାହିଁ ଅନିଶା ରଖେ । କାଠ ଗୋଛାରୁ ଖଣ୍ଡେ କାଠ ଧୂନି ଭିତରକୁ ପକେଇ ଭକ୍ତ ଯେତେବେଳେ ସେହି ଅଖଣ୍ଡ ବାଞ୍ଛାଧୂନିକୁ ସାଷ୍ଟାଙ୍ଗ ଦଣ୍ଡବତ ପକାଏ, ଗୋଟେ ସିଂଦୂରବୋଳା ବେତବାଡ଼ିରେ ଭକ୍ତ ପିଠିରେ ଆଉଁଷିଲା ଭଳି ପିଟି କୁହେ – "ଉଠ, ଉଠ, ମନସ୍କାମନା ପୂରଣ ହେବ । ଏ ବାଞ୍ଛାର ହୁକୁମ ।"

କେଉଁ ଦରବୁଢ଼ା ଧୂନିକୁ ଜୁହାର ହୋଇ ସାରି ବାଞ୍ଛାମା'ର ଫଟାପାଦ ଛୁଇଁ ପଚାରେ – "ବାଞ୍ଛା ମା ! ମୋ ପୁଅ ବୋହୂ ମୋତେ ପଚାରୁନାହାନ୍ତି । ବୁଢ଼ା ବେଳେ ମୋଠୁ ଅଲଗା ହୋଇ ରହୁଛନ୍ତି ।"

ସେମିତି ଅଧା ଆଖି ବନ୍ଦ କରି କାଳସୀ ଭଳି ଝୁଲୁ ଝୁଲୁ ସେ କାଗଜରେ ମେଞ୍ଚେ ଧୂନି ପାଉଁଶ ସେ ବୁଢ଼ାକୁ ଧରେଇ କୁହେ – "ଯା, ନେଇ ଯା, ତୋ ପୁଅ ବୋହୂଙ୍କ ଅଜାଣତେ ତାଙ୍କ ଉପରେକୁ ଏ ମନ୍ତୁରା ପାଉଁଶ ପକେଇ ଦେବୁ । ଆଠ ଦିନରେ ପୁଅ ବୋହୂ ଠିକ୍ ହୋଇଯିବେ । ତୋତେ କୋଟି ଆଦର କରିବେ ।"

କେଉଁ ଶାଶୁ ତା' ଓଢ଼ଣାଦିଆ ବୋହୂକୁ ଧରି ବାଞ୍ଛାଧୂନି ପାଖକୁ ମାନସିକରେ ଆସିଥାଏ । ଧୂନିରେ କାଠ ଖଣ୍ଡେ ପକେଇ, ଦାନ ଦକ୍ଷିଣା ଟୋକେଇ କାନିରେ ବାନ୍ଧି ଆଣିଥିବା ଚାଉଳ ପରିବା ଟଙ୍କା କେଇଟା ପକେଇ ଗୁହାରି କରେ- "ବାଞ୍ଛା ମା ! ମୋ ବୋହୂର ଗର୍ଭ ରହୁ ନାହିଁ । ଛଂଚୁରୁ ଥିବା ଛୁଆ ତିନି ତିନିଥର ନଷ୍ଟ ହେଲାଣି ।"

ସେ ସେମିତି କାଗଜ ପୁଡ଼ିଆରେ ଧୂନିପାଉଁଶ, ଦୂବପତ୍ର, ଫୁଲ ପାଖୁଡା, ସିଂଦୂର ଟିକେ ଦେଇ ଆଶ୍ୱାସନା ଦିଏ-"ନେ, ଏ ବାଞ୍ଛା ମନ୍ତ୍ର ମୋଦକ । ତୋ ବୋହୂର ମାସୁଆରୀ ଆଠ ଦିନ ପରେ ଖୁଆଇ ଦେବୁ । ଏଥର ନିଶ୍ଚୟ ନାତି ମୁହଁ ଦେଖିବୁ ।"

କେଉଁ ଭକ୍ତ ଧୂନିକୁ ସାଷ୍ଟାଂଗ ଜୁହାର ହୋଇ ନିଜର ଦୁଃଖ ବଖାଣେ - ''ବାଞ୍ଛାମା ! ମୋ ଘର ଉପରେ ସବୁବେଳେ ଠାଉରିଆ ଚୋର ତସ୍କରଙ୍କ ଦାଉ ଲାଗି ରହିଛି। ମୋତେ ସେମାନଙ୍କ ଜ୍ୱାଳାରୁ ରକ୍ଷାକର ମା।'' ସେ ସେମିତି ଧୂନି ପାଉଁଶର ପୁଡ଼ିଆ ତାକୁ ଧରେଇ କୁହେ- ନେ ! ଏୟାକୁ ଧରି, ବାଞ୍ଛା ନାଁ ସ୍ମରଣ କରି ତୋ' ଘର ଚାରିପାଖରେ ସାତଥର ବୁଲିବୁ। ତା'ପରେ ଘର ଚାରିପାଖରେ ବୁଣିଦେବୁ। ଏ ବାଞ୍ଛା ପାଉଁଶ। ଚୋର ତ ଚୋର ତା' ବାପ ବି ଏ ମନ୍ତ୍ର-ଅର୍ଗଳି ଡେଇଁ ତୋ' ଘରେ ପଶିପାରିବ ନାହିଁ।''

କେବଳ ସାତଭାୟା ନୁହେଁ ପାଞ୍ଚଦଶ କୋଶରୁ ଓକିଲପାଳ, କୃଷ୍ଣପ୍ରିୟାପୁର, ଗୁପ୍ତିଘାଟ ଏପରିକି ପାଠଶାଳା ନଈ ସେପାଖରୁ ଈଶ୍ୱରପୁର, ଝୁନ୍‌ସୁ ନଗରରୁ ବି ବେଳେବେଳେ ଭକ୍ତ ଆସିଥାନ୍ତି। କିଏ ଆସିଥାଏ ଧୋଇରେ ଉଜୁଡ଼ି ଯାଇଥିବା ଫସଲ ପରେ କ୍ଷେତରେ ଭଲ ଫସଲ ହେବାର ମନସ୍କାମନା ନେଇ, କିଏ ଆସିଥାଏ ଦରବୁଢ଼ୀ ଝିଅର ବାହାଘର ହୋଇପାରୁ ନଥିବା ଦୁଃଖରେ, ପୁଣି କିଏ ଆସିଥାଏ ତିନି ଚାରିଟା ଝିଅ ପରେ ପୁଅଟିଏ ପାଇବାର ଲାଳସାରେ। ଏଠିକି ଆସିଲାବେଳେ ସବୁ ଭକ୍ତଙ୍କ କାନ୍ଧରେ ଥାଏ ଗୋଛେ ଶୁଖିଲା କାଠ, ବୋକଚା କି ଥଳିରେ ଚାଉଳ, ପନିପରିବା, ଫଳମୂଳ, ଅଣ୍ଟାରେ ଦକ୍ଷିଣା ଟଙ୍କା ପଇସା, ଏଇଟା ଯେପରି ଏଠାକାର ଅଲିଖିତ ନିୟମ । ଭକ୍ତଙ୍କ ଦାନ କାଠରେ ଅଖଣ୍ଡ ଧୂନି ଅହରହ ଜଳେ। ସେଥିରୁ ବାହାରେ କୁଢ଼ କୁଢ଼ ପାଉଁଶ, ପାଉଁଶ ଗଦା ହେଲେ ହୁଏ ବିଭୂତି। ପୂର୍ଣ୍ଣମୀ ଦିନ ସେ ଦଳେ ହତାଶୀ, ବିଶ୍ୱାସୀ ମଣିଷଙ୍କ ହାତରେ ବିଭୂତି ଦେଇ ଭରସା ଦିଏ, ଆଶା ଦିଏ, ସ୍ୱପ୍ନ ଦେଖାଏ, ତା'ବଦଳରେ ସେ ସଂଗ୍ରହ କରିନିଏ ମାସକ ପାଇଁ ତା' ପେଟ ଚାଖଣ୍ଡକର ଖାଦ୍ୟ। ବାଞ୍ଛାଧୂନି ହିଁ ତା'ର ବଞ୍ଚିବା ପାଇଁ ଅବଲମ୍ବନ। ନିଜର ଲୋକଟିଏ ନଥିବା ଏତେ ବଡ଼ ସାତଭାୟା ଅଞ୍ଚଳରେ ସେହି ଧୂନିର ଅଖଂଡ ଅଗ୍ନି ଶିଖା ଯେପରି ତା'ର ବୃତ୍ତି, ସାଥୀ ଆଉ ସାରଥୀ। ଏହି କଥା ଭାବିଲେ ସେହି ପଞ୍ଚାବନ ଛପନ ବର୍ଷ ବୟସର ସ୍ତ୍ରୀ ଲୋକଟି ଶିର୍ ଶିରେଇ ଉଠେ। ବାଞ୍ଛା ପାଇଁ ବେଳେ ବେଳେ ସେ କାନ୍ଦେ କଇଁକଇଁ।

ପୂର୍ଣ୍ଣମୀ ଦିନସାରା ଭକ୍ତମାନଙ୍କ ଗହଳି ଓ ତା'ର ରୋଜଗାର ଭିତରେ ସେ ଭୋକ ଶୋଷ ଭୁଲି ଯାଇଥାଏ। ଯେତେବେଳେ ଭକ୍ତ ଆସିବା ବନ୍ଦ ହୋଇଯାଏ, ଖରା ମହଳଣ ପଡ଼ି ନଡ଼ିଆ ବାହୁଙ୍ଗାର ଦିଗ୍‌ବଳୟରେ ସୂର୍ଯ୍ୟ ବୁଡେ। ମୁହଁ ଅନ୍ଧାରରେ ଦିକି ଦିକି ହୋଇ ଉକୁଟି ଉଠେ ବାଞ୍ଛାଧୂନିର ନିଆଁର ମୁକୁଟ, ପରମ ଆଗ୍ରହରେ ସେ ଧୂନି ଭିତରକୁ ବଡ଼ କାଠଗଣ୍ଡିଟିଏ ସାରାରାତି ଜଳିବାପାଇଁ ପକେଇ ଦିଏ। ଭକ୍ତଙ୍କ ଦାନ ଦକ୍ଷିଣା ଟୋକେଇରୁ ଲୋଭିଲା ଆଡ଼ ନଜର ଘୁରେଇ ଟାଉ ଟାଉ

କରି ବାଛି ବସେ ଚାଉଳ ଜାଗାକୁ ଚାଉଳ। ପରିବା ଜାଗାକୁ ପରିବା । ଟଂକା ମୁଣିକୁ ଟଂକା ପଇସା। ସାରା ଦିନ ଓପାସ ଭୋକରେ ପେଟ ଖୁଁ ଖୁଁ ଡାକୁଥାଏ।

ଧୂନିମଣ୍ଡପରୁ ତା’ ଚାଲିଆ ଘରକୁ ଆସେ। ଚୂଲୀ ଲଗାଏ, ଭକ୍ତ ଦେଇଥିବା ବାରମିଶା ଚାଉଳ ପାଣି ହାଣ୍ଡିରେ ବସାଏ।

ସାତଭାୟାରୁ କ୍ରମଶଃ ସୋରଶବଦ ହଜି ଯାଉଥାଏ। ଗାଁ ଦାଣ୍ଡରେ ଏଣେତେଣେ ଇଡ଼ି ହୋଇ ଯାଇଥାଏ ଜହ୍ନର ମହୁଲି ଦୋରୁଅ। ତା’ ଘର ଡିହ ସେପାଖର ବାଲିବନ୍ଧ ସେପାଖର ଝାଉଁବଣ, ସେପାଖର ପୂର୍ଣ୍ଣମୀ ରାତିରେ ଅଥୟ ହେଉଥାଏ ସମୁଦ୍ର। ଟେଂଟେଇ ଚଢ଼େଇର ଶବ୍ଦ ଛଡ଼ା ଚୌଦିଗେ ବିଛୁଡ଼ି ହୋଇ ପଡ଼ିଥାଏ ଛମ୍ ଛମାକିଆ ନିର୍ଜନତା। ଚାଉଳ ହାଣ୍ଡିରେ ଗବ୍ ଗବ୍ ହୋଇ ଫୁଟୁଥାଏ ଭାତ। ଗୋଡ଼ ଲମ୍ବେଇ ସେ ବାହୁନେ– ହାଁ ! ତୋରି ପାଇଁରେ ବାଞ୍ଝା .... ଏ ଚାଉଳ ଗଣ୍ଡାକ ମୋତେ ମିଳୁଛି .... ଦାନା ମିଳୁଛି .... ଯେଉଁ ଦିନ ଦେଖିବୁରେ ବାଞ୍ଝା .... ତୋ ଧୂନିକୁ କାଠ ଖଣ୍ଡେ ପକେଇପାରୁନି .... ତୋ’ଅଖଣ୍ଡ ଧୂନି ଲିଭି ଯାଉଛି .... କେଉଁ ଭକ୍ତ ଆଉ ଆସୁନାହିଁ .... ସେତେବେଳେ ଜାଣିବୁରେ ବାଞ୍ଝା .... ମୁଁ ଅଚଳ ହୋଇଗଲିଣି। ଯେଉଁ ପର୍ଯ୍ୟନ୍ତ ମୋ ହାତ ଚଳୁଛି, ତୋତେ ଜଳେଇ ରଖିଛିରେ ବାଞ୍ଝା .....ନିଜେ ବଂଚିଛି ....

ବାହୁନୁ ଥାଏ, ନିଘା ରଖିଥାଏ ଭାତ ହାଣ୍ଡିକୁ –ହାଃ ! ତୋର ପାଇଁ ରେ ବାଞ୍ଝା ! ଏ’ ନିଲଠା ଜୀବନ ରହିଛି। ନହେଲେ ଏ ସାତଭାୟା କିଏ ମୁଁ କିଏ ? ତାଳଚୁଆର ଝିଅ, ନାରଣପୁର ଘାଟ ଗାଁର ବୋହୂ ଆଜି ବାର ଦୁଆର ଶୁଣି ପିଣ୍ଡା ହୋଇ ବୁଲୁଥାନ୍ତି। ଘୁଷୁରି ଘୁଷୁରି କେଉଁଠି ମରି ସାରନ୍ତିଣି। ବାହୁନୁ ଥାଏ – ଘଡ଼ ଘଡ଼ ଫୁଟନ୍ତା ଭାତରୁ ଗୋଟେ ଆଣି ଚିପୁଥାଏ– ହାଁ ! ଆରେ ବାଞ୍ଝା ! ତୁ ମୋର କିଏ’ରେ ? କାହିଁକି ଏତେ ମାୟା ନଗେଇ ଏ ଅଛଦରା ସମୁଦ୍ର କୂଳଟାରେ ଏକୁଟିଆ ଛାଡ଼ି ଦେଇଗଲୁରେ .... ହାଁ .... ବାଂଝ ବୋଲି ଘଇତା ବାହାର କରିଦେଲା .... ହାଁ ....ଭାଇଭଗାରୀ ପଚାରିଲେ ନାହିଁ .... ତୁ ତ ବାଞ୍ଝା .... ଗାଁ ଗାଁ ବୁଲି ଡେଉଁରିଆ ବିକୁ .... ଚେରମୂଳିକା କରୁ .... ମୋ ଭଳି ନିରାଶ୍ରୀକୁ ଦଇବ ଭଳି ସାହା ହେଲୁରେ। କହିଲୁ – ତୁ ମୋର ମା’। ମୁଁ ତୋ ବୁଢ଼ା ପୁଅ। ତୋର ସବୁ ଥାଇ କେହି ନାହାନ୍ତି। ମୋର କେହି ନାହାନ୍ତି । ଆ’ମୋ ସାଙ୍ଗରେ, ମା’ପୁଅ ଭଳି ରହିବା। କି ମାୟା ଲଗେଇ ମୋତେ ସାତଭାୟା ଘେନି ଆଣିଲୁ ରେ .... ମୋରି ପାଇଁ ସାତଭାୟାରେ କେତେ ଟାହି ଟାପରା ସହିଲୁ .... ନିନ୍ଦା ଅପବାଦ ସହିଲୁ .... ସମସ୍ତ ଆଗରେ ମୋତେ ମା’ ବୋଲି ଡାକିଲୁ .... ହାଁ ତୁ’ରେ ବାଞ୍ଝା .... ମୋ ନାଁ ଗାଁ ଠିକଣା ବଦଳାଇ ଦେଲୁ ....

ହାଁ ! ମୋ ଭଲମନ୍ଦ ପାଇଁ ତୋର କେତେ ଚିନ୍ତା ଭାବନା ନ ଥିଲାରେ ବାଞ୍ଛା ....

ବାହୁନୁଥାଏ, ବାମ୍ପ ଉଠା ଭାତ ହାଣ୍ଡି ଭିତରୁ ଆବୁରୁ ଜାବୁରୁ ସିଜା ପରିବା ବାହାର କରି ଆଣେ। ଗୋଟେ ରସ ତାଟିଆରେ ରସୁଣ ଲଙ୍କା ସୋରିଷ ତେଲ ଟୋପେ ପକେଇ ଚକଟେ। ବାଢ଼ିଆଣେ ଦେଉଳିଆ କରି ମାଡ଼ିମୁଡ଼ି ଥାଳିଏ ଭାତ। ଘୁ ଘୁ ହେଉଥାଏ ସମୁଦ୍ର। ପେଟରେ କୁହାଟୁଥାଏ ଭୋକ। ଗାବୁ ଗାବୁ କରି ଖାଇବା ଆରମ୍ଭ କରିଦିଏ। ମାଡ଼ି ଆସେ ସାରା ଦିନର କ୍ଳାନ୍ତି। ପରିତୃପ୍ତିର ଗୋଟେ ସହଜ ନିଦ।

ଦିନେ ଦିନେ ରାତିରେ ତ ଗହୀର ନିଦ ଛନକା ହୋଇ ଛତରାଛାଉଳ ଭଳି ଭାଙ୍ଗିଯାଏ। ନଂଗଳା ମୁକୁଳା ହୋଇ ତେଲଗୁଣି ଭଳି ସେ ଯେଉଁ ଶୋଇଥାଏ, କେମିତି କାହାର ଶୀର୍ଣ୍ଣ ହାତର ସ୍ପର୍ଶରେ ସେ ଅଧ ରାତିରେ ଉଠି ବସେ। କେହି କୁଆଡ଼େ ନଥାନ୍ତି, ସୁ ସୁ ହେଉଥାଏ ସମୁଦ୍ର। ଅଥଚ ଅଶରୀରୀ କିଏ ତା' କାନରେ ଯେପରି କହି ଦେଇଯାଏ – ଅଚିଂତାରେ ଶୋଇଛୁ କ'ଣ ଲୋ। ଉଠ ଯା ଦେଖିବୁ ଧୂନି ଲିଭି ଯାଇଛି। କାଠ ଖଣ୍ଡେ ପକା। ଧୂନିକୁ ବଂଚେଇ ରଖ। ନିଜେ ବଂଚ।

ସେ ଛାନିଆରେ ବାଉଳି ଚାଉଳି ହୋଇ ଧାଏଁ। ଧୂନିର ଉଂଚା ମଣ୍ଡପର ଚାଳିଆ ଘରେ ପହଂଚେ। ଦିକି ଦିକି ହୋଇ ମିହି ମିହି ନିଆଁରେ ହାଉଲେ ହାଉଲେ ଜଳୁଥାଏ ଧୂନି। ସେ ଆଶ୍ୱସ୍ତ ହୁଏ। ତଥାପି କାଠ କେଇଟା ଧୂନିକୁ ପକାଏ। ସେ ଅନୁମାନ କରିନିଏ – ଏସବୁ ସେ ବାଞ୍ଛାର ମଉଜ। ସେ ହିଁ ତାକୁ କୁତୁରୁକାଳିଆ କରି କଂଚାନିଦରୁ ଉଠେଇ ହଲାପଟା କରିଛି। ସେ ପାଇଁ ଗୋଟେ ଦେହ ଶିତୁଆ ରୋମାଞ୍ଚରେ ବିଡ଼୍ ବିଡ଼୍ ହୋଇ ସେହି ଧୂନିକୁ ଶୁଣାଏ– "ତୋ କୂଟ କପଟିଆ କଥା ମୁଁ ଜାଣେ ରେ ବାଞ୍ଛା। କେତେ ହୁନ୍ଦରରେ ମୋତେ ମା' ବୋଲି ଡାକିଲୁ। ମୋ ବାପା ବୟସର ତୁ। ମା ନାଁ ଧରି ଡାକିବାକୁ ଦୁନିଆଁ ଆଗରେ କହିଲୁ। ଏହି ତୋରି ଘରେ ଗୋଟିଏ ବିଛଣାରେ ଶୋଇଲାବେଳେ ମନ୍‌ଜିଣା କଥା ଗପୁଥିଲୁରେ ବାଞ୍ଛା। ତୁ ଗୁଣିଗାରେଡ଼ି ଜାଣିଥିଲୁ ବୋଲି ତୋ'ର ଦି ଦିଟା ମାଇପ ମଲେ। ତୋ'ବଂଶରେ କେହି ରହିଲେ ନାହିଁ। କାଳେ ମୁଁ ମରିଯିବି ସେପାଇଁ ଦୁନିଆ ଆଖିରେ ମୋତେ ତୋ' ମା – ବାଞ୍ଛା ମା' କରିଗଲୁ। ସେଥିରେ ତୋ ମନବୋଧ ହେଲାନି। ଅଧ ରାତିରେ ମୋତେ ଆସି ଉଠାଉଛୁ। ଟାଉଲି ହୋଇ ତୋ ଧୂନିପାଖକୁ ଟାଣି ଆଣୁଛୁ ।"

ସେହି ସେହି ରାତି ଅଧର ହାଉଳିଖିଆ ନିଦ ଭାଙ୍ଗିଗଲା ପରେ, ସେଦିନ ରାତିରେ ତାକୁ ସତରେ କ'ଣ ଆଉ ନିଦ ହୁଏ ? କେମିତି ଗୋଟେ ଖାଁ ଖାଁ ନିର୍ଜନତାରେ ସେ ଶାଂକୁଡ଼ି ମାଂକୁଡ଼ି ହୋଇଯାଏ। ଶିର୍‌ଶିରେଇ ଉଠେ ଦେହ। ଅବଶ ହୋଇଯାଏ ମନ । ତୁହାଇ ତୁହାଇ ବାଞ୍ଛା ମନେପଡ଼େ। ଗୁମୁରି ଗୁମୁରି ଛିଡ଼ା ହୁଏ ଆଠ ଦଶ

ବର୍ଷର ଅତୀତ। ବାଞ୍ଛା ଜୀବନର ସେହି ଶେଷ ପୂର୍ଣ୍ଣମୀ ଜହ୍ନ ରାତିର କଥା ପଦକ ତା' ମଗଜ ଭିତରେ ଖେଳେଇ ମେଳେଇ ହୋଇଯାଏ।

ମରିବା ଆଗରୁ ବାଞ୍ଛା ଦି' ତିନିମାସ କତରାଲଗା ହେଲା। ଗାଡ୍ଡୁର ମାଡ୍ଡୁର ହେଲା, ଦୁନିଆଁ ଉପରେ ଚିଡ୍‌ଚିଡ୍ ହେଲା। ମରିବା ଦିନ ତା'ମୁହଁ ଶେଥା ଦିଶିଲା । ଘଣଘଣିଆ ହୋଇ ଆସୁଥିବା କଣ୍ଠ ପରିଷ୍କାର ହୋଇଗଲା। ମରିବା ପାଇଁ ବୋଧେ ସେ ରାତିରେ ବଂଚିବା ସହିତ ଘଡ଼ିଏ ଲଢ଼ି ଥିଲା।

ତା'କୋଳରେ ଥିଲା ବାଞ୍ଛାର ମୁଣ୍ଡ। ବାଞ୍ଛାର କାଠି ପରି ଲଢ଼ିଥିଲା ପାଦ ଆଡ଼ରୁ ଗୋଡ଼ ଥଣ୍ଡା ହୋଇ ଆସୁଥିଲା। ନିଃଶ୍ୱାସ ପ୍ରଶ୍ୱାସରେ ତା' ପଂଜରାଗଣା ହାଡ୍ଡୁଆ ଛାତି ତଳେ ଏହି ଆସୁଥାଏ ଚାଲିଯିବା ଯିବା ହେଉଥାଏ। ସେତିକିବେଳେ ସେ ବହୁ ସାହସ କରି ପଚାରିଥିଲା – ''ତୁ ତ ମୋତେ ଛାଡ଼ି ଚାଲିଯିବୁ। ତୁ ଗଲାପରେ ମୁଁ କେମିତି ବଂଚିବି ତୁ ଭାବିଛୁ ନାଁରେ, ହଁ ରେ ! ଏ ଦୁନିଆଁରେ କିଏ କାହାର ? ଆଜି ମଲେ କାଲି ପର।''

ଗୋଟେ ଅଦ୍‌ଭୁତ ଅଭିମାନରେ ସେ ଫୁଲି ଉଠୁଥିଲା । ଫୁଲି ଉଠୁଥିଲା ସେଦିନ ସାତଭାୟାର ଜୁଆରିଆ ଦେହ। ମଟ୍ ମଟ୍ ହୋଇ ଅନେଇଲ। ବାଞ୍ଛା। ଆଶଙ୍କାରେ କଳା ପଡ଼ିଯାଇଥିବା ୟା ମୁହଁକୁ ଚାହିଁ ମୁଡୁକେଇ ମୁଡୁକେଇ ହସିଲା, ହେଲେ ଧୀମା ଧୀମା ସ୍ୱରରେ କହିଲା– ଆଲୋ ! ତୋ ପାଇଁ ମୁଁ କ'ଣ ଭାବି ନାହିଁ ବୋଲି ଭାବିଛୁ ? ଜଗତକୁ ଜଣେଇ ଦେଇଗଲି ସିନା ତୁ ମୋର ମା'। ମୁଁ ତୋ ପାଇଁ କଣ ? ତୁ ମୋ ପାଇଁ କ'ଣ ? – ଏକଥା ଆମ ଦୁହିଁଙ୍କ ଛଡ଼ା ଚନ୍ଦ୍ର ସୂର୍ଯ୍ୟ କିଏ ଜାଣେ ଲୋ ?''

ସେ ତଥାପି ଅବୁଝା ବୁକୁଫଟା ଲହରରେ ଅଭିଯୋଗ କଲା– ତୁ ତ ଡେଉଁରିଆ ବିକି, ଗୁଣିଗାରେଡ଼ି ବେପାର କରି ଚଳୁଥିଲୁ। ମୋତେ ଚଳାଉଥିଲୁ। ମୋତେ ତୋ ଭଳି ଗରାଖ ମନଜିଣା କଥା କହି ଆସେ ନା, ଚେରମୂଳି ମୁଁ ଚିହ୍ନିଛି, ନା ମୋତେ ମନ୍ତ୍ର ଫନ୍ତ୍ର ଶିଖେଇ ଦେଇ ଗଲୁ ଯେ କିଏ ମୋଠୁ ଡେଉଁରିଆ ତାବିଜ ନେବ ? ଝଡ଼ା ଫୁଙ୍କା ପାଇଁ କିଏ ଆଉ ଏ ମାଇକିନାଟା ପାଖକୁ ଆସିବ ? ଦି ଟଂକା, ପାଞ୍ଚ ଟଂକା, ଚାଉଳ ସେରେ, ଦି'ସେରେ କିଏ ମୋତେ ଦେବ ?''

ବାଞ୍ଛା କୁଂଥେଇ ମୁଂଥେଇ ହେଲା। ଖୁଁ ଖୁଁ କାଶିଲା। ବିଚଳିତ ହେଲା। ସତ କହିବାର ଟିକିଏ ସାହସ ପବନ ଭଳି ଯେପରି ତା' ଦେହରେ ଭରି ହୋଇଗଲା । କ୍ରମଶଃ ବୁଜି ହୋଇ ଆସୁଥିବା ଆଖିକୁ ଯଥାସମ୍ଭବ ଟେକି କହିଲା– 'ଆଲୋ ! କି ମନ୍ତ୍ର ? କି ଡେଉଁରିଆ ? କି ଗୁଣିଗାରେଡ଼ି ? ମୁଁ କିଛି ଜାଣେନା ଲୋ ! ମୋତେ କିଛି ମାଲୁମ୍ ନାହିଁ। ସବୁ ଧୋକାବାଜ୍ ଲୋ। ୟାଡୁ ସ୍ୟାଡୁ ଚେରମୂଳି ଭରି ଡେଉଁରିଆ

ଦେଉଥିଲି। ମିଛରେ ମନ୍ତ୍ରଗାଇ ଝାଡ଼ୁଥିଲି। କେଉଁଠି ଠାକିଲା ଠାକିଲା କେଉଁଠି ନାହିଁ। ବିଶ୍ୱାସରେ ଠୁକୁରୁ ମୁକୁରୁ ନିଜେ ଚଳୁଥିଲି। ତୋତେ ଚଳାଉଥିଲି।

ସେ ଯେପରି ବାଞ୍ଛାର କଥା ବିଶ୍ୱାସ କରି ପାରୁନଥିଲା। ମଲାବେଳେ ମଣିଷ ସତ କୁହେ ବୋଲି ଭାବି ପୁଣି ତା' ଭିତରେ ବିଶ୍ୱାସ ଆସୁଥିଲା। ହେଲେ ସମୟ ଖୁବ୍ କମ୍ ଥିଲା । ଯେପରି ସେହି ଜହ୍ନ ରାତିର ଗୋଟେ ଛାୟାରଥ ସାତଭାୟା ଗାଁଠୁ ନିର୍ଜନ ବାଞ୍ଛାଗୁଣିଆର ଚାଳିଆ ଆଗରେ ଛିଡ଼ା ହୋଇ ରହିଥିଲା। ସେ ଆତୁର ହୋଇ ପଡ଼ିଲା। ବିକଳ ସ୍ୱରରେ କହିଲା- ''ତୁ ଗଲାପରେ ମୁଁ କିପରି ବଂଚିବି କହି ଯାଉନୁ କାହିଁକି ?''

ସେ ହଲାଇ ଚାଲିଥିଲା ବାଞ୍ଛାର ଅବଶ ହୋଇ ଆସୁଥିବା ଦେହକୁ ଓ ଆତଙ୍କିତ ଚିତ୍କାର କରି ଥରେଇ ଦେଉଥାଏ ତା'ର ଅନାଗତ ଯିବା ଯିବାର ମୁହୂର୍ତ୍ତକୁ – 'ଦେଖ୍ ! କହିଦେଉଛି ବାଞ୍ଛା, ତୁ ଏମତି ଚାଲି ଗଲେ ମୁଁ ସାତଭାୟା ଛାଡ଼ି କୁଆଡ଼େ ନାଇଁ କୁଆଡ଼େ ପଳେଇବି। ହାଁ, ରାଜନଗର କି ଏୟାଡ଼େ ଚାନ୍ଦବାଲିରେ ଭିକାରୁଣୀ ହୋଇ ବୁଲିବି। ହାଁ ।''

ସବୁଦିନ ପାଇଁ ଚାଲିଯିବା ପୂର୍ବରୁ ଖାସ୍ ତାକୁ ପଦେ କଥା କହିବା ପାଇଁ ବାଞ୍ଛା ଯେପରି ଯାଉଁ ଯାଉଁ ଫେରି ଆସିଲା। କାହୁଁ କେତେ ଦୂରରୁ। ଗୋଟେ ମଶାଣିଆ ନଜରରେ ତାକୁ ଅନାଇଲା ହେଲେ ଆଖିରେ ଥିଲା ପଳେଇ ଯିବାର ଛାଇ। ସାତଭାୟା ମାଟିରେ ତା'ରି ଚାଳିଆ ଘରେ ତାକୁ ଆକଟ କରି ଅଟକାଇ ଦେବାକୁ କହିଗଲା – ''ମୁଁ ତ ଚାଲିଲି। ମୋ କାଳ ପୂରିଲା। ତୁ କୁଆଡ଼େ ଯିବୁ ? କାଲି ସକାଳେ ମୋତେ ଗାଁବାଲା ଲଗେଇ ସମୁଦ୍ର ବାଲିରେ ପୋଡ଼ି ଦେବୁ। ସମସ୍ତଙ୍କ ସାମ୍ନାରୁ ମୋ ଜୁଇରୁ ନିଆଁ ଟିକେ ନେଇ ମୋ ଚାଳିଆ ଆଗରେ ଧୂନି ଲଗେଇ ଦେବୁ। ମନେରଖ, ଅଖଣ୍ଡ ଧୂନି ଜାଳି ରଖିବୁ। ଧୂନି ପାଉଁଶରେ ବିଭୂତି ବାଣ୍ଟିବୁ। ମୁଁ ସିନା ଦ୍ୱାର ଦ୍ୱାର ବୁଲି ଲୋକଙ୍କୁ ବିଶ୍ୱାସ ବିକୁଥିଲି। ଏଥରକ ତୋର ଗୋଡ଼ ତଳକୁ ବିଶ୍ୱାସ କିଣିବାକୁ ଲୋକ ଧାଇଁବେ। ଦେଖିବୁ ।

ବାବା ! ଏଇଟା ତୁମର କେଉଁ ହାଡ଼

ବାବା ! ଏଇଟା ତୁମର କେଉଁ ହାଡ଼ ? ମୋ ହାତରେ – ଏ ଯେଉଁ ମାଟି ସରା । ମାଟି ସରାରେ ତୁମ ପାଉଁଶ, ପାଉଁଶ ଭିତରେ ପୋତା ହେଉଛି ଯେଉଁ ତୁମର ଦରପୋଡ଼ା ଛୋଟ ହାଡ଼ ଖଣ୍ଡକ ! ସେଇଟା ତୁମ ଦେହର କେଉଁ ହାଡ଼ ବାବା ? କେଉଁ ହାଡ଼ ?

ଏଇଟା କ'ଣ ତୁମ ହାତ ହାଡ଼ ? – ଯେଉଁ ଦିନ ମୁଁ ଜନ୍ମ ହେଲି। ପ୍ରଥମ କରି ସାତଭାୟାର ମାଟି ଛୁଇଁଲି, ତୁମେ ଯେଉଁ ହାତରେ ପ୍ରଥମେ ଟୋଳି ନେଇଥିଲ ସେହି ହାତର ହାଡ଼ ? ଯେଉଁ ତୁମର ହାତର ଆଂଗୁଳି ଧରି ମୁଁ ପ୍ରଥମେ ଚାଲି ଶିଖିଲି- ସେହି ହାଡ଼ ?

ନା ଏ ହାଡ଼ ତୁମ ଛାତି ପଂଜରାର କୌଣସି ହାଡ଼ ? ମନେଅଛି ନା ବାବା ! ପଞ୍ଜରା ଭିତରେ ତୁମର ହୃତପିଣ୍ଡ ଧକ୍ ଧକ୍ ହେଉଥିଲା। ଅନେକ ଥର ତୁମ ପେଟରେ ହାମୁଡ଼େଇ ତୁମ ଛାତି ଉପରେ ମୁଁ କାନ ଡେରି ସେ ଶବ୍ଦ ଶୁଣି ପଚାରେ – ''ବାବା ! ତୁମ ଛାତି ଭିତରେ ଏଇଟା କ'ଣ ?''– ''ସେ ହୃଦୟରେ ପୁଅ। ହୃଦୟ ।'' ତୁମେ କୁହ । ତୁମେ କୁହ ବାବା ! ସେତେବେଳେ ମୋର ଯେଉଁ ବୟସ – ମୁଁ କ'ଣ ବୁଝିପାରୁଥିଲି ହୃଦୟର ଅର୍ଥ କ'ଣ ? ବଡ଼ ହେଲା ପରେ ବୁଝୁଛି ତୁମର କେବଳ ହୃଦୟ ଥିଲା। ଆଉ କାହାର ତୁମ ଭଳି ହୃଦୟ ଥିଲା ମୋତେ ଜଣା ନଥିଲା ତ ବାବା ! ହୋଇପାରେ ଗୋଟେ ହୃଦୟହୀନ ସହରରେ ଗୁଡ଼ାଏ ହୃଦୟହୀନ ମଣିଷଙ୍କ ମେଳରେ ମୁଁ ହୃଦୟହୀନ ହୋଇଯାଇଛି।

ବାବା ! ତେବେ ଏଇଟା କ'ଣ ତୁମ ମୁଣ୍ଡ ଖପୁରୀର ହାଡ଼ ? ତୁମ ଖପୁରୀ ତଳ ମସ୍ତିଷ୍କରେ କେଉଁ ଭଗବାନ ଲେଖି ଯାଇଥିଲା ଯେ, ମଲାପରେ ବି ତୁମେ ମୋ ଭଳି ପୁଅ ଠାରୁ କଷଣ ପାଇବ ?

ତେବେ ଏ ହାଡ଼ ଖଣ୍ଡିକ ତୁମ ଯେଉଁ ଅଂଶର ହାଡ଼ ହେଉନା କାହିଁକି, ଏ ଅନାମିକା ଅସ୍ଥି ଖଣ୍ଡକ ହିଁ ତୁମର ଅସ୍ତିତ୍ୱ।

ବାବା ! ସାତଭାୟା ସମୁଦ୍ର ବେଳାଭୂମିର ଆମର ପ୍ରାଚୀନ ଶ୍ମଶାନରେ ଦାଉ ଦାଉ ଜୁଇରେ ତୁମକୁ ଲଦିଲା ବେଳେ ତୁମ ଆଖି ଖୋଲା ଥିଲା, ପାଟି ଅଧା ଖୋଲା ଥିଲା । ପୋଡ଼ି ପାଉଁଶ ହେବା ଆଗରୁ ତୁମେ କ'ଣ ଦେଖୁଥିଲ – କ'ଣ କହିବାକୁ ଚାହୁଁଥିଲ ବାବା ? ସମୁଦ୍ରକୁ ଶେଷ ଥର ପାଇଁ କ'ଣ ତୁମ ମରଣ ଆଖିରେ ଦେଖୁଥିଲ ? ସାତଭାୟାକୁ କ'ଣ ମୃତ୍ୟୁ ପରେ ବି ନିରବରେ ଜଣାଉଥିଲ ବିଦାୟ ବିଦାୟ ?

ସମୁଦ୍ର ତୁମର ପ୍ରିୟ ବନ୍ଧୁ ଥିଲା ନା ବାବା ? ସାତଭାୟାର ଧୂଳିମାଟି, ଗଛଲତା, ବସ୍ତି ଓ ମଣିଷ ହିଁ ଥିଲେ ତୁମର ପ୍ରିୟ ଜନ୍ମସ୍ଥାନ।

ମନେଅଛି ନା ବାବା ! ଖରାଦିନିଆ ଡହଡହକା ଖରାବେଳ ପରେ ଠିକ୍ ପାଞ୍ଚଟା, ସାଢ଼େ ପାଞ୍ଚଟାରେ ତୁମେ ଘରୁ ବାହାର ସମୁଦ୍ର ବାଲି ବୁଲି। ତୁମ କାନ୍ଧରେ ଥାଏ ମୁଁ। ତୁମ ହାଡୁଆ ଫୁଙ୍ଗୁଳା ଛାତିରେ ଓହଳି ଥାଏ ମୋ କଦଳୀ କଷି ମଂଜା ଭଳି ଦୁଇଟି ଗୋଡ଼। ତୁମେ ସମୁଦ୍ରର ବହୁତ ଭିତରକୁ ଆଂଗୁଠି ଦେଖାଇ କୁହ –''କ'ଣ ଦେଖୁଛୁରେ ପୁଅ ?''

''ସମୁଦ୍ର ଆକାଶ ସହିତ ମିଶିଛି।'' ମୁଁ କହେ। ତୁମେ ମୋତେ ବୁଝାଅ–'' ଭୁଲ କଥାରେ ପୁଅ। ଭୁଲ କଥା। ସମୁଦ୍ର ଅଲଗା। ଆକାଶ ଅଲଗା। ଆକାଶ ବହୁତ ଉପରେ । ଆମକୁ ସେମିତି ଦେଖାଯାଉଛି। ଆଖିରେ ଦେଖାଯାଉଥିବା ସବୁ ଦୂର ଜିନିଷ ମଧ୍ୟ ଭ୍ରମ, ଭୁଲ , ବୁଝିଲୁ।''

ବାବା ! ତୁମେ ଥିଲ ମୋର ପ୍ରଥମ ଶିକ୍ଷକ। ମୋ ପାଇଁ ତୁମେ ସମଗ୍ର ଜୀବନ ଥିଲ ଗୋଟେ ରହସ୍ୟମୟ ମଣିଷ। ମୁଁ ତୁମକୁ ବୁଝିଲା ବୟସ ବେଳକୁ ବାପାର କାହିଁ କେତେ ଊର୍ଦ୍ଧ୍ୱରେ ତୁମେ ପାଲଟି ଗଲ ମୋ ବାବା !!

ବାବା ରାଜନଗର ହାଇସ୍କୁଲରେ ପାଠ ପଢ଼ିଲା ବେଳେ, ସପ୍ତାହରେ ନିଶ୍ଚିତ ଥରେ ଚୂଡ଼ା ଚାଉଳ ଧରି ତୁମେ ଯେତେବେଳେ ମେସ୍‌ରେ ପହଂଚ – ସେତେବେଳେ ମୋ ଛାତି ଗୌରବରେ ଫାଟି ପଡୁଥିଲା ଗୋଟେ ଅଦ୍‌ଭୁତ ଚାପା ଉତ୍ତେଜନାରେ ମୋ ଭିତରୁ ବାହାରି ଆସୁଥିଲା ଗୋଟେ ଚିତ୍‌କାର – ''ଏହିରେ ମୋର ବାବା ଆସିଛନ୍ତି। ମୋ ବାବା ।'' ତୁମେ ଘରକୁ ଫେରିଲାବେଳେ ସବୁବେଳେ ଗୋଟିଏ କଥା କୁହ – ''ଆହୁରି ମନଦେଇ ପଢ଼। ସାତଭାୟାର ନାଁ ରଖ।'' ମୋର ମନେ ଅଛି ବାବା ! ଜୀବନରେ କେବେ ବି ଗୋଟେ ପୁଅକୁ ବାପର ନାଁ ରଖ ବୋଲି କହିପାରି ନଥିବା ସାତଭାୟା ମାଟିର ତୁମେ ଥିଲ ଜଣେ ସଚ୍ଚା ନାଗରିକ। ତୁମ ଫଟା ଧୂଳିଆ ଚଉଡ଼ା

କଳା ମଚ୍ ମଚ୍ ପାଦ ଆଡ଼େ ମୋ ମୁଣ୍ଡ ନଇଁ ଯାଏ। ତୁମ ପାଖରେ ପିଲାଦିନେ ଛିଡ଼ା ହେଲେ ମୋର ମନେ ହୁଏ – ସାତଭାୟାର ତୁମେ ଥିଲ ଗୋଟେ ସବୁଠୁ ଉଂଚା ନଡ଼ିଆ ଗଛର ମଣିଷର ବାପା, ତା' ତଳେ ଛିଡ଼ା ହୋଇଥାଏ ମୁଁ ଗୋଟେ ଅତ୍ୟଂତ ବାମନାକୃତି ମଣିଷ ଶିଶୁପୁତ୍ର ।

ବାବା ! ଯେଉଁଦିନ ରାଜଧାନୀରେ ମୋ ଚାକିରୀ ହେଲା। ଗୋଟେ ବିପୁଳାଚ ପୃଥ୍ୱୀର ଉଚ୍ଛ୍ୱାସରେ ତୁମେ କହିଥିଲ ନା ବାବା –''ସାତଭାୟାର ପ୍ରଥମ ଲୋକ ହିସାବରେ ତୁ ରାଜଧାନୀରେ ଚାକିରୀ କଲୁ। ସାତଭାୟାର ନାଁ ରଖିଲୁ।'' ବାବା ! ରାଜଧାନୀର ମୋ ଟୁଆର୍ ସର୍କାରୀ କ୍ୱାଟରସ୍‌ରେ ଗୋଟେ ସପ୍ତାହ ଅଟକି ରହିଲେ – ତୁମେ ଆକ୍ତା ମାକ୍ତା ହୋଇ ଯାଉଥିଲା। ବିଡ଼ି ଧୂଆଁରେ ଅବଶୋଷ ପୋଡୁଥିଲ –'' ଏଠି ସାତଭାୟା ଭଳି ହାୱା କାହିଁରେ / ଏତ ପୋକମାଛି ଭଳି କୋଠା ମଣିଷ ହାଲୁହାଲୁ ସହର – ଏଠି ଜୀବନ କାହିଁରେ ଜୀବନ ?

ବାବା ! ତୁମେ ଥିଲ ଶିଶୁ ଭଳି ସରଳ। ମୋ ପୁଅ ଭଳି ଏକଜିଦିଆ। କେତେ ବୋକା ନଥିଲ ! ପୁଣି ସେହି ବୋକାମୀ ଭିତରେ ସାତଭାୟାର ଖାସ୍ ମଣିଷ ଭାବେ ତୁମେ ସାବ୍ୟସ୍ତ କରିପାରୁଥିଲ ଚମତ୍କାର ଭାବେ। ସେ ସବୁ ଦିନଗୁଡ଼ିକରେ ସାତଭାୟା ମଣିଷଙ୍କ ଜୀବନ ସହିତ କାହିଁକି କସ୍‌ମପଲିଟାନ୍ ସହର ରାଜଧାନୀ ମଣିଷଙ୍କୁ ତୁଳନା କରୁଥିଲ ? ମୋତେ ଅସହଜ ଲାଗୁଥିଲା। ଆଜି ଭାବୁଛି : ସତରେ ତୁମେ ଥିଲ ଜିନିୟସ୍ । ତୁମେ ତ ବାବା ! ସାତଭାୟାର ପାଣି ପବନ ମଣିଷଙ୍କୁ ସାରାଜଗତରେ ଖୋଜୁଥିଲ। ବାବା ! ମୋ ପିଲାମାନଙ୍କ ପାଖରେ ତୁମେ ଥିଲ ''ସାତଭାୟା ଜେଜେ'' । ପୁରୀ, ଗୋପାଳପୁର, ଚାନ୍ଦିପୁର ସମୁଦ୍ର ବେଳା ଭୂମି ଦେଖିଥିବା ମୋ ପିଲାମାନଙ୍କ ପାଇଁ ସାତଭାୟା ସମୁଦ୍ରର ଗପରେ କିଛି ଆଶ୍ଚର୍ଯ୍ୟ ନଥିଲା। ତଥାପି ତୁମର କୁହୁକିଆ ବର୍ଣ୍ଣନାରେ ପିଲାମାନେ ଭୋଳ ହୋଇ ଯାଉଥିଲେ । ଗୋଟେ ପାଖରେ ଗହୀରମଥା ସମୁଦ୍ରର ମୁହାଣ, ଅନ୍ୟପାଖରେ ପାଠଶାଳା ନଈଠୁ ବିଛିନ୍ନ ହୋଇଥିବା ସାତ ସାତଟା ଗାଁର ସେହି ସମୁଦ୍ର କୂଳିଆ ସାତଭାୟାର ଇତିହାସ, କେମିତି ସାତଟା ଗାଁରୁ ପାଞ୍ଚ ପାଞ୍ଚଟା ଗାଁ ସମୁଦ୍ରରେ ଗଲାପରେ ଆଉ ମାତ୍ର ଦି'ଟା ଗାଁର ଲୋକ ପଞ୍ଚୁବରାହୀ ଗ୍ରାମ୍ୟ ଦେବୀଙ୍କ ଦୟାରେ ପଡ଼ି ରହିଛନ୍ତି – ସେହି କରୁଣ କଥା ପିଲାଙ୍କ ମନରେ ତୁମେ ହିଁ ରେଖାପାତ କରାଇ ଦେଉଥିଲ। ପଞ୍ଚୁବରାହୀ ମନ୍ଦିରରେ ଝାମୁଯାତ୍ରା, ବାସ୍ତୋରି, ଏକାଅଶୀ ମସିହାର ପ୍ରଳୟଙ୍କରୀ ବାତ୍ୟା, ଗହୀରମଥାରେ ହଜାର ହଜାର କଇଁଛ ଅଣ୍ଡାଦେବାର ଦୃଶ୍ୟ ଫଟୋଗ୍ରାଫ୍ ଗୁଡ଼ିକ ତୁମେ ପିଲାମାନଙ୍କ ଆଗରେ ଏମିତି ଟୋଳି ଧରୁଥିଲ ଯେ, ପିଲାମାନେ ରାଜଧାନୀର କୁହୁକ ରାଜ୍ୟରେ ବି ସାତଭାୟା ପ୍ରତି ହୋଇ

ଉଠୁଥିଲେ ଏକଦମ୍ ସଂବେଦନଶୀଳ ! ତୁମେ ମୋ କନ୍‌ଭେଂଟ ପଢୁଆ ଛୋଟ ଛୋଟ ପିଲା ଦୁଇଟି ମନରେ ଭରପୁର କରି ଦେଉଥିଲ ଗୋଟେ ବୁନିଆଦିର ଇତିହାସ। ତୁମେ ପିଲାମାନଙ୍କୁ କୁହ – "ଆରେ ପିଲାମାନେ ! ସାତଭାୟାରେ ମୋ ଜେଜେ ଜନ୍ମ ହୋଇଥିଲେ ମୋ ବାପା ସେହି ମାଟିରେ ଜନ୍ମ ହୋଇ ମିଶିଲେ। ତା'ପରେ ସେହି ମାଟିରେ ମୁଁ ମିଶିବି। ସେହି ମାଟିରେ ତୁମ ବାବା ଜନ୍ମ ହେଲା। ତୁମମାନଙ୍କ ଜନ୍ମ ସିନା ସେଠି, ହେଲେ ସେହି ରକ୍ତ ତ ଗୋଟେ। ତୁମେ ଯେଉଁଠି ଥାଅରେ ପିଲେ। ତୁମେ ସାତଭାୟାର ପିଲେ।"

ବାବା ! ଖାସ୍ କ'ଣ ସେଇଥିପାଇଁ ବର୍ଷକରେ ଥରେ ଯେତେବେଳେ କୁଆଡ଼େ ବୁଲିଯାଇ ଛୁଟି କଟାଇବାକୁ ଯୋଜନା ଉଠେ – ପିଲାମାନେ ଜିଗର ଲଗାନ୍ତି– "ଚାଲ ଏଥର ସାତଭାୟା ଜେଜେଙ୍କ ଘର।" ରାଜଧାନୀର ରାସ୍ତାଘାଟ, ଦୋକାନ ବଜାର, ସ୍କୁଲ, ଖେଳପଡ଼ିଆ, ପ୍ରଦର୍ଶନୀ, କଣ୍ଢେଇ, ଆଳୁଅ, ଟେଲିଭିଜନ, ସିନେମା ମୋହ'ର ଭିଡ ଭିତରୁ ତୁମେ ନା ବାବା ମୋ ପିଲାମାନଙ୍କ ମନରେ ଭରି ଦେଉଥିଲ ଗୋଟେ ମାଟିର ମୋହ। ସାତଭାୟାର ପ୍ରତି ଆଗ୍ରହ !

ରାଜଧାନୀରୁ ଯାଇ ସାତଭାୟାରେ ପହଞ୍ଚିବାର ଗମନାଗମନ କ୍ଷେତ୍ରରେ କେତେ ଅସୁବିଧା, କେତେ କ୍ଳାନ୍ତି। ହେଲେ ଯେତେଥର ସପରିବାର ଧରି ଆମେ ସାତଭାୟା ଯାଇଛୁ – ପିଲାମାନେ ସବୁ ଥର ଯାଆନ୍ତି ଗୋଟେ ଆବିଷ୍କାରକର ମନ ନେଇ। ରାଜଧାନୀରୁ ବସ ଧରି କେନ୍ଦ୍ରାପଡ଼ା, ସେଠୁ ବସ୍ ଧରି ରାଜନଗର, ସେଠି ଟ୍ରେକର ଧରି ଓକିଲପାଳ ଛକ, ଓକିଲପାଳ ଛକରେ ହିଁ ମୋ ଆସିବା ଖବର ଆଗରୁ ଜାଣି ତୁମେ ହିଁ ତ ବାବା ! ତୁମ ପରିବାର ପାଇଁ ସ୍ୱାଗତର ତୋରଣଟିଏ ସଜେଇ ଦେଇଥାଅ। ସ୍ୱାଗତ କରିବା ପାଇଁ ଆମକୁ ଅପେକ୍ଷା କରିଥାନ୍ତି – ତୁମ ଦ୍ୱାରା ପ୍ରେରିତ ଦୁଇଜଣ ସାଇକେଲ ଚଢ଼ାଳି ସାତଭାୟାର ଗାଁର ମଣିଷ।

ବେଶ୍ ସାଇକେଲ କେରିୟରରେ ଲଦା ଯାଏ ଆଟାଚି। ହାଣ୍ଡଲରେ ଝୁଲାଯାଏ ବ୍ୟାଗ ଓ ଆମର ସାମାନ୍। ପିଲାମାନେ ଦୁଇଟି ସାଇକେଲର ଆଗ ରଡ଼ରେ ଗୋଡ଼ ଝୁଲେଇ ବସନ୍ତି। ଆବୁରା ଖାବୁରା ହେଂତାଳ ଜଙ୍ଗଲ ରାସ୍ତାରେ ସେ ଦୁଇଜଣ ସାଇକେଲ ଚଢ଼ାଳି ମୋ ପିଲା ଓ ଜିନିଷପତ୍ର ଧରି ଆଗେ ଆଗେ ସାଇକେଲ ଗଡ଼େଇ ଚାଲୁଥାନ୍ତି। ପଛରେ ମୁଁ ଓ ତୁମର ବୋହୂ – ଖୁସିଗପ ମାରି ଚାଲୁଥାଉ। ବେଣା ନଈର ଗଭୀର ସରୁଧାରର ନିତିଦିନିଆ ଶଗଡ଼ିଆ ଘାଟର ହୁଲିଡଙ୍ଗାରେ ଚଢୁ। ନଈ ସେପାରିରେ ପୁଣି ଜଙ୍ଗଲ ରାସ୍ତା ଡେଇଁ ସମୁଦ୍ରର ଘେରିବନ୍ଧକୁ ଆମେ ଚଢୁ। ସମୁଦ୍ରର ସେହି ବାଲି ମାଟିର ଖାଲଖମା ଘେରି ବନ୍ଧରେ ଉଠିଲେ ଦିଶେ ସମୁଦ୍ର, ଦୂରରେ ନଡ଼ିଆ ବର ଓସ୍ତ

ଗଛର ଭିଡ଼ ଭିତରେ ଆମର ସାତଭାୟା କାନପୁର – ଦୁଇଟି ସମୁଦ୍ରଖିଆ ଗାଁର ଲୁଣିଆ ଦିଗ୍‌ବଳୟ ! ସେହି ଘେରି ବଂଧକୁ ଉଠିଲେ ଆମ ଦୁଇଙ୍କର ତୁହାଇ ତୁହାଇ ମନେପଡ଼େ ବାବା ! ସେଇଥିପାଇଁ କେତେବେଳେ ମୁଁ ତୁମ ବୋହୂ ଆଗରେ ସ୍ମୃତି ଚାରଣ କରେ, କେତେବେଳେ ତୁମ ବୋହୂ ତୁମ ଭଳି ଶଶୁର ପାଇଁ ଗୌରବରେ ଗପି ପକାଏ। ପୁଣି କେତେବେଳେ ମୋ ବାପା ତୁମ ବୋହୂଙ୍କ ବାପା ମଧ୍ୟରେ ତୁଳନା ଭିତରୁ ଆମ ସ୍ୱାମୀ ସ୍ତ୍ରୀ ଭିତରେ ଶୀତଳ ବାକ୍‌ଯୁଦ୍ଧଟିଏ ହୋଇଯାଏ !

ବାବା ! ଥରେ କ'ଣ ହୋଇଛି ନା, ଆମେ ଗାଁକୁ ଫେରିଲା ବେଳେ ସେହି ସମୁଦ୍ର ଘେରି ବନ୍ଧ ଉପରେ ଆମ ଦୁଇ ଜଣଙ୍କ ଭିତରେ କଥା ପଡ଼ିଲା। ମୁଁ କହିଲି – ''ଦେଖ ମୋ ବାବାଙ୍କୁ। ମୁଁ ତିନି ଚାରି ବର୍ଷ ବୟସ ହୋଇଥିଲି ମୋ ବୋଉ ମରିଗଲା । ସେହି ଦିନଠୁ ମୋ ବାବା ମୋତେ ମା' କ'ଣ ଜଣାଇ ଦେଲା ନାହିଁ, ବାହାସାହା ହେଲା ନାହିଁ। ଯେତେ ଥର କହୁଛେ – ଆମ ସହିତ ରାଜଧାନୀରେ ରୁହ । ଯେଉଁ ଦି ତିନିମାସ ଥରେ ଆମପାଖକୁ ଯାଉଛନ୍ତି। ତିନି ଦିନ ଚାରିଦିନ ଯାଇ ନଥିବ – ସାତଭାୟାରେ ହାଜର୍। ଏହାକୁ ତୁମେ କ'ଣ କହିବ ? ଏ ତ ରୀତ୍‌ମତ୍ ସାତଭାୟା ପାଗଳ।''

ତୁମ ବୋହୂ ମୋତେ ମୃଦୁ ଥଟ୍ଟା ହେଲା ''ତୁମ ବାବା କ'ଣ ଅନ୍ୟ ସବୁ ବାବା ଭଳି । ସେ ତ ତୁମ ବାବା।''

–''ଆଉ ତୁମ ବାପା'' ? –''ମୋ ବାପା ହିଁ ମୋର ବାପା – ବୁଝିଲ।'' –ତୁମ ବୋହୂ ସେଠି ମୁହଁ ଫୁଟାଣି ମାରିଲା। ମୁଁ ବି ନଛୋଡ଼ବନ୍ଧା।– ଆମ ବାବାଙ୍କୁ ଦେଖ । ତିରିଶ ବର୍ଷ ଧରି ସ୍ତ୍ରୀ ନ ଥିବା ସଂସାରଟେ ଚଳାଉଛନ୍ତି। ଆଉ ତୁମ ବାବାଙ୍କର ଘରେ ସ୍ତ୍ରୀ ଥାଇ, ବାହାରେ ରଖିଥିଲେ ଜଣେ ରକ୍ଷିତା।''

ମନେ ଅଛି ନା ବାବା ! ସେହି କେଇଦିନ ଆମେ ସାତଭାୟାରେ ରହିବା ଭିତରେ ଆମ ସ୍ୱାମୀ ସ୍ତ୍ରୀଙ୍କ ଭିତରେ କଥାବାର୍ତ୍ତା ବନ୍ଦ ହୋଇଯାଇଥିଲା। ତୁମେ କେମିତି ଟେର ପାଇ ଯାଇଥିଲା। ଅନୁମାନ କରୁଥିଲ ତୁମ ବୋହୂର ବିଷଣ୍ଣ ନିରବତା । ସେହି ପର ଝିଅଟିର ମନ କଷ୍ଟ। ଅତି ପାରମ୍ପରିକ ସାତଭାୟା ଗାଁର ପ୍ରାଚୀନ ନୀତିବାଦୀ ନଥିଲ ବାବା ! ତୁମେ ଥିଲ ରାଜଧାନୀର ଇଂରେଜୀ ପଢ଼ୁଆ ମୋ ପୁଅ ଝିଅ ଭଳି ମଡର୍ଣ୍ଣ ! ସ୍ୱାଧୀନଚେତା ସ୍ୱାମୀ ସ୍ତ୍ରୀ ଭିତରେ ସବୁ ବ୍ୟବଧାନକୁ ତୁମର ଆଦେଶ ହିଁ ଯଥେଷ୍ଟ ଥିଲା । ତୁମେ ମୋତେ ନିର୍ଦ୍ଦେଶ ଦେଲ – ''ତୁ ଯେତେଥର ଗାଁକୁ ଆସିବୁ, ତୋ'ରି ସାଙ୍ଗ ସାଥୀ ଘରକ ବୁଲାବୁଲି, ପଞ୍ଚୁବରାହୀ ମନ୍ଦିର ଛକରେ ଆଡ୍ଡା ଦେଇ ସମୟ ସାରୁଛୁ । ବୋହୂ ପିଲାମାନେ କ'ଣ ଘରେ ବସିଥିବେ ? ଯା' ସେମାନଙ୍କୁ ସାଙ୍ଗରେ ନେଇ ଆମ ସଂପର୍କୀୟ ଘରେ ବୁଲେଇ ଆଣେ। ସମୁଦ୍ର ଆଡ଼େ ବୁଲେଇ ଆଣେ।''

ମୋର କହକହି ଝିଅ ଠିକ୍ ସେତେବେଳେ ତୁମ ଭଳି ଗାଉଁଲି ସରଳ ସାତଭାୟା ଜେଜେଙ୍କୁ ତା'ର ପିଲାଳିଆମି ଜବାବ ଫେରାଇଲା– ''ଆମେ କ'ଣ ଟୁରିଷ୍ଟ ? ଟୁରିଷ୍ଟମାନେ ସିନା ସମୁଦ୍ର କୂଳେ ବୁଲନ୍ତି।'' ଏବେ ବି ମୋର ମନେପଡୁଛି ବାବା ! ଅନୁଭୂତିରେ ଅନଭିଜ୍ଞା ମୋ ଝିଅର ଜବାବ୍‌ରେ ତୁମ ଆଖିରେ ଲୁହ ଟୁଳୁମୁଳୁ ହୋଇଗଲା, ମୋ ଝିଅ ମୋ ସହ ଯେତେ ସମୁଦ୍ରକୂଳ ସବୁ ବୁଲିଛି। ଆମ ସହିତ ଟୁରିଷ୍ଟ ସଜେଇ ବୁଲିଛି, ତୁମେ କିପରି ଯେ ବାରି ପାରିଲ ବାବା ! ମୋ ହୁଣ୍ଡିହାଉଡ଼ି ଝିଅଠୁ ସାତଭାୟା ମଣିଷର ବଂଶାନୁକ୍ରମିକ ରକ୍ତର ଉଷ୍ମତାକୁ ବାବା ! ମୋ ଝିଅକୁ ଅତି ଆବେଗରେ ଛାତିରେ ଜାବୁଡ଼ି ଧରି କହିଥିଲ –''ତୁ ମୋରି ରକ୍ତ ଲୋ ସୁନା ଝିଅ। ସାତଭାୟା ତୁମ ଗାଁ ତୁମ ଘର। ଏ ସମୁଦ୍ର ତୁମର। ତୁମେ କାହିଁକି ଟୁରିଷ୍ଟ ହେବ ମଃ ! ଆମର ଏ ସମୁଦ୍ର କୂଳରେ ବୁଲିଲେ – ଗାଁ ଦାଣ୍ଡରେ ବୁଲୁଛ। ନିଜ ଗାଁ ଦାଣ୍ଡରେ ଖେଳୁଛ ବୋଲି ଭାବିବୁ।'' ତୁମ ଆଖି ଲୁହ, ଆବେଗ, ଆନ୍ତରିକତାରେ – ଆମେ ସବୁ ଯେତେବେଳେ ସ୍ତବ୍ଧ ହୋଇ ଠିଆ ହୋଇଥିଲୁ । ସମୁଦ୍ର କୂଳରେ ତୁମ ବୋହୂ ହିଁ ସେ ଦିନ ଆଗ ମୁହଁ ଫିଟାଇ ସ୍ୱୀକାର କଲା – ଠିକ୍ ତୁମ ଭଳି ମଣିଷଟିଏ ଗୋଟେ ବୋହୂ ପାଇଁ ଶଶୁର ହେବାକୁ ଯୋଗ୍ୟ !

ମୁଁ ବି ଦୋଷ ସ୍ୱୀକାର କଲି ତୁମ ବୋହୂଙ୍କ ବାପାଙ୍କର ଯେତେ ବ୍ୟକ୍ତିଗତ ଜୀବନ ଥାଉ ହିଁ ସେ ଗୋଟେ ଝିଅର ବାପା । ସବୁ ବାପା ସବୁ ପୁଅ ଝିଅ ପାଇଁ ସ୍ୱତନ୍ତ୍ର ଓ ଶ୍ରେଷ୍ଠ। ସେଦିନ ତୁମ ବୋହୂ ମୋ ସହ ତାଳ ମିଳାଇ ସ୍ୱୀକାର କଲା ଯେ – ତୁମ ପାଖରେ ବାବା ! ଯେଉଁ ଭଲ ପାଇବାର କିଂଚିତ୍ ଧାରାଟିଏ ରହିଛି ତାହା ପୃଥ୍ୱୀର କ୍ୱଚିତ୍ ମଣିଷଙ୍କ ପାଖରେ ଅଛି କି ?

ବାବା ! ତୁମେ ହିଁ ଗୋଟେ ତ୍ରିକାଳଦର୍ଶୀ ଭଳି ପିଲାଟି ଦିନରୁ ଏ ଯାବତ୍ ମୋ ମୁହଁରୁ ପଢି ପାରୁଥିଲ ମୋତେ। କେତେବେଳେ ମୁଁ ଦୁଃଖରେ ଥାଏ – କେତେବେଳେ ସୁଖରେ, କେତେବେଳେ ଅନ୍ୟମନସ୍କରେ ଥାଏ – କେତେବେଳେ ଟେନ୍‌ସନରେ। ମୁଁ ତ ଆଶ୍ଚର୍ଯ୍ୟ ହୁଏ ବାବା ! ସାତଭାୟାରେ ଥାଇ କେଉଁ ଟେଲିପାଥିରେ ଖବର ପାଇ ଠିକ୍ ମୋ ମନର ଓର ଉଣ୍ଡି ରାଜଧାନୀର ମୋ ଟୁଆର୍ କ୍ୱାଟରସ୍‌ରେ ପହଞ୍ଚିଯାଅ।

ଗୋଟେ ବାପା ଗୋଟେ ପୁଅକୁ ଏତେ ଦୂରରେ ଥାଇ ବୁଝିପାରେ ପୁଣି ବୁଝେଇ ପାରେ ? ମୁଁ ବି ଦୁଇଟି ପିଲାର ଜଣେ ବାପା ବାବା ! ମୁଁ କାହିଁକି ତୁମ ଭଳି ବାବାଟେ ହୋଇପାରେନା। ଆତ୍ମବିଶ୍ୱାସହୀନ ଗୋଟେ ଭୟଙ୍କର ଡର୍‌ପୋକ୍ ଚରିତ୍ରଟି ମୋର ବାବା ! ଏକଥା କ'ଣ ତୁମକୁ ଅଛପା ଅଛି ?

ତୁମେ ବେଶ୍ ଭଲ ଭାବରେ ଜାଣିଥିଲ ବାବା ! ରାଜଧାନୀରେ ମୋତେ ଭଲ ଲାଗେନା। ସାତଭାୟା କୂଳରେ କୈଶୋର ବିତାଇଥିବା ଗୋଟେ ମଣିଷ ରାଜଧାନୀର ଫର୍ମାଲିଟି, ଲୋକ ଦେଖାଣିଆ ଆଦାବ୍‌କାଇଦାର ସମୁଦ୍ରରେ ବୁଡି ବୁଡି ଯାଏ। ରାଜଧାନୀରେ ମୁଁ ଡରି କରି ବଞ୍ଚେ। ରାଜଧାନୀକୁ ଡରେ। ଡରେ ମୋ ଶିକ୍ଷା। ମୋ ଚାକିରୀ ମୋ ପଦ ପଦବୀ। ମୋ ପଦମର୍ଯ୍ୟାଦା। ମୋ ସ୍ତ୍ରୀର କଲୋନୀ ଜୀବନ, ମୋ ପିଲାମାନଙ୍କ ବଢ଼ନ୍ତା ସ୍ୱପ୍ନମାନଙ୍କୁ ଦେଖି ଡରେ।

ତୁମେ ସେତେବେଳେ ମୋ ମନର ଭାଷା ପଢ଼ି ପାର। ମୋତେ ବଂଧୁ ଭଳି ଗୋଟେ ଦାର୍ଶନିକ ସ୍ୱରରେ ବୁଝାଅ –''ଆରେ ପୁଅ ! ମଣିଷ ଯେଉଁଠି ରହୁ – ତା'କର୍ମ କରିଯାଉ। କର୍ମକୁ କ'ଣ ଡରରେ ? ମାଟି ତ ସବୁଠି ଲାଗିଛି। ଜାଗା ଅଲଗା ଅଲଗା। ଯେଉଁ ଜାଗାକୁ ମଣିଷ ନିଜର କରିପାରେ ନାହିଁ। ସେ ଜାଗା ବି ମଣିଷକୁ ଆପଣାର କରେନା। ମଣିଷ ନିଜ ପାଦ ତଳର ଜାଗାକୁ ଭଲ ନ ପାଇ ଜାଗା ବଦଳାଏ । ସେଠି ମଧ୍ୟ ସେହି କଥା ହୁଏ। ସେ ଜାଗା ବି ମଣିଷ ଗ୍ରହଣ କରିପାରେନା । ପୁଣି ପୁରୁଣା ଜାଗା ପାଇଁ ଝୁରେ।''

ମୋ ଜୀବନ ପାଇଁ ତୁମ ପ୍ରତିଟି କଥାର ଉଚ୍ଚାରଣ ଗୋଟେ ବୈଦିକ ଶ୍ଳୋକ ଭଳି ଶ୍ରୁତିମଧୁର। ଅର୍ନ୍ତଭେଦୀ। ଖାସ୍ କ'ଣ ଏଇଥିପାଇଁ ବାବା ! ସାତଭାୟାର ଜାଗା ମୋହରେ ସେଇଠି ଶେଷ କରି ଦେଲ ଛ'ସ୍ତୋରି ବର୍ଷ ବୟସର ତୁମ ପରମାୟୁ । ଅଭିଜ୍ଞ ଅଭିଜ୍ଞତାର ଆୟୁଷ ?

ସାତଭାୟାରେ ଯେତେଥର ଭୟଙ୍କର ବାର୍ଦ୍ଧକ୍ୟ – ବାଧକ୍ୟରେ ପଡ଼ିଛ ଖବର ପାଇ ମୁଁ ପହଂଚିଲେ – ତୁମେ ପୁଣି ବଞ୍ଚିବାର ଆତ୍ମବିଶ୍ୱାସରେ ଛିଣ୍ଡା କନା, ଦଉଡ଼ିଆ ଖଟର ବିଛଣାରୁ ଉଠି ବସୁଥିଲ। ମୋରି ହାତମୁଠାକୁ ମୁଠେଇ ବାଉଳି ଚାଉଳି ହେଉ ଥାଅ – ''ଦେଖ ପୁଅ ! କେତେବେଳେ ଡାକରା ଆସିବ। ହଠାତ୍ ଚାଲିଯିବି। ଠିକ୍ ଠିକଣା ନାହିଁ। ମୁଁ ରାଜଧାନୀରେ ତୋ' ପାଖରେ ଥାଏ କି ଏଠି ଥାଏ। ଗୋଟେ କଥା ପୁଅ। ମୋତେ ସାତଭାୟା ସମୁଦ୍ର ବାଲିରେ ପୋଡ଼ି ଦେବୁ ସେଇଠି ମୋ ଜେଜେ ଅଛନ୍ତି । ସେଇଠି ତୋ' ଜେଜେ ଅଛନ୍ତି। ସେଠି ମୁଁ ବି ରହିବି।'' ଦେଖ କି ରାଜଯୋଗରେ ମୃତ୍ୟୁର ସିଂହାସନରେ ଅଭିଷିକ୍ତ ହେଲ ବାବା ! ବହୁତ ଆଗରୁ ଟେଲିଗ୍ରାମ କରି ଆମକୁ ରାଜଧାନୀରୁ ସାତଭାୟାକୁ ଡକେଇଲ।

ସେଦିନ ମୋରି କୋଳରେ ଥିଲା ନା ତୁମ ମଥା ! ତୁମ ଚାରିପାଖରେ ବେଢ଼ିଥିଲେ ତୁମ ପ୍ରିୟ ପରିବାର। ତୁମ ବୋହୂ। ତୁମ ନାତିନାତୁଣୀ। ତୁମ ପାଇଁ ସାତଭାୟାର ଦିନ ଯେପରି ରହସ୍ୟମୟ ଥିଲା। ରାତି ଥିଲା ସେହିଭଳି ରହସ୍ୟମୟ ।

ସେହି ରହସ୍ୟମୟତାର ମାୟାଜାଲରେ ତୁମେ ଥିଲ ସାତଭାୟାର ମଣିଷ । ସାତଭାୟାର ଦିନରାତିଠୁ ବାବା ! ତୁମ ଜନ୍ମ ଓ ମୃତ୍ୟୁ ମୋ ପାଇଁ ସବୁଠୁ ରହସ୍ୟମୟ ହୋଇ ରହିଗଲା ବାବା ! ତୁମ ଜନ୍ମ ମୁଁ ଦେଖିନି । ମୃତ୍ୟୁର ମୁହୂର୍ତ୍ତ ବି ମୁଁ ଦେଖିପାରିଲି ନାହିଁ । ତୁମ ଆଖି ସେମିତି ଖୋଲା ଥିଲା । ତୁମ ପାଟି ସେମିତି ଦରମେଲା ଥିଲା । ଅଥଚ ତୁମେ ନ ଥିଲ । ତୁମ ଶେଷଇଚ୍ଛାର ବୋଧହୁଏ ବିଜୟ ହେଲା । ସାତଭାୟା ସମୁଦ୍ର କୂଳରେ ଝୁଇର ନିଆଁର ଫୁଲଗଦା ଉପରେ ତୁମର ସାମୁଦ୍ରିକ ମାଟି ପାଣିରେ ଗଢ଼ା ଦେହ ଦାଉ ଦାଉ ହୋଇ ଜଳିଲା । ପୁଣି ତାହା ଯେପରି ବାସ୍ନା ହୋଇ ସମୁଦ୍ରର ଲୁଣି ହାଓ୍ୱାରେ, କାନପୁର ଗାଁର ଲମ୍ବା ପୁରୁଣା ନଡ଼ିଆ ବାହୁଙ୍ଗା ଚଅଁରରେ ବିଛେଇ ହୋଇ ସାତଭାୟା ଗାଁ ଲୋକଙ୍କ ନିଃଶ୍ୱାସ ପ୍ରଶ୍ୱାସରେ ମିଶିଗଲା ବାବା !

ବାବା ! ଗୋଟେ ସାତଭାୟାର ମଣିଷ ଭାବେ ତୁମ ସ୍ୱପ୍ନ ଥିଲା ତୁମେ ନିଜ ଭିଟାମାଟିରେ ମରିବ । ଗାଁ ଶ୍ମଶାନରେ ପୋଡ଼ା ହେବ । ସେଇଥିରେ ତୁମ ଆତ୍ମାର ଶାନ୍ତି । ଜୀବନର ସଦ୍‌ଗତି । ହେଲେ ବାବା । ରାଜଧାନୀର ବିଶ୍ୱାସ ଅଲଗା । ରାଜଧାନୀର ବିଶ୍ୱାସରେ ଗୋଟେ ସର୍କାରୀ କର୍ମଚାରୀର ସ୍ୱର୍ଗତ ପିତାର ଅସ୍ଥି ପୁରୀ ମହୋଦଧିରେ ବିସର୍ଜନ କଲେ ଯାଇଁ ଶାନ୍ତି ହୁଏ । ସମ୍ବାଦ ପତ୍ରରେ ଛୋଟ ସମ୍ବାଦଟିଏ ପ୍ରକାଶିତ ହେବା ମଧ୍ୟ ଏଠି ଗୋଟେ ଛେଉଣ୍ଡ ପୁଅର ଷ୍ଟାଟସ୍ ବୋଲି ଧରାଯାଏ । ବାପର ଦଶାହ ଦିନ ଲିଙ୍ଗରାଜ ମନ୍ଦିରର ଅବଢ଼ାପ୍ରସାଦ, ପୁଅ ତା' ସହକର୍ମୀ ଓ କଲୋନୀ ଲୋକଙ୍କୁ ଖାଇବାକୁ ନ ଦେଲେ ଶୁଦ୍ଧିକ୍ରିୟା ସମ୍ପୂର୍ଣ୍ଣ ହୁଏ ନାହିଁ ବୋଲି ଧରାଯାଏ । ବାବା ! ତୁମେ ହିଁ କହିଥିଲ ନା – ମାଟିର ଚଳଣି ସହିତ ସାମିଲ ହେବାକୁ । ରାଜଧାନୀର ଏ ଛଳନାମୟ ଚଳଣିର ଭିଡ଼ରେ ତୁମେ ମଲାପରେ ବି ତୁମକୁ ନିୟୋଜିତ କରିଦେଉଛି ବାବା ! ସେପାଇଁ ମୁଁ ତୁମ ପାଖରେ ସେହି ଛୋଟ ପିଲାଟେ ହିଁ ମନେ କରୁଛି । ଏଇ ଦେଖ ବାବା ! ସାତଭାୟା ସମୁଦ୍ର ଶ୍ମଶାନର ତୁମର ଶୀତଳ ଝୁଇପାଉଁଶ କିଛି ଏହି ମାଟି ସରାରେ ଭରିଛି । ପାଉଁଶ ଭିତରେ ରଖିଛି ତୁମ ଦେହର ଗୋଟେ ଅଧାପୋଡ଼ା ଛୋଟ ହାଡ । ପୁରୀ ମହୋଦଧି ସମୁଦ୍ରକୂଳରେ ତୁମ ଅସ୍ଥି ବିସର୍ଜନ ପାଇଁ – ମୁଁ ରାଜଧାନୀର ମଣିଷ ଭାବେ ଛିଡ଼ା ହୋଇଛି ।

ଏ ମାଟି ସରାରେ ତୁମ ଦେହର ଏ ଭସ୍ମ – ତୁମ କୁହୁକ ଭଲ ପାଇବାର ପାଉଁଶ । ଏ ଅନାମିକା ହାଡ଼ ଖଣ୍ଡିକ ତୁମ ଚେତନାର ହିଁ ବାବା ! ଦେଖ ବାବା ! ତୁମର ପାଉଁଶ ଓ ଅସ୍ଥି ଏହି ପୁରୀ ମହୋଦଧିରେ ସିନା ମୁଁ ବିସର୍ଜନ କରି ଦେଉଛି । ହେଲେ ଏ ବଙ୍ଗୋପସାଗର ଗୋଟେ ନରମ ଜୁଆର ହାତରେ ତୁମର ଏ ଅସ୍ତିତ୍ୱକୁ ତୁମର ପ୍ରିୟ ସାତଭାୟା ବେଳାଭୂମିରେ ବିଞ୍ଛୁଡ଼ି ଦେବ ଇ ଦେବ । ଏକଥା କିଏ ଜାଣୁ ବା ନ ଜାଣୁ ତୁମେ ଜାଣ ଆଉ ମୁଁ କେବଳ ଜାଣେ !

ପାଂଚ ପାଂଚଟା ହେଁ ବଡ଼.......

ପାଂଚ ପାଂଚଟା ହେଁ ବଡ଼ ପ୍ରତିମା ଦେହରେ ହଳଦୀ ଲଗାଇ ଦେବା, ଗାଧୋଇ ଦେବା, ସେମାନଙ୍କୁ ଶାଢ଼ୀ ପିନ୍ଧାଇ ଦେବା । ସେମାନଙ୍କ ପାଇଁ ଖିରୀ ରାଂଧିବା ଛଡ଼ା ତା'ହାତରେ କାମ କିଛି ନଥିଲା ।

ନିଲଠା ସାତଭାୟା ସମୁଦ୍ର କୂଳ କାନପୁର ଗାଁରେ, ତା'ଅଲାଜୁକ ଘଇତା ସହ ଦେଉଳ ସମ୍ଭାଳୁଥିଲା । ଘର ସମ୍ଭାଳୁ ଥିଲା ।

ପ୍ରକୃତରେ ନିତି ପ୍ରତି ପାଞ୍ଚଟା ମାର୍ତଣ୍ଡ ପଞ୍ଚୁବରାହୀ ମୁଗୁନି ପଥର ଦେହରେ ହଳଦି ମାଖି ଗାଧୋଇଦେବା, ଭୋଗରାଗ କରିବା, ଖରାବେଳରେ ବଡ଼ ଭୋଗ ଲାଗି ଖିରୀ ରାନ୍ଧିବା । ଦ୍ୱିପ୍ରହର ବେଳେ ବାଲ ଭୋଗ ଲଗାଇବା । ସଂଧ୍ୟାବେଳେ ଆଳତିଧୂପ ଲଗାଇ ଖେଚଡ଼ି କରିବା । ବର୍ଷକୁ ବର୍ଷ ଚୈତ୍ର ପୂର୍ଣ୍ଣମୀ ଯଜ୍ଞ, ବୋଦାବଳି, ଦୂର୍ଗାପୂଜାରେ ମଇଁଷିବଳି କ୍ରିୟା କର୍ମ, ପୁଣି ପ୍ରତିଦିନ ସେ ପାଖରୁ ଅନେଇଥାଅ ତାଳଚୂଆ ଠାରୁ ଏ ପାଖର ରାଜକନିକା, ଓକିଲପାଳ ଆଡୁ ଆସୁଥିବା ଭକ୍ତଙ୍କ ଭୋଗରାଗ କରିବା । ଦେଢ଼ମାସରେ ଥରେ ତା'ର ଯେଉଁ ପନ୍ଦର ଦିନ ପାଳି ସେତକ ଦେଉଳ ଧଂଦା କରିବା ତା ଭଳି ସ୍ତ୍ରୀ ଲୋକଟେ ପାଇଁ ଥିଲା କାଠିକର ପାଠ । ହେଲେ ଶବର କୂଳରେ ଜନ୍ମ ହୋଇଥିବା ରଂଗଣିଗାଁର ଝିଅ ସାତ ଭାୟାରେ ବାହା ହେଲାପରେ – ଏଇଟା ଥିଲା ତା ଶାଶୁ ଘରେ ଅଲ୍‌ବତ୍ ।

ପଞ୍ଚୁବରାହୀ ଠାକୁରାଣୀଙ୍କ ପୂଜା କୌଣସି ପୁରୁଷ କରିବାର ନିୟମ ନାହିଁ । ତା ଶାଶୁ ପଞ୍ଚୁବରାହୀଙ୍କ ମାଜଣା, ପୂଜାକାର୍ଯ୍ୟ କରୁଥିଲେ । ଶାଶୁ ଅନ୍ତେ ତାକୁ ହିଁ କରିବାକୁ ହେଉଛି ଏ କାମ । ଶାଶୁ ମଲାବେଳେ କହିଯାଇଥିଲା ମୋ ଦିନକାଳ ସଇଲା । ମୋ ପୁଅକୁ ତୁ ଦେଖିଲୁ । ଏଥର ଦେଉଳ ସମ୍ଭାଳିବୁ ମୋ ପୁଅକୁ ସମ୍ଭାଳିବୁ ।

ଦେଉଳ ସମ୍ଭାଳିବା କାମ ପ୍ରଥମେ ପ୍ରଥମେ ସେ ଅଡମଡ ହେଉଥିଲା । ପରେ ଭାବିଲା ଏ କଣ ? କାମରେ ତା'ର କେଉଁ କ୍ଷତି ? ଲାଭ ହିଁ ଲାଭ । ନ ହେଲେ ଗୋଟେ କର୍ମକୋଢ଼ି ଘଇତା ଘରେ ତା ସଂସାର ଚଳୁଥାଂତା କିପରି ?

ରାଜକନିକା ରାଜାଂକ ଠାରୁ ଠାକୁରାଣୀଙ୍କ ସେବା ପୂଜା କରିବାକୁ ଗୋସେଇଁ ଶାଶୁଂକୁ ଯେଉଁ ହେଂତାଳବଣକୁ ଲାଗି ଜମି ମିଳିଥିଲା । ଚାଷ କରୁଥିଲେ କିଛିଦିନ ଘର ଚଳିଯାନ୍ତା, ସେ ଜମି ସବୁ ସାତଭାୟା ଦରିଆ ଗିଳିଛି । ହେଲେ ତା ଅଣ୍ଟାସୁତାରେ ବାନ୍ଧିଥିବା ପଇସା ଥଳି କେବେ ମା ପଞ୍ଚୁବରାହୀଂକ ଦୟାରୁ ଖାଲିପଡ଼େ ନାହିଁ । ଚାରିଜଣ ଶବରୁଣୀ ବୋହୂଂକ ଭିତରୁ ତା' ପାଳି ଯେଉଁ ଦେଢ଼ମାସରେ ଥରେ ପନ୍ଦର ଦିନପାଇଁ ପଡ଼େ । ସେତକ ସମୟରେ ଭକ୍ତଙ୍କ ଦକ୍ଷିଣା, ଠାକୁରାଣୀଙ୍କ ଛାଡ଼ ଶାଢ଼ୀ, ପନ୍ଦର ଦିନର ଖିରୀ, ଖେଚଡ଼ି ଭୋଗ ଭାଗ ତାକୁ ମିଳିଯାଏ । ଦକ୍ଷିଣା ପଇସାରେ ସେ ଠୁକୁରୁ ମୁକୁରୁ କରି ଚଳେଇ ନିଏ ସଂସାର । ପନ୍ଦର ଦିନର ରୋଜଗାରକୁ ଦେଢ଼ମାସରେ ଖର୍ଚ୍ଚ କରି ତଥାପି ହାତରେ ପାଂଚ ପଇସା ସଂଚେ । ସାହି ମାଇପଂକୁ ଅକାଳ ସକାଳରେ ପାଂଚ ଦଶ ଟଂକା କରଜ ବି ଦିଏ । ତା ପାଳିରେ କେଜାଣି କାହିଁକି ଅଧିକ ଭକ୍ତ ଆସନ୍ତି । ପୋଡ଼ାମୁହାଁ ରାଜାଘର ବିଶୋଇ ବୁଢ଼ା ଇର୍ଷାରେ ଦେଖେଇ ଶିଖେଇ କୁହେ – ଠାକୁରାଣୀ ଦେଖିବାକୁ ଲୋକ ଆସୁନାହାନ୍ତି । ଆସୁଛନ୍ତି ଏ ଛଇଳି ଶବରୀ ପୂଜାରିଣୀକୁ ଦେଖିବାକୁ । ବାହାର ଲୋକେ କାହିଁକି ବୁଝିବେ ସ୍ତ୍ରୀ ଲୋକଟେ ଛଇଳି ନ ଥିଲେ ଘଇତାକୁ ପୋଷି ପାରିବ ନାହିଁ । ସମ୍ଭାଳି ପାରିବ ନାହିଁ ନିଜ ଘର ।

ତା' ଘଇତା ବି ସେମିତି ଯେତେ ମାଠିବୁ ମାଠ ମୁଁ ସେହି ଦରପୋଡ଼ା କାଠ । ସେହି ତାସ୍ ଖଟି । ସେହି ତାଡ଼ି ଖଟି । ସେହି ଦରିଆ କୂଳେ ଗୁଲିଗପ । ସେହି ସଂସାରଛଡ଼ା ପ୍ରକୃତି । ଗୋଟେ ମିଣିପି ଲୋକ ମାଇପ ହାତକୁ ଅନେଇଥିବ – ଏଭଳି ଅଲଣା କଥା ସହି ସେ ପଥର ହୋଇଗଲାଣି । ପନ୍ଦର ଦିନ ପାଳିଥିବା ସଂଧ୍ୟା ଆଳତି ବେଳେ ଦେଉଳରେ ବଡ଼ ବାଜା ବଜେଇବାକୁ ଏ ଟିକେ ଯିବ ନାହିଁ କି ଚୈତ୍ର ଯଜ୍ଞ କି ଦୁର୍ଗାପୂଜା ପୂଜାପାର୍ବଣ ବେଳେ ଦେଉଳର ଭିଡ଼ କାମରେ ସାହାଯ୍ୟ ଟିକେ କରିବନାହିଁ । ଯେଉଁଠି ଅନ୍ୟ ତିନିଜଣ ପୂଜାରିଣୀଙ୍କ ଘଇତାମାନେ ଦେଉଳରେ ଯାବତୀୟ କାମ କରୁଥିବେ । ଭକ୍ତଙ୍କ ଦକ୍ଷିଣା କି ଘରକୁ ଖିରୀଭୋଗ ବୋହି ଆଣୁଥିବେ । ସେତେବେଳେ ଏ ପଶିଥିବ କେଉଁ ଗଂଜେଇ ଖଟିରେ । ଦେଉଳ କାମ ଯେପରି ତା ଆଖିରେ ଛୋଟ କାମ । ହେଲେ ସେହି କାମ କରି ସେ ଆଣିଲେ ଏ ଗେଫୁଥିବ ଠିକ୍ । ଗୋଟେ ଛୋଟଛୁଆକୁ ଚାଣ୍ଡେ ଚାଣ୍ଡେ ବୁଝାଇଲା ପରେ ବି ତା ଘଇତା ଯେଉଁ କଥାକୁ ସେଇ କଥା ଯେଉଁ ଅମଣିଆକୁ ସେହି ଅବୁଝା । ତା ଘଇତା ହିଁ ତା'ର ଥିଲା ଯେପରି ମୁଣ୍ଡବ୍ୟଥାର କାରଣ ।

ସକାଳୁ କଂସାଏ ପଖାଳ ଗେଫୁଥିବ ତା ଘଇତା। ଦେ ଦାଣ୍ଡରୁ ପଙ୍ଗତକ – ଡାକରା ଶୁଭିବ ''ବାବନା ଭାଇ ! ଘରେ ନାହଁ କି ହୋ ?'' ଖାଉ ଖାଉ ଏ ଜବାବ୍ ଦେବ ''ଚାଲ ! ଯାଉଛି।''

ସେ ସେତେବେଳେ ଦେଉଳକୁ ଯିବାକୁ ତର ତର ଥିବ କି ଘରର ବାସିକାମ କରୁଥିବ। ଗାଁର ସେହି ବାବନା ଭୂତମାନେ ଏ ବାବନା ଭାଇକୁ ଡାକି ନେଉଥିବେ କାହିଁକି, କେଉଁଠିକି ସେ ଠିକ୍ ବୁଝିପାରୁଥିବ। ସେମାନେ ଗୋଟେ ମାଇପଛଡ଼ା ଭାଡୁଆ ଘରେ ଗଂଜେଇ ଟାଣିବେ। ତା'ରେ ତାସ୍ ପକେଇବେ। ଖରା ତେଜ ହେଲେ ଖେଳ ବଂଦ କରି ବନ୍ଧକୁ ଉଠିବେ। ଖଜୁରୀ ତାଡ଼ି ଖଟିକୁ ଗୋଟିଏ ଗୋଟିଏ ଗଡ଼ିବେ। ଖରାବେଳେ ପେଟକୁ କାଟିଲେ ପୁଣି ଗିଳିବା ପାଇଁ ଘର ମୁହାଁ ହେବେ।

ସେ କିଛି କରିପାରେନା, କେବଳ ଅଗଣାରେ ଛିଡ଼ାହୁଏ, ସାତଭାୟା ଦରିଆ ଉପରକୁ ଉଠୁଥିବା ସେ ଦିନର ପ୍ରଥମ ସୂର୍ଯ୍ୟ ଦେବତାକୁ ଦଣ୍ଡବତଟେ ପକେଇ ଭୁଡୁଭୁଡୁ ହୁଏ – ''ହେ ସୂର୍ଯ୍ୟ ଦେବତା ! ହେ ଧର୍ମଦେବତା ! ତୁ ବୁଝୁ ! ଏ ରଇଜଳାକୁ, ଏ ଅଯୋଗାକୁ, ଏ ଖଣ୍ଡିଆକୁ ତୁ ବୁଝୁ।''

ଦେଉଳ ପାଳି ନ ଥିବା ଦେଢ଼ମାସ ପାଇଟି କରୁଥାଏ ଗର ଗର ସର ସର ହେଉଥାଏ ଭାତ ଗାଳୁ ଥାଏ କି ବାସନ ମାଜୁଥାଏ, ଭୁଟୁ ଭୁଟୁ ହେଉଥାଏ। ମହାଦେବଂକ ବେଲପତ୍ର ଛାଡ଼, ତା'ର କେବେ ତା ଘଇତାକୁ ଧିକ୍କାର ବଚନ କହିବା ଛାଡ଼ ନାହିଁ।

ଦେଉଳ ପାଳି ଆରମ୍ଭ ହୋଇଗଲେ ତାକୁ ତର୍ତର କିଏ କରିପକେଇ ଠିଆ କରାଇଦିଏ ଅଗଣାରେ। ତାସ୍ ପିଟୁଥାଏ ଘଇତା। ଘରେ ପକେଇ ଦେଇ ଥାଏ ଚାବି। କାନପୁର ଗାଁ ଭିତରୁ ବାହାରି ଆସେ। କାନପୁର ସାତଭାୟା ଦି ଗାଁ ମଝିରେ ଦିଶୁଥାଏ ପଞ୍ଚୁବରାହୀ ଦେଉଳ। ଉଡୁ ଥାଏ ସାତଭାୟା ଦରିଆ ପବନ କାମୁଡ଼ା ନେତ। ସେ ସେୟାଡ଼େ ହାତ ଯୋଡ଼େ।

ତାହା ପରେ ଦେଉଳରେ ପହଂଚି କାମରେ ଲାଗିଯିବ। ପ୍ରଥମେ ଦେଉଳ ବେଢ଼ାର କୂଅଁରୁ ପାଣି କାଢ଼ିବ। ହଳଦି ବାଟିବ ଓ ମଂଦିର ଟ୍ରଷ୍ଟ କମିଟିକୁ ଗାଳିଦେବ, ରାଜାଘର ବିଶୋଇକୁ ଗାଳିଦେବ। କମିଟି ଓ ବିଶୋଇ ରାଜାଘର ଦେଉଳ ଜମିକୁ ହଜମ କରି ପାଂଚ ପାଂଚଟା ହେଁ ବଡ଼ ପ୍ରତିମା ଗାଧୋଇ ଦେବାକୁ ଦେଉଛନ୍ତି ପ୍ରତିଦିନ ପଚାଶ ଗ୍ରାମ୍ ହଳଦି। ଖିରୀପାଇଁ ଚିନିପାଁଶକୁ କିଲେ ଅରୁଆ ଚାଉଳ। କେବଳ ଗୋପାଳ ମାଗଣାରେ କ୍ଷୀର ଦେଇ ଖିରୀ ନିଏ। ନହେଲେ ଠାକୁରାଣୀଙ୍କ ପାଖରେ ଖିରୀ ନା ଫିରି ହୁଅନ୍ତା। ସେ ଠାକୁରାଣୀଙ୍କୁ ଗାଧୋଇ ହଳଦି, ଚୁଆ, ଗଂଧମାଳ ଲଗେଇ ଶାଢ଼ୀ ପିନ୍ଧେଇ, ସିଂଦୂର ଲଗେଇ ବାଳ ଭୋଗ ଲଗାଏ। ପୁଣି ଆସେ ରୋଷ ଘରକୁ।

ରୋଷଘର ଧୋଇ ଚୁଲି ଲଗାଏ। ଫୁଙ୍କି ଫୁଙ୍କି ଚୁଲି ଲଗେଇବତ ଖିରୀ ବସେଇବ। ଏୟାଡ଼େ ଖିରୀ ଫୁଟୁଥିବ ସେୟାଡ଼େ ଭକ୍ତ ଗଡ଼ିଲେ ଦେଉଳକୁ ଭୋଗ କରି ଦକ୍ଷିଣା ଲାଳସାରେ ଧାଉଁଥିବ । ଏୟାଡ଼େ ଖିରୀ ଘାଣ୍ଟୁଥିବ, ସେୟାଡ଼େ ତାସ ଖଟିକି ତା'ଡ଼ି ଖଟିରେ ବସିଥିବା ତା ଘଇତା କଥା ଭାବୁଥିବ। ସେତିକିବେଳେ ଦେଉଳ ଆଡୁ ଡାକରା ଆସୁଥିବ – ଦୂରରୁ ଆସିଥିବା ନୂଆ ଭକ୍ତଙ୍କର। କେବେ କେମିତି ଟୋକାଟୋକିଙ୍କ ଯୋଡ଼ି । ଏମାନେ ସାତଭାୟା ଦରିଆ ଦେଖି ଆସିଥାଂତି । କେବଳ ସମୁଦ୍ର ପାଇଁ ପଞ୍ଚୁବରାହୀ ପାଣି ପାଇଲା ଭଳି ଏମାନେ ଦେଉଳକୁ ଆସନ୍ତି। ଦେଉଳ ପ୍ରତିମା ନାଁ ସବୁ ପଚାରୁଥିବେ। ସେ ସମସ୍ତଙ୍କ ପାଇଁ ଗୋଟେ ଘୋଷା ପରିଚୟ ପାଠ ରଖିଥିଲା। ସମସ୍ତଙ୍କୁ ସେହି ଘୋଡ଼ା ଗୀତରେ ବୁଝାଉଥିଲା – "ଏ ପ୍ରତିମା ଦେଖୁଛନ୍ତି ସିନା ପାଂଚଟା। ଏମାନେ ସାତଭଉଣୀ। ଗୋଟେ ଭଉଣୀ ଏ ଆଗ ସାତଭାୟାର ଦରିଆଦେବୀ । ଆଉ ଗୋଟେ ଭଉଣୀ ଯାଜପୁରରେ ଅଛି – ବିରଜାଈ। ତୁମ ସାମ୍ନାରୁ ଡାହାଣ ହାତ ପ୍ରଥମରୁ ଯିଏ ସିଏ ବାଟକୁମାରୀ ସବାସାନ ଭଉଣୀ ଭାରି ଅଲିଅଳୀ। ତାଙ୍କ ସେ ପାଖରେ ପଞ୍ଚୁବରାହୀ – ଏ ସବା ବଡ଼ ଭଉଣୀ। ଭାରି ଦୟାଶୀଳା। ଧୈର୍ଯ୍ୟଶୀଳା । ତାଙ୍କ ସେ ପାଖକୁ ମଝିଆ ଭଉଣୀ ବିମ୍ବଳାଇ – ଏ ଭାରି ସରଳା। ତାଂକ ସେ ପାଖକୁ କମଳେଇ– ଏ ସାନ ମଝିଆ । ଏହାଂକ ପ୍ରକୃତି ଭାରି ଶାନ୍ତଶିଷ୍ଟ। ସବା ଶେଷରେ ବଡ଼ ମଝିଆ ଭଉଣୀ – ଜଂଜାଳି। ଏ ଦେବୀ ଭାରି ଦୁଷ୍ଟ। ପ୍ରେତ ଚିରୁଗୁଣିମାନଙ୍କ ରାଣୀ ଏ ତଂତ୍ର ମଂତ୍ରର ଠାକୁରାଣୀ।

ସାତଭାୟା ମାଟିରେ, ପଞ୍ଚୁବରାହୀ ଦେଉଳରେ ପ୍ରଥମ ପାଦ ରଖିଥିବା ଦର୍ଶନାର୍ଥୀଙ୍କୁ ତାକୁ ବେଳେବେଳେ ବିଭିନ୍ନ ପ୍ରଶ୍ନର ଉତ୍ତର ଦେବାକୁ ହୁଏ। କେତେବେଳେ କେମିତି ଖବରକାଗଜରୁ ସାତଭାୟା ଉପରେ କ'ଣ ଲେଖା ଲେଖି କରିବାକୁ ଆସିଥାନ୍ତି। ସେମାନଙ୍କର ଅନେକ ଅଡୁଆ ମଡୁଆ ପ୍ରଶ୍ନ। ବହୁତ କଥା ସେ ଜାଣି ନ ଥାଏ। ଠାକୁରାଣୀଙ୍କ ଉପରେ ସେ ଜାଣେ ବା କେତେ ? ସେମାନଙ୍କ ଗୋଟେ ଗୋଟେ ପ୍ରଶ୍ନ ଏତେ କିଟିମିଟିଆ ଯେ ସେ ଥଥ ମମ ହୋଇଯାଏ, ସେ ବିଶୋଇ ପାଖକୁ ପଠାଇଦିଏ। ହେଲେ ସେହି ଭଳିଆ ଭକ୍ତଙ୍କ ଠାରୁ ଦକ୍ଷିଣା ବେଶୀ ମିଳେ। ବେଳେବେଳେ କେଉଁ ଆତୁର ଭକ୍ତକୁ ତା ଭାଗକ ଖିରୀ ପାଂଚ ଦଶ ଟଂକାରେ ବିକି ଦିଏ। ଭାଗ୍ୟରେ ଥିଲେ ମାଲଦାର ଭକ୍ତ ଗଡ଼ନ୍ତି। ଠାକୁରାଣୀଙ୍କ ପିନ୍ଧା ପାଇଁ ପାଂଚ ଖଣ୍ଡ ଭଲ ଦାମିକା ଛିଟ ଶାଢ଼ୀ ଆଣିଥାନ୍ତି। ଠାକୁରାଣୀଙ୍କ ଛିଟ ଶାଢ଼ୀ ଉପରେ ଲୋଭ କରେ।

ବଡ଼ଭୋଗ ଦେଉଳରେ ସାରି ଖରାବେଳେ ଘରକୁ ଫେରିଲେ, ଘର ଘର ହୋଇ ନ ଥାଏ। ଦାଣ୍ଡ ଅଗଣାରେ ଖୁଣ୍ଟକୁ ଭରାଦେଇ ଚଉକସ୍ ଗୋଡ଼ ହାତ ଲଂବେଇ

ବସିଥାଏ ତା ତାଡ଼ିନିଶାରେ ଚୁର୍ ଥିବା ଘଇତା। ଘର ଚାଳକୁ ଓଲାରି ଖାଉଥାଏ ବୁଲା ବାଉଟିଆ ଷଣ୍ଢ। ହେସ୍ ହେସ୍ କରି ଷଣ୍ଢ ଗୋଡ଼ାଏ। ଘୁମାଉଥିବା ଘଇତାକୁ ବହେ ସଁପେ । ଘର ଖୋଲି ଚୁଲ୍ଲୀ ଲଗାଏ। ଭାତ ବସାଏ, ପୋଇ ଡଂକ ଘାଣ୍ଟେ। ଗିନାଏ ଡାଲି, ଥାଳିଏ ଭାତ ତା ଘଇତା ଆଗକୁ କଚି ଦିଏ।

ପୁଣି ଟିକେ ଅସକତିଆ ଦ୍ୱିପ୍ରହରିଆ ଛାଇନିଦ ଲାଗି ଥିବ କି ନାହିଁ ଦିନ ଗଡ଼ିଯାଏ। ଓ ହେଇ ହେଂତାଳବଣ ସେ ପାଖରେ ବୁଡ଼ିଯାଉଥାଏ ସୂର୍ଯ୍ୟ। ସମୁଦ୍ର ବାଲି ଆଡୁ ଚଅଁରି ଆସୁଥାଏ ମୁହଁ ଅଂଧାର। ସଂଧ୍ୟା ଆଳତି ଲଗେଇବା ପାଇଁ ଦେଉଳ ଯିବାକୁ ସଜ ହୋଇଯାଏ । ସେତେବେଳକୁ ତା' ଘଇତା କେତେବେଳୁ ଜୁଟି ଯିବଣି ଦେଉଳ ଛକର କେଉଁ ଚା ଖଟିରେ କି ସମୁଦ୍ର ବାଲିରେ ଦଳେ ଗଂଜୋଡ଼ଙ୍କ ଚିଲମମାଡ଼ର ପଙ୍ଗତରେ।

ସଂଧ୍ୟାଧୂପ ବେଳେ ଦେଉଳ ଭିତରେ ପାଞ୍ଚଟା ଠାକୁରାଣୀଙ୍କ ଜଳ ଜଳ ମୁହଁ ସାମ୍ନାରେ ଘିଅ ବଳିତା ଧରି, ଝୁଣାଧୂଆଁର କୁହୁଡ଼ି ଭିତରେ ସେ ଛାଇ ଭଳି ଦୋହଲୁଥାଏ । ବଡ଼ ବାଜା ବାଜୁଥାଏ। ଉତାଳ ତାଳରେ ପିଟା ଚାଲିଥାଏ ଚାର୍‌ତାଳ ଧ୍ୱନିରେ ଘଂଟା। ବାହାରେ ଚାଲିଥାଏ କୀର୍ତ୍ତନୀୟାଂକ ଝାଂଜ ମୃଦଙ୍ଗର ଜଣାଣ। ସେ ସେତେବେଳେ ପଞ୍ଚୁବରାହୀକୁ ଦୋଷ ଦେଇପାରେନା, ଭାଗ୍ୟକୁ ଦୋଷ ଦେଇପାରେନା, ଦୋଷ ଦେଇଥାଏ କେବଳ ତା ଘଇତାକୁ। ଜାଙ୍ଗୁଲୁ ଜୁଙ୍ଗୁଲୁ ଅଂଧାରରେ ଘରକୁ ଫେରି ଯେତେବେଳେ ଭାତ ଫୁଟାଏ। ଖୁଦ୍ଧ କରି ଆୱାଜ୍ ହେଲେ ସେ ଡରୁଥାଏ ନିଶୂନ୍‌ତାରେ ନିଜକୁ। ସେତେବେଳେ ଘଇତା ସାତଭାୟା ଦରିଆ କୂଳରେ ଗାଁର ଗୁଡ଼େ ନଷ୍ଟଲୋକଙ୍କ ମେଳରେ ନଷ୍ଟ ହେଉଥାଏ। ସେ ଗାଳି ଫଜିତି ଜାରି ରଖିଥାଏ – ତା' ଘଇତାକୁ, ଘଇତାଙ୍କ ପଙ୍ଗତକୁ, ସମୁଦ୍ରକୁ, ସାତଭାୟା ଗାଁକୁ, ନିଜକୁ।

ବେଳେବେଳେ ସେ ଭାବେ – ଲୋକଟା ଏତେ ପଇସା କେଉଁଠୁ ପାଏ ? ଏ ସାତଭାୟା ଏମିତି ଗୋଟେ ଗାଁ । ଏଠି ବିନା ସ୍ୱାର୍ଥରେ ମୋଫତ୍‌ରେ କିଏ କାହାକୁ ଖୁଆଏ ? କେଉଁଠି ଆଣୁଛି ଏତେ ପଇସା ? ଚା ପିଉଛି, ବିଡି ଟାଣୁଛି, ସେ ନିଆଁଲଗା ତାଡ଼ି, ମଦ କି ଗଂଜେଇ ଟାଣୁଛି ? କେବଳ ବେଳେବେଳେ ସେ ଜବରଦସ୍ତ ତା ଅଣ୍ଟାରୁ ହାତ ପୁରାଇ ପଇସା ଗାଂଜିଆରୁ ନେଇଯାଏ ରେଜାପଇସା। ସେତକ କ'ଣ ତା ଖର୍ଚ୍ଚ ପାଇଁ ଯଥେଷ୍ଟ ? ଖାସ୍, ସେହି ଡାକୁଣିଖିଆର ନିଉଛୁଣା ଆଖି ଉହାଡ଼ରେ ସେ ଏଠି ସେଠି ଟଙ୍କା ପଇସା ନୁଚେଇ ଚୋରେଇ ରଖିଦିଏ। ସେଇଠୁ ବୋଧେ ଏ ଚୋର୍‌କାଟିଆ ଲୋକ ଉଠେଇ ନେଉଥିବ ଟଂକା ପଇସା ! ଉଡ଼େଇ ଦେଉଥିବ ନିଶା ପାଣିରେ। ସେ ତା' ଘଇତାର ଅଯୋଗାପଣିଆକୁ ଅବିଶ୍ୱାସ କରି କରି ତା'ର ସବୁ

କାମ, ହାବଭାବ, ଏପରିକି କଥାବାର୍ତ୍ତାକୁ ସେ କେବଳ ଅବିଶ୍ୱାସ ହିଁ କରେ। ଘଇତା କହିଲେ ସେ ବୁଝେ ଅବିଶ୍ୱାସ।

ହେଲେ ଯେଉଁଦିନ ତା'ଘଇତା ତାକୁ ଅବିଶ୍ୱାସ କରିବା ଆରମ୍ଭ କଲା, ସେହିଦିନଠୁ ସେ ରୀତିମତ ତା' ଘଇତାକୁ ଡରିଲା।

ହେଲେ ଥେଇ ଥେଇ ନାଚିଲା – ଆରେ ଖଣ୍ଡିଆ, କେଉଁ ଗଡଁରେ ମୋତେ ସନ୍ଦେହ କରୁଛୁରେ ଯୋଗନିଖିଆ। ସାତଭାୟା ଗାଁର କେଇଟା ସାଙ୍ଗରେ ନିଶାପାଣି ଖାଉଛୁ। ସେହି ଘର ଭାଙ୍ଗିବାକୁ, ଘଇତା ମାଇପ ମନ ଫଟାଫଟି ପାଇଁ ଏ କଥା ତୋତେ କହୁଥିବେରେ ରଇଜଳା। ତୁ ତ ପରବୁଦ୍ଧିଆ, ପର ଘରଭଙ୍ଗାଙ୍କ ମେଳରେ ବସିଛୁ ତୁ ପୁଣି ଶେଷରେ ମୋତେ ଏୟା କହିଲୁରେ ତଂଟିକଟା। ମାଇକିନାକୁ ସଂଦେହ କରୁଛୁ ତୋତେ ଧର୍ମସହିବନିରେ ନିଲଠା ? ତା' ଘଇତା ଚୁପ୍ ହୋଇଯାଏ।

ସେ ରାତିସାରା ଚିହ୍ଲାଉଥାଏ, କଁ କଁ ହୋଇ କାଂଦୁଥାଏ। ରଂଗଣୀ ଗାଁର ତା' ବାପ ଭାଇକୁ ନିଂଦୁଥାଏ, ନିଜର କଲା କର୍ମକୁ ନିଂଦୁ ଥାଏ । ସମୁଦ୍ରର ଶବଦ୍, ରାତିର ନିସ୍ତବଧ୍ତା ପାଖରେ ଘମାଘୋଟ ନିଦରେ ଶୋଇ ଯାଇଥିବା ତା ଘଇତା – ସବୁ ଖାଲି ଖାଲି ଲାଗେ। ରାତି ଅଧରେ ଘୁଁ ଘୁଁ ସମୁଦ୍ରର ଲୁଣିହାୱା, ଜଳା କବାଟ ଦେଇ ପଶିଆସେ । ଦେହ ଅଠା ଅଠା ହୋଇଯାଏ । ଗୋଟେ ଛାବ ଛାବ୍‌ଲିଆ ପାପରେ ସେ ଜଡ଼ସଡ଼ ହୋଇ ତେଲୁଗୁଣି ପୋକ ଭଳି ମୋଡ଼ି ମାଡ଼ି ହୋଇଯାଏ। ପଞ୍ଚୁବରାହୀ ଦେହରେ ହଳଦି ଘଷିଲା ବେଳେ, ଖିରୀ ଫୁଟାଇଲା ବେଳେ କି ଖରା ଗଡ଼ିଲେ ସାହି ମାଇପଂକ ସହ ସମୁଦ୍ରକୁ ପଛ କରି ଝାଡ଼ା ଫେରୁଥିବା ବେଳେ ସେ ଅନ୍ୟମନସ୍କ ହୋଇଯାଏ। ସେ କୁଆଡ଼େ ଚାଲୁଛି ? ସେ କ'ଣ କରୁଛି ଠିକ୍ ନା ଭୁଲ ?

ଏବେ ଏବେ ସେ ତା ଘଇତା ଉପରେ ବେଶି ଗର୍‌ଗର୍ ସର୍ ସର୍ ହୁଏନା । କେଜାଣି କାହିଁକି ତା ଘଇତାର କପଟିଆ ମନକୁ ବହଲେଇବା ପାଇଁ ଖର୍ଚ୍ଚ କରିବାକୁ ମନଇଚ୍ଛା ପଇସା ଦିଏ। ହାତରେ ଖୁଜ୍ ବୁଜ୍ ପଇସା । ଘଇତା ଧୁମ୍ ପିଏ। ଧୁମ୍ ବୋବାଲ୍ ହୁଏ। ବେଶୀ ରାତିରେ ସାତଭାୟା ଦରିଆ କୂଳ ପଙ୍ଗତରୁ ଉଠେ – କାନପୁର ଗାଁର ନିଷ୍ଟଳ ଦାଣ୍ଡରେ ଟଳି ଟଳି ଘରକୁ ଫେରେ।

ଫେରେ ତ ଦେ ଆରମ୍ଭ କରିଦିଏ ଶୋଧା – ଆଲୋ ! ତୋ ପଞ୍ଚୁବରାହୀ ରାଣ । ସାତଭାୟା ସମୁଦ୍ରର କୋଟି କୋଟି ରାଣ। ତୁ କହିଲୁ ତୁ ଏ ଯା କରୁଛୁ – ଠିକ୍ କରୁଛୁ ? ଆଲୋ ! ମୋ ଅଭାବ କ'ଣ ଲୋ ? ମୋ ମା' ତୋତେ ଦେଉଳ ଦାୟିତ୍ୱ ଦେଇ ଯାଇଛି। ଏତିକି ତୁ ହେଜିପାରୁନୁ ? ତୋ ବୁନିଆଦି ସେୟାଲୋ ! ଦେଖିନୁ ତୋ ବାପ ତାଳଚୁଆରେ ଗୋଟେ ରିଫ୍ୟୁଜିଆଣୀ ରଖିଥିଲା। ତା'ରି ଆଗ ଭାରିଜାର ତୁ ଝିଅଲୋ !

ସେ ଚୁପ୍‌ଚାପ୍ ଭାତ ବାଢ଼ି ଚାଲିଥାଏ। ଘଇତା ଜୁଆରିଆ ସମୁଦ୍ର ଭଳି ଚୁର ନିଶା, ଚୁର ସଂଦେହରେ ହୁଲୁକୁମତା ହେଉଥାଏ। ସେ ତା ପାଇଁ ଭାତ ବାଢ଼େ । ନିଜେ ଖାଇ ବସେ।

ବେଳେବେଳେ ଅଧରାତିରେ ନିଶା ଜୋର୍‌ରେ ଏଠିସେଠି ପଡ଼ି ଉଠି ଘଇତା ଫେରେ । ଫୁର୍ ଫୁର୍ ହୋଇ ଠଣା ଭିତରେ ଜଳୁଥାଏ ଡିବି। ସେ କବାଟ ଦରଆଉଜା କରି ଜାକିମାଡ଼ି ହୋଇ ଶୋଇଥାଏ। ଦୁଲ୍ ଦୁଲ୍ ଗୋଇଠା ମାଡ଼ରେ ତା ଛନ୍‌କା ନିଦ ଭାଙ୍ଗିଯାଏ। ତା ମୂର୍ଦ୍ଧନା ଉପରେ ପାଦରଖି ଘଇତା ତା ଘଇତାଗିରି ଦେଖାଉଥାଏ "ଆଲୋ ଲୋ ବେଧ ! କେଉଁ ଘଇତା କୋଳରେ ଶୋଇ ରାତି ଅନିଦ୍ରା ହୋଇ ଥିଲୁ ଲୋ ! ସଂଧ୍ୟାବେଳୁ ମହାରାଣୀକୁ ନିଦ ମାଡ଼ି ଆସୁଛି ? ଆଲୋ ଲୋ ବଜାଡ଼ ମାଇକିନା ଉଠ ଭାତ ବାଢ଼।"

ଏବେ ଏବେ ସେ ପଦେ କହିଲେ ଲୋକଟା ଖିଁ ଖିଁ ହୋଇ ହେନ୍ତାଳ ବଣର ମାଙ୍କଡ଼ ଭଳି ଗୋଡ଼େଇ ଆସେ। ତା ତଂଟି ଚିପି ଧରେ, ଧମକ ଦିଏ – ଚିପିଦେବି। ବେଧେଇ, ବାଲୁଙ୍ଗିକୁ ଖତମ୍ କରିଦେବି।" ପୁଣି କଣ ଭାବେ ତଂଟି ଛାଡ଼ି ଦିଏ, ଆଇଁଷିଆ ଶୋଧା ଶୋଧେ କୁଦି କୁଦି ଗାଁ ଦାଣ୍ଡକୁ ବାହାରିଯାଏ, ସାମିଲ୍ ହୋଇଯାଏ ତାସ୍ ଖଟିରେ କି ତାଡ଼ି ଖଟିରେ। ଫେରେ ଢେର୍ ରାତିରେ। ଏହି ଢେର୍ ରାତିକୁ ତାର ଡର।

ଫେରିବତ ହାଡ଼ଜଳା କଥା କହିବ। ନାତ ମାରିବ। ପାଦ ଏଠିସେଠି ବାଜିଯାଉଥିବଟା ସେ କେବଳ ବଡ଼ ପାଟିରେ ବୋବାଳି ଛାଡୁଥାଏଁ – ହେ ମା ପଞ୍ଚୁବରାହୀ ! ହେ ଧର୍ମାବତାର ! ତୁ ବୁଝୁ। କେଉଁଠି କ'ଣ ଶୁଣି ଆସି ଏ ଅଲଜ୍ୟା ବେହିୟା ମଣିଷଟା ମୋ ନାଁରେ ଯେଉଁ ଦୁର୍ନାମ ରଖୁଛି। ତା କଥା ତୁ ବୁଝୁ।"

ଏ ଚୋଟ ମଧ୍ୟ କାମ ଦିଏନା। ମୁହଁ ବଂଦ କରିପାରେନା, ଗୋଟେ ପାଗଳା ଶାଣଦିଆ ମଣିଷର। ଓଲଟି ଆବୁରା ଷଣ୍ଢ ଭଳି ରାଂପି ବିଦାରି ପକାଏ ମାଟି। ନିଶା ଓ କ୍ରୋଧ ଜୋର୍‌ରେ ଭାଙ୍ଗିରୁଜି ଛିନ୍‌ଛତ୍ର କରି ଦିଏ ଘରକରଣା। ଆତ୍ମାକୁ କଂଟା ଫୁଟିଲା ଭଳି ଖୁଂଟା ଦିଏ –"ହଁ ଲୋ ପରଘର ବୁଲି। ଓଲେଇ ଗାଈ ମାଇକିନା ତୋତେ ମୁଁ ଠିକ୍ ଚିହ୍ନେ ଲୋ ! ଆଲୋ ହେ ! ସାତଭାୟାର କେଉଁ ଘଇତା ଘରକୁ ଦେଉଳରୁ ଗିନାଏ ଗିନାଏ ଖିରୀ ପଠାଉଲୋ ! ମୁହଁ ଅଂଧାରରେ ନଡ଼ିଆ ଗଛ ତଳେ ସେ ସାତଭାୟା ଘଇତା ସହିତ ନସରପସର ହେଉଛୁ ଲୋ ! କାନପୁର ଗାଁର ନାଁ ପକାଉଛୁ !" ଦିନେ ସେ ଶୋଇବା ଜାଗାରୁ ଉଠିଲା। ମାଡ଼ ଗାଳି ଖାଇ ସହି ସହି ପେଡ଼ି ଭିତର ସାପ ଭଳି ସେ ଘୁମାଉଥିଲା। ଚାହିଁଲା – ପେଡ଼ି ଖୋଲିବ ଯଦି ଭଲ କରି ଖୋଲୁ !

ଆଜି ତା ଘଇତା ସହ ତୋର ଦିନେ କି ମୋର ଦିନେ ହୋଇଯାଉ। ସେ ଅଣ୍ଟାରେଏକପ୍ରକାରଶାଢ଼ୀଗୁଡ଼େଇ ଦେଲା। ତାହାଲମୁହାଁ ଘଇତା ମୁହଁ ସହ ଜବାବ୍‌ସୁଆଲ ଦେବାକୁ ତୟାର ହୋଇଗଲା। ଆଗକୁ ପଛକୁ ହାଉଲେ ହାଉଲେ ଝୁଲି ଝୁଲି କହିଲା କହିଚାଲିଲା।

ଆରେ ହେ ରଇଜଳା ହେ ! ମୋତେ ଏ ଭିତରେ ନାକରେ କଂଦେଇ ସାରିଲୁଣିରେ ! ମୋ ବାପଘର ଚୌଦପୁରୁଷଙ୍କ ନିଂଦା ଗାଇ ସାରିଲୁଣି। ମୋତେ ମାଡ଼ ଗାଳି ଫଜିତ୍ କରୁଛୁ । ଆରେ ହେ ଡାଙ୍କୁଣିଖିଆ ! ପନ୍ଦର ଷୋଳ ବର୍ଷ ହେଲା ଡଂକ କଅଁଳିଲା ନାହିଁ ସାରା କାନପୁର, ସାତଭାୟା ମୋତେ ବାଂଝ ବୋଲି ଗଂଜଣା ଦେଉଛି। ଶୁଣୁଛୁ ନାରେ ତୋ କାନ ଫୁଟିଯାଇଛି। ତୋର କଣ ଦର୍କାର ନାହିଁ କିରେ ମୋଠୁ ପୁଅ କି ଝିଅଟେ ହେଉ। ଆରେ ତୋ ବଉଁଶବୁଡ଼ି ଯାଉଛିରେ ପରବୁଦ୍ଧିଆ ! ପୁଅଟିଏ ହେଲେ ସିନା ବୋହୂ ଆସିବ। ବୋହୂ ଦେଉଳ ଦାୟିତ୍ୱ ନେବ। ମୋ ଅନ୍ତେ ତୁ ବୋହୂ ହାତରୁ ଗେଫିବୁ। ଏ ଚିନ୍ତା ତୋର ଅଛିନା ରେ ଅଲାଜୁକ। ମୁଁ ତ ସେହି ଉପାୟରେ ରହିଛି।

ସେଇଠି ଘଇତା ଦବିଲା।

ଶାଙ୍କୁଡ଼ିମାଙ୍କୁଡ଼ି ହୋଇ ତଥାପି ଫଁ ଦେଖାଇଲା–"ତୋରି ଦୋଷ। ଖାସ୍ ତୋରି ଯୋଗୁ ଲୋ ଏ ବଂଶ ନିବଂଶ ହେବ। ବାଂଝ ଅଲାଜୁକି। ଛିଣ୍ଡାଳ !" ଗୋଟେ ମିଛ ଦୋଷର କଳଙ୍କ ସେ ସାରା ଜୀବନ ମୁଣ୍ଡେଇବ ନା ପାଟି ଖୋଲିବ ?

ସେ ନିଜ ଅତୀତ ଜୀବନ ଭିତରେ ଦୋଳି ଖେଳିଲା। ଆଉଟି ପାଉଟି ହେଲା । ଆଖି ଆଗରେ ତା ବାପଘର ସେ ରଂଗଣୀ ଗାଁ। ସେ ତୋଷାମଦିଆ, ଠକ ଟୋକା। ଦୁର୍ନାମ ଆଗରୁ ରାତି ଅଧରେ କବିରାଜ ପାଖକୁ ଦୌଡ଼। ତା'ପେଟରେ ଛଅମାସର ଗର୍ଭ। ଛୁଆ ନଷ୍ଟର ସେହି ଗୋପନ ରହସ୍ୟମୟ ରାତି। ଗାମୁଛାରେ ଗୁଡେଇ ସେହି ଖଣ୍ଡ ଖଣ୍ଡ ମଣିଷ ଛୁଆକୁ ଅଂଧାରେ ଛପି ଛପି ତା ବାପ ପାଠଶାଳା ନଇରେ ଭସାଇ ଆସିବାର ସମୟତକ। ମା' ହେବାର ବିଶ୍ୱାସ ସହିତ ଗର୍ଭପାତର କଷ୍ଟ ସେଦିନ ରାତିରେ ସେ ଭୋଗିଲା। ସେଦିନ ସେ ସାରା ରାତି ଶୋଇପାରି ନଥିଲା। ଗୋଟେ ଅଦ୍‌ଭୁତ ଆଶଙ୍କା ତାକୁ ଜୁବୁଥୁବୁ କରି ଦେଇଥିଲା। ଅଧାଗଢ଼ା ଲାଲ ରକ୍ତ ପାଟୁ ପାଟୁ ଗୋଟେ ମଣିଷ ଛୁଆ ପାଠଶାଳା ନଈ କୂଳରୁ ଯେପରି ହାମୁଡ଼େଇ ହାମୁଡ଼େଇ ଆସୁଛି। ରଙ୍ଗଣୀ ଗାଁ ଦାଣ୍ଡରେ, ତାଙ୍କରି ଘର ସାମ୍ନାରେ ଦରୋଟି କଣ୍ଠରେ କହୁଛି – ମା ! ମୋତେ ଆଉଥରେ ତୁମ ଗର୍ଭକୁ ନେଇପାରିବ ମା ?

ସେ କ୍ଷଣି ସେ ହୃଦଥରା ଘଟଣା କାହିଁକି ତା'ର ତୁହାଇ ତୁହାଇ ମନେ

ପଡ଼ିଲା । ତାର ମା' ହେବାର ଦକ୍ଷତାଟିର ଗୋପନ ରହସ୍ୟ ସେ କେବଳ ଜାଣେ। ସେ କଥା ତା' ଘଇତା ବୁଝେ କି ? ସ୍ତ୍ରୀ ଲୋକଟି କ'ଣ ଜନ୍ମ ହୋଇଥାଏ ଗୋଟେ ଅଣପୁରୁଷ ଠାରୁ ବାନ୍ଝର ଗଂଜଣା ଶୁଣିବାକୁ ?

ତାକୁ ଦୋଷ ଦେଉଥିବା ଘଇତାକୁ ଶେଷରେ ଦୃଢ଼ ସ୍ୱରରେ ଶୁଣାଇ ଦେଲା – ମୁଁ କହି ଦେଉଛି ଏଥର ଯଦି ମୋ ଦେହରେ ହାତ ଦେବୁ ତୋତେ କାମୁଡ଼ି ଖଣ୍ଡିଆ ଖାବରା କରିଦେବି। ମୋତେ ଦୋଷ ଦେଇ ତୁ ପାର୍ ହୋଇଯିବୁ ଭାବୁଛୁ – ନାଇଁ ! ଆରେ ହେ ବଉଁଶ ବୁଢ଼ା ! ମୁଁ ଭଲ ଭାବରେ ଜାଣେ, ମା ପଞ୍ଚୁବରାହୀଙ୍କ ରାଣ – ସବୁ ତୋରି ଦୋଷ। ତୋର ଏ ବାଂଝ ମାଟି, ସାତଭାୟା ସମୁଦ୍ରଖିଆ ଅଯୋଗ୍ୟ ମାଟି। ମୁଁ ଜାଣେରେ ଜାଣେ ! ଏଠି କୁଶ ବି କଅଁଳିବ ନାହିଁ।

ଏଠି ଅଛି କ'ଣ ?

ଏଠି ଅଛି କ'ଣ ?

ଏ ପାଖରେ ଦରିଆ । ସେ ପାଖରେ ସୁନେଇ–ରୂପେଇ ଜଙ୍ଗଲ । ଆଗରୁ ଧୁସା ଅଲଗା ପ୍ରକାର ଥିଲା । ଏହିକଥା ପଦକ ରମେଶଠୁ ଶୁଣିଲା ପରେ ତାକୁ ସେ ମନ ଭିତରକୁ ନେଲା । ଅଲଗା ପ୍ରକାର ହେଲା । ଅଲଗା ପ୍ରକାର ସାତଭାୟାରେ କହି ବୁଲିଲା – ହଁ ଗାଁରେ ଅଛି କ'ଣ ?

ଧୂସା ଏମିତି, ହୁଂଡା, ହୁମ୍‌କାତିଆ । ଯାହା ବୁଝିଥିବ ସେୟା । ସାଙ୍ଗସାଥୀ ଯେ ଗହୀରେଇ କରି ତା କାନରେ କଥାଟେ ପକେଇ ଦିଏ । ସେହି କଥା ତା ମଗଜରେ ବେଦର ଗାର ହୋଇଯାଏ ।

ମାଇନର ଯାଏ ପାଠ ପଢ଼ିଛି ଧୁସା । ଆଉ ଆଗକୁ ଗଲାନାହିଁ । ସାତଭାୟାରେ ହାଇସ୍କୁଲ ନାହିଁ । ହାଇସ୍କୁଲ କହିଲେ ସାତ ଆଠ ମାଇଲ ହାତୀନା ଗାଁ'ରେ । ନହେଲେ ଅନେଇଥାଅ ରାଜନଗରରେ ।

ଗାଁରେ ଧୁସା ଆଉ କ'ଣ କରଂତା ? ଦିନାକେତେ ହେଂତାଳ ଜଙ୍ଗଲରେ ବୁଲିଲା । ପିଲାଟି ଦିନରୁ ସେ ଦରିଆ ଦେଖୁଛି । ତାଙ୍କ ଗାଁ ଲୋକଙ୍କୁ ସମୁଦ୍ରରେ ମାଛଧରି ଆସେନା । ଶୁଖିଲା ଦରିଆକୂଳରେ ବୁଲିଲେ କ'ଣ ପେଟ ପୂରିବ ? ଜଙ୍ଗଲରେ ବରଂ ଫାଶ ପକେଇ ବଣକୁକୁଡ଼ା ଧରୁଥିଲା । ମହୁ ଭାଂଗୁଥିଲା । ଶୀତଦିନେ ଫାଶରେ ବହୁତ ଚଢ଼େଇ ପଡ଼ନ୍ତି । କଂକଡ଼ା ବି ଧରେ । ରାସ୍ତାରେ ରାସ୍ତାରେ ବିକି ଭାଙ୍ଗି ଦେଉଳ ଛକରୁ ଜଳଖିଆ ପାନବିଡ଼ି ଖାଇଦିଏ ।

ସେଇଠି ବୁଲୁଥାଏ କେଂପା, ଧୁସାର ବଡ଼ଭାଇ । ଖନେଇ ଖନେଇ ଧରା ପକେଇ ଦିଏ – ମୁଁ ଦେଖିଛି । ତୁ କ'ଣ ଖାଉଥିଲୁ । ଯାଉଛି ବୋଉକୁ କହିବି । ଧୁସା

ତା' ବଡ଼ଭାଇକୁ ତେଲାଏ। ଚା' ବିଡ଼ି ଲାଂଚ ଦିଏ। ଦି ଭାଇ ଦ୍ୱିପ୍ରହରରେ ଘରକୁ ଫେରଂତି । ବୋଉ ଗରମା ଗରମ୍ ପାଟେଳି ଚାଉଳର ଭାତ, ପୋଇ ରାଇତା, ଡାଲିଗିନା ସଜେଇ ଦିଏ । ସବୁଦିନେ କେଂପାକୁ ଖୋଇଦିଏ ବୋଉ। ଧୁସା ଗାଉଁ ଗାଉଁ କରି ଖାଏ। ସେ ପାଖରେ ମାଇଚିଆ ମାଧିଆ ଘରର ତାସ୍‌ଖଟି ତାକୁ ଡାକୁଥାଏ। ମାଧିଆ ମାଇକିନା ମହାବାଲୁଙ୍ଗୀ, ମୁହଁ ଖୋରି । ଘଂଟାକୁ ଘଂଟା ବୋବାଳି ଛାଡ଼େ – ଉଠିବ ନା ମୋ ଘରୁ ନା ତୁମ ନିଆଁନଗା ତାସ୍ ଉପରେ ମୁତିବି କହି ଦେଉଛି।

– ଏଇ ବାଜିକ। ଏଇ ବାଜିକ ନୂଆ'ଉ – ଧୁସା କହି କହି ସେଠି ଖରାବେଳ ସାରେ । ବେଳ ବୁଡ଼ିଲେ ସାତଭାୟାରେ ଧୁସା ଯେଉଁ ଏକାକୁ ସେହି ଏକା। ଦିନକୁ ଦିନ ତା'ର ସାଙ୍ଗସାଥୀ ଗାଁରେ କମି ଯାଉଛନ୍ତି। କେଉଁ ବଂଧୁବାଂଧବ ଘରକୁ ଯାଇ ସେ ସମୟ ସାରିବ ? ଯେଉଁଠି ପହଂଚେ – ସେଠି ସେମାନଙ୍କ ଅବସ୍ଥା ୟା ଉପରେ ଲଦି ହୋଇପଡ଼େ ।

ସାତଭାୟା ଗାଁରେ ଦରିଆପାଖ ବାଲିହୁଡ଼ାରେ ତା ପିଇସୀ ଘର। ପିଇସୀ ବିଧବା, ବେକରେ ତିନିଟା ଝିଅ। ଧୁସାକୁ ଦେଖିଲେ ପିଇସୀ କାଂଦିବ, ବୋବେଇବ । ରୋଗଣା ସାନଝିଅ କଥା, ହୁଲୁକୁମତା ହେଉଥିବା ମଝିଆ ଝିଅର ଗୁଣଗ୍ରାମ କଥା ଗପିବ । ବଡ଼ ଝିଅପାଇଁ ରଖିଥିବା ଘରଜୋଇଁଆ ଟୋକା ସାତଭାୟାରେ ନ ରହି ଧାମରାରେ ମାଛ ଧରୁଛି – ସେଠି ଆଉ ଗୋଟେ ମାଇକିନା ରଖିଛି, ପଇସାପତ୍ର ପଠାଉନି – କଥା କହିବ।

ଧୁସା ଯଦି କାନପୁରର ତା ମାମୁଁଘରକୁ ଯାଏ, ସେଠି ସେ ଅଣନିଃଶ୍ୱାସୀ ହୋଇଯାଏ । ଅଜା ଆଈ ନ ଥିବା ଘରେ ରୋଗଣା ମାଈଁ ଆଉ ତା'ର ପନ୍‌ଝେ ଛୁଆ । ମାମୁଁ ଚାନ୍ଦବାଲି ହୋଟେଲରେ ରହି ମଦପାଣି ପିଇ ଘରକୁ ଯେତେଟଙ୍କା ଦେଉଥିବେ, ତାହା ସମୁଦ୍ରକୁ ଶଂଖେ । ବଂଧୁବାଂଧବଙ୍କ ଅଭାବ ଅସୁବିଧା ଧୁସାକୁ ବିଗଳିତ କରେନା, ଦିଏ ବିରକ୍ତି।

ଧୁସାର ଯେଉଁ ବୟସ। ନିଜ ବୟସର ସାଙ୍ଗସାଥୀ ନଥିଲେ ସେ କି ଗାଁ ? କି ଜୀବନ ? ଧୁସାର ଅନେକ ସାଙ୍ଗ ଗୋଟିଏ ଗୋଟିଏ ଖସି ଚାଲି ଯାଇଛନ୍ତି ରାଜନଗର, କେନ୍ଦ୍ରାପଡ଼ା, କଟକ, ଭୁବନେଶ୍ୱର। କିଏ ରାସ୍ତା କାମରେ, କିଏ ଘରତିଆରି କାମରେ, କିଏ କେଉଁଠି ଛୋଟମୋଟ ଚାକିରୀରେ। ସାଙ୍ଗ ଭିତରୁ ଅନେକ ପଇସା ଜୁଟେଇ କେଉଁ ଠିକାଦାର ମାର୍ଫତରେ ବମ୍ବେରେ, ଗୁଜରାଟରେ କି ଦିଲ୍ଲୀରେ।

ବର୍ଷେରେ ଥରେ ସାଙ୍ଗମାନେ ସାତଭାୟାକୁ ଫେରିଲେ, ଧୁସା ଫୁର୍ତ୍ତି ହୋଇଯାଏ । ଗାଁ ତାକୁ ଗାଁ ଭଳି ଲାଗେ। ତା'ର ଜୀବନ ପଶେ। ଯାହା ବି ହେଉ

ଚଇତ୍ର ପୂର୍ଣ୍ଣମୀ ବେଳକୁ ପନ୍ଦର ଦିନ ପାଇଁ ନଚେତ୍ ଦୁର୍ଗାପୂଜା ବେଳକୁ ଦଶଦିନ ପାଇଁ ସାଙ୍ଗମାନେ ଗାଁକୁ ଆସନ୍ତି। ଏହି ଦିନମାନଙ୍କ ଅପେକ୍ଷାରେ ଯେପରି ଧୁସା ଗାଁରେ ଅଲଗା ସମୟ ସାରିଦିଏ। ସାଙ୍ଗମାନେ ଆସିଲେ ସାତଭାୟାରେ ସମୟ ଲାଗେ ଧୁସା ପାଇଁ ସଂକ୍ଷିପ୍ତ।

ଧୁସାଘରେ ସବୁ ସାଙ୍ଗ ଆଡ୍ଡା ମାରଂତି। ତାଙ୍କର ଗୋଟେ ଦାଂଡ ଘର ଅଛି। ଘରସାରା ବିଛଣା ବିଛା ଯାଏ। କିଏ ତାସ୍ ପିଟେ, କିଏ ଝରକା ପାଖରେ ଶୁଏ। ତା ଭିତରେ କେତେ ଗୁଲିଗପ, କେତେ ଟାହିଟାପରା, ଚା ପିଆ, ବିଡ଼ି ଟଣା ଚାଲେ। କଥା କଥାକେ – ଆମ ଦିଲ୍ଲୀ, ବମ୍ବେ ସହର। ଗୁଜରାଟର ଘିଅ ଝିଅ କେତେ ନୂଆ କଥା ପଡ଼େ ।

ଧୁସାର ସାଙ୍ଗମାନେ ଆସିଲେ ତାଙ୍କ ଘରୁ ହିଁ ଆଗଲା ଦିନ ପାଇଁ ପ୍ରୋଗ୍ରାମ ତିଆରି ହୁଏ । କେଉଁ ଦିନ ଜଙ୍ଗଲରେ ଫାଶ ବସେଇ ଚଢ଼େଇ ଧରା ହୋଇ ଫିଷ୍ଟ ପ୍ରୋଗ୍ରାମ ତ, କେଉଁଦିନ ପଞ୍ଚୁବରାହୀ ଚଇତ୍ର ମେଳାରେ କି ମଜା ହେବ ସ୍ଥିର ହୁଏ। ପଣା ସଂକ୍ରାନ୍ତି ଦିନ ସେମାନେ ଦରିଆ ଛାଡ଼ ସମୟରେ କୂଳେ କୂଳେ ମୁହାଣ ପାଖ ମୁନିମେଳାକୁ ଯିବେ। ସେଠି ଭାଂଗ ପିଇ, ଜୁଆର ଆସିଲାବେଳକୁ ଦରିଆ କୂଳରେ ଫେଚକାମୀ କରି କରି ଫେରିବେ। ତାସ ପିଟା ସମୟରେ ଘଂଟାକୁ ଘଂଟା ନାଲି ଚା ଦର୍କାର ପଡ଼େ। କେଂପା ସେହି କେଇଦିନ ବାହାରକୁ ଯାଏନା। ଧୁସା ସାଙ୍ଗମାନଙ୍କ ପାଖରେ ଟହଲିଆଗିରି କରେ । ଚା'ଚିନି, ବିଡ଼ି, ବିସ୍କୁଟ, ମିକ୍ସଚର ପାଇଁ ଧାଏଁ, ସେଥିରୁ ହାତ ପୂରେଇ ଦି ପଇସା କରେ । ଦିନେ ଛାଡ଼ି ଦିନେ ତାଙ୍କ ଘରେ ଫିଷ୍ଟ ହୁଏ । ଚା' କରି କରି ଭୋଜି ଭାତ ମାଉଁସ ରାଂଧି ଦିନେ ଦିନେ ଧୁସା ବୋଉ ବିରକ୍ତ ହୋଇଉଠେ। ଧୁସା ଚୁଲ୍ଲୀ ପାଖରେ ଯାଇଁ ଫିସ୍ ଫିସ୍ ହୋଇ ବୁଝାଏ – ଆଲୋ ବୋଉ। ମୋ ସାଙ୍ଗମାନେ କ'ଣ ତୋତେ ଗଂଧାଉଛନ୍ତି। ସେମାନେ ଗାଁର କାହାଘରକୁ ନଯାଇ ଆମ ଘରକୁ ଆସୁଛନ୍ତି କାହିଁକି ? ଏମାନେ ଆମଘରେ ଖଟି ମାରୁଛନ୍ତି। ପଇସା ଖର୍ଚ୍ଚ କରୁଛନ୍ତି। ସେମାନଙ୍କ ପାଇଁ ଆମେ ଭୋଜିଭାତ ଖାଉଛେ । ଏହି ଦଶପନ୍ଦର ଦିନ ମାଗଣାରେ ମାଗଣାରେ ଆମଘର ଚଳିଯାଉଛି । ତୁ ବି ସେମାନଙ୍କଠୁ ପାଞ୍ଚ ଦଶ ହାତ ଉଧାରି ଆଣି ଫେରାଉନୁ। କେଂପାତ ସବୁଦିନେ ବାସନା ପାନ ଖାଉଛି । ମୋ ସାଙ୍ଗମାନେ ହେଲେ ଆମଘର ପାଇଁ ଲାଭ ହିଁ ଲାଭ।''

ମେଳା ସରିଯାଏ। ପଞ୍ଚୁବରାହୀ ମନ୍ଦିର ବେଢ଼ା ଚାରିପାଖରୁ ଗହଳି ଚହଳି ହଟିଯାଏ । ଦୋକାନ ବଜାର ଉଠିଯାଏ। ସାତଭାୟା କାନପୁର ଗାଁରୁ ଆସିଥିବା ବଂଧୁବାଂଧବ ଫେରିଯାନ୍ତି। ଚଇତ୍ର ପୁନେଇରେ ପଞ୍ଚୁବରାହୀ ମନ୍ଦିରବେଢ଼ାରୁ ଚାଳିଶ

ପଚାଶଟା ବୋଦା ବଳିର ଶୁଖିଲା କଳାରକ୍ତ ଦାଗ ଲିଭି ନ ଥାଏ – ରମେଶ, ବଇନ, ସୁମା, ପଦନ, ବାବୁଲାମାନେ ବ୍ୟାଗପତ୍ର ସଜାଡ଼ନ୍ତି। ସମୁଦ୍ର ଘେରି ବନ୍ଧଦେଇ, ବେଣାନଈ ପାରେଇ, ଓକିଲପାଳ ଛକରୁ ଟ୍ରେକରରେ ରାଜନଗର, ସେଠୁ ବସ୍‌ରେ କଟକ ଷ୍ଟେସନ। ରେଳ ଚଢ଼ି କେ କୁଆଡ଼େ ଗୁଜରାଟ, ବମ୍ବେ କି ଦିଲ୍ଲୀ। କାହିଁ କେତେ ଦୂର ସେମାନେ ଚାଲିଯାନ୍ତି ।

ପ୍ରତି ସାଙ୍ଗ ବିଦେଶକୁ ଗଲାବେଳେ ଧୁସା ସେମାନଙ୍କୁ ବଳେଇ ଦେବାକୁ ବେଣାନଈର ବାଉଁଶଗଡ଼ି ଘାଟ ପର୍ଯ୍ୟନ୍ତ ଯାଏ। ତା' ପଛେ ପଛେ ଚାଲିଥାଏ ଲୋଭରେ କେଂପା। ଧୁସାର ସାଙ୍ଗମାନେ କେଂପାକୁ ପାଞ୍ଚ ଦଶ ଟଙ୍କା ଧରାନ୍ତି। ପୁଣି ଆସନ୍ତାବର୍ଷ ଚଇତ୍ର କି ଦୂର୍ଗାପୂଜା ବେଳକୁ ସାତଭାୟାକୁ ଫେରି ଆସିବେ କହି ଡଂଗା ଚଢ଼ନ୍ତି। କେବଳ ରମେଶକୁ ଡଂଗାରେ ଚଢ଼ାଇଲା ଦିନ ଧୁସାର ଆଖି ଓଦା ଓଦା ହୋଇଯାଏ। ଦିନେ ରମେଶ ଗଲା ପୂର୍ବରୁ ଧୁସାକୁ କହିଗଲା –''ଆବେ ଧୁସା ! ଏବେ ସାତଭାୟା ମାୟା ଛାଡ଼ । ତୋ ବୋଉର କାନି ଛାଡ଼। ପଇସାପତ୍ର ଯୋଟେଇ ମୋ ଠିକଣାରେ ଗୁଜରାଟରେ ପହଂଚ। ଠିକାଦାରକୁ କହି କେଉଁ କାର୍ଖାନାରେ ରଖିଦେବି । ମାସକୁ ଅଢ଼େଇ ହଜାର କମେଇବୁ। ତୋ ବାପ ତ ଯେମିତି। ତୋ ବଡ଼ଭାଇ କେଂପା ତ କେଂପା। ଗୁଜରାଟ ଚାଲେ ତୁ ମଣିଷ ହୋଇଯିବୁ। ଆବେ ! ସାତଭାୟାରେ ଅଛି କ'ଣ ? ଏ ପାଖରେ ଦରିଆ। ସେ ପାଖରେ ସୁନେଇ ରୂପେଇ ଜଙ୍ଗଲ। ଏୟା ତ !''

ରମେଶ ବର୍ଷକ ପାଇଁ ସାତଭାୟାରୁ ଚାଲିଗଲା ଗୁଜରାଟ। ଧୁସା ସାରାବର୍ଷ ଗାଁରେ ଛଟପଟ ହେଲା। ସେହି ରମେଶର କଥା ପଦକ ତା' ମଗଜରେ ଖେଳେଇ ମେଳେଇ ହୋଇଗଲା ।

ସେ ବି ନୂଆ କରି ସାତଭାୟାକୁ ଦେଖିଲା, ତାକୁ ନିଜକୁ ଦେଖିଲା। ସାତଭାୟାର ଗୋଟିଏ ପାଖରେ ଗାଁ ଖିଆ ଦରିଆ। ମାଛ ଧରି ଏଠି କେହି ପେଟ ପୋଷନ୍ତିନି। ସେ ବି ମାଛ ଧରି ଜାଣେନା। ସାତଭାୟା ଆରପଟରେ ହେଂତାଳ ଜଙ୍ଗଲ । ଧୁମ୍ ଚାଲିଛି ହରିଣ ଚମଡ଼ା ଚାଲାଣ, କାଠ ଚୋରଙ୍କ ଉତ୍ପାତ। ଫରେଷ୍ଟର ସେମାନଙ୍କ ସଲାସତୁରା। ସେଠି ଧୁସା ଆଜିକାଲି ମହୁ ଭାଙ୍ଗିବାକୁ ବି ଡରେ। ମୂଳରୁ ତାଙ୍କର ଜମି ନାହିଁ। ବର୍ଷେ ବର୍ଷେ ଲୁଣା ମାଡ଼ିଗଲେ ଜମି ଥିଲାବାଲାଙ୍କ ଠୋ ଠା ଠି ଅବସ୍ଥା । ମୂଲିଆ ହେବାକୁ ଗାଁରେ ବାହାରିଲେ ପେଟ ପୂରିବନି।

ଦିନେ ଦିନେ ଭାବେ ତା'ସାଂଗ ମନୁଆ ଓକିଲପାଳରେ ପାନଦୋକାନ ଗୁମୁଚି ଦେଇ ପାରିଲା, ସେ କ'ଣ ଆଉ କେଉଁଠି ବେପାର ବଣିଜ କରିପାରିବ ? ମନୁଆ

ଦୋକାନ କରିଛି କଣ ମୋଫତରେ ? ମନୁଆର ବଡ଼ଭାଇ ମାଟିକାମ କରି ତାକୁ ଦି ହଜାର ଦେଲା, ସେ ଦୋକାନ କଲା। ଆଉ ତା ବଡ଼ଭାଇ – କେଂପା। ଧୁସା ଭାବିଲା, ସିଏ କେଂପାକୁ ବଡ଼ଭାଇ ବୋଲି ମାନି ପାରେନା। କେବଳ ତା ଅଖଂଜ ଅରୋଜଗାରିଆ ପଣକୁ ନେଇ ଦୟା କରେ। ଭଲ ବି ପାଏ। କେଂପା ଦିନମାନ ଘରେ ରହେନା। ଦେଉଳ ଛକ ଗୁମୁଟି ଦୋକାନରେ ବୋଲହାକ କରେ। ମାଗଣାରେ ହାପ୍ ଚା ପିଏ। ଦେଉଳରେ ମାମଲତଗିରି ଦେଖାଉ ଥାଏ । ଖିରୀ ଭୋଗ ଖରାବେଳରେ ଖାଏ। ଅଚିହ୍ନା ଲୋକକୁ ଟିକେ ସାହାଯ୍ୟ କରେ। ପାଂଚଦଶ ଟଙ୍କା ପାଇଲେ ତା'ର ଦି ଦିନ ଚା ବିଡ଼ି ଖର୍ଚ୍ଚ ଉଠିଯାଏ। ଆଉ ତା ବାପ – କେଉଁଠି ମଧ୍ୟସ୍ଥିଗିରି କରି ଖରାତରାରେ ବୁଲୁଥାଏ। ଘରକୁ ଫେରିଲାବେଳେ ଗାମୁଛାରେ ବାନ୍ଧି ପରିବା ଚାଉଳ ଆଣିଥାଏ। ଗାଂଜିଆରେ ରେଜା ପଇସା। ନୋଟ ବାପ ହାତରେ ଦେଖିଲେ – ବୋଉ ଝାଂପି ନିଏ। ଆଉ ରହିଲା ବୋଉ। ବୋଉ ତ ମହା ସବାଖାଇ। ହାତରେ ପଇସା ପାଇଲେ ମାଛ ଶୁଖୁଆରେ ଶେଷ କରେ। ଅହରହ ବାପ ଉପରେ ତୋଡ଼ କାଢ଼େ, ହେଲେ ଧୁସାକୁ ଡରେ ପୁଣି ଧୁସା ଉପରେ ଭରସା ରଖେ।

ଧୀରେ ଧୀରେ ଧୁସା ଚିଡ଼ିଚିଡ଼ିଆ ହୋଇଉଠେ। ଚିଡ଼େ ଦରିଆ କୂଳରେ ଗାଡ଼ି ମୋଟର ରାସ୍ତାଘାଟ ନ ଥିବା ସାତଭାୟା ଉପରେ। ଚିଡ଼େ ଜଙ୍ଗଲ ଉପରେ। ତା ବେମୁରବିଆ ବାପା, ଅଖଂଜ ବଡ଼ଭାଇ କେଂପା, ବୋଉ ଉପରେ ଚିଡ଼ି ଉଠେ।

ଗୋଟିଏ କଥା ଗୁଣ ଗୁଣାଉ ଥାଏ – ସାତଭାୟାରେ ମୋ ଜୀବନ ମାଟି ହୋଇଗଲା । ବିରକ୍ତି, ଅଶାନ୍ତି, ଏକାପଣିଆରେ ଧୁସା ଥିଲାବେଳେ ତାକୁ ଚିଡ଼େଇଦେଲା ଦିନେ ଗାଁର ଖଗନି ବିଶ୍ୱାଳ। ବିଶ୍ୱାଳ ବୁଢ଼ା ତା'ର ଅଜା ହିସାବ। ଗାଁର ବୁଢ଼ାମାନେ ତା ଭଳି ଟୋକାମାନଙ୍କୁ ଦେଖିଲେ ଆଉ କରନ୍ତି କ'ଣ – କେବଳ ଉପଦେଶ ଝାଡ଼ନ୍ତି। ଉପଦେଶ ଦେଲା ଦେଲା ବିଶ୍ୱାଳ ତା' ଭିତରେ ଅସଲ କଥାଟା କହିବାପାଇଁ ଯେପରି ଧୁସାକୁ ଡାକିଥିଲା। ବିଶ୍ୱାଳ ବୁଢ଼ା କହିଲା – ଆବେ ହେ ଗବଧଲ୍ ଧୁସା। ଦେଖ। ଦେଉଳ ପାଖ ନଖିଆ ତେଲିର ପାନ କ୍ୟାବିନ୍। ନଖିଆ ମଲାପରେ ତାର ତିନି ତିନିଟା ଜବାନୀ ଝିଅ, ଗୋଟିଏ ପରେ ଗୋଟିଏ ଛାତିରେ ତଉଲିଆ ପକେଇ ପାନଖିଲି ମୋଡ଼ି ପାଂଚପ୍ରାଣୀ କୁଟୁଂବ ପୋଷୁଛନ୍ତି । ତୁମ ଦୁଇ ଭାଇକୁ କିଛି ଫନ୍ଦି ମିଳୁନି କିରେ ? ତୋ କେଂପା ଭାଇକୁ ପଚାରିବୁ, ଆମ ବାଡ଼ରୁ ପୋଇଡଂକ କାହିଁକି ଟାଣି ନେଇଗଲା ? ଆରେ ! ମାଗିକରି ନିଅରେ, ଚୋରି କରନା।

ସହଜରେ ଧୁସା ସାରା ଜଗତ ଉପରେ ଚିଡ୍‌ଚିଡ୍, ସେଥିରେ ବିଶ୍ୱାଳ ବୁଢ଼ା ତା କୁହୁଳା ମନରେ ନିଆଁ ଧରେଇ ଦେଲା। ଧୁସା ପ୍ରଳୟ ହୋଇଗଲା। କଂପମାନ

ହୋଇ ଘରକୁ ଫେରିଲା । ସେତେବେଳେ ବୋଉ କେଂପାକୁ ଖୋଇ ଦେଉଥିଲା । ଗର୍ଜି ଗର୍ଜି କହିଲା– ତୋତେ କହି ଦେଉଛି ବୋଉ । ଆଉ ତାକୁ ଖୁଆନା । ଆଗେ ମୁଁ ତାକୁ ଗୋଟେ କଥା ପଚାରେ । ଆବେ ହେ କେଂପା । ଆଜି ତଳସାହିକୁ କାହିଁକି ଗଲୁ, ବିଶ୍ୱାଳ ବୁଢ଼ା ବାଡ଼ିରୁ ପୋଇଡଂକ କାହିଁକି ଆଣିଲୁ ? ଆଗେ କହ, ପଛେ ତୋ ଖିଆପିଆ ।

କେଂପା ବି ମୁହଁଟାଣ କଲା । ଧୁସା ଉପରେ ଖନେଇ ଖନେଇ ଖିଂକାରି ହେଲା–ମୁଁ ପୋଇଡଂକ ଖଣ୍ଡେ ନ ଆଣିଥିଲେ ପୋଇଡଂକ ଶୁଖୁଆ କିଏ ଗେଂଫି ଥାନ୍ତା ? ଧୁସା ରାଗ ବ୍ରହ୍ମଚାଂଡାଳ । ରୋଷେଇ ଘରକୁ ପଶିଗଲା ଧୁସା, ପୋଇଡଂକ ଶୁଖୁଆ ତର୍କାରୀର କଢ଼େଇ ଆଣି ବାଡ଼ି ଆଡକୁ ଫିଙ୍ଗିଦେଲା । ମାର କି ଧର – ଧୁସା କେଂପା ଉପରେ ବାଘ ଭଳି ଝାଂପିଲା । ସେଇଠି ରୀତିମତ ନବରଂଗଟେ ତାଙ୍କ ଘରେ ହୋଇଗଲା । ତା ମୁହଁଖୋରୀ ବୋଉ ଡାକ ପକାଇଲା – ଇରେ ! ଏ ଚାଂଡାଳ ଧୁସା ମୋ କେଂପା ପୁଅକୁ ମାରି ପକାଇଲା ଲୋ ! ସାହି ପଡ଼ିଶା ମାଇକିନା ଛୁଆପିଲା ଠୁଳ ହୋଇଗଲେ । ଧୁସା ରାଗରେ ଯେପରି କାଣ୍ଡଜ୍ଞାନ ଭୁଲିଗଲା । ସେ ସେହି ସାହିପଡ଼ିଶାଙ୍କ ଆଡ଼କୁ ଓଲଟି କେଂପାକୁ ଘୋଷାରି ଘୋଷାରି ନେଇଗଲା । କେଂପା ଭେମାରଡ଼ି ଛାଡୁଥିଲା । ତା' ବୋଉ କୋଡ଼ି ବାଡ଼େଇ ହେଉଥିଲା । ଧୁସା ଗର୍ଜନ କରୁଥିଲା ସାହିପଡ଼ିଶା ଉପରେ – ମୋ ଭାଇକୁ ମୁଁ ମାରିବି । ଶାସନ କରିବି । ତମେ ସବୁ ଆମ ଘରେ କିଏ ? ସାହିପଡ଼ିଶା ଯେ ଯୁଆଡ଼େ ଧୁସା ବି ଦରିଆ କୂଳ ଏକା ପଳେଇଲା ।

ସେଦିନ ରାତିରେ ସବୁ ଚୁପଚାପ । ବାପ କେଉଁଠୁ ବୁଲି ବୁଲି ଆସିଲା । ଘଟଣା ଶୁଣିଲା ଧୁସା ଡରରେ ଚୁପ ରହିଲା । ବୋଉର ତ ଗରଗର ସରସର ଲାଗି ରହିଥିଲା । କେଂପା ମଝିରେ ମଝିରେ ଧକାଉଥିଲା । ପୁଣି ମୋଡ଼ି ମାଡ଼ି ହୋଇ ଶୋଇଥିଲା । ଚୁପ୍‌ଚାପ ଖିଆପିଆ । ଯେଝା ବିଛଣାରେ, ହେଲେ ଧୁସା ଆଖିରେ ନିଦ ନାହିଁ । ଶେଷରେ ତେଲଗିନା ଆଣି କେଂପାର ହାତଗୋଡ଼ ମାଲିସରେ ବସି ଥଣ୍ଡା ସ୍ୱରରେ କହିଲା – ମୁଁ ପଳେଇବି । ଗାଁରେ ଅଛି କ'ଣ ? ଏ ପାଖରେ ଦରିଆ, ସେ ପାଖରେ ଜଙ୍ଗଲ । ମୁଁ ଗୁଜରାଟ ପଳେଇବି । ସେଠାକୁ ଗଲେ ତୋର କିଛି ଅସୁବିଧା ହେବନି । ବୋଉ ପାଖକୁ ଟଙ୍କା ପଠାଇବି । ତୋ ନାଁରେ ଅଲଗା ଟଙ୍କା ମନିଅର୍ଡର କରିବି । ତୁ ଦୋକାନରୁ କିଣି ଚା ଖାଇବୁ । ପଇସା ଦେଇ ପାନବିଡ଼ି ଖାଇବୁ । ଭଲ ପେଣ୍ଟସାର୍ଟ୍ ପିନ୍ଧିବୁ । ଆଉ ହାତଉଠା କାମ କରିବୁନି । ମୁଁ ପୁଣି ଚଇତ୍ର ପୂର୍ଣ୍ଣମୀରେ ଆସିବି । ସବୁ ସାଂଗମାନେ ପୁଣି ଆମ ଘରେ ଆଡ୍ଡା ମାରିବେ । ଦିନେ ଛାଡ଼ି ଦିନେ ଫିଷ୍ଟ ହେବ । ଆମେ ମାଗଣାରେ ସମସ୍ତେ ଖାଇବା । ତୁ ବି ବଜାରରେ ପାନ ବିଡ଼ି ଚା ସେତେବେଳେ ଖାଇବୁନି । ଆମ ଖଟିରେ ଖାଇବୁ । କ'ଣ କହୁଛୁ ? ମୁଁ ପଳେଇବି ।

ସେଇଠୁ ଅନେକ ଦିନ ପରେ ଯେପରି କେଂପା ବଡ଼ଭାଇ ଭାବରେ ଦାୟିତ୍ୱବାନ ଭଳି କଥା କହିଲା–ଯାଉନୁ, ମୁଁ କଣ ମନା କରୁଛି। ମୋ ପାଖକୁ ଯେଉଁ ଅଲଗା ଟଙ୍କା ପଠାଇବୁ ବୋଉ ଯେମିତି ନ ଜାଣେ।

ଧୁସା କେଂପାକୁ ମିଛରେ ଠେଲିଦେଲା–ଯାଉନୁ। ଟାଉଟର ଟା !

କେଂପା ଖାଲି ହସିଲା।

–ତୁମ ଧୁସା କୁଆଡ଼େ ପଳେଇଛି ? ତା'ପରେ ଦେଉଳ ଛକରେ ଯିଏ କେଂପାକୁ ପଚାରିଲା, କେଂପା ଘୋଷା ବଳଦ ଭଳି ମୁହଁ ତୋଡ଼ ଜବାବ ଦେଲା – ସାତଭାୟାରେ ଅଛି କ'ଣ ? ଏ ଦରିଆ ଏହି ଜଙ୍ଗଲ। ଏଠି ହେଂଗୁ ଅଛି ଯେ ଧୁସା ରହିବ। ଧୁସାର ବୁଦ୍ଧିଶୁଦ୍ଧି ହେଲାଣି । ବେପାର ବଣିଜ ଚାକିରି ଫାକିରିରେ ଯାଇଛି । ରୋଜଗାରରେ ଧୁସା ଗୁଜରାଟ ଯାଇଛି। ଧୁସା କାହିଁକି କୁଆଡ଼େ ପଳେଇବ ?

ବିଦେଶରେ ଥିବା ଅନ୍ୟ ଗାଁ ପିଲା ସହ ଧୁସା ସାମିଲ୍ ହୋଇଗଲା। ମାସକୁ ମାସ ଟଙ୍କା ପଠାଇଲା ବୋଉ ନାଁ'ରେ। କେଂପା ନାଁ'ରେ। ସେମାନଙ୍କ ଭଳି ସେ ବି ଫେରିଲା ବର୍ଷକରେ ଥରେ ଚଇତ୍ର ପୂର୍ଣ୍ଣମୀରେ କି ଦଶରାରେ। ତାଙ୍କରି ଘରେ ଚାଲେ ସାଙ୍ଗସାଥୀଙ୍କ ଖଟି, ହସଖୁସି। ଘଂଟାକୁ ଘଂଟା ଚା ତିଆରି। ଫିଷ୍ଟ ପ୍ରୋଗ୍ରାମ। ସେମିତି ସାରା ଧୁସା ପରିବାର ଭୋଜିଭାତ ଲାଗିରହେ ଦଶବାର ଦିନ । ବାହାରେ ରହି ବର୍ଷରେ ଥରେ ଗାଁକୁ ଫେରୁଥିବା ଟୋକାଦଳଙ୍କ ମେଳାରେ, ଦେଉଳ ବେଢ଼ାରେ, ଦରିଆ କୂଳରେ, ଜଙ୍ଗଲରେ ଉତ୍ପାତ କରନ୍ତି। ସେହି ଖୁସି ମଜାକରେ ଧୁସା ସାମିଲ୍। ସେମାନଙ୍କ ଭଳି ଧୁସା ଜାଣିଥାଏ – ଗାଁ'କୁ ଆସିଛି ଖାସ୍ ଫେରିଯିବା ପାଇଁ।

ଧୁସା ରହିଥିବା ସେହି କେତେକ ଦିନ ଛଡ଼ା କେଂପା ଗାଁରେ ଏକା ହୋଇଯାଏ । ଉଦାସ ହୋଇଯାଏ। ସବୁବେଳେ ଭାବେ – ଧୁସାଟା ରାଗି। କ୍ଷଣକୋପୀ। ତଥାପି ତା ପାଖରେ ଧୁସା ରହନ୍ତା କି ସବୁଦିନ। ଭାବେ କାହାପାଖରେ ଧୁସା ପାଇଁ ଗୋଟେ ଚିଠି ଲେଖନ୍ତା। ହେଲେ ଚିଠି ଲେଖୁଥିବା ଲୋକ ପାଖରେ ଚିଠିଟେ ଡାକିବାକୁ ବି ତା'ର ଯୋଗ୍ୟତା ନାହିଁ। ସାହସ କୁଳାଏ ନାହିଁ । ଏମିତିରେ ଏମିତିରେ କେଂପା ଚିଠି ପଠେଇ ପାରେନା।

ହେଲେ କେଂପା ଦିନେ ମାଷ୍ଟ୍ରେଙ୍କ ପାଖକୁ ଗଲା। ଧୁସା ପାଖକୁ ଚିଠିଟିଏ ଡାକିଲା – ଧୁସା ଜାଣିବୁ। ଗାଁ'ରେ ବାତ୍ୟା ହୋଇ ଆମ ଦାଣ୍ଡଘରଟା ଭାଙ୍ଗିଯାଇଛି। ଅନ୍ୟ ଦୁଇଟା ଘର ଭଲ ଅଛି। ଆମେ ଚଳିଯାଉଛୁ । ତୁ ମୋ ପାଖକୁ ଟଙ୍କା ପଠା, ମୁଁ ଦାଣ୍ଡଘର ବାଗେଇ ଦେବି । ତୁମେ ସବୁ ଗାଁ ଆସିଲେ ଦାଣ୍ଡଘରେ ବସାଉଠା କରିବ। ଏତେ ଟଙ୍କା ବାଟଖର୍ଚ୍ଚ କରି ଆସିବୁନି। ତୁରନ୍ତ ମୋ ନାଁରେ ଟଙ୍କା ପଠାଇଦେବୁ।

କେଂପା ଚିଠି ପଠେଇ ନିଜ ନାଁ'ରେ ଧୁସାର ମନିଅର୍ଡରକୁ ଅପେକ୍ଷା କରିଛି। ଟଙ୍କାର ଦେଖାଦର୍ଶନ ନଥିଲା, ହେଲେ ଦିନେ ଖୋଦ୍ ଆସିଲା ଧୁସା। ଦେଉଳ ପାଖ ଚା ଦୋକାନରୁ ଥାଇ କେଂପା ଲକ୍ଷ୍ୟ କରିଦେଲା। ଘେରିବନ୍ଧରେ ଦୁଇଟି ଓଜନିଆ ବ୍ୟାଗଧରି ଧୁସା ଗାଁ ମୁହାଁ ଧାଉଁଛି।

କେଂପା ଦେଉଳ ଛକରୁ, ପୋଖରୀ ଆଡ଼ି ଦେଇ ଘେରିବନ୍ଧ ଆଡ଼କୁ ଧାଇଁଗଲା । ଧୁସା ହାତରୁ ଗୋଟେ ବ୍ୟାଗ କାନ୍ଧରେ ଗଳେଇଲା, ଅନ୍ୟ କେଂପା ହାତ ହଲେଇ ହଲେଇ ଓଲଟି ଧୁସା ଉପରେ ତାଉ ଖାଇଲା – ବାତ୍ୟାରେ କେତେ ଲୋକଙ୍କ ଘର ଭାଙ୍ଗିଲା । ଚିଠିପତ୍ର ଖବର ଟବର ପାଇ ତୋ ସାଙ୍ଗସାଥୀ ତ ବିଦେଶରୁ ଟଙ୍କା ପଠେଇ ଦେଲେ। ତୋ ଭଳି କିଏ ଅଦିନରେ ଏତେ ପଇସା ଖର୍ଚ୍ଚ କରି ଗାଁକୁ ଧାଇଁ ଆସିଲା ? ତୋର କେହି ସାଙ୍ଗସାଥୀ ଆସିନାହାନ୍ତି। ତୁ କେବଳ ଏକା ଆସିଛୁ। ଆରେ ମୋ ପାଖକୁ ତ ମନିଅର୍ଡ଼ରରେ ଟଙ୍କା ପଠେଇ ଦେଇଥିଲେ ଚଳିଥାନ୍ତା।

–ହଉ ! ଭାରି ଭଲ କଥା ତୁ କହୁଛୁ। ତୁ ତ ଗୋଟେ ସର୍ବଗିଳା। ତୋ ପାଖକୁ ଟଙ୍କା ପଠେଇ ଦେଇଥିଲେ, ଅଧେରୁ ଅଧିକ ଟଙ୍କା ତୁ ତେଲଭାଜିରେ, ଚା'ବିଡ଼ି, ପାନରେ ଶେଷକରି ଦେଇଥାନ୍ତୁ। ଆଉ ବୋଉ ଯେମିତି ଡାକୁଣିଖାଇ – କିଏ ସେ ଭାଙ୍ଗି ପଡ଼ିଥିବା ଦାଣ୍ଡଘରଟା ତିଆରି କରିଥାନ୍ତା ? ଆବେ, ଦାଣ୍ଡଘରଟା ରେଡ଼ି ଥିଲେ ସିନା ବର୍ଷକରେ ଥରେ ମୋ ସାଙ୍ଗସାଥୀ କାହିଁ ବମ୍ବେ, ଦିଲ୍ଲୀ, ଗୁଜରାଟରୁ ଆସି ଏହି ଘରେ ଆଡ୍ଡା ମାରିବେ। ତାସପିଟା, ଚା'ପିଆ, ଖାନାପିଆ ହେବ। ଆମ ଦାଣ୍ଡଘରଟା ତିଆରି ନ କଲେ ଆମ ବିଦେଶିଆ ଟୋକାଙ୍କ ବସା ଉଠା କରିବା ପାଇଁ ସାତଭାୟାରେ ଜାଗା କାହିଁ ?

ଧୁସା କଥାରେ ତଥାପି ବୁଝିପାରିଲା ନାହିଁ କେଂପା। ଆଗେ ଆଗେ ଘରମୁହାଁ ଚାଲିଥିଲା । ପଛରେ ବୁଝେଇ ବୁଝେଇ ଧୁସା – ଆବେ ବୋକା ! ଏତିକି ବୁଝିପାରୁନୁ । ଆମ ଦାଣ୍ଡଘରଟା ରେଡ଼ି ରହିଥିଲେ ସିନା ଆମ ପରିବାର ପନ୍ଦର କୋଡ଼ିଏ ଦିନ ମୋଫତରେ ଚଳିଯିବା। ବୋଉ ବି ସେମାନଙ୍କଠୁ ଧାର ଆଣି ଫେରେଇବନି। ତୁ ବି ନାଲେନାଲ ସେହିସବୁ ଦିନରେ ହେବୁ। ଜଳଖିଆ, ଚା, ମାଉଁସ, ମାଛ ଫିଷ୍ଟରେ ଆମଘର ଉଡ଼ିବ। ସେ ଭାଙ୍ଗିଯାଇଥିବା ଦାଣ୍ଡଘରଟା ପୁଣି ତିଆରି ହେଲେ ସିନା ଆମେ ଫାଇଦା ପାଇବା ।

ଧୁସା ବୁଝେଇ ଦେଲା। କେଂପା ଏମିତି ବଡ଼ଭାଇ ଥିଲା ଯେ, କି ସାନଭାଇର ବୁଝାଣରେ ସବୁ ବୁଝିନେବାକୁ ତିଆରି ହୋଇଥିଲା। କେଂପା ଖିଁ ଖିଁ ହୋଇ ମନଖୋଲା ହସିଲା।

ପୋଖରୀ ହୁଡ଼ା ସେପାଖରେ ଝାଡ଼ା ଫେରି ଶୌଚ ସାରି ଛିଡ଼ା ହୋଇଥିଲେ ଦେଉଳର ରାଜକର୍ମଚାରୀ ବନମାଳି ଓଝା । ଧୁସା ଦୂରରୁ ନଇଁପଡ଼ି ଟିକେ ସୌଜନ୍ୟ ରଖିଲା – ନନା ଜୁହାର ।

ବନମାଳୀ ଓଝା ଥଙ୍ଗା ହେଲେ – ଚଇତ୍ର ନୁହେଁ କି ଦଶରା ନୁହେଁ । ଅସମୟରେ ପେଡ଼ିପୁଟୁଳା ଧରି କ'ଣ ଗାଁ'ରେ ? ତୁ ନା'ରେ ଧୁସା କ'ଣ କହୁଥିଲୁ ଗାଁରେ ଅଛି କ'ଣ ?

କହିଲେ ମୁରୁକି ମୁରୁକି ଓଝା ହସିଲେ ।

ଦୁଇଭାଇ ସେ କଥା ଶୁଣିଲେ ।

ଦୁହେଁ ଦୁହିଁଙ୍କ ମୁହଁକୁ ଚାହିଁଲେ । ନିଜ ଘରର ଗୁମର ନିଜ ପାଖରେ ଥାଉ – ଏମିତି ଭାବେ କେବଳ ମୁରୁକେଇ ମୁରୁକେଇ ଦୁହେଁ ହସିଲେ ।

ବାପା ମା' ମରିଗଲା ପରେ

ବାପା ମା' ମରିଗଲା ପରେ ତା'ରି କାନ୍ଧରେ ଲଦି ଦେଇଗଲେ ଏ ବୁଢ଼ୀକୁ । ତା' ଜେଜେମା।

ଭାରି ଓଲେଇ। ହେଲେ ଏକନମ୍ବର ଟୁପ୍‌ସି ବୁଢ଼ୀ ଖଣ୍ଡେ ! ସବୁବେଳେ ତା' ପାଦକୁ ନଜର ରଖୁଥିବ।

ବାପା ମାଆ ଆଗପଛ ହୋଇ ମରିବା ଭିତରେ ତା'ର ବୟସ ହୋଇଥିଲା କେତେ କି ? ସେ ଗୋଟିଏ ଗୋଟିଏ ଚାଲି ଶିଖୁଥାଏ। ବୁଢ଼ୀର ସେତେବେଳେ ପ୍ରଖର ଆଖି ତେଜ। ସେ ତା'ର ଡାଆଣିଆ ଚିଲା ଆଖିରେ ଚାହିଁ ରହିଥାଏ ୟା'ର ଲଡ଼ବଡ଼ ହେଉଥିବା ହଳେ କଅଁଳିଆ ପାଦକୁ। ଥରେ ଯଦି ବୁଢ଼ୀର ନଜର ଆଢୁଆଳକୁ ଯାଇ ସେ ଖଜର ବଜର କାମ କିଛି କରୁଥାଏ ବୁଢ଼ୀ ତାକୁ ନ ଦେଖି ବି ଯେପରି ଅନୁମାନ କରିନିଏ ତା' କାମକୁ। ବୁଢ଼ୀ ଦୃଷ୍ଟିରେ ତା'ର ସବୁ କାମ ହିଁ ଦୁଷ୍ଟାମି। ଗୋଟେ ମୁରବିପଣିଆ ସ୍ୱର ଚୋବେଇ ଚୋବେଇ ଡାକ ଛାଡ଼େ – ''କ'ଣ କରୁଛୁ କିରେ ?'' ବାସ୍, ସେ ଯେଉଁଠି ଥାଏ, ଯାହା କରୁଥାଏ ନା କାହିଁକି ତା' ପିଳେହି ପାଣି ହୋଇଯାଏ। ମୂଷାଟି ଭଳି ଚୁପ୍ କରି ବୁଢ଼ୀ ପାଖରେ ହାଜର ହୋଇଯାଏ।

ଏବେ ବି ସେମିତି –

ଏ ଗୋଟେ ବୁଢ଼ୀ – ଯିଏ କି ଭୂଇଁଲଗା ହେଲାଣି। ଚାଲିଲାବେଳେ ଯିଏ ଧନୁ ଭଳି ଚାଲେ। କୋକିଶିଆଳି ଭଳି ମୁଣ୍ଡ ଟେକି ଅନାଏ। ଯାହାର ଦେଖିବାକୁ କିଛି ନଥାଏ । ସବୁ କୁହୁଡ଼ିଆ ଝାପ୍‌ସା ଭିତରେ ହିଁ ଗଛ ବୃଛ, ଲୋକବାକ କଳେ। ହେଲେ ବୁଢ଼ୀର କାନର ପରଦା ଭାରି ଟାଣ। ଶବ୍ଦ ଶୋଷି ଅନୁମାନ କରି ନେବାରେ ଏ ମରିବାକୁ ଅପେକ୍ଷା କରିଥିବା ବୁଢ଼ୀ ଯେପରି ସୁସ୍ଥ ଲୋକ ଭଳି ସଚଳ।

ଘର ଭିତରେ ବେଶୀ ସମୟ ଚୁପ୍‌ଚାପ୍ ବସିଗଲେ, ଦାଣ୍ଡ ଅଗଣାରୁ ବୁଢ଼ୀର ଚିତ୍‌କାର – ''କ'ଣ କରୁଛୁ କିରେ ?''

ସାଙ୍ଗସାଥୀ ସହ ଘରେ ବସି ଦୁଃଖସୁଖ ହେଲେ, ବୁଢ଼ୀର ତୁହାକୁ ତୁହା ଡାକ ଚାଲିଥିବ, ''କ'ଣ କରୁଛୁ କିରେ ?'' ଏପରିକି କ୍ଳାନ୍ତ ହୋଇ ଟିକେ ଅଧିକ ସମୟ ଶୋଇଗଲେ ବୁଢ଼ୀ ସନ୍ଦେହରେ ଡାକ ଛାଡୁଥିବ – ''କ'ଣ କରୁଛୁ, କିରେ ?''

ବାରଂବାର ବୁଢ଼ୀର ଏହି 'କ'ଣ କରୁଛୁ କିରେ' ପ୍ରଶ୍ନ ଶୁଣି ଶୁଣି ସେ ବିରକ୍ତିରେ ଜବାବ୍ ଫେରାଏ – ''କ'ଣ କରୁଛି ?'' ମରୁଛି।'' ବେଶ୍, ଗୋଟେ ନୂଆ ବୋହୂ ଭଳି ବୁଢ଼ୀ ସକେଇ ସକେଇ କାଂଦେ। ନବେ ବର୍ଷର ସ୍ତ୍ରୀ ଲୋକଟେ କାଂଦୁଛି, ତାକୁ ମାଡ଼ି ମାଡ଼ି ପଡ଼େ। ତା' ରାଗିଲା ମନ ତରଳି ଯାଏ। ପାଣି ହୋଇଯାଏ। ସ୍ୱାଭାବିକ ସ୍ୱରରେ ବୁଢ଼ୀକୁ ଘୋଡ଼ା ଗୀତରେ ବୁଝାଏ। ସ୍ୱାମୀ ବୁଝା ଶୁଣି ବୋଧ ହେଉଥିବା ସ୍ତ୍ରୀଲୋକ ଭଳି ବୁଢ଼ୀ ବୋଧ ହୁଏ। ବୁଢ଼ୀର କାଂଦ ବଂଦ ହୁଏ, ଏମିତି ଚାଲେ ଘଣ୍ଟେ ଅଧଘଣ୍ଟେର ପାଲା ।

ଆଜିକାଲି ବୁଢ଼ୀ ସେମିତି ବକର ବକର ହେଉଥାଏ। ସେ ତା'କଥାକୁ ଏ କାନରେ ପୂରେଇ ସେ କାନରେ ବାହାର କରିଦିଏ । ବୁଢ଼ୀ ସବୁ ଜାଣିପାରେ। ମଠେଇ ମଠେଇ କୁହେ–''ତୋ' ମନରେ କ'ଣ ଅଛି ତୁ ଜାଣୁ !'' ସବ୍‌ଜାନ୍‌ତା ବୁଢ଼ୀର ଏହି ପଦିଏ କଥାରେ ତା'ର ଅକଲ ଗୁଡୁମ୍ ହୋଇଯାଏ, ବୁଢ଼ୀ ତାକୁ ହାଇସ୍କୁଲ ପଢ଼ିଲା ବୟସରେ ଯେମିତି ବୁଝାଉଥିଲା, ଏହି ବୟସରେ ବି ସେମିତି ବୁଝାଏ।

ତା'ର ମନେଅଛି ହାଇସ୍କୁଲ ବେଳେ ତା'ର ଗୋଟେ ସାଙ୍ଗ ଥିଲା– ବାପି ! ବାପି ବେଳେ ବେଳେ ତା' ପାଖକୁ ପଢ଼ିବାକୁ ଆସୁଥିଲା। ସେମାନଙ୍କ ଭିତରେ ସଂସ୍କୃତ ଗ୍ରାମାର ମୁଖସ୍ଥ ନକରି କିପରି ସାର୍‌ଙ୍କୁ ଭୁଟେଇ ହେବ – ସେ ଯୋଜନା ଚାଲିଥିଲା। ଦାଣ୍ଡ ଘରେ ବୁଢ଼ୀ ଖିଲିକାତିରେ ଗୁଆ ଠୁକ୍ ଠୁକ୍ କରି ଭାଂଗିବା ଭିତରେ ଅନୁମାନ କରିନିଏ ଘର ଭିତରେ ପାଠ ନୁହେଁ। ଚାଲିଛି ଶାଠ। ସେଇଠୁ ବୁଢ଼ୀ ତା'ର ଚିରାଚରିତ ସ୍ୱରରେ ସାବଧାନୀ କରିଦିଏ– ''କ'ଣ କରୁଛୁ କିରେ ?''

''ମୁଁ ଯାଉଛି।'' କହି ବାପି ଅତର୍କିରେ ଧାଇଁ ପଳାଏ। ସେ ବୁଢ଼ୀ ଉପରେ ବିଡ଼୍ ବିଡ଼୍ ହୁଏ। ପୁଣି ଘୋଡ଼ାଗୀତରେ ବୁଝାଏ – ''ଦେଖ ଠାକୁମା' ମୋର ଏଇଟା ମେଟ୍ରିକ ଘାଟୀ, ଆଉ ଛ' ସାତ ମାସ ପରେ ମେଟ୍ରିକ ପରୀକ୍ଷା ସାଙ୍ଗସାଥୀ ସହ ଯଦି ପାଠ ଉପରେ କଥା ହେବିନି, ହେବି କ'ଣ ତୋ ସାଙ୍ଗରେ ?''

ନଛୋଡ଼ବନ୍ଧା ବୁଢ଼ୀ ବୁଝାଏ ''ଆରେ ବାବୁ ! ସାଙ୍ଗସାଥୀ କ'ଣ ତୋ' ପିଠିରେ ପଡ଼ିବେ ? ଗୋଟେ ସାଂଗ ଆଉ ଗୋଟେ ସାଂଗକୁ ତା'ଭଳି କରିଦିଏ, ଯଦି ନ କରିପାରେ ତେବେ ସାଂଗ କଟିଯାଏ।''

ବୁଢ଼ୀର କଥା ତାକୁ ଅଖାଡୁଆ ଲାଗେ । ହାଇସ୍କୁଲ ବେଳ । କିଶୋର ବୟସ । ଦୁନିଆଁରେ ତା'ର ଯଦି ଆପଣାର କିଏ ଥାଏ – ତାହା ତ ତା'ର ସାଂଗସାଥୀ । ସେ ମନେପକାଏ ଆଃ, ସେ ହାଇସ୍କୁଲ ବୟସରେ ସାଂଗମାନେ ଥିଲେ ତା'ର ଉତ୍ତେଜନା, ତା'ର ଆନନ୍ଦ ତା'ର ସ୍ୱପ୍ନ । ପୁଣି ଗୋଟେ ଭୟଙ୍କର ଆବଶ୍ୟକତା । ସେ ମରହଟ୍ଟୀ ବୁଢ଼ୀକୁ ସେ କେବଳ କଥା ଫାଂକେ – ଯା, ଯା ତୋ ବେଳେ କଥା ଅଲଗା ଥିଲା, ଆମ ବେଳେ ଅଲଗା । ତୁ କାହିଁକି ଜାଣିବୁ–ସାଂଗ କ'ଣ ? ସାଥୀ କ'ଣ ?''

ବୁଢ଼ୀ ସବୁଥର ଯୁକ୍ତିତର୍କରେ ତା'ଠୁ ହାରେ । ହେଲେ ଶେଷରେ ଏପରି ମଂଜି କଥାଟିଏ କହିଦିଏ, ଯେ ତା' ମନ ଘର ଧରିଯାଏ । ବୁଢ଼ୀ ଗୋଟେ ଅଦ୍‌ଭୁତ ଶ୍ଳେଷ ମିଶା ସ୍ୱରରେ କହେ – ''ହଁ ! ମୋ କଥା ତୁମକୁ ଏକ୍ଷଣି ଗଂଧାଉଛିରେ ପୁଅ ! ପରେ ବୁଝିବୁ ।''

ବୁଢ଼ୀର ଏହି ସାବଧାନୀ କଥା ପଦିକ ତା'ର ସର୍ବାଙ୍ଗରେ ଉଈ ଭଳି ଚରିଯାଏ । ବୁଢ଼ୀ କ'ଣ ତା'ର ମଶାଣିଆ ନଜରରେ ଦେଖିପାରେ ଯା'ର ଭବିଷ୍ୟତ ? ସେ ଡରିଯାଏ ଆଶଂକିତ ହୋଇଯାଏ । ସବୁ ସତ୍ତ୍ୱେ ବୁଢ଼ୀ ପାଖରେ ଚୁପ୍ ହୋଇଯାଏ !

ସେ ହାଇସ୍କୁଲ ବେଳର କଥା ଥିଲା ଅଲଗା । ବୁଢ଼ୀର ବୟସ ପାକଳ ଥିଲା । ମସ୍ତିଷ୍କ ତାଜା ଥିଲା । ତା'ର ଜୀବନ ଧାରଣା ଉପରେ ବୁଢ଼ୀ ଏକାଧାରରେ ବାପା ମାଆ ହୋଇ ତା'ର ଏକଛତ୍ର ଘୋଷଣାନାମା ଜାହିର କରିପାରୁଥିଲା । ଏବେ ସେ କ୍ରମଶଃ ବଡ଼ ହେଲାଣି । ସେ ମନେ ମନେ କଳନା କରି ନେଇ ପାରୁଛି – କେଉଁଟା ଠିକ୍ କେଉଁଟା ଭୁଲ୍ । ତା'ର ସିଦ୍ଧାନ୍ତ, ତା' ଚିଂତାଧାରା ଭିତରେ ବୁଢ଼ୀର ଆବଶ୍ୟକତା ନାହିଁ । ହେଲେ ବୁଢ଼ୀ ଶୁଣାଇବ ଗୋଟେ ସିଦ୍ଧାନ୍ତ, ଶେଷରେ ହେବ ତା'ପାଇଁ ବେଦର ଗାର । ଯେମିତି ହାଇସ୍କୁଲରୁ ପାଶ୍ କଲାପରେ କେଉଁ କଲେଜରେ ପଢ଼ିବ – ସେପାଇଁ ତା'ର ଦ୍ୱନ୍ଦ୍ୱ ତିଆରି ହେଲା । ତାକୁ ଭଲ ପାଉଥିବା ହାଇସ୍କୁଲର ସାର୍ ଦିନେ ଘରକୁ ଆସିଲେ । ସାର୍ ଉପଦେଶ ସ୍ୱରରେ କହି ଚାଲିଲେ – ''କେନ୍ଦ୍ରାପଡ଼ା କି ରେଭେନ୍‌ସା ଭଳି ବଡ଼ କଲେଜରେ ପଢ଼ । ବଡ଼ ବଡ଼ କଲେଜରେ ପଢ଼ିଲେ ବଡ଼ ବଡ଼ ଲୋକଙ୍କ ସହ ମିଶିବୁ । ବଡ଼ ବଡ଼ କଥା ଜାଣିବୁ । ବଡ଼ ମଣିଷ ହେବୁ । ଦାଣ୍ଡପିଣ୍ଡାରେ ସେତିକିବେଳେ ବୁଢ଼ୀ ଥିଲା, ଚିଲ୍ଲେଇ ଦେଲା – ''କ'ଣ କରୁଛୁ କିରେ ?''

ବାସ୍, ତା'କୁ ବଡ଼ ବଡ଼ ସ୍ୱପ୍ନ ଦେଖାଉଥିବା ହାଇସ୍କୁଲ ସାର୍ ଖସିଲେ । ଗଲାବେଳେ ସାର୍ କହିଗଲେ – ''ମୁଁ ଯାଉଛି । ତୁମ ଭବିଷ୍ୟତ ଉପରେ ତୁମେ ଚିଂତା କରିବ । ଏବେ ତୁମେ ହାଇସ୍କୁଲର ପିଲା ନୁହଁ । କଲେଜ ପିଲା ହେବାକୁ ଯାଉଛ ।'' ସାର୍ ଚାଲିଗଲେ । ବୁଢ଼ୀ ଉପରେ ସେ ମନେ ମନେ ବିରକ୍ତ ହେଲା । କାହିଁକି ଏମିତି

ବୁଢ଼ୀ ହୁଏ ? ମେଳା ଭିତରକୁ ଷଣ୍ଢ ଭଳି ପଶିଯାଏ ? ସାର୍ ଆଉ କିଛି ସମୟ ରହିଥାନ୍ତେ । ବଡ଼ ବଡ଼ ସ୍ୱପ୍ନ ଦେଖାଇଥାନ୍ତେ। ତା'ର ଅବଶୋଷ ଭିତରକୁ ବୁଢ଼ୀ ବଂକୁଲି ବାଡ଼ିଟି ଧରି ଠୁକ୍ ଠୁକ୍ କରି ପଶି ଆସେ। ପାନ କୁଟି କୁଟି ବୁଝାଏ– ''ଆରେ ବାବୁ ! ପାଠ ପଢ଼ିବୁ ପଢ଼, ଏ କଲେଜରେ ପଢ଼ିବୁ ତ ପଢ଼। ଆହୁରି ବଡ଼ ମଣିଷ ହୋ ! ତୋ ବାପ ମାଆର ନାଁ ରଖ। ଏ ସାତଭାୟା ଗାଁର ନାଁ ରଖ। ବଡ଼ କଲେଜ, ଛୋଟ କଲେଜ କ'ଣ ? ଗାଁଠୁ ଦୂରରେ ଯେଉଁ କଲେଜ ସେ କ'ଣ କଲେଜ, ଆଉ ଆମ ଗାଁ ପାଖର ଏ ରାଜନଗର ମୁଲକର ଯେଉଁ କଲେଜ ସେ କ'ଣ କଲେଜ ନୁହେଁ ?''

ସେ କଟମଟ ହୋଇ ବୁଢ଼ୀର ଠେକୁଆ ଭଳି ଠିଆ ଠିଆ ଟାଉଁସା କାନ ଦି'ଟାକୁ କେବଳ ଚାହିଁଥାଏ। ମନେ ମନେ ବୁଢ଼ୀ ଉପରେ ଗାଡୁର ମାଡୁର ହୁଏ – ସାର୍ ମୋତେ କ'ଣ କହୁଥିଲେ ତା' ବି ତୁ ଶୁଣିଛୁ। ତୋ'କାନ ଫୁଟିଯାଉନି ଲୋ ଠାକୁ ମା'।

ହେଲେ ତା'ର ଏମିତି ଗମ୍ଭୀର ହୋଇଯିବାର ଉଦ୍ଦେଶ୍ୟଟିକୁ ବୁଢ଼ୀ ଯେପରି ଆନ୍ଦାଜ କରିନିଏ। ଅନୁମାନ କରିନିଏ ତା' ଭିତରେ ହାବୁକା ମାରୁଥିବା ଓର୍‌ମାନ୍‌କୁ। ଅବଶୋଷିଆ ଶୋଷିଲା ସ୍ୱରରେ ଶେଷରେ ବୁଢ଼ୀ ତ୍ରିକାଳଦର୍ଶୀ ଭଳି କୁହେ – ''ମୋ ମରିବା ତୁ ଚାହୁଁଛୁ ନା'ରେ ?''

ବୁଢ଼ୀ କିପରି ତା' ମନ ଭିତର ବିରକ୍ତିକୁ ବି ଦେଖିପାରେ ? କିପରି, ଜଳାପୋଡ଼ା ଭଳି କଥା କହେ ? ସେ ତା' ଭାବନା ପାଖରେ ଛୋଟ ହୋଇଯାଏ। ବୁଢ଼ୀର କରୁଣା ପାଖରେ ସେ ବାଧ୍ୟ ହୋଇଯାଏ। ଶେଷରେ ରାଜନଗର କଲେଜରେ ତା'ର ନାଁ ଲେଖାଯାଏ । ବୁଢ଼ୀର କଥା ରୁହେ। ତାପରେ ବୁଢ଼ୀ ତାକୁ ସୁଆଦିଆ ସୁଆଦିଆ କଥା କୁହେ। ସୁଆଦିଆ ସୁଆଦିଆ ଚିଜ ଖୁଆଏ। ଘର ଭିତରେ ସେ ଚିତ୍ ହୋଇ ଶୋଇ ଶୋଇ ଭାବେ – ଏସବୁ ବୁଢ଼ୀର ଫିସାଦି। ତାକୁ ଗୋଡ଼େ ଗୋଡ଼େ ଜଗି ରଖିଛି। ନଜରର ବାହାରକୁ ଛାଡ଼ିବାକୁ ପ୍ରସ୍ତୁତ ନୁହେଁ ଏ ବୁଢ଼ୀ। ତା'ର ସ୍ୱାଧୀନ ଇଚ୍ଛା, ତା'ର ସ୍ୱପ୍ନର ଉଡ଼ାଣ ? ତା'ର ଇଚ୍ଛାକୃତ ଜୀବନଯାପନ ସବୁଠି ଏ ବୁଢ଼ୀ ଗୋଟିଏ ପାଂଚଣ ଧରି ଜଗିଛି।

ଆଶ୍ଚର୍ଯ୍ୟ ! ତା ଭାବନା ଯେପରି ଟେଲିପାଥି ହୋଇ ବୁଢ଼ୀ ମଗଜ ଭିତରକୁ ପଶିଯାଏ । ସେହି ଅଂଧାରରେ ଚହଲି ଚହଲି ଦାଣ୍ଡ ଘରୁ ବୁଢ଼ୀର ଘାଗଡ଼ା ସ୍ୱର ଭାସି ଆସେ – କ'ଣ କରୁଛୁ କିରେ ? କିରେ ଶୋଇଲୁଣୁ ନା ମୋ'ରି କଥା ଭାବୁଛୁ ବା। ଆରେ ମୋତେ ମନେ ମନେ ଗାଳି ଦେଉଛୁ – ନାଇଁ ?'' ସେ ଛାନିଆରେ ଆଖି ବନ୍ଦ କରିଦିଏ। ଭିଡ଼ି ମୋଡ଼ି ହୋଇ ଶୋଇବାକୁ ଚେଷ୍ଟା କରେ। ବୁଢ଼ୀ ସେମିତି ଗପୁଥାଏ– ''ଆରେ ଶୋଇଲୁଣି ନା ଘୁଟୁରୁଘୁମା ଚଢ଼େଇ ଭଳି କାନ ଡେରିଛୁ ? ଆରେ ତୁ ତ

ଠିକ୍ ତୋ' ବାପ ଭଳି। ହୁଂକା ପଥର। ଦଶ ପଦରେ ପଦିଏ ଜବାବ ଦେବୁ–ମାଛିକୁ ମ' ବୋଲି କହିବୁନି।''

ଆହୁରି ଆହୁରି ବୁଢ଼ୀ ଗପୁଥାଏ, ରାତି ବଢୁଥାଏ। ସାତଭାୟା ଶୂନ୍‌ଶାନ୍ ହୋଇ ଆସୁଥାଏ। ଝାଉଁବଣ,ବାଲିଚଢ଼ା ସେପାଖରେ ସମୁଦ୍ର ଗର୍ଜୁଥାଏ। ତା' ଆଖିରେ ନିଦ ଲାଗି ଆସେ। କେତେବେଳେ ବୁଢ଼ୀ ଶୁଏ, କେତେବେଳେ ଚେଇଁଥାଏ ? ତା'ର ବେଳେ ବେଳେ ମନେହୁଏ ବୁଢ଼ୀ ନିସ୍ତବ୍ଧ ରାତିରେ ଗୋଟେ ଚହଲା ଛାଇ ହୋଇ ତା'ର ନିଦୁଆ ଆସାଡ଼ ଦେହଟାକୁ ହିଁ ଜଗି ରହିଥାଏ।

ତା'ର ମନେ ଅଛି – ବହୁତ ଦିନ ତଳେ ପଡ଼ୋଶୀ ଘରର ଗୋଟେ ଝିଅ ଯିଏ ଖାସ୍ ବୁଢ଼ୀ ଡରରେ ଆଗ ଦର୍ଜା ନ ଦେଇ, ତା'ର ଇସାରାରେ ବେଳେବେଳେ ପଛ ଦର୍ଜା ଦେଇ ନିର୍ଧୂମ୍ ଖରାବେଳେ ତା ପାଖକୁ ଆସୁଥିଲା। ଗୁଳ୍‌ଗୁଳିର କଂଟି ହେଲା ଝାଳ ଓ ଭୟରେ ଯିଏ ଲାଜକୁଳି ଲତା ଭଳି ଜଡସଡ୍ ହୋଇ ଯାଉଥିଲା। ଏହି ଆସି ଏହି ଚାଲିଯିବି, ଏହି ଚାଲିଯିବି – ଉଚ୍ଛନ୍ନ ହେଉଥାଏ। ସେ ଝିଅଟିର ହାତ ଧରେ । ପବନଠୁ ଧୀର୍ ଆୱାଜ୍ କରି ଅଟକାଏ –''ରୁହ।'' ଝିଅ ତା'ହାତରୁ ହାତ ମୁକୁଳେଇ ନେଇ ବରଂ ତା' ପାଟିରେ ହାତ ଦିଏ ''ରୁହ ! ପାଟି କରନା। ବୁଢ଼ୀ କାନେଇଛି।''

ସେତିକିବେଳେ ଦାଣ୍ଡ ଘରୁ କତରାଲଗା ବୁଢ଼ୀ ଖଣ୍ଡିକାଶ ମାରିଦିଏ ''କ'ଣ କରୁଛୁ କିରେ ?''

ଆସିବାକୁ ଘଣ୍ଟେ ପ୍ରସ୍ତୁତ ହୋଇଥିବା, ଘର ଭିତରେ ଗୋଟେ ମିନିଟରୁ କମ୍ ରହିଥିବା ଡରକୁଳି ଝିଅ। ଅତର୍ଛରେ ଧାଇଁ ପଳାଏ। ସେ ବି ଗୋଟାପଣେ ଛାନିଆ ଅପମାନରେ ଓଦା ହୋଇଯାଏ। ତା' ସୁର୍ ଜାବ ପଡ଼ି ତଂଟି ଶୁଖିଯାଏ। ନଥ୍ କରି ଖଟ ଉପରେ ବସି ଗୁମାନ ମାରିଦିଏ। ସେ ଅନୁମାନ କରିନିଏ ସେ ଝିଅଟି ନିକଟ ଭବିଷ୍ୟତରେ ମାସେ ଦି'ମାସ ଭିତରେ ଅଧମିନିଟ୍ ପାଇଁ ଆଉ ଆସିବାର ନାହିଁ। ସେ ବି ସହଜେ ଲାଜୁଆ ପ୍ରେମରେ ବନ୍ଧା । ସାତଭାୟା ଗାଁ ଦାଣ୍ଡରେ ଚାଲିଲା ବେଳେ ଏମିତି ପାଦକୁ ଚାହିଁ ତଳମୁହାଁ କାଂକ ହୋଇ ଚାଲେ ଯେ, କେହି କହିବେ ନାହିଁ ତା' ଭିତରେ ବହୁତ କଥା ଅଛି। ଝିଅ ଛାଡ଼ି ଚାଲିଯାଇଥିବା ଅଧାପାଚିଲା ପିଜୁଳି, ଜାମୁକୋଳିର ଠୁଂଗା ପଡ଼ିଥାଏ। ସେ ଖଟରେ ପଥର ହୋଇ ବସିଥାଏ, ବୁଢ଼ୀ ଦାଣ୍ଡ ଘରୁ ବୁଝାଇ ଚାଲିଥାଏ ''ଆରେ ସେ ଝୁଅଟା ଅଛି ନା ଗଲାଣି ବା ! ସେ ଛଟକୀ ବିଲେଇ ଆଉ କ'ଣ ମୋ ପାଟି ଶୁଣି ସେଠି ଥିବ।''

ସେ ବିରକ୍ତିରେ ଉତ୍ତର ଫେରାଏ – ''କେଉଁ ଝିଅ ଫିଅ, ଏଠି ଅଛି ବୋଲି କହୁଛୁ ? ଏ ଘରେ ଝିଅ କହିଲେ ତ ଏକମାତ୍ର ତୋତେ ବୁଝାଏ।''

ବୁଢ଼ୀ ତଥାପି ବୁଝେନା –''ଆରେ ଲୁଚିଛି ନା ଗୋଡ଼ ଦୁଇଟା ଦିଶୁଛି ବା ! ଆରେ ବାବୁ ! ତୋର କିଛି ଦୋଷ ନୁହେଁ। ସେ ଅଲାଜୁକି ଝିଅର କିଛି ଦୋଷ ନାହିଁ । ଦୋଷ ତା'ର ଗାର୍ଜନର। ସେମାନେ ଝିଅର ବନ୍‌ଶି କରି ତୋତେ ଥୋପ ଗିଳିବାକୁ ଫିସାଦି କରୁଛନ୍ତିରେ। କାଲିତ ମୁଁ ମରଯିବି। ସବୁ ତୋ' ବାପ ଠାକୁ' ବାପର ସଂପତ୍ତିବାଡ଼ି ଶଶୁର ଶଳା ମାରିନେବେ। ତୁ ତ ଛୋଟପିଲା। ଏକ୍ଷଣି ଗୋଟେ ହୋ'ରେ ମାତିଛୁ ।''

–''ଆଲୋ ଠାକୁ ମା', ତୋ' ଧାରଣା ଭୁଲ । ସାତଭାୟାର କେଉଁ ଝିଅକୁ ମୁଁ ବାହା ହେଉନି। ବାହା ହେବି ଯଦି ରାଜନଗର, କେନ୍ଦ୍ରାପଡ଼ା କି କଟକ ଭୁବନେଶ୍ୱରରେ ବାହା ହେବି। ଆଲୋ ଠାକୁ ମା' ! କହିଲୁ ଦେଖି – ସାତଭାୟାରେ ତୋ ମନ ମାଫିକ୍ ନାତୁଣୀବୋହୂ କିଏ ଅଛି ?''

ଏମିତି ତେଲମାଲିସ୍ କଥାରେ ବୁଢ଼ୀ ବୁଝିଯାଏ। ଭୁଲିଯାଏ। ହସିହସି ବୁଢ଼ୀ ସ୍ମୃତିଚାରଣ ଆଡ଼କୁ ଧସେଇ ପଳେଇ ଯାଏ। ରୋମାଣ୍ଟିକ୍ ହୋଇ ବୁଢ଼ୀ ଗପେ ନିଜ କଥା, ନିଜ ବାହାଘର କଥା – ''ଆରେ ! ଏ ସାତଭାୟାରେ ବାହା ହେବାକୁ ଝିଅ ନାହିଁ କହୁଛୁ ଯେ, ମୁଁ ପା' ସାତଭାୟା ଝିଅ, ସାତଭାୟାର ବୋହୂ। କେବଳ ଆମ ବଂଶରେ ତୋ'ରି ମାମୁଁ ଘର ଚାନ୍ଦବାଲି, ଆରେ ! ଜାଣିଛୁ ନା, ତୋ' ଠାକୁବା' ସହ ମୋର କେମିତି ବାହାଘର ହେଲା ? ଏ ସାତଭାୟା, କାନପୁର ଅଂଚଳରେ ତୋ ଏ' ଠାକୁବା' ଘର ସେତେବେଳେ ଭାରି ପଇସାବାଲା । ତୋ' ଠାକୁବା'ର ମା' ଥରେ ମୋତେ ପଞ୍ଚୁବରାହୀ ମଂଦିରରେ ଦେଖିଥିଲା । ସେହି ଦିନରୁ ବୁଢ଼ୀ ଉଚ୍ଛନ୍ନ ହେଲା – ମୋତେ ତା'ର ବୋହୂ କରି ଆଣିବ। ତା'ପରେ ତୁମ ଘରକୁ ମୁଁ ବୋହୂ ହୋଇ ଆସିଲି। ତେର ବର୍ଷ ବୟସରେ ମୋର ବାହାଘର ହେଲା। ମୋତେ ଯେତେବେଳେ ପନ୍ଦର ବର୍ଷ ତୋ' ବାପ ପେଟରେ ରହିଲା।''

ବୁଢ଼ୀ ଏମିତି ସମୁଦ୍ରଠୁ ପ୍ରଗଲ୍‌ଭ ହୋଇ ତା' ଅତୀତର କଥା କୁହେ। ବୁଢ଼ୀ କଥା ଭିତରେ କେତେବେଳେ ପଶିଆସେ ବାସ୍ତୋରି, ଏକାଅଶୀ ମସିହାର ବାତ୍ୟାର ପ୍ରଳୟର କଥା ତ, କେତେବେଳେ ବୁଢ଼ୀ ଗପୁଥାଏ ତା' ଶାଶୁଘର ଖାନଦାନୀର ଇତିହାସ । ତା'ର ମନେହୁଏ ସମୁଦ୍ରଠୁ ପ୍ରାଚୀନ ଏହି ସାତଭାୟା ସମୁଦ୍ରକୂଳର ବୁଢ଼ୀଟି। ସାରା ଜଗତରେ କେତେ ପରିବର୍ତ୍ତନ ଘଟିଯାଏ। କଇଁଛମାନେ ସାତଭାୟାରେ ଅଣ୍ଡା ନ ଦେଇ ଏହା ଭିତରେ ସମୁଦ୍ର ମୁହାଣ ଏକକୁଳା ଆଡ଼େ ଚାଲିଗଲେଣି। ସମୟ ଓ ସମୁଦ୍ର ସାତଭାୟାର ସାତ ସାତଟା ଗାଁରୁ ପାଂଚଟା ଗାଁକୁ ହଜମ କରିଦେଲାଣି। ଅଧମିନିଟ୍ ଅଟକି ପ୍ରେମର ସ୍ପର୍ଶ ଦେଇଥିବା ଝିଅଟି କାହିଁ କେଉଁଠି ବାହା–ସାହା ହୋଇ ମା' ହୋଇ ସଂସାର ଚଳାଇଲାଣି । ରାଜନଗର କଲେଜରେ ପାଠ ଶେଷ ପରେ ତା'ର

ସାତଭାୟାରେ ହାତଗୋଡ଼ ଜାକି ବେକାରର ଦିନ ଆରମ୍ଭ ହୋଇଗଲାଣି – ତଥାପି ବୁଢ଼ୀ ଗପି ଚାଲିଥାଏ । ତା' ପାଇଁ ସମୟ ଓ ସମୁଦ୍ର ଯେପରି ସ୍ଥିର । ବୁଢ଼ୀ ପାଖରେ ତଥାପି ସେ ଅଛି। ଚାଲବୁଲ ହେଉଛି । ଖୁଜୁବୁଜୁ ହେଉଛି। ଏହାହିଁ ସତ୍ୟ ବୁଢ଼ୀପାଇଁ। ସେ ଓ ବୁଢ଼ୀ ଯେପରି ଗୋଟେ ଜଗତ । ସେ ଜଗତର ସେ ପାଖରେ ସାତଭାୟା। ସାତଭାୟା ସେପାଖରେ କେନ୍ଦ୍ରାପଡ଼ା ଜିଲ୍ଲା । କେନ୍ଦ୍ରାପଡ଼ା ଜିଲ୍ଲା ସେପାଖରେ ଓଡ଼ିଶା। ଓଡ଼ିଶା ସେପାଖରେ ଦେଶ, ମହାଦେଶ । ଏ ପୃଥିବୀ। ଏ ଧାରଣା ବୁଢ଼ୀ ପାଇଁ ନିରର୍ଥକ।

ସେଥରକ ଦଳେ ସାଂଗ ଆସି ତା'ପାଖରେ ପହଂଚିଲେ। ସେମାନେ ଓକିଲପଡ଼ା ଆଡ଼ର। ଏକା ସାଂଗରେ ପଢୁଥିଲେ। ସମସ୍ତେ ବି.ଏ. ଫେଲ୍ ପାଶ୍ ହୋଇ ବେକାର୍। ସେତେବେଳେ ଇଲେକ୍ସନ୍ ଅଳ୍ପଦିନ ଥାଏ, ପ୍ରଥମେ ସେମାନେ ତା' ସହିତ ଇଲେକ୍ସନ୍ ଭବିଷ୍ୟତ ଉପରେ ଗପିଲେ। ତା'ପରେ ସେମାନେ ରାଜନୈତିକ ଦଳ କଥା ପ୍ରସଂଗରେ ପକେଇଲେ। ସେମାନଙ୍କ ଭିତରୁ ଜଣେ ଯୁକ୍ତି ଦେଖାଇଲା –''ଲୋକେ କଂଗ୍ରେସ ଜନତା ଦଳ ଶାସନକୁ ଚାଖି ସାରିଲେଣି। ଏବେ ଲୋକଙ୍କ ମନୋଭାବରେ ସ୍ପଷ୍ଟ – ପୁଣି ଗୋଟେ ନୂଆ ଦଳର ଶାସନ ଚାଖିବେ।'' ସେହି ସାଂଗମାନଙ୍କ ଭିତରୁ ଜଣେ ଅସଲ କଥା ପକେଇଲା –''ଏବେ ଲୋକଙ୍କ ଦୃଷ୍ଟିରେ ଆମ ଦଳ ହିଁ ବିକଳ୍ପ ଦଳ।''

ସେ ସେମାନଙ୍କୁ କହିଲା – ''କଲେଜରେ ତୁମେ ପା' ଏସ୍.ଏଫ୍.ଆଇ. ପାଇଁ କେଂପ୍ନିଂ କରୁଥିଲ ! କଲେଜ ଛାଡ଼ିଲା ପରେ କ'ଣ ଏ ଦଳର କଥା କହିଲଣି।''

ସାଙ୍ଗ ଭିତରେ ଜଣେ ୟା'କୁ ବୁଝାଇଲା ସ୍ୱରରେ ବୁଝାଇଲା – ''ଆମେ ହିନ୍ଦୁ, ହିନ୍ଦୁ ଯଦି ଏକତ୍ରିତ ନ ହେବେ – ହିନ୍ଦୁସ୍ଥାନ୍‌ରେ ରାମରାଜ୍ୟ ଆସିବ ନାହିଁ। ହିନ୍ଦୁର ରକ୍ତ ଭାରି ଶକ୍ତିଶାଳୀ ଏତିକି ଆମେ ମନେ ରଖିବା ଉଚିତ।'' ସେ ସାଂଗଟି ଏପରି ହିନ୍ଦୁର ଗୌରବ ଓ ପରଂପରା ଉପରେ ଭାଷଣବାଜି ଦେଇ ଚାଲିଲା। ତାକୁ ଏ କଥାଗୁଡ଼ିକ ନୂଆ ଲାଗୁଥିଲା। ସେ ଉତ୍ତେଜିତ ହୋଇ ଆସୁଥିଲା। ସାରା ଆସର ଜମି ଆସୁଥିଲା ସେତିକିବେଳେ, ବୁଢ଼ୀ ଦାଣ୍ଡ ଘରୁ ଡକା ଛାଡ଼ିଲା – ''କ'ଣ କରୁଛୁ କିରେ ?''

ଦଳକଯାକ ସାଂଗ ଯେପରି ଚାବୁକ ମାଡ଼ ଖାଇ ଅତର୍କିରେ ଉଠିଲେ। ବୁଢ଼ୀର ଡାକରେ କି ରାଜନୈତିକ ଚାଲ୍‌ଥିଲା, ଦେଶ ସଂପର୍କରେ ଚିନ୍ତା ପ୍ରକଟ କରୁଥିବା କଥା ନିମିଷକ ଭିତରେ ଭାଂଗିରୁଜି ଛତରଛାଓଳ ହୋଇଗଲା। ସେମାନେ ଉଠିଲେ । ନିଜ ନିଜ ସାଇକେଲ୍‌ରୁ ଷ୍ଟାଣ୍ଡ୍ ଖସାଇଲେ। ସାଇକେଲ ଚଢ଼ିବା ଭିତରୁ ଜଣେ କହି ଦେଇଗଲା –''ଆମ କଥା ଚିଂତା କରୁଥିବ ଆମେ ପୁଣି ଆସିବୁ।''

ସେମାନେ ସମସ୍ତେ ''ଜୟ ଶ୍ରୀରାମ'' କହି ଚାଲିଗଲେ। ହେଲେ ବୁଢ଼ୀ

ପୁଣି ତାକୁ ବୁଝାଇବା ସୁରୁ କରିଦେଲା – ''ଆରେ ! କଂଗ୍ରେସ ଯେଉଁ ଗାତ ଜନତା ସେହି ଗାତର ଚୁଲି । ଏ ଯେଉଁ ଦଳକ ତୋର ରାଜନୀତିଆ ସାଂଗ ଆସିଥିଲେ ସେମାନେ ସେହି ଚୁଲୀର ପାଉଁଶ ! ଏଗୁଡ଼ାକ କାହା ଦ୍ୱାରା ଶାଗ ସିଝିବନିରେ ! ଓଧ ସାଂଗରେ ଭୁଆଁ ବିଲେଇ ହୋ' ନା !''

ସେ ବୁଢ଼ୀକୁ ପୁଣି ବୁଝାଏ–ଆଲୋ ହେ ବୁଢ଼ୀ ! ତୁମ ବେଳେ ତୁମେ କେବଳ ଗାଂଧୀ ନାଁ ଜାଣିଛ, ଦେଶର ନାଁ ଜାଣିନା। ଏବେ ତୁମେ କାହିଁକି ଜାଣିବ ଦେଶ କ'ଣ ? ରାଜନୀତି କ'ଣ ? ଯେଉଁ କଥା ଜାଣ ନାହିଁ ଠାକୁମା' ! ସେହି କାମରେ ବିରକ୍ତ ହେବା ତୋର ଅଭ୍ୟାସ।''

ବୁଢ଼ୀ ଥିଲା ଭାରି ଚାଲାଖ – ସେ ଯେପରି ଆନ୍ଦାଜ କରିପାରୁଥିଲା ଟୋକା ଚିଡ଼ିଗଲାଣି । ସେ ପାଇଁ ବୁଢ଼ୀ କଅଁଳେଇ କହି ବୁଝାଇଲା – ''ଆରେ ! ମୋ କଥା ତୋତେ ଗଂଧାଉଛି ନା'ରେ ? ହଁ, ତୁ କ'ଣ ଆଉ ଛୋଟ ପିଲା ଅଛୁ। ତୋ' ମୁଣ୍ଡକୁ ହାତ ପାଇଲାଣି। ଆରେ ! ଏ ବୁଢ଼ୀ ମଲାପରେ ବୁଝିବୁରେ। ସେତେବେଳକୁ ନେଡ଼ିଗୁଡ଼ କହୁଣୀକୁ ବହି ଯାଇଥିବ।''

ବୁଢ଼ୀର ଭବିଷ୍ୟତ ବାଣୀରେ ସେ ଭିତରେ ଭିତରେ ହେମାଳ ହୋଇଯାଏ ।

ହେଲେ ଆଠ ପନ୍ଦର ଦିନ ପରେ, ସେ ସାଂଗଦଳକ ସାଇକେଲରେ ଓକିଲପଡ଼ାରୁ ସାତଭାୟା ଆସି ପହଂଚିଯାନ୍ତି। ପଞ୍ଚୁବରାହୀ ମଂଦିର ପାଖ ଝୁମ୍ପୁଡ଼ି ଚା' ଦୋକାନରେ ବସି ଗୋଟେ ଗାଁ ଟୋକାକୁ ଶିଖାଇ ପଠାଇ ଦିଅନ୍ତି। ଗାଁ ଟୋକା ଡାକେ ''ଆସ ମାଛଧରା ହେବ ଦେଖିବ।''

ସେ ଠାର ବୁଝିପାରେ। ବୁଢ଼ୀ ଦାଣ୍ଡପିଣ୍ଡାରେ କାନ ଠିଆ କରି ଗାଁ ଟୋକା କଥା ଶୁଣେ। ସେ ସେୟାଡ଼େ ନଜର ଦିଏନା। ସେହି ପିନ୍ଧିଥିବା ଲୁଂଗି ଉପରେ କେବଳ ଗଂଜି ପିନ୍ଧି ଟାୱେଲ୍‌ଟିଏ କାଂଧରେ ପକେଇ ସେ ଗାଁ ଟୋକା ପଛରେ ଚାଲିଆସେ। ବୁଢ଼ୀ କେବଳ ପଛରୁ କହେ –''ମାଛ ଆଣିବା ଦର୍କାର ନାହିଁ। ଜଲଦି ଫେରିବୁ।''

ୟା'କୁ ଆସୁଥିବାର ଦେଖି ସେମାନେ ସମସ୍ତେ ଚା'ଖଟିରୁ ଉଠନ୍ତି। ବାଲି ଢିପ ଦେଇ ସମୁଦ୍ର ଲହଡ଼ି ନ ଛୁଇଁବା ଜାଗାରେ ଆଣ୍ଠୁରେ ମଥା ଭରା ଦେଇ ବସନ୍ତି – ସ୍ୱାଧୀନତାର ଏତେ ବର୍ଷ ପରେ ସାତଭାୟାର ଅବସ୍ଥା କଥା ଗପନ୍ତି। କଥାଯାଏ ଗ୍ୟାଟ୍ ଚୁକ୍ତି ପର୍ଯ୍ୟନ୍ତ, ସେଠୁ ପୁଣି କଥା ଫେରିଆସେ ସାତଭାୟାର ଲୁଣା ଘେରିବନ୍ଧରେ ମାଫିଆଂକ ଚିଂଗୁଡ଼ିଚାଷ କଥା ଆଡ଼କୁ। ସେଠୁ ଯାଇ ବମ୍ବେ ରାଜନୀତିରୁ କଥା ଡେଇଁ ଆସେ ପୁଣି ସାତଭାୟା ପୋଷ୍ଟ ଅଫିସରେ ସୋଲାର ଟେଲିଫୋନ ପ୍ରତିଷ୍ଠା ଉପରେ – ସାତଭାୟା କୁଜି ରାଜନୀତି, କାନପୁର କୁଜି ରାଜନୈତିକ ଦ୍ୱନ୍ଦ୍ୱର କଥା ପଡ଼େ ।

ଏମିତି ସବୁ ଗରମାଗରମ୍ ରାଜନୀତି ସଂପର୍କରେ ଆଲୋଚନା କରି ସ୍ନାୟବିକ ଉତ୍ତେଜିତ ହେବା ଓ ଖଟିରେ ଘଣ୍ଟେ ଦି'ଘଣ୍ଟା ପାଇଁ ଦେଶପ୍ରେମୀ ହେବା ତା'କୁ କ୍ରମଶଃ ଭଲ ଲାଗୁଥିଲା ।

ଏମିତି ମଝିରେ ମଝିରେ ଓକିଲପଡ଼ାରୁ ସାଇକେଲ ଛୁଟେଇ ସେମାନେ ସବୁ ଆସୁଥିଲେ । ବିଭିନ୍ନ ବାହାନା ଦେଖାଇ ଘରୁ ତା'କୁ ଡକେଇ ନେଉଥିଲେ ସମୁଦ୍ରକୂଳ। ନିଛାଟିଆ ସମୁଦ୍ର ବାଲିରେ ଠୁଳ ହୋଇ ସେମାନେ ଦେଶପାଇଁ ଓ ପାର୍ଟି ପାଇଁ ଭାଷଣ ବାଜି କରୁଥିଲେ । ଆଗାମୀ ଇଲେକସନ୍ ପାଇଁ ବିଭିନ୍ନ ଫନ୍ଦିଫିକର ଯୋଜନା କରୁଥିଲେ ।

ବୁଢ଼ୀର ଆଖି ଆଢୁଆଳେ ସେ ଯେପରି ଅତ୍ୟନ୍ତ ଗୋପନରେ, ସମୁଦ୍ର ବେଳାଭୂମିରେ ନୂଆ କାମଟିଏ ସୁରୁ କରିଦେଇଥିଲା । ଦିନେ ଦିନେ ସମୁଦ୍ର କୂଳରୁ ସାଂଗମାନଙ୍କଠୁ ଫେରିଲେ ବୁଢ଼ୀ ତାଉ ଖାଇଲା ଭଳି କଥା ଫିଙ୍ଗେ – ''ଏତେବେଳଯାଏ ଯାଇଥିଲୁ କୁଆଡ଼େ ? ଆରେ ମୋ ଆଖିକୁ ଏବେ ଭଲ ଦିଶୁନି । କାନକୁ ଶୁଭୁନି । ପାଦ ହାତ ସବୁ ଅଚଳ ହୋଇ ଗଲାଣି । ତୁ ମୋତେ ନୁଚେଇ ନୁଚେଇ କ'ଣ କରୁଛୁ ତୁ ଜାଣୁ !''

ବୁଢ଼ୀର ଏହି କଥା ପଦିକରେ ସେ ଅପରାଧବୋଧରେ ସଢ଼ିଯାଏ । ଦେଶ ପାଇଁ, ପାର୍ଟି ପାଇଁ, ସାତଭାୟା ପାଇଁ, ଇଲେକ୍‌ସନ୍ ପାଇଁ ସମୁଦ୍ରକୂଳର ରାଜନୀତି ଗରମ ତାକୁ ଛାଡ଼ି ନ ଥାଏ । ସେ ପାଇଁ ବୁଢ଼ୀ କଥାରେ ଜବାବ୍ ଫେରାଏନା । ସେ ତା' ଶୋଇବା ଘରକୁ ଯାଇ ଭିତରପଟୁ ଦର୍ଜା ବନ୍ଦ କରିଦିଏ ।

ଯଦି ବେଶୀ ସମୟ ଘର ଭିତରେ କବାଟ ବଂଦ କରି ପାର୍ଟିର ଲିଫ୍‌ଲେଟ୍ ସବୁ ପଢ଼େ ବାହାର ପିଣ୍ଡାରେ ବସି ବୁଢ଼ୀ ପୁଣି ଆଶଂକା ଓ ସଂଦେହରେ ଶିର୍‌ଶିରେଇ ଯାଉଥାଏ ଓ ଡାକ ଛାଡୁଥାଏ –''କଣ କରୁଛୁ କିରେ ? କ'ଣ ଶୋଇଛୁ ନା ବାଡ଼ି ଆଡ଼େ କୁଆଡ଼େ ପଳେଇଲୁଣି' ବା ! ଜବାବ ଦେଉନୁ କାହିଁକି ?''

ସେ ବାଧ୍ୟ ହୁଏ, ବୁଢ଼ୀକୁ ଜବାବ୍ ଫେରାଏ – ''କୁଆଡ଼େ ଯାଇନିଲୋ ଠାକୁ ମା' ! ତୋ'ରି ଘରେ ଅଛି !''

–''ମୋ ଘର କ'ଣ କହୁଛୁ ବା' । ମୋ ଦିନକାଳ ଆଉ କେତେ ଦିନ ? ଏସବୁ ତୋରରେ ବାବୁ ! ତୁ ତ ନିଜ ଘରକୁ ଚିହ୍ନିଲୁ ନାହିଁ । ନିଜକୁ କେତେବେଳେ ଚିହ୍ନିବୁ ? ବାହାର ଲୋକ ଦିନେ କୌଶଳ କରି ତୋତେ ଯେତେବେଳେ ଘରୁ ବାହାରକୁ ନେଇଯିବେ ସେତେବେଳେ ଜାଣିଥା' ଏ ଘର ବୁଡ଼ିଯିବ ।''

ବୁଢ଼ୀ କାନ୍ଦୁଣୁ ମାନ୍ଦୁଣୁ ହୋଇଯାଏ –

ବେଳେବେଳେ ତା'ର ବାହାର ବାହାର ବୁଲାବୁଲି । ସାତଭାୟା, କାନପୁରର

ଗାଁ ଦି'ଟାରେ ଘରେ ଘରେ ତା'ପାର୍ଟି ପାଇଁ କାର୍ଯ୍ୟକ୍ରମର ବ୍ୟସ୍ତତା, ପଞ୍ଚୁବରାହୀ ମଂଦିର ପାଖ ଦି'ଚାରିଟା ଝୁମ୍ପୁଡ଼ି ଦୋକାନର ବଜାରର ରାଜନୀତି ଖଟିରେ ଯଦି ଡେରି କରି ଫେରୁଥିଲା କେବଳ ସମୁଦ୍ରର ଘୁ ଘୁ ଗର୍ଜନ ଓ ବୁଢ଼ୀର ବାହୁନା ହିଁ ଶୁଭୁଥାଏ – ''ହାଃ ! ମୋ ପୁଅ ମଲା । ଘଇତା ମଲା, ମୋତେ ବାଧି ନ ଥିଲା । ହାଃ ! ମୋ ପୁଅ ଯଦି ନାତୁଣିଟିଏ ଛାଡ଼ି ଯାଇଥାନ୍ତା ମୁଁ ଘରଜୋଇଁଆ କରି କାହାକୁ ବରଂ ରଖିଥାନ୍ତି । ଏ ବାରବୁଲା ଟୋକାକୁ ମୁଁ ସମ୍ଭାଳିପାରୁ ନାହିଁଲୋ ହାଃ ମୋ ପଞ୍ଚୁବରାହୀ ! ହାଃ ମୁଁ ଯାହା ଜାଣୁଛି, ଏ ଟୋକାକୁ ହିନ୍ଦୁମାନେ ନେଇଯିବେଲୋ ମା' ପଞ୍ଚୁବରାହୀ ହାଃ ।''

ସେ ଘରକୁ ଆସି ବୁଢ଼ୀର ବାହୁନା ଶୁଣେ । ଏ କାନରେ ପୂରେଇ ସେ କାନରେ ବାହାର କରିଦିଏ । ବେଳେବେଳେ ସେ ସମୁଦ୍ର କୂଳରେ ଏକା ବସେ । ନିଜ ସଂପର୍କରେ ଆତ୍ମସମୀକ୍ଷା କରେ – ଇଲେକସନ୍ ଆଗରୁ ଗୋଟେ ନୂଆ ପାର୍ଟିରେ ଡେଇଁ ପଡ଼ିବା, ସାତଭାୟା ଅଂଚଳରେ କୁଜି ଯୁବନେତା ପାଲଟି ଯିବା ଠିକ୍ ନା ଭୁଲ ? ଶେଷରେ ସେ ସିଦ୍ଧାନ୍ତରେ ପହଂଚେ – ସେ ଯାହା କରୁଛି ଠିକ୍ ହିଁ କରୁଛି ।

ସେ ମନେ ମନେ ଗୋଟେ କଥା ଭାବେ ଓ ମନେ ମନେ ହସେ – ମେଟ୍ରିକ୍‌ରୁ ବି.ଏ. ପରେ ବେକାର ହେବା ଭିତରେ ତା'ର ଦୁଇଜଣ ଖାସା ଦୋସ୍ତ କେବଳ ଅଛନ୍ତି । ଗୋଟେ ତ ଏ ସାତଭାୟାର ସମୁଦ୍ର – ଠିକ୍ ତା' ବାପ ଭଳି । ବାପଛେଉଣ୍ଡ ପୁଅ ଯାହା କୂଳରେ ବସି, ନିଜ ପାଇଁ ସିଦ୍ଧାନ୍ତ ନିଏ । ଆଉ ଗୋଟେ ସାଂଗ ତା'ର ଏ ବୁଢ଼ୀ ! ବେଳେବେଳେ ତା'ର ମନେ ହୁଏ – ଏ ବୁଢ଼ୀ ତା'ର ଅସ୍‌ଲି ମା' । ଦ୍ୱାର ଜଗି ବସିଥାଏ । ତା'ରି ଅପେକ୍ଷାରେ ଆଖିରେ ନିଦ ନ ଥାଏ । ବେଳେବେଳେ ସେ ବୁଢ଼ୀ ସଂପର୍କରେ ପୁଣି ଭାବେ ଓ ହସେ – ନାଇଁ, ନାଇଁ ଏ ବୁଢ଼ୀ ମୋର ଠାକୁ ମା' ନୁହେଁ – ମା' ନୁହେଁ । ସ୍ୱାମୀକୁ ଗୋଡ଼େ ଗୋଡ଼େ ଜଗିଥିବା ସ୍ତ୍ରୀ !

ପାର୍ଟି ତରଫରୁ ଡାକରାଟିଏ ଆଇଲା – ଦିଲ୍ଲୀ ଚଲୋ ! ରାଲି ହେବ । ଟ୍ରେନ୍‌ରେ ଯିବା ଆସିବା ମାଗଣା । ସେଠି ଖାଇବା ରହିବା ମାଗଣା ।

ବୁଢ଼ୀଠୁ ବର୍ତ୍ତିବା ପାଇଁ ସେ କେବଳ କହିଲା –''ଗୋଟେ ଚାକିରୀ କଥା ବୁଝାବୁଝି ପାଇଁ ରାଜନଗର ଯାଉଛି । ହୁଏତ କେନ୍ଦ୍ରାପଡ଼ା, କଟକ କି ଭୁବନେଶ୍ୱର ଯାଇପାରେ, ଫେରୁ ଫେରୁ ଡେରି ହୋଇପାରେ ।'' କହିଲା ଓ ଘରୁ ଗୋଡ଼ କାଢ଼ିଲା ।

ସଂଧ୍ୟା ହେଲା, ରାତି ହେଲା, ରାତି ଗଡ଼ିଲା । ଦାଣ୍ଡଘରର ସାମ୍ନା ଦର୍ଜା ମୁକୁଳା ଥିଲା । ଘର ଭିତର କାନ୍ଥଠଣାରେ ଡିବି ସମୁଦ୍ର ତୋରା ହାୱାରେ ଫର୍ ଫର୍ ହେଉଥିଲା । ହେଲେ ଚେଇଁ ଶୋଇଥିବା ବୁଢ଼ୀ ଘରକୁ ଫେରି ଆସୁଥିବା ଦୁଇଟା ପାଦ ଶବ୍ଦର ଅପେକ୍ଷାରେ ଥିଲା ।

ଘର ଭିତରେ ମୂଷାମାନେ ଡିଆଁଡିଇଁ କରୁଥିଲେ । ବୁଢ଼ୀର ଛନ୍‌କା ନିଦ ଭାଂଗି ଯାଉଥିଲା । ତା' ଆଖି ଲାଗି ଯାଇଥିବା ବେଳେ ସେ ଫେରିଛି, ତା' ଶୋଇବା ଘରେ ଅଛି ? ତାପରେ ବୁଢ଼ୀ ନିଜର ଅନୁମାନକୁ ଆହୁରି ବଢ଼ାଉଥିଲା – ଯଦି ଶୋଇବା ଘରେ ଅଛି । ତେବେ କ'ଣ ଶୋଇନି ? ଘର ଭିତରେ ସେ କ'ଣ ଏକା ଅଛି ? ନା ଓକିଲପଡ଼ାର କେଉଁ ହିନ୍ଦୁ ସାଂଗ ତା' ସାଂଗେ ଶୋଇଛି ?

ବୁଢ଼ୀ ଉଚ୍ଛନ୍ନ ହୋଇଯାଏ ଓ ସାରାରାତି ତୁହାକୁ ତୁହା ତା'ର ଶୂନ୍ୟ ଶୋଇବା ଘର ଆଡ଼େ ଡକା ଛାଡୁଥାଏ ! କ'ଣ କରୁଛୁ କିରେ ?

ଛ ସାତ ବର୍ଷ ତଳେ

ଛ ସାତ ବର୍ଷ ତଳେ ମୁଁ ସେ ଲୋକଟାକୁ ଦେଖିଥିଲି । ସାତଭାୟା ସମୁଦ୍ରରୁ ମାଛ ଧରିବାର ଢଂଗ ଥିଲା ତା'ର ଅତି ଚମତ୍କାର । ପ୍ରଥମେ ତ ଭାବିଲି ସେ ମାଛୁଆ । ହେଲେ ପ୍ରକୃତରେ ସେ ଥିଲା ଗୋଟେ ରିଫ୍ୟୁଜି ।

ତା'ମାଛ ଧରିବାର କୌଶଳ ବି ଅପୂର୍ବ – ସମୁଦ୍ର କିନାରେ କିନାରେ ମାଇଲିଏ ଆନ୍ଦାଜରେ କାଠଖୁଂଟି ସବୁ ପୋତି ଦେଇଥାଏ । ଠିକ୍ ଜୁଆର ଛାଡ଼ିବା ପରେ ଭଟ୍ଟା ବେଳେ ସେ ଖୁଂଟିଗୁଡ଼ିକ ବାଲି ଉପରେ ଦେଖାଯାଏ । ଖୁଂଟି ଗୋଟି ଗୋଟି ଲମ୍ୱା ଡୋରରେ ବନ୍ସିକଂଟା ଲଗାଇ ମଲାକଂଟିଆ କି ପାମ୍ଫ୍ଲେଟ୍ ମାଛ ଗୁଂଥି ସମୁଦ୍ର ଲହଡ଼ି ଆଡ଼େ ଜିଅଳ ଫିଙ୍ଗି ଘରକୁ ଯାଏ । ଯେତେବେଳେ ପୁଣି ଜୁଆର ଛାଡ଼ ହୋଇ ଭଟ୍ଟା ପଡ଼ିଆସୁଥାଏ ସେ ଖୁଂଟରୁ ଖୁଂଟ ଡୋର ଟାଣି ଅତି ସାବଧାନରେ ଗୁଡ଼ାଏ । କେଉଁ ମାଛ ଖୁଂଟ ଜିଆଳରୁ ମିଳିଥାଏ ଖସଲ ମାଛ କି ବଡ଼ ଖଂଗା ମାଛ । କେଉଁ ଜିଅଳ ମାଛ ଗିଳି ଚାଲାଖ ସାମୁଦ୍ରିକ ମାଛଟି ଛୁ ମାରିଥାଏ । ମାଇଲିଏ ଆନ୍ଦାଜର ତା'ର ସବୁ ମାଛ ଖୁଂଟିର ଜିଅଳ ଥୋପ ଅଣ୍ଡାଳି ଅଣ୍ଡାଳି ସେ ନିଶ୍ଚିତ ବଡ଼ କଂଟିଆ, ଅତିକମ୍‌ରେ ପାଣିଆଖିଆ ମାଛ କେଇଟା ଧରି ଘରକୁ ଫେରେ ।

ମୁଁ ସେ ଲୋକଟାକୁ ମନଯୋଗ ଦେଇ ଲକ୍ଷ୍ୟ କରୁଥାଏ । ତ୍ରିପଣ୍ଡ କଳା, ଗୋଟେ ଡୋରିଆ ଲୁଂଗିକୁ ପାଇକଚ୍ଛା ମାରି, ଅପର୍ଛନିଆ ଗେଂଜିଟେ ପିନ୍ଧି, ହାତରେ ମେଂଚେ ସୂତା ଧରି ସେ ଖୁଂଟକୁ ଖୁଂଟ ଜିଅଳ ବାଂଧୁଥିଲା । ଟାଉ ଟାଉ କରି ତା'ର ସେ ବାଂଗର ଟାଂଗର ଚାଲି । ଅଧା ପାଚିଲା ମୁଣ୍ଡରେ ଫୁର୍‌ଫୁର୍ ବାଳର ଝାଲେରୀ ।

ସମୁଦ୍ର ବେଳାଭୂମିରେ ସାମୁଦ୍ରିକ ଜୀବମାନଙ୍କର କୌତୁକିଆ ଫସିଲ୍ ଗୋଟାଉ ଗୋଟାଉ ମୁଁ ସେ ଲୋକଟା ପଛରେ କେଉଁ ଗୋଟେ ଅଦ୍‌ଭୁତ ଆକର୍ଷଣରେ ଧାଇଁ ଚାଲିଥିଲି । ହୋଇପାରେ ସେଦିନ ସମୁଦ୍ରକୂଳରେ ସେ ଲୋକଟା ମୋତେ ଗୋଟେ

ଅପୂର୍ବ କୌତୂହଳର ଜିଅଳରେ ତା ଆଡ଼କୁ ଟାଣି ନେଉଥିଲା । ମୁଁ ଯେପରି ଆପଣା ଛାଏଁ ତା ପଛେ ପଛେ ଧାଇଁଥିଲି । କେଜାଣି କାହିଁକି ତା'ପଛରୁ ହଠାତ୍ ମୁଁ ପଚାରି ଦେଲି – ''କେତେଟା ଜିଅଳ ବାନ୍ଧିଛ ?''

ଲୋକଟିକୁ ଯେପରି ମରିବାକୁ ତର ନ ଥାଏ । ପଛକୁ ଫେରିଚାହିଁବା ପାଇଁ ତା ପାଖରେ ସମୟ ବହୁତ କମ୍ । ମାଛ ଖୁଂଟିରୁ ଖୁଂଟି ଧାଇଁ ଚାଲିଲା ବେଳେ କେବଳ ଉତ୍ତର ଦେଉଥାଏ – ''ଏହି କୋଡ଼ିଏ ପଚିଶଟା ଜିଅଳ ବାନ୍ଧିଛି ।''

ସମୁଦ୍ରର ଘୋ ଘୋ ଗର୍ଜନ । ମୁଁ ଚିତ୍କାର କରି ପୁଣି ପଚାରୁଥାଏ – ''ସବୁ ଜିଅଳରେ କ'ଣ ମାଛ ପଡ଼ନ୍ତି ?'' ଲୋକଟି ଗୋଟେ ମାଛ ଖୁଂଟିରେ ଡୋର ବାନ୍ଧି, ସମୁଦ୍ର ଲହଡ଼ି ଆଡ଼େ ଜିଅଳ ଫିଙ୍ଗି ସାରି ଆଉ ଗୋଟେ ମାଛ ଖୁଂଟି ଆଡ଼େ ଆଗେଇ ଯାଉ ଯାଉ ମୋ କଥା ଜବାବ ଫେରାଇଲା – ''କେଉଁ ଜିଅଳରେ ପଡ଼େ ତ, କେଉଁ ଜିଅଳରେ ଥୋପ ଗିଳି ମାଛ ଚଂପଟ ମାରେ ।''

ଲୋକଟି ଧାଉଁଥାଏ । ତା' ପଛରେ ମୁଁ ବି ସମ୍ମୋହିନୀ ଭଳି ଧାଉଁ ଥାଏ, ମୁଁ ଜାଣିବାକୁ ଚାହୁଁଥିଲି –''ତୁମେ କ'ଣ ମାଛ ବିକି – ଚଳ ?'' ସମୁଦ୍ରର ଭଟ୍ଟା ସହିତ ସାମୁଦ୍ରିକ ମାଛମାନେ ଯେପରି ବହୁ ଦୂରକୁ ପଳେଇବେ, ତା ଜିଅଳ ଡୋରରୁ, ଅନେକ ଦୂରକୁ । ଏଣୁ ସେ ଧାଉଁ ଥାଏ ଖୁଂଟକୁ ଖୁଂଟ । ତଥାପି ସେ ସଂକ୍ଷିପ୍ତରେ ବି ଫେରାଉ ଥିଲା, ତା'ର ଉତ୍ତର – ''ନିଜ ଖାଇବା ପାଇଁ ଧରୁଛି । ମୁଁ ମାଛ ବିକେନି । ଖାଇବାଠୁ ଅଧିକ ହେଲେ ଗାଁରେ ଘରପିଛା ପାଳି କରି ବାଂଟିଦିଏ ।''

ମୁଁ ମୋର ସମୁଦ୍ରକୂଳରେ ସବୁ କାମଦାମ ଛାଡ଼ି ତା ପଛରେ ଧାଇଁବା କାମଟେ ଆରମ୍ଭ କରି ଦେଇଥାଏ । ଶେଷରେ ସେ ତା'ର ଶେଷ ମାଛଖୁଂଟିରେ ଜିଅଳ ବାନ୍ଧି, ଲହଡ଼ିକୁ ଫିଙ୍ଗି, ଅଣ୍ଟା ବଂକେଇ ମୋ ଆଡ଼କୁ ବୁଲି ଚାହିଁଥିଲା ଓ ମୋ ପାଖକୁ ଆସି ଛିଡ଼ା ହେଲା । ସେ ଆନ୍ଦାଜ କଲା – ତା ପଛରେ ଧାଉଁଥିବା, ତାକୁ ପ୍ରଶ୍ନ ପଚାରୁଥିବା ମୁଁ ସାତଭାୟା ଇଲାକାର ଲୋକ ନୁହେଁ । ମୋ ବେଶ ପୋଷାକ ହିଁ ମୋତେ ଅଲଗା କରି ଦେଇଥିଲା । ମୁଁ ଥିଲି ତା ନଜରରେ ଗୋଟେ ଏକଲା ଟୁରିଷ୍ଟ । ଅତ୍ୟନ୍ତ ଭଦ୍ର ଓ ଅମାୟିକ ସ୍ୱରରେ କହିଲା – ''ଆଜ୍ଞା ! କାମବେଳେ ମୋର କାହା ଆଡ଼େ ନଜର ନ ଥାଏ । ହଉ ଏବେତ ମୋ କାମ ସଇଲା ଏବେ କ'ଣ ପଚାରିବେ କଥା ପଚାରନ୍ତୁ । ଏହି ଜିଅଳରେ ମାଛଧରା କଥାତ !''

ଲୋକଟି ଏବେ ତା ଗାଁ ସିଧା ପ୍ରଥମ ମାଛଖୁଂଟି ଆଡ଼େ ଗୋଟିଏ ଗୋଟିଏ କରି ଫେରିଲା । ଲୁଣି ପାଣିଖିଆ ତା'ର ଫୁଙ୍ଗୁଳା ପାଦଚିହ୍ନର ପଛେ ପଛେ ମୁଁ ବି ଫେରି ଆସିଲି । ଲୋକଟି ତା' ମାଛ ଧରିବାର କୌଶଳ ଓ ତା' ଉପରେ, ତା'ଭାଷାରେ

ଗପି ଚାଲିଥିଲା । କେମିତି ସେ ପିଲାଦିନେ ନଈରେ ତା ଜେଜେବୋପାଙ୍କ ସହ ଜିଅଲରେ ମାଛ ଧରୁଥିଲା । କେଉଁ ପରିସ୍ଥିତିରେ ସାତଭାୟାରେ ପହଂଚିଲା, ତା ଇତିହାସ ଗପି ଚାଲିଲା । ତା ପଛେ ପଛେ ମୁଁ । କେମିତି ସବୁଦିନେ ଘରେ ଟିକେ ମାଛଝୋଲ୍ ନହେଲେ କାଛିଗାଁର ତା ସୁକୁମାରୀ ସ୍ତ୍ରୀ କି ତା ଅଲିଅଳି ଏକମାତ୍ର ଝିଅ ଖୋକିକୁ ଭାତ ରୁଚେନା – ସେକଥା ପଡୁଥାଏ, ତା'ପଛରେ ମୁଁ କେମିତି ବଳକା ମାଛ ସେ କାନପୁର ଗାଁରେ ବାଣ୍ଟି ଦିଏ । କେମିତି ତା ଜିଅଲରେ ଶିଶୁମାର, ଶାଂକୁଚ ଭଳି ମାଛବି ବେଳେ ବେଳେ ବି ଥୋପ ଗିଳି ଧରାପଡ଼ିଲେ ତାକୁ କାଟି ଭାଗ ଭାଗ କରି ମାଗଣାରେ ଗାଁ ଲୋକଂକୁ ବାଂଟି ଦେଇ ଆସେ । ସେ ତା କଥା ହିଁ ଗପୁଥାଏ । ତା'ପଛରେ ମୁଁ, କେମିତି ତା'ର ନିତିପ୍ରତି ଅଭାବ ହିଁ ତାକୁ କେଇସେରା ପେସ୍ତାବାଦାମ ଗଛରେ ପଟାରେ ତିଆରି ଡିଙ୍ଗିଟିଏ କିଣିବାକୁ ସୁଯୋଗ ଦିଏନା, ଛୋଟ ଡିଙ୍ଗିଟେ କରି ସମୁଦ୍ରର – ବହୁତ ଭିତରକୁ ଯାଇ ମାଛ ଧରିବାର ସ୍ୱପ୍ନଭଂଗର ବିଭୋରତାର କଥା ମୋତେ କରୁଣ ଲାଗୁଥିଲା ।

ସେ ଲୋକଟି ପଛରେ ସମୁଦ୍ର କୂଳେ କୂଳେ ଏମିତି ନିରବରେ ଚାଲିବା ଯଦିଓ ମୋ ପାଇଁ ତୁଚ୍ଛା ଗୋଟେ ଖେୟାଲ ଥିଲା । ତେବେ ତା'ର କଥାକୁ ମୁଁ ଜଣେ ଅଚିହ୍ନା ଟୁରିଷ୍ଟ୍ ହୋଇ ବି ଜଣେ ସହୃଦୟ ଶ୍ରୋତା ଭାବେ ଗ୍ରହଣ କରୁଥିବାରୁ – ସେ ଲୋକଟିର ବିଶ୍ୱାସକୁ ମୁଁ ଆନ୍ଦାଜ କରି ପାରୁଥିଲି । ତେଣୁ ମୋତେ ଯଦି ସେ ବିଦେଶୀ ଲୋକଟିଏ ମନେକରିଥାଂତା, ତେବେ କାହିଁକି କହିଥାନ୍ତା ଯେ "ବାବୁ ! କେବେ ଏ ସାତଭାୟା ଆପଣ ଆସିବେ ? ଯଦି କେବେ ପୁଣି ଆସନ୍ତି, ସେତେବେଳକୁ ଏ ବୁଢ଼ା ମରିହଜି ଯାଇଥିବ । ମୋ ଘର ଟିକେ ବୁଲି ଆସିବେ ନାହିଁ ।"

ଲୋକଟିର ନିଷ୍କପଟ ସ୍ୱାଗତରେ କି ଯାଦୁ ଥିଲା – ତା'ପଛରେ ମୁଁ । ସେ ସମୁଦ୍ର ବେଳାରୁ ସମୁଦ୍ରକୁ ପଛ କରି ଉଚା ବାଲିହୁଡ଼ା ଉପରକୁ ଚଢ଼ିଲା । ତା'ପଛରେ ମୁଁ । ଭୁଷା ବାଲିରେ ମୋ ପୋତି ହୋଇପଡୁଥିବା ପାଦ ସମ୍ଭାଳି ବାଲିହୁଡ଼ା ଚଢ଼ିଲି । ପ୍ରଥମେ ପଡ଼ିଲା ବୁଦ୍‌ବୁଦ୍‌କିଆ ଝାଉଁବଣ । ଝାଉଁବଣର ଅଂକାବଂକା ସରୁ ବାଲି ରାସ୍ତାରେ ସେ ଆଗେ ଆଗେ, ତା ପଛରେ ସମୁଦ୍ରକୂଳ, ସମୁଦ୍ରର ଫସିଲ୍ ଗୋଟାଇବା ଛାଡ଼ି ମୁଁ । ସେ ଗୋଟେ କଳାବାଲି ଉଂଚା ଡିହ ଉପରେ ଚଢ଼ିଲା । ଅଧେ କୁଟା ଛପର ଉଡ଼ିଯାଇଥିବା ତା ଘର । ବାଲି ମାଟିର ପିଣ୍ଡାବି ଅଧେ ଭାଂଗିଯାଇଥିଲା । ଘରଅଗଣା ଚାରିପାଖରେ ଶୁଖିଲା ଝାଉଁଗଛ ଡାଳର ବାଡ଼ ବୁଜା ହୋଇଥିଲା । ବାଡ଼ରେ ମାଡ଼ିଥିଲା କଖାରୁ ଗଛ । ଖୁଂଟରେ ବନ୍ଧା ହୋଇଥିଲା ଗୋଟେ ଛେଳି, ତା ଛୁଆ ପହ୍ଲା ଘୋଷାରୁଥିଲେ । ପାଂଚ ଛଟା କୁକୁଡ଼ା, କୁକୁଡ଼ା ଛୁଆ ଖୁସୁର୍ ମୁସୁର୍ ହେଉଥିଲେ । ମୋତେ ସେ ତା ଅଣଚଉଡ଼ା ପିଣ୍ଡାରେ ଆସନ ପାରିଦେଲା ।

ସଫାସୁତରା ଅଗଣାରେ ଚୁଲ୍ଲୀ। ତା ସ୍ତ୍ରୀ ଅଧା ଓଢ଼ଣା ଦେଇ ଶୁଖିଲା ଝାଉଁ ଡାଳକାଠ ଜାଳି ସିଲଭର କଡ଼େଇରେ ନାଲି ଚା ସିଜାଇଲା। ଲୋକଟି ଘର ଭିତରକୁ ଗଲା। କେଉଁ ଆଳିମାଳିକାରୁ ଖୋଜି ଗୋଟେ ହାତଭଂଗା ଚିନାମାଟିର ଚା କପ ଆଣି ମୋତେ ଚା ଦେଲା । ସିଲଭର ତାଟିଆରେ ଗୋଟେ ଗାମୁଛା ଗୁଡ଼େଇ ଧରି ତାଟିଆଏ ନାଲି ଚା ସୁଡ଼ ସୁଡ଼ କରି ପିଇ ଚାଲିଲା। ମୁଁ ସିଗାରେଟ ବାହାର କଲି। ସେ ଚାଳ ଓରାରେ ଖୋସା ହୋଇଥିବା ଡବାରୁ ବିଡ଼ିଟେ ବାହାର କଲା। ମୁଁ ତାକୁ ସିଗ୍ରେଟ୍‌ଟେ ବଢ଼େଇ କହିଲି – "ନିଅ ପିଅ," ସେ କୃତକୃତ୍ୟ ହେଲା। ସିଗାରେଟ୍ ଦିକଳ ଧୂଆଁ ଛାଡ଼ି ସେ କହିଲା – "ଜାଣିଲେ ଆଜ୍ଞା ! ସାତଭାୟା ଲୋକଗୁଡ଼ା ସୁଧୁ ଅଳସୁଆ। ଏମାନେ ସମୁଦ୍ରକୁ ଦେଖି ଡରନ୍ତି। ମାଛ ଧରି ଜାଣନ୍ତି ନାହିଁ। ସମୁଦ୍ର କୂଳରେ ରହି କିଏ ଉପାସ ରହେ ଶୁଣିଛଂତି ? ଆଜ୍ଞା ସାତଭାୟା ଲୋକେ ରିଫ୍ୟୁଜି ରିଫ୍ୟୁଜି କହି ମୋତେ ଥଟ୍ଟା ହୁଅନ୍ତି। ହେଲେ ପୁଣି ମୋ ଜିଅଳ ଧରା ମାଛ ପାଇଁ ମୋତେ ଖୋସାମତି କରନ୍ତି।" ଯଦିଓ ମୋର ତା'କଥାରେ କଥା କହିବାର କିଛି ନଥିଲା । ତଥାପି କିଛି କହିବାକୁ ହେବ ବୋଲି ମୁଁ ପଚାରିଲି "ତୁମେ ମାଛ ବିକୁନ। ମାଗଣାରେ ବାଂଟୁଛ କାହିଁକି ?"– ଆଜ୍ଞା ଆପଣ କି କଥା କହୁଛନ୍ତି ? ଏଠି ସାତଭାୟା କାନପୁରିଆଂକୁ ମୁଁ ମାଛ ବିକିବି ? ମୋଠୁ ଆଜ୍ଞା ମାଛ କିଣିବ କିଏ ? ସେମାନଂକ ଧାରଣାତ ଆଜ୍ଞା ଆମେ ରିଫ୍ୟୁଜି। ଖାସ୍ ବାଂଲାଦେଶରୁ ଆସି ଏଠି ସର୍କାରୀ ଜାଗାରେ ଘରଟେ କରିଛି ବୋଲି ମାଗଣାରେ ସେମାନଂକୁ ବଟି ଦେଉଛି। ନ ହେଲେ କେଉଁଦିନୁ ଏ ସାତଭାୟା ଲୋକେ ମୋତେ ତଡ଼ି ସାରନ୍ତେଣି । ଆଜ୍ଞା ! ମୋ ବାହାଘରର ଚବିଶ ବର୍ଷ ପରେ ଏ ଝିଅ ହେଲା। ଏହି ଘରେ ହେଲା ଆଜ୍ଞା । ଏ ମାଟି ଚାଖଣ୍ଡାକ ଆଉ ଏ ସମୁଦ୍ରର ମାଛ – ଏତିକି ପାଇଁ ଏଠି ପରିବାର ନେଇ ପଡ଼ିଛି ଆଜ୍ଞା। ଏଇଠି ଖୋକି ଜନ୍ମ ହେଲା – ସେ କ'ଣ ରିଫ୍ୟୁଜି ? ଦେଖଂତୁ ଆଜ୍ଞା ଖୋକିକି ନେଇ ଯଦି ବେଙ୍ଗଲରେ ବାହା କରେ, ସେଠି ଖୋକିକୁ କହିବେ ସେ ରିଫ୍ୟୁଜି। ଭାବିଛି ଖୋକିକୁ ଏଇଠି କେଉଁଠି ବାହା କରେଇବି। ଏଇଠି ଆଜ୍ଞା ମରିବି।

ସେ ଲୋକଟିର ପରିବାର ପାଖରୁ ଫେରିବାବେଳେ ତା'ର ପାଂଚ ଛ'ବର୍ଷର ବୁଢ଼ାବେଳର ଛୁଆ ଖୋକି ମୋତେ ଜାବୁଡ଼ି ଧରିଲା। ମଳିଆ କୋଚଟ ଫ୍ରକ୍ ପିନ୍ଧା, ଆଲୁରୁବାଲୁରୁ ବାଳରେ ସମୁଦ୍ରର ଗାଢ଼ ନୀଳ ଢଳ ଢଳ ସରଳ ଆଖି ଦୁଇଟି ନେଇ ଖୋକି ତା ଭିତରେ ମୋତେ ତାଂକ ନିଃସଂଗ ରିଫ୍ୟୁଜି ପରିବାରର କେଉଁ ଦୂରସଂପର୍କୀୟ ବନ୍ଧୁଟିଏ ବୋଲି ଭାବିନେଇଥିଲା। ମୁଁ ପାଂଚ ଟଂକିଆ ନୋଟ୍‌ଟେ ତା ହାତରେ ଦେଲି । ସେ ତା ଭାଷାରେ ମୋତେ ପଚାରିଲା –"ଆର୍ ଏକବାର ଆମାର ବାଡ଼ିକେ ଆସ୍‌ବେ ନା ?"

–''ହାଁ। ଆମି ଆସ୍‌ବୋ ଜରୁର୍‌।'' ମୁଁ ତାରି ଭାଷାରେ ଯଥାସମ୍ଭବ ମୋର ପ୍ରତିଶ୍ରୁତି ଫେରେଇ ଥିଲି।

ପୁଣି କ'ଣ ପାଇଁ ଛ ସାତ ବର୍ଷ ପରେ ଏ ଯାଗାକୁ ମୁଁ ଫେରିଲି ? ସେହି ରିଫ୍ୟୁଜି ବୁଢ଼ାଟି ପାଇଁ ନା ଖୋକି ପାଇଁ ? ଏହା ଭିତରେ ବୁଢ଼ା ବୟସର ଭାରାରେ କେତେ ନଇଁ ଯିବଣି ? ଖୋକି କେତେ ବଡ଼ ହୋଇଯିବଣି ? ସାତଭାୟାର ସମୁଦ୍ର ଆଉ କାନପୁର ଗାଁର କେତେ ଘର ଖାଇଲାଣି ? ହେଲେ ପହଂଚି ଦେଖିଲି ଏଠାରେ ଦେଖିଥିବା ସେ ଲୋକଟାର ଘରର ଚିହ୍ନ ବର୍ଣ୍ଣ ନ ଥିଲା। ତା ପରିତ୍ୟକ୍ତ ଘରଡିହ ନଥିଲା। ଝାଉଁବଣ, ନାଗଫେଣି କଂଟା ବୁଦାରେ ଅର୍ମା ହୋଇଯାଇଥିଲା । ମୋ ଆଖି ଆଗରେ ଦେଖିଥିବା ତା' ଦୁଇଟା ଛେଳି, ପଞ୍ଝାଏ କୁକୁଡ଼ା, ଅଗଣା ଚୁଲ୍ଲୀରେ ଝାଉଁ ଡାଳ ଜାଳି ନାଲି ଚା କରୁଥିବା ଅଧା ଓଢ଼ଣାଢଙ୍କା ସ୍ତ୍ରୀ, ନିଜ ସରଳତାରେ ବିଭୋର ସାତଭାୟା ମାଟିରେ ଜନ୍ମ ହୋଇଥିବା ତା ଝିଅ ଖୋକି ଏପରିକି ସମୁଦ୍ରର ମାଛମାନଂକୁ ଭଣ୍ଡାଇ ଜିଅଲ ଥୋପରେ ବାନ୍ଧି ଆଣୁଥିବା ସେ ଲୋକଟି – କେହି ନଥିଲେ। ତେବେ ସେ ଲୋକଟି କ'ଣ ଏଠି ନାହିଁ ? ଆଉ କେଉଁଠିକି ଉଠିଯାଇଛି ? ନା, ଗାଁ ଲୋକଂକ ସହ ମିଳିମିଶି ଚଳି, ଗାଁଠୁ ଦୂରରେ ନୁହେଁ ଗାଁ ଭିତରେ ହିଁ ରହିଲାଣି ?

ମୁଁ ଝାଉଁବଣର ସରୁ ବାଲି ରାସ୍ତା ଦେଇ ବାଲିହୁଡ଼ାରୁ ଭୁଷାବାଲିରେ ଗଡ଼ି ସମୁଦ୍ରର ବେଳାଭୂମି ଆଡ଼େ ଚାଲିଲି। ଜୁଆର ଛାଡ଼ିବା ପରେ ଭଙ୍ଗା ପଡ଼ିଥିବା ସମୁଦ୍ର କଳାବାଲି ଉପରେ ଚୁନି ଚୁନି ଲହଡ଼ି ଖେଳୁଥିଲା। ମୁଁ ପ୍ରଥମେ ସେ ଲୋକଟାର ମାଛଖୁଂଟି ଖୋଜିଲି। ଦେଖିଲି – ଆଖି ପାଉନଥିବା ଆଗକୁ ଓ ମୋ ପଛକୁ ସମୁଦ୍ର କିନାରେ କିନାରେ ଅସଂଖ୍ୟ ମାଛଖୁଂଟିର ଭିଡ଼ ଜମିଯାଇଛି। ବେଳାଭୂମିର ଟାଣ ବାଲିରେ ଦି ଚାରିଟା ଟୋକା ଅତି ନବରଂଗ ଭାବେ ସାଇକେଲ ଚଲାଉଥିଲେ। ସେ ସାଇକେଲଚଢ଼ା ଟୋକା ସବୁ ବାରମ୍ବାର ସାଇକେଲରୁ ଓହ୍ଲେଇ ନିଜ ନିଜ ମାଛ ଖୁଂଟିରେ ପ୍ଲାଷ୍ଟିକ ଲମ୍ବା ରସିରେ ଜିଅଲ ଫିଙ୍ଗୁଥିଲେ ପୁଣି ନିଜ ନିଜ ମାଛ ଖୁଂଟି ପାଖକୁ ସାଇକେଲ ଛୁଟେଇ ଦେଉଥିଲେ। ମୁଁ ବି ଗୋଟେ ଅଦ୍‌ଭୁତ ଆଶାରେ ଖାସ୍ ସେ ଲୋକଟିର ଜିଅଲ ଖୁଂଟକୁ ଚିହ୍ନଟ କରିବାପାଇଁ ସମୁଦ୍ରକୂଳରେ କୂଳରେ ଚାଲୁ ନଥିଲି ଯେପରି ଧାଉଁଥିଲି।

ମୋ ପଛରୁ ସାଇକେଲ ଚଳାଇ ଜିଅଲ ବାନ୍ଧୁଥିବା ଟୋକା ଆସି ମୋ କଡ଼ରେ, ତା' ମାଛ ଖୁଂଟିରେ ଜିଅଲ ଫିଙ୍ଗିଲା। ପଚାରି ଦେବିକି – ଆଚ୍ଛା କହିପାରିବ, ଏଠି ଜିଅଲ ବାନ୍ଧେ ଗୋଟେ ବୁଢ଼ା। ଯିଏକି ଏଠି ସମୁଦ୍ରକିନାରେ ପ୍ରଥମେ ମାଛ ଖୁଂଟି ପୋତିଥିଲା। ସମୁଦ୍ର ପାଣିରେ ଗୋଡ଼ ନ ବୁଡ଼େଇ, ବିନା ଡିଂଗି, ବିନା ଜାଲରେ କେମିତି ମଜାରେ ମଜାରେ ମାଛ ଧରାଯାଏ ସେହିଁ ଏହି କୌଶଳ ପ୍ରଥମ କରି

ସାତଭାୟାରେ ଶୁଭାରମ୍ଭ କରିଥିଲା । ସେହି ବୁଢ଼ା – ଯାହାର ମାଛ ଧରି ଖାଇବା ଓ ଖୋଇବାର ଆନନ୍ଦ ଥିଲା, ସେହି ରିଫ୍ୟୁଜି ବୁଢ଼ା ।

ତଥାପି ବୁଢ଼ା ସଂପର୍କରେ କିଛି ଖବର ପାଇବା ପାଇଁ ମୁଁ ଅତ୍ୟନ୍ତ ଆଶା ବାନ୍ଧିଥିଲି । ବୁଲେଇ ବଂକେଇ ସେ ଟୋକାଠୁ କଥା ଆଦାୟ କଲି ।

–''ଆଚ୍ଛା ତୁମେ କ'ଣ ସବୁଦିନେ ଜିଅଳ ବାନ୍ଧ ? ଏଠିତ ଦେଖୁଛି ଅନେକ ପିଲାତ ଜିଅଳ ବାନ୍ଧୁଛନ୍ତି । ସବୁ ମାଛ ଧରି ଖାଅ ନା ବିକିଦିଅ ?'' ଜିଅଳ ଫିଙ୍ଗୁଥିବା ସେ ଟୋକା ତା'ର ପେଙ୍ଗୁଆ ଓ ନାଲି ଆଖି ତରାଟି ମୋତେ ମଡ଼୍ ମଡ଼୍ କରି ଚାହିଁଲା । ମୋ ଚେହେରାରୁ ସେ ମୋଠୁ ଟୁରିଷ୍ଟର ଅଚିହ୍ନା ଗଂଧ ବାରିଲା । ସେ ପାଇଁ ରୋକ୍ ଠୋକ୍ କହିଲା –''ଏଠି ଯେତେ ଟୋକା ଜିଅଳ ପକାନ୍ତି ସବୁ ଓକିଲପଡ଼ା କି ରାଜନଗରରେ ବିକିବା ପାଇଁ । ପେଟ ପାଇଁ ଚାଉଳ ଅଭାବ, ଆମେ ମାଛ ଖାଇବୁ ? ସବୁ ବେପାର ଆଜ୍ଞା ବେପାର !!''

–''ଆଚ୍ଛା କହିପାରିବ – ଏଠି ଗୋଟେ ବୁଢ଼ାଥିଲା । ତୁମମାନଂକ ଆଗରୁ ଯେ ପ୍ରଥମେ ଏକା ଏକା ଜିଅଳ ବାନ୍ଧୁଥିଲା । ତା'ର ସବୁଯାକ ନିଜର ମାଛଖୁଂଟି ଏଠି ଥିଲା । ସେମିତି ବୁଢ଼ାକୁ ତୁମେ ଜାଣକି ?'' ମୁଁ ଚଟାପଟ ପଚାରି ଜାଣିବାକୁ ଚାହିଁଲି ହେଲେ ପିଲାଟା ସ୍ୱାଭାବିକ ଭାବେ ପଚାରିଲା –''କେଉଁ ବୁଢ଼ା ? ସାତଭାୟାରେ ତ ଅନେକ ବୁଢ଼ା !''

–''ସେହି ରିଫ୍ୟୁଜି ବୁଢ଼ା !!'' ମୁଁ ଆହୁରି ଆହୁରି ଖୋଳେଇ ପଚାରିଲି ।

– ବାସ୍ତୋରି, ଏକାଅଶୀ ବାତ୍ୟାରେ କେତେ ରିଫ୍ୟୁଜି ତ ଏଠି ରହି ସମୁଦ୍ରରେ ଭାସି ଗଲେଣି କି କୁଆଡ଼େ ଚାଲିଗଲେଣି । ଆପଣ କେଉଁ ରିଫ୍ୟୁଜି କଥା କହୁଛଂତି ଆଜ୍ଞା । ରିଫ୍ୟୁଜିମାନଂକର କ'ଣ କିଛି ଠିକ୍ ଠିକଣା ଥାଏ ?

ସେ ଟୋକାଟି ଭଙ୍ଗା ପଡ଼ିଥିବା ସମୁଦ୍ର କିନାରେ ଜିଅଳ ବାଂଧିବାକୁ ଏପରି ଚଂଗ୍ ଚଂଗ୍ ହେଉଥିଲା ଯେ, ସେଇଠି କଥା ଛିଡ଼େଇ ଜିଅଳ ବାନ୍ଧିବାକୁ ତା ସାଇକେଲ ଛୁଟାଇଦେଲା । ମୋ ଭିତରେ ଉଠୁଥିବା ଆବେଗ ଓ ସେ ବୁଢ଼ାକୁ ଠାବ କରିପାରୁ ନଥିବା ବ୍ୟର୍ଥତାରେ ଯେପରି ନିଜ ଭିତରେ ମସ୍ ମସ୍ ହୋଇ ଭାଂଗି ପଡୁଥିଲି ।

ଛ' ସାତ ବର୍ଷ ତଳେ ସମୁଦ୍ରର ଏହି ଭଙ୍ଗା ପଡ଼ିଥିବା ବେଳାଭୂମିରେ ରଂଗୀନ ଓ ବିଭିନ୍ନ ଭଂଗୀର ମଳା ଶାମୁକା ଖୋଜୁଥିବା ଟୁରିଷ୍ଟ କାର୍ ଅଦ୍‌ଭୁତ ସମ୍ମୋହନୀରେ ବାଟବଣା ହୋଇଯିବାର କାଳେସୀ ମୋତେ ଖୋଜା କରୁଥିଲା – ବୁଢ଼ା ନଚେତ୍ ବୁଢ଼ାର ଗୋଟେ ଲୁଣିଖିଆ ଅସ୍ତିତ୍ୱ । ମୋ ଭଳି ଟୁରିଷ୍ଟଟିଏ ଦିନେ ସମୁଦ୍ର ଫସିଲ୍‌କୁ ଖୋଜୁ ଖୋଜୁ ପାଇଥିଲା ଗୋଟେ ସାମୁଦ୍ରିକ ମଣିଷ । ଆଜି ଯଦି ସେ କେଉଁଠି ମଣିଷଭିଡ଼

ଭିତରେ ହଜି ଯାଇଛିକି ବାତ୍ୟାର ବିପ୍ୱାତରେ ସପରିବାର ନିଶ୍ଚିହ୍ନ ହୋଇଯାଇଛି – ତା'ର ଅସ୍ତିତ୍ୱର ଗୋଟେ ଅଂଶ ହିଁ ମୋ ଭଳି ଗୋଟେ ମଣିଷ ଖୋଜି ସମୁଦ୍ର କୂଳକୁ ଆସିଥିବା ଖାମଖିଆଲି ଟୁରିଷ୍ଟ୍ ପାଇଁ ଯଥେଷ୍ଟ ବୋଲି ମୁଁ ମନେ କଲି ।

ସେ ନ ମିଳିଲା ନାହିଁ, ତା'ର ଅସ୍ତିତ୍ୱର ଗୋଟେ ଅଂଶକୁ ଠାବ କରିବାକୁ ହେବ । ଗୋଟିଏ ଜିଦିରେ ସମୁଦ୍ର କିନାରେ କିନାରେ ଅଧାବାଟ ଚାଲି ସାରିଥାଏ । ହଠାତ୍ ମୋ ଆଖିରେ ପଡ଼ିଲା ଲହଡ଼ି ଆସି ପିଟି ହୋଇ ଯାଉଛି ବେଳାଭୂମିକୁ ପୁଣି ସମୁଦ୍ର ଆଡ଼କୁ ଦେଖାଯାଉଛି ଗୋଟେ ଲୁଣିପାଣିଖିଆ ଭଂଗା ଜିଅଳ ମାଛ ଖୁଂଟି । ବର୍ଷ ବର୍ଷ ଧରି ଲୁଣି ଜୁଆର ଓ ହାୱାର ମାଡ଼ରେ ମାଛଖୁଂଟିଟି ଅଧା ଭାଂଗି ଉପରକୁ ଛତରଛାଉଳ ହୋଇଯାଇଛି କ୍ରମଶଃ । ସମୁଦ୍ରବାଲିରେ ମାଛଖୁଂଟିଟି ଯେତକ ପୋତି ହୋଇ ରହିଛି, ଅତ୍ୟନ୍ତ ଶକ୍ତ ଭାବେ କାମୁଡ଼ି ଧରିଛି ଭୂଇଁକୁ । ମୋର କାହିଁକି ସେଇଠି ମନେ ହେଲା ସାମୁଦ୍ରିକ ଜୁଆରର ତାଣ୍ଡବରେ ସାତଭାୟାର କେତେ ଲୋକ ସମୁଦ୍ରରେ ଭାସିଗଲେ, ସେହି ହତଭାଗାମାନଂକ ମେଳରେ ରିଫ୍ୟୁଜି ବୁଢ଼ାଟି ତା ମାଛରଂକୁଣା ପରିବାର ସହ ସମୁଦ୍ର ତା ଜିଅଳରେ ଟାଣି ନେଇଯାଇଛି । କେବଳ ସେ ବୁଢ଼ାର ମାଛଖୁଂଟିଟି ରହିଯାଇଛି ଗୋଟେ ପରିତ୍ୟକ୍ତ ସ୍ମୃତି ଖୁଂଟଟେ ହୋଇ । ମୁଁ ସେ ଭଂଗା ମାଛଖୁଂଟକୁ ଗୋଟେ ଅଦ୍‌ଭୁତ ଭାବାବେଗରେ ଛୁଇଁଲି, ଥିଲା ଥିଲା କେଉଁଠି ଥିଲା ଗୋଟେ ପ୍ରଗଳ୍‌ଭ ବୁଢ଼ା ଲହଡ଼ି ସେତିକିବେଳେ ଆସି ମୋତେ ସଂପୂର୍ଣ୍ଣ ତିନ୍ତାଇ ଦେଲା ।

ଆସୁନୁ ଆ

ଆସୁନୁ – ଆ'।

ଭରା ନିଦରୁ କିଏ ଯେପରି ଡାକେ, ସେ ଡାକରେ କି ଯାଦୁ ଥାଏ। ନିଦରେ ସେ ବିଛଣାରୁ ଉଠେ। ନିଦରେ ଫିଟାଏ କବାଟ। ନିଦରେ ନିଦରେ ଓକିଲପାଳ ଗାଁ ଦାଣ୍ଡରେ ଚାଲେ। ସୁନେଇ ରୂପେଇ ଜଂଗଲ ରାସ୍ତାରେ ଚାଲୁଥାଏ । ଅଧେ ଶାଢ଼ୀ ଥାଏ ଦେହରେ, ଅଧେ ହେଉଥାଏ ଘୋଷାରି। କିଏ ଯେପରି ପବନ ହାତରେ ଠେଲି ଠେଲି ଆଗକୁ ଆଗକୁ ଚଲେଇ ଚଲେଇ ନେଉଥାଏ । ଟଳ ମଟଳ ହେଉଥାଏ ପାଦ, ଧନୁ ଭଳି ବାଂକି ଯାଉଥାଏ ତା ପଅଁଷଠି, ସତୁରୀ ବର୍ଷ ବୟସର ନିଦୁଆ ଅବଶ ଦେହ। ଆସୁନୁ। ଆଇ – ଡାକ ପଛରେ ଚାଲିଥାଏ। ଜଂଗଲି ଉଚ୍ଚ ନୀଚ ଠଣଠଣିଆ ମାଟି ରାସ୍ତା। କେଉଁଠି ଟିକେ ପାଦ ଓଲଂ ବିଲଂ ହେଉ ନ ଥାଏ। ଅଂଧାରରେ ବି ତାକୁ ବାଟ ଛାଡ଼ି ଦଉଡ଼ି ପଳାନ୍ତି ଶିଆଳ କି କୁତ୍ରା । ନିଦ ନିଦରେ ଧପାଳି ଚାଲେ। ବେଣା ନଈର ବାଉଁଶ ଗଡ଼ି ଘାଟ ପାଖରେ ପହଂଚିଲେ – ସକାଳ ପୁତ୍ରୁ ପୁତ୍ରୁ। ବେଣା ନଈ ସେପାଖରେ ମିଳେଇ ଯାଏ ସେ ସ୍ୱର । ମିଳେଇ ମିଳେଇ ପଳେଇ ଯାଏ ସେ ସ୍ୱର ଦୂରକୁ ଦୂରକୁ ସାତଭାୟା ଗାଁ ଆଡ଼େ, ସମୁଦ୍ର ଆଡ଼େ ସେ ସ୍ୱର ମିଶିଯାଏ। ନଈ ସେପାଖ ଘାଟରେ ବନ୍ଧା ହୋଇଥାଏ ଡଂଗା। ସେ ପାଖରେ ଝୁମ୍ପୁଡ଼ିରେ ଶୋଇଥାଏ ଘାଟିଆଳ। ଭିତରେ ଲଂଠନ ଜଳୁଥାଏ ମିଂଜି ମିଂଜି। ସେ ଏପାଖ ଘାଟ ମୁଂଡରେ ବେହୋସ୍ ହୋଇଯାଏ। ସକାଳୁ କେତେବେଳେ ପୁଅ ବୋହୂ ତା ହାତ ଧରି ନାନା ତୁଖାର କଥା କହି ନଈ କୂଳରୁ ଗାଁକୁ ନେଇଯାନ୍ତି। କେତେବେଳେ ପୁଅ ନେବାକୁ ଆସି ନ ଥାଏ। ବୋହୂ ନେବାକୁ ଆସି ନଥାଏ। ତା' ହୋସ୍ ଫେରିବା ପରେ ଜଗିଥାଏ ତାକୁ ଘାଟିଆଳ।

ସବୁଦିନେ ତା'ର ଏମିତି ହୁଏନା। କେବଳ ଦିନେ ଦିନେ। ଯେଉଁଦିନ ନୂଆ କୁଣିଆ, ବଂଧୁବାସ ତା ଘରକୁ ଆସିଥିବେ। ସେହିଦିନ ଯଦି ସେ ଗୋଡ଼ ନଂବେଇ

ଗପିଥିବ – ବୁଝୁଛ ନା ପୁଅ। ଦଶମୀ ତିଥିରେ ଖଣ୍ଡେ ମେଘ ଉଠେଇ ଆସିଲା। ହେଲେ ଭୟାନକ ପବନ ହେଲା। ସେ କି ପ୍ରକାଣ୍ଡ ପବନରେ ପୁଅ। ଚାରି ଦିଗରୁ ସୁ ସୁ ପବନ ବହିଲା। ତା' ପରେ ମୂଷଳ ଧାରାର ମେଘ ବର୍ଷିଲା। ରାତି ଦଶଟା ଏଗାରଟା ବେଳକୁ ପବନ ଆହୁରି ବଢ଼ିଲା। ମେଘ ବି ଆହୁରି ବଢ଼ିଲା। ଏକାଦଶୀ ରାତି ଦଶଘଡ଼ି ସୁଦ୍ଧା ଦରିଆରୁ ଜୁହାର ମାଡ଼ି ଆସିଲା। କଣ କହିବିରେ ପୁଅ। ରାତିରେ ତ ଏ ମହାପ୍ରଳୟ ହେଲା। ସକାଳୁ ମୋ ଚେତା ଫେରିଲା ବେଳକୁ ଦେଖିଲି ମୁଁ ସୁନେଇ ରୂପେଇ ଜଙ୍ଗଲର ଗୋଟେ ଗଛ ଡାଳରେ। ତଳେ ଜଳ ବିମଳ । ସେ ଗପୁଥାଏ। ଘର ଭିତରୁ ବୋହୂ ଝିଙ୍ଗାସେ – ଥାଉ ! ସେତିକି ଥାଉ ସେ ଅଲଣା କଥା। ଏକ୍ଷୁଣି ସେ ନିଆଁଲଗା କଥା ଗୁଡ଼ାକ ଗପୁଛ। ରାତିରେ ଯାଇଁ ବେଣା ନଈ ପାଖରେ ପହଂଚିବ। ତୁମର କ'ଣ ଚାକର ବାକର ଆମେ ଅଛୁ, ବାଉଁଶଗଡ଼ି ଘାଟ ପାଖରୁ ତୁମକୁ ଉଠେଇ ଘରକୁ ଆଣିବୁ ?''

ବୋହୂର ଝିଙ୍ଗାସରେ ସେ ଚୁପ୍ ହୋଇଯାଏ। କଥା ଶୁଣୁଥିବା ଲୋକ ତା'ପାଖରୁ ଉଠିଯାନ୍ତି। ହେଲେ ସେ ଏକା ସେଇଠି ଗୋଡ଼ ଲଂବେଇ ବସେ, ତା'ଭିତରେ ଭିତରେ ଅଧାକୁହା କଥା ଲଂବି ଲଂବି କାହିଁ କୁଆଡ଼େ ଚାଲିଥାଏ। କେବଳ ସେ ଦିନସାରା ଭୁଟୁରୁଭୁଟୁରୁ ହୁଏ। ସେ ଭାଷା ମଧ୍ୟ କେବଳ ସେ ବୁଝେ। ତା'ର ସେଦିନର ଖାଇବା, ପିଇବା, ବସିବା, ଶୋଇବା, ଉଠିବା କାମ ଭିତରେ ସେ ଯେପରି ନ ଥାଏ। ନିଜ ଭିତରେ ଖେଳୁଥାଏ ଦୋଳି । ରାତିରେ ନିଦ ତାକୁ ମାଡ଼ି ମକ୍‌ଚି ଶୁଆଇ ଦେଲାପରେ ବି ସେ ଆଉ କାହା ଆୟତ୍ତକୁ ଚାଲିଯାଉଥାଏ। ଗୋଟେ ଶୂନ୍ୟ ଝୁଲଣାରେ ଝୁଲୁଥାଏ। ଅଧ ରାତିରେ ଡାକ ଶୁଭେ ସେହି ଉଚ୍ଛନିଆ ସ୍ୱରରେ – ଆସୁନ୍। ଆ – ତା'ପରେ ସେହି ରାତିରେ ସେ ନିଦରେ ନିଦରେ ଚାଲେ। ଅଂଧାରରେ ଆଖି ବଂଦ କରି ବୁଲାଣି ବଂକାଣି ଖାଲ ଢିପ ରାସ୍ତାରେ ଆଗକୁ ଆଗାଏ। ଗୋଟେ ଛାତି ଥରା ସମ୍ମୋହିନୀ ଡାକ ତାକୁ ବାଟ କଢ଼େଇ ନେଉଥାଏ। ବାଉଁଶଗଡ଼ି ଘାଟ ପାଖରେ ପହଂଚିଲେ, ସେ ଡାକ ନଈ ଟପି, ଜଂଗଲି ରାସ୍ତା ଦେଇ, ବାଲି ଘେରି ବନ୍ଧ ଦେଇ, ଖାଁ ଖାଁ ଦରିଆଖିଆ ଗୋବିନ୍ଦପୁର ବାଲିପଠା ଆଡ଼େ ଚାଲିଯାଏ। ହେଲେ ସେ ନଈ ଟପି ପାରେନା। କୂଳ ପାଖରେ ଅସାଡ଼ ହୋଇ ଗଛ କାଟିଲା ପରି କଚାଡ଼ି ପଡ଼େ ।

ଓକିଲପାଳ ଏରିୟାରେ ଗାଁ ବସାଇଥିବା ଗୋବିନ୍ଦପୁର ମୌଜାର ପୁରୁଣା କାଳିଆ ଚେଂଗଡ଼ା ବୁଢ଼ାମାନେ କେଉଁଠି ଖଟି ମାରିଲାବେଳେ, ନାନାଦି କଥାବାର୍ତ୍ତା ଭିତରେ ବି ବେଳେ ବେଳେ ୟା କଥା ପଡ଼େ, – ''ଏହାର ନିଦରେ ଚାଲିବା ସୁଧୁ ଗୋଟେ ପେଖନା । ଏ ମାଇକିନା ଖଣ୍ଡକ ଭୁଆସୁଣି ବେଳରୁ ମହା ଫୁଲେଇ। ମଦନପୁର ଗାଁରେ ୟାର ଜଣେ ଧରମ ଭାଇ ଥିଲା। ଆମ ଗୋବିନ୍ଦପୁର ଗାଁକୁ ବେଳେବେଳେ ଆଙ୍କ ଘରକୁ ସେ ଲୋକ

ଆସେ । ଦେଖୁନା ଏକଷ୍ଟୋରି ବାତ୍ୟାରେ ଏ ଟୁପ୍‌ସି ଖଣ୍ଡକ ନିଜ ଘଇତାକୁ ଖାଇଲା, ଧର୍ମ ଭାଇକୁ ଖାଇଲା । ଏବେ ଦେଖୁନା ଏ ସତୁରି ବର୍ଷ ବୟସରେ ତା'ର ତଥାପି ରସିକା ଗୁଣ ଯାଇନି । ସାବୁନ ହଳଦୀ ମାଖି ଟ୍ୟୁବୱେଲ ପାଖରେ କି ଗାଧୁଆ । କୋରଡ଼ ଆଖିରେ କି କଜଳମରା, ବୋହୂର ପୁରୁଣା ଛିଣ୍ଡା ଛିଟ ଶାଢ଼ୀ ପିନ୍ଧିବ । ପାନ ଚାକୁଳେଇ ଚାକୁଳେଇ ପାଟିକୁ ନାଲି ରଖିବ । ଯାକୁ ତୁମେ କ'ଣ କହିବ ରାଣ୍ଡ । କୋକେଇକୁ ବାହାରିଲାଣି ହେଲେ ନାତି ନାତୁଣୀଙ୍କ ପାଉଡର ଆଣି ଏ ଠାକରା ଗାଲରେ ମାରେ । ଆଛା କହିଲ ବାତ୍ୟାରେ ଗୋବିନ୍ଦପୁର, ମଦନପୁର ମୌଜାର ବାରଶହ, ତେରଶହ ଲୋକ ମଲେ, ସାତଭାୟାର ଶିରୀ ତୁଟିଲା । ଏୟାକୁ ମା ପଞ୍ଚୁବରାହୀ କେବଳ ଘଂଟ ଘୋଡ଼ାଇଲେନା ?'' ସେହି ବୁଢ଼ାମାନଙ୍କ କଥା ବେଳେ ବେଳେ ତା' କାନରେ ପଡ଼ିଯାଏ । ସେ କଥାଗୁଡ଼ା ଏ କାନରେ ପୂରେଇ ସେ କାନରେ ବାହାର କରିଦିଏ । ବାତ୍ୟାରୁ ବର୍ତ୍ତିଥିବା ଏ ଗୋବିନ୍ଦପୁରର ଲୋକ କେଇଟାକୁ ଜାଣେ । ସେମାନେ ଯବାନ୍ ବୟସରେ ସେଠି ତା ଦୁର୍ନାମ ଗାଉଥିଲେ । ବୁଢ଼ା ବୟସରେ ଏଠି ସେହି କାମ ହିଁ କରୁଛନ୍ତି ।

ନିତିଦିନିଆ ଜୀବନରେ ଟିକେ ଘଷିମାଜି ଗାଧୋଇଲେ, ଲେଂଜରା ଛଡ଼େଇବା ପାଇଁ କଜଳ ଟିକେ ନାଇଲେ, ପୁରୁଣା ଅଭ୍ୟାସ ଯୋଗୁ ପାନ ଛେଚି ଟିକେ ଖାଇଲେ, ବୋହୂର ପାଲଟା ଶାଢ଼ୀ ପିନ୍ଧିଲେ – ବୁଢ଼ାମାନଙ୍କ ଦେହରେ ଯାଏନା । ତା ଭିତରେ କେତେକଙ୍କ ମାଇପ ବାତ୍ୟାରେ ମରିଛନ୍ତି । କିଏ ମାଇପ ଥାଇ ବି ସୁଖ ପାଇ ନାହାନ୍ତି । ସେ ସେମିତି ଭାବେ । ହେଲେ ଓକିଲପାଳର ପଡ଼ୋଶୀ ନାତିନାତୁଣୀ ପଂଝେଙ୍କୁ ଧରି ସେ ଯେତେବେଳେ ଗପର ଆସର ଜମେଇ ଦିଏ, ଦାନ୍ତ ନଥିବା ଓଠରେ ପାନଖିଆ ହସ ଖଂଡେ ଝୁଲେଇ ଗପୁଥାଏ, ସେତେବେଳେ ଖୁସିରେ ତା ପେଟ ପୁରିଯାଏ । ତା'ର ମନେ ହୁଏ ସେ ଯେପରି ଗୋଟେ ଦରିଆ । ନାଲି ଗୁଲୁ ଗୁଲୁ ତରକା ବାଲି କଂକଡ଼ାମାନଙ୍କୁ ସେ ଶୁଣାଉଛି କଥା – 'ବୁଝିଲ ନା ରେ ମୋ କୁନ୍‌ମୁନିଆ ନାତି ନାତୁଣୀମାନେ । ମୁଁ ସିନା ଦେଖୁଛ ତୁମର ଏ ଓକିଲପାଳର ଜେଜେମା । ତୁମ ବାପା ଗୋସେଇବାପର ଭିଟାମାଟି ଗୋବିନ୍ଦପୁର ମୌଜାର ବୋହୂ ହେଲେ ମୁଁ ହେଉଛି ଝୁନ୍‌ସୁ ନଗର ଝିଅ । କୁହନ୍ତି ନାହିଁ –''ମୁଁ ତ ଝୁନ୍‌ସୁ ନଗର ଝିଅ । ମୋତେ ପାଠଶାଳାରେ ଦିଅ ।'' ଏହି ଓକିଲପାଳ ସେ ପାଖରେ ଯେଉଁ ଗୁପ୍ତି ବଜାର । ସେ ଗୁପ୍ତି ପାଖରେ ହେଉଛି ଝୁନ୍‌ସୁ ନଗର । ଆଗେ ସେଠି ବେଶି ଘର ନଥିଲା । ଚାରି ଆଡ଼େ ଖାଲି ହେନ୍ତାଳ ଜଙ୍ଗଲ ଥିଲା । ସେତେବେଳେ ଝୁନ୍‌ସୁ ନଗର ଦଶବାରଟା ଘର ଭିତରେ ଆମ ଘର ସବୁଠୁ ପଇସା ବାଲା । ମୋ ବାପ କନିକାରାଜାଙ୍କ ପାଖରେ ଚାକିରୀ କରୁଥିଲେ । ବାପ ଜଂଗଲ ସମ୍ଭାଳୁ ଥିଲେ । ମାସେ ପନ୍ଦର ଦିନରେ ଥରେ ରାଜବାଟି ଯାଇଁ ରାଜାଙ୍କୁ ଭଲ ଭଲ ଜିନିଷ ଭେଟି ଦେଇ ଆସୁଥିଲେ । ପିଲାଦିନେ ମୁଁ ଭାରି ଅୟସରେ ବଢ଼ିଥିଲି । ସେତେବେଳେ

ସାତଭାୟା ଅଂଚଳର ଭାରି ନାଁ ଡାକ। ସେଠି ପଞ୍ଚୁ ବରାହୀ ଠାକୁରାଣୀ ଭାରି ପ୍ରତ୍ୟକ୍ଷ। ମୁଁ ବୋହୂ ହୋଇ ଗୋବିନ୍ଦପୁର ମୌଜାକୁ ଗଲାବେଳେ ସାତଟା ଗାଁରୁ ଚାରିଟା ଗାଁ ଥିଲା। ତିନିଟା ଗାଁକୁ ଦରିଆ ଭସେଇ ନେଇ ଥିଲା। ଆଉ ଯେଉଁ ଏକସ୍ତୋରିରେ ବାତ୍ୟା ହେଲା ସାତଭାୟାର ମଦନପୁର ଆମ ଗୋବିନ୍ଦପୁର ମୌଜା ଉଚ୍ଛନ୍ନ ହୋଇଗଲା। ଶହ ଶହ ଲୋକ ମଲେ। କେ କୁଆଡ଼େ ଭାସି ଭୁସି ଗଲେ। ମୋ ସ୍ୱାମୀ ମଲା। ମୋ ପେଟରେ ସେତେବେଳେ ମୋ ପୁଅ ଥାଏ। ତୁମ ଜେଜେବାପ ମାଆ କେଇଜଣ ଆମେ ବଂଚିଲୁ। ଆମ ଗୋବିନ୍ଦପୁର ଲୋକଙ୍କୁ ସର୍କାର ଆଣି ଏ ଓକିଲପାଳରେ ଗାଁ ବସେଇ ରଖିଲା। ରିଲିଫ ଯୋଗାଇଲା । ଆମେ ଏଠି ରହିଲୁ । ଏହି ଓକିଲପାଳରେ ତୁମେ ସବୁ ଜନ୍ମ ହେଲ । ଆରେ ବାବୁମାନେ ହାତୀ ଯେଉଁଠି ରହିଲେ ବି ରାଜାର। ତୁମେ ଓକିଲପାଳରେ ଜନ୍ମ ହେଲେ କଣ ହେଲା ତୁମେ ସବୁ ସାତଭାୟା ଗାଁର ଛୁଆ।''

– ''ରାଣ୍ଡ ମାଇପର କି ପାଇଟି – ହଳଦୀ କାଠୁଆ କଜଳପାତୀ। କାହିଁକି ଏ ଛୁଆଙ୍କୁ ସେ ନିଆଁଲଗା ସାତଭାୟା ଗପ ଶୁଣାଉଛ ଶୁଣେ ?'' – ଗପ ମଝିରେ ତା'ବୋହୂ ଗର୍ଜି ଗର୍ଜି ଆସେ। ଛିନ୍ନଛତ୍ର ହୋଇ ଛୋଟ ଛୁଆମାନେ ଯେଝା ଘରକୁ ଗପ ମଝିରୁ ଖସି ପଳାନ୍ତି। ବୋହୂ ଧିକ୍କାରୁଥାଏ। ସେ ଶାଂକୁଡ଼ି ମାଂକୁଡ଼ି ଚୁପ୍ ହୋଇଯାଏ। ହୁଂଡି ହାଉଡି ଭଳି ସେ କେବଳ ବୁଝିପାରେନା ପିଲାମାନଙ୍କୁ ଗପ କହିଲା ବେଳେ ରାଜାରାଣୀ ରାଜକୁମାରୀ ରାଜକୁମାର, ରାକ୍ଷସ ରାକ୍ଷାସୁଣୀ, ଭୂତ ପ୍ରେତ କଥା ଛଡ଼ା ସାତଭାୟାର କଥା କାହିଁକି ତା ମନ ଭିତରକୁ ପଶି ଆସେ ? ହଜି ଯାଇଥିବା ସାତଭାୟାର ହସଖୁସି, ଦରିଆର ଲହର, ବାତ୍ୟାର କରାଳ କାହାଣୀ ଗପ ଭଳି ତା ମନରେ କାହିଁକି ପେଛି ପେଛି ହୋଇ ଝୁଲିପଡ଼େ ? ହଜିଥିବା ଗୌରବ, ହଜିଥିବା ଜୀବନ ତା ପିଠିରେ ଲାଉ ହୁଏ – କଥା ଭିତରେ ନଥା ପାଏନା । ପାଏ କେବଳ ସାତଭାୟାକୁ । ଏ କଥା ଅବା ତା' ଛଡ଼ା କିଏ ଭଲ ଭାବରେ ବୁଝିପାରିବ ?

ବୋହୂର କଟର ମଟର ଲାଗିରହେ। ବେଳେବେଳେ ପୁଅ ବୋହୂ ଏକ ହୋଇଯାନ୍ତି । ସେ ରହିଯାଏ ଏକା। ଦରିଆ କୂଳର ପାଣିଖିଆ ପୁରୁଣା କାଠଗଣ୍ଡି ଭଳି ସେ ବାରି ହୋଇପଡ଼େ ପୁଅ ବୋହୂ ସାମ୍ନାରେ। ସେ ବୋହୂର ଶାଶୁ ନୁହେ, ପୁଅର ମା ନୁହେ – ଓଢ଼ଣା ଢଂକେଇ ଲୁଚି ରହିଥାଏ ସାତଭାୟାର ଅସ୍ତିତ୍ୱ।

ପୁଅ ବୁଝାଏ। –''ଆଲୋ ବୋଉ ! ତୁ ଯଦି ଥରକୁ ଥର ବିଛଣାରୁ ଉଠି ରାତି ଅଧରେ ବେଣା ନଈ ପାଖକୁ ପଳାଇବୁ ସେଠି କେଉଁଠି ଚେତା ହରାଉ। ଆମେ ଦି'ଟା ଲୋକ କ'ଣ କରିବୁ କହିଲୁ। ତୁ ନିଜେ ଘୋଷାରି ହେଉଛୁ। ଆମକୁ ବି ଘୋଷାରୁଛୁ। କହୁନୁ ତୁ କାହିଁକି ଏମିତି ହେଉ ?''

୬୮ ସମୁଦ୍ର ମଣିଷ

ସେ ମୁଣ୍ଡରେ ଅଧା ଓଢ଼ଣା ଟାଣି ଦିଏ। କେଉଁ ପୁଅକୁ ମା କଣ ଲାଜ କରେ ? ସେ କିନ୍ତୁ ଓଢ଼ଣା ତଳେ ଲୁଚାଏ ତା ଅସହାୟତା। ତା ଅପାରଗପଣିଆ ଢଂକେଇ ଧଂଗେଇ ଧଂଗେଇ କେବଳ କହେ – ରାତିରେ ମୋର ଦିନେ ଦିନେ କଣ ହୋଇଯାଏ। ସତ କହୁଛିରେ ମୁଁ କିଛି ଜାଣି ପାରେନା। ମୁଁ ଶୋଇଥାଏ ନା ଚାଲୁଥାଏ ଘରେ ଥାଏ ନା କୁଆଡ଼େ ଚାଲୁଥାଏ ମୋତେ କିଛି ମାଲୁମ ନଥାଏ।

''– ତେବେ କହି ଦେଉଛି ଲୋ ବୋଉ। ଏଥର ଯେଉଁଦିନ ଦେଖିବି ତୋତେ ସାତଭାୟା ଗ୍ରାସୁଛି। ତୋତେ କାଳିସୀ ଲାଗିଲା ଭଳି ଲାଗୁଛି ସେଦିନ ରାତିରେ ତୋତେ ବାନ୍ଧିଦେବି। ତୁ ଯା ଭାବିବୁ ଭାବ୍।''

ପୁଅ ରୋକ୍‌ଠୋକ୍ ଶୁଣାଇ ଦିଏ। ସେ କାହାକୁ କିଛି କୁହେନା। ସେ ବାରତେର ବୟସର ଅନୂଢ଼ା କୁଆଁରୀ ଝିଅ ଭଳି ଗୁମୁରି ଗୁମୁରି କାଂଦେ। ଖିଆ ପିଆ କରେନା। କେତେବେଳକେ ମା'କୁ ପୁଅ ବୁଝିଲା ଭଳି ଆସେ। ଖାଇବା ପିଇବା ପାଇଁ ଅଳି କରେ –''ସତରେ କ'ଣ ଲୋ ବୋଉ ତୋତେ ମୁଁ ବାଂଧିବି ? ଖାଲି ତୁ ଜଳାଉଛୁ ବୋଲି ସିନା ତୋତେ ରାଗରେ କହିଲି। ଆ'ରୁଷନା। ଖାଇବୁ ଆ।''

– ''ଥାଉ ସେତକ ବୋଉ ସୁଆଗ। ତୁମ ମା ପୁଅଙ୍କ ଯାହା ମନକୁ ଆସୁଛି କର । ମୁଁ କହି ଦେଉଛି ଏଥର ଯଦି ଶଗଡ଼ିଆ ଘାଟରେ ଅଚେତ ହୋଇପଡ଼। କିଏ ତୁମକୁ ଉଠେଇବା ପାଇଁ ଯାଉ କି ନ ଯାଉ। ମୁଁ ଯିବିନି କି ତମର ଏତେ ପାଇଟି ମୁଁ କରିପାରିବନି।''

ଘର ଭିତରୁ ବୋହୂ ହୁଲୁକମତା ହୋଇ ଗୋଡ଼ କଚାଡ଼େ। ବୋହୂର ରଣଚଣ୍ଡୀ ରୂପରେ, ଚିତ୍କାରରେ ତା' ଭିତରୁ ମାନ ଅଭିମାନ କୁଆଡ଼େ ମିଳେଇ ଯାଏ। ଚୁପ୍ ହୋଇଯାଏ। ଖୁଣ୍ଟ ଭଳି ଗୋଟିଏ ଜାଗାରେ ଆଁ'ଟା କରି ବସି ରହେ। ତା'ର ମନେ ହୁଏ ଛାତିର ପବନ ଯେପରି ଅଟକି ଯାଇଛି ଭାତ ହାଂଡିରେ ଭାତ ଫୁଟିଲା ଭଳି ଗାବୁ ଗାବୁ ହୋଇ ଫୁଟେ ସେଦିନ ରାତିର ଘଟଣାସବୁ।

ସେଦିନ ସେ ଚେତା ଫେରିପାଇବା ବେଳକୁ ସକାଳ ହୋଇ ସାରିଥିଲା। ଇଲୋ ମୁଁ କେଉଁଠି ଲୋ – ହାଉଳି ଖାଇଲା ସିନା ଶବ୍ଦଟି ପଇଟି ପାରିଲା ନାହିଁ। ଛାତିରେ ଯେପରି ଅଟକିଗଲା ପବନ। ଆଗ ଦିନ ରାତିର ଝଡ଼ ପବନରେ ଉଡ଼ିଆସି ସେ ଗୋବିନ୍ଦପୁର ମୌଜାରୁ ଲାଗିଥିଲା ସୁନେଇ ରୂପେଇ ଜଂଗଲରେ। ସେ ଗଛ ଉପରେ। ଅଧା ଶାଢ଼ୀ ଗୁଡ଼େଇ ହୋଇ ଯାଇଛି ଗଛ ଡାଳରେ ଅଧେ ଶାଢ଼ୀ ତା ଦେହରେ। ଆଖି ପାଉ ନଥିବା ଜଂଗଲରେ ମାଡ଼ିଯାଇଛି ସମୁଦ୍ରର ଜୁଆର। କେଉଁ ଗଛରେ ଝୁଲି ରହିଛି କାହାର ଲାସ୍। ପାଣି ସୁଅରେ ଭାସିଯାଉଛି ନଂଗଳା ମୁକୁଳା

କେଉଁ ସ୍ତ୍ରୀ ଲୋକଟେ। ମୁହଁ ପାଣି ଆଡ଼କୁ ବୁଲି ରହିଛି। ମୁର୍ଦ୍ଦାର ଉପରେ ଚାଲିଛି କାଉ ଲଢ଼େଇ। କେଉଁ ଗହଳ ଛପ୍ ଛପକିଆ ବୁଦାରେ ଲାଗିଛି ଗୋବିନ୍ଦପୁରର ଜବାନ୍ ଟୋକାର ଶବ। ପାଣି ତୋଡ଼ରେ ବୁଡି ବୁଡି ଭାସି ଯାଉଥିଲା କିଏ, ପାଣି ଉପରେ ଖେଳେଇ ହୋଇ ଯାଇଥିଲା ମୁକୁଳା ବାଳ କେରାଏ। କେଉଁ ଗଛ ଡାଳରେ ମା' ପୁଅ ଜାବ ପଡ଼ି ଯାଇ ଅଟକି ରହିଛି। ଚେତା ହଜିଛି କି ଶେଷ ହୋଇ ଯାଇଛି – ବୁଝିବାକୁ ମାଲୁମ ନ ଥିଲା। ସୁ ସୁ ହୋଇ ପାଣି କମୁଥିଲା। ଝଡ଼ ପରର ଆକାଶରେ ଫାଟି ଆସୁଥିଲା ସକାଳର ଖରା। ଯେଉଁଆଡ଼େ ଚାହୁଁଥିଲା ଖିନ୍ ଭିନ୍ ଜଂଗଲ ଖିନ ଭିନ୍ ମଣିଷ । କେହି ଓ' କହିବାର ନାହିଁ। ଗୋଟେ ଭାସମାନ ଶ୍ମଶାନ ଉପରେ ଗଛ ଡାଳରେ ଅଟକି ସେ ବଂଚିବା କି ମରିବା ପାଇଁ ବାଟ ପାଉ ନ ଥିଲା ବେଳେ ହଠାତ୍ ତା'ର ମନେ ପଡ଼ିଯାଇଥିଲା ତା' ପେଟରେ ଚାରିମାସର ଛୁଆ। ମୋ ଘଇତା କାହିଁ ଲୋ – ସେ ବୋବାଳି ଛାଡ଼ି ଡାକ ପକାଇଲା –''ହେ ତୁମେ କେଉଁଠି ? ଜବାବ ଦିଅ । ମୁଁ ଏଇଠି ଗଛ ଡାଳରେ।'' ସୋର ଶବ୍ଦ ନଥିଲା। ତା ଚାରି ପାଖରେ ଜୁହାରର ଅଧାବୁଡ଼ା ହେନ୍ତାଳବଣରେ ସୁ ସୁ ପବନ। ମରଣ ମେଳରେ ତା'ର ଦୁକୁ ଦୁକୁ ଜୀବନ ଛଡ଼ା ଜବାବ ନ ଥିଲା।

ପୁଅ କାମକୁ ବାହାରିଯାଏ। ବୋହୂ କହି କହି ଦେଖେଇ ଶିଖେଇ ଘର କାମରେ ବୁଡିଯାଏ। ନାତି ନାତୁଣୀମାନେ ଯେ ଯୁଆଡ଼େ ଓକିଲପାଳ ଗାଁ ଦାଣ୍ଡରେ। ସେ ଥମ୍ କରି ବସିଯାଏ। ଏତିକିବେଳେ ତା'ର ମନେ ହୁଏ ସେ ଘରେ ନୁହେ ବସିଛି ସେହି ଦିନର ଗଛ ଉପରେ। ତା ପାଦ ପାଖରେ ଏବେ ସଂସାର କହିଲେ ଜଳାର୍ଣ୍ଣବ। ସେଦିନ ପାଦ ତଳର ଜୁହାରିଆ ଛାରଖାର ଶ୍ମଶାନ ଭଳି ସବୁ ଏକାକାର ଲାଗେ। ତୁହାଇ ତୁହାଇ ଘଇତା କଥା ମନେ ପଡ଼େ। ରଡ଼ି କରି ସେଦିନ ଭଳି କାଂଦିବା ପାଇଁ ମନ ଜାଗେ। କେତେ ସୁହାଗ ସେତେବେଳେ କରୁଥିଲା ତା ଘଇତା । କେତେ ଫୁଲାଣ ହୋଇ ବାତ୍ୟା ଆଗରୁ କହିଥିଲା – ପ୍ରଥମ ଛୁଆ ହେଲେ ମୁଁ ପଞ୍ଚୁବରାହୀଙ୍କୁ ପାଂଚଟା କସ୍ତା ଦେବି। ଏହି ଦେଖ। ଦେଉଳଆଡ଼େ ଚାହିଁ ମାନସିକ ରଖିଲି। ଚାଣ୍ଡାଳଟା ବାତ୍ୟାରେ ଗଲା। ସେହି ବାତ୍ୟାରେ ହଜିଗଲା ମାନସିକ। କାହିଁ କେତେ ଦୂରରେ ରହିଗଲା ଓକିଲପାଳଠୁ ସାତଭାୟା ପଞ୍ଚୁବରାହୀ।

ବାତ୍ୟା ପରେ ଲୋକେ ନିଜ ଲୋକଙ୍କୁ ଖୋଜିଲେ। ତା'ର କେହି ନିଜ ଲୋକ ନ ଥିଲେ। ସେ ରିଲିଫ୍ କ୍ୟାମ୍ପରେ ରହିଲା। ଗୋବିନ୍ଦପୁରର ଆଉ ପଚାଶ ଶହେ ବୋହୂ ଓକିଲପାଳରେ ରାଣ୍ଡ ହେଲେ। ସେ ରାଣ୍ଡ ହେଲା। ରାଣ୍ଡଙ୍କ ମେଳରେ ଘର ବସାଇଲା। ପୁଅ ଜନ୍ମ କଲା। ପୁଅକୁ ବାହା କଲା। ବାଛି ବାଛି ତାରି ବାପଘର ଗାଁ

ଝୁନସୁ ନଗରରୁ ଝିଅଟେ ବୋହୂ କରି ଆଣିଲା। ସେହି ନିଜ ବାପଘର ଗାଁର ଝିଅ ଲାଗିଛି ତା' ପଛରେ। – ଏଇଠି ମୋ ଘଇତା ବଂଚିଥିଲେ ଦେଖିଥାନ୍ତୁ ଲୋ ଛୋଟଲୋକ ଘରର ଝିଅ। ତୁ ମୋତେ ଧିକ୍କାରିଲା ବେଳେ ସେଇଠି ଯଦି ତୋ ଶଶୁର କାମୁଡ଼ି ଗୋଡ଼େଇ ନଥାନ୍ତା ମୁଁ ସାତଭାୟାର ବୋହୂ ନୁହେ କି ଝୁନସୁ ନଗର ଝିଅ ନୁହେ।

ସେ ଗର ଗର ସର ସର ହୁଏ। ହେଲେ କେବଳ ବୋହୂର ପାଟିକି ଡରି ପଡ଼ିଥାଏ। ବେଳେ ବେଳେ ଦେହ ଦୁର୍ବଳ ଲାଗେ। ମନ କେମିତି କେମିତି ହୋଇଯାଏ । ରାଗରୁଷା ମାନ ଅଭିମାନରେ ଦେହ କଥା ଭୁଲିଯାଏ। ଖାଏ ନାହିଁ ପିଏ ନାହିଁ। ଯେଉଁଠି ବସି ଥାଏ ସେଇଠି। ପୁଅ ଆସି ବୁଝାଏ ପୁଆଣି ଝିଅ ଭଳି ସେ ଅଳି କରେ ମୋ ମନ କାହିଁକି କହୁଛି ମୁଁ ଟିକେ ପଞ୍ଚୁବରାହୀ ଦର୍ଶନ କରନ୍ତି, ସାତଭାୟା କାନପୁର ଗାଁରେ ଆମର ବନ୍ଧୁବାସ ଘର ବୁଲି ଆସନ୍ତି । ମୋତେ ସାତଭାୟା ବୁଲେଇ ଆଣ।

ଶଂଖି ବିଲେଇ ଭଳି କେଉଁ ଛଟକରେ ଗମ୍ଭୀରୀ ଭିତରେ ଶୁଣୁଥାଏ ବୋହୂ, ସେଇଠୁ ରଡ଼ି ଛାଡ଼େ – ଏ ଘରେ ଲୋକେ କ'ଣ ଖାଲି ତୁମ ଭଳି ମାହାଲିଆ ବସିଛନ୍ତି, ତୁମକୁ ଏଠୁ ପାଂଚମାଇଲି ସାତଭାୟା ଗାଁକୁ ନେବେ ? ତୁମେ ତ ଚାଲି ପାରିବ ନାହିଁ। ହଜାରେ ଜାଗାରେ ବସିବ। କିଏ ତୁମର ବେଠିଆ ଅଛନ୍ତି ଟେକି ଟେକି ସାତଭାୟା ନେବେ, ଟେକି ଟେକି ଓକିଲପାଳ ଆଣିବେ।

–''ମୋର ପଞ୍ଚୁବରାହୀ ପାଖରେ ମାନସିକ ଅଛି। ମୁଁ ଯିବି।'' ସେ ପେଖନା କାଢ଼େ। ଜିଦି କରେ। ହେଲେ ବୋହୂ ବି ଛାଡ଼ିବାର ମାଇକିନା ନୁହେ – ହଉ ! ଏଠୁ କିଏ କେଉଁଦିନ ସାତଭାୟା ପଞ୍ଚୁବରାହୀ ଦର୍ଶନ ପାଇଁ ଯାଉଛନ୍ତି ମୁଁ ଖବର ରଖେ। ତା ହାତରେ ମାନସିକ ପଇସା ଦେଇଦେବା। ସେ ଭୋଗ କରି ଆଣିବ। ତୁମେ ପାଇବ।

ମୁଟୁ ମୁଟୁ ହୋଇ ସେ ଚୁପ୍ ଚାପ୍ ଚାହେଁ ତା ଜନ୍ମ କଲା ପୁଅକୁ। ଶୁଣୁଥାଏ ପର ଝିଅ ତା' ବୋହୂକୁ। ଧୀରେ ଧୀରେ ଅଳି କମେ। ଅଭିଯୋଗ କମେ। ଲୋଭ ବି କମି ଆସେ। ଆହାର କମ୍ ଅନିଦ୍ରା ଅଧିକ ହୋଇଯାଏ। କତରା ଲଗା ଘୁଅଘଂଟା । ଘୁଷୁରିବା ଦିନ କାଳ ବି ଆସିବାକୁ ଡେରି ନ ଥାଏ।

ବୋହୂ ଶୋଇ ସାରିଲାପରେ ଚୋରଙ୍କ ପରି ପୁଅ ରାତି ଅଧରେ ତା' ବିଛଣା ପାଖକୁ ଆସେ। ତା ପାଦ ଚିପି ବସେ। ଛନକାନିଦ ଭାଂଗିଯାଏ। ଦେଖେ ପାଦ ପାଖରେ ପୁଅ। ପୁଅ ଧିମା ଧିମା ସ୍ୱରରେ କହେ– ଆଲୋ ହେ ବୋଉ ! ତୋ'ବୋହୂ ଯେପରି ମୁହଁଖୋରୀ। ତା'କଥା ତୁ ଧରନା। ଏତେ ରାଗନା, ରୁଷନା। ଖିଆପିଆ କର । ନିଜେ ସାଷ୍ଟାଙ୍ଗ ହୋ। ତୋ' ଦେହ ଦିନକୁ ଦିନ କେତେ କ୍ଷୀଣ ହେଲାଣି ଦେଖୁଛୁ ନା ଲୋ ।

ସେ କେବଳ ମଶାଣିଆ ନଜରରେ ପୁଅକୁ ଚାହେଁ । ନଂଗା ଅଗଣାରେ ଲଂଠନ ଆଲୁଅ ଧାରେ ଆସି ପୁଅ କପାଳରେ ପଡ଼ିଥାଏ । ଠିକ୍ ତା' ବାପ ଭଳି । ଉଂଚ୍ କପାଳ । ସେମିତି ଭସା ଭସା ଆଖି । ପୁଅ ବୁଝାଉଥାଏ – ଦେଖ ବୋଉ ! ତୋତେ ମୁଁ କଥା ଦେଉଛି ଯେମିତି ହେଉ, ନହେଲେ ବାଉଶଗଡ଼ି ଘାଟ ସେ ପାଖରେ ଶଗଡ଼ କରି ଦଶହରାବେଳକୁ ତୋତେ ସାତଭାୟା ନେବି । ମେଳା ଦେଖିବୁ । ବଳି ଦେଖିବୁ । ପଞ୍ଚୁବରାହୀ ଦର୍ଶନ କରିବୁ ଆଏଁ । ତୋ ବୋହୂ ଯାହା କହିବ କହିବ । ତୋ ବୋହୂକୁ ମୁଁ କ'ଣ ଡରେ ?

ହେଲେ ଘରେ ମୂଷାଟେ ଖଡ଼୍ କଲେ ପୁଅ ଡରିମରି ଛାନିଆ, କାଳେ ତା ମାଇକିନା ଉଠିଲାକି ? ପାଦ ଚିପି ଚିପି ମା'ପାଖରୁ ସ୍ତ୍ରୀ ପାଖକୁ ପଳାଏ । ପୁଅର ପିଲାଳିଆମି ପାଇଁ ହସେ । ଯେଉଁଠି ଏତେ ବଡ଼ ଗୋବିନ୍ଦପୁର ଗାଁ ଭରସା ଦେଇ ପାରିଲା ନାହିଁ । ଗୋବିନ୍ଦପୁର ଓକିଲପାଳ ହୋଇଗଲା ସେଇଠି ବୋହୂ କାନିରେ ଚାବିନେଂଥା ଭଳି ଝୁଲୁଥିବା ପୁଅ ତା'କୁ ନେଇଯିବ ତା ପୂର୍ବ ପୂର୍ବାଣୀର ମାଟିକୁ ? ତା'ର ଭରସା ପାଏ ନାହିଁ । ଏଣୁ ତେଣୁ ଅଡୁଆ ମଡୁଆ ଭାବନା ଭିତରେ ପଶିଯାଏ । ପୁଣି କଡ଼ ମୋଡ଼ି ତେଲଗୁଣି ପୋକ ଭଳି ଶୁଏ । ଛାଇଦିନ ଲାଗୁ ଲାଗୁ ଦେଖେ ତା ଜୁଇ ଜଳୁଛି । ଧୂଆଁ ସୁନେଇ ରୂପେଇ ଜଂଗଲ ଉପର ଦେଇ ଦରିଆ ଆଡ଼େ ଚାଲି ଯାଉଛି । ପୁଣି ଦେଖେ ଦରିଆ ଜଳ ଉପରେ ଛିଡ଼ା ହୋଇଛି ପୁଅ । ଅଧା ଚେତନରେ ଦେହ ଉଲୁସି ବାଜିଯାଏ ପୁରୁଣା ଲୁଣା ପବନ । କିଏ କେଉଁଠି ଥାଏ, ଘର ଆଗରେ ଛିଡ଼ା ହୋଇ ଡାକ ଦିଏ – ଆସୁନ୍ତୁ, ଆ ।

ସେ ବିଛଣାରୁ ଉଠେ । ସେ ଯେପରି କତରାନଗା ମନ୍ଲୁ ନୁହେ । ଗୋଟେ ଚାବି ମୋଡ଼ା ହୋଇଥିବା କଣ୍ଢେଇ । ଧୀରେ ଧୀରେ କବାଟର କିଳିଣି ଫିଟାଏ । ଓହ୍ଲେଇ ଆସେ ପିଣ୍ଡା ତଳର ଓକିଲପାଳର ଗାଁ ଦାଣ୍ଡକୁ । ଟିଉବ୍ୟୱେଲ୍ ପାଖରୁ ରାଜନଗର ଗୁପ୍ତି ପିଚୁ ରାସ୍ତା ଦେଇ ପହଂଚେ ଓକିଲପାଳ ଛୋଟ ବଜାର ଛକ । ଗୁମୁଟି ଦୋକାନ ବଂଦ । ଚୌଦିଗେ ଅଧରାତିର ଖାଁ । ମଳିଛିଆ ଜହ୍ନ ରାତିରେ ସୁନେଇ ରୂପେଇ ଜଙ୍ଗଲି ମାଟି ରାସ୍ତା ଧରେ । ଖାଲ ଖମା ଡେଇଁ ଚାଲେ । ବାଟରେ ଫରେଷ୍ଟ ବ୍ରିଟ୍ ଚେକଗେଟ୍ ଘରେ ଘୁଂଘୁଡ଼ି ଶୁଭୁଥାଏ । ଟିକିଏ ବି ଓଲଂ ବିଲଂ ନାହିଁ ସେ କେତେ ବେଳେ ଅଂଟା ସଳଖ କରି, କେତେବେଳେ ଚାରିଗୋଡ଼ କରି ଧପାଳି ଚାଲେ । ତା' ନିଦୁଆ ବଂଦ ଆଖିରେ ରାସ୍ତା ଘାଟ ସବୁ ଏକାକାର ।

ଆଗରେ ଡାକ

ଡାକ ପଛରେ ସେ ।

ଆଗରେ ସୁନେଇ ରୂପେଇ ଜଙ୍ଗଲ ମଝିରେ ବେଣା ନଈ। ନଈ ସେପାଖରେ ପୁଣି ଜଙ୍ଗଲି ରାସ୍ତା। ରାସ୍ତା ଶେଷରେ ସମୁଦ୍ରର ଘେରି ବନ୍ଧ। ବନ୍ଧେ ବନ୍ଧେ ଗଲେ ସାତଭାୟା ।

ଅନ୍ୟ ଦିନର ଡାକ ଭଳି ଏ ଡାକର କୁହୁକ ଥିଲା ଅଲଗା। ବିଛଣା ଲଗା ଚାଲିବା ବିବର୍ଜିତ ଦେହକୁ ଯେଉଁ ଡାକ ଚଳେଇ ନେଇପାରେ ବେଣା ନଈ ପାଖକୁ। ସେଠି ସେ ଅଚେତ୍ ହେବ କାହିଁକି ? କାହିଁକି ତାକୁ ଘାଟିଆଳ ଜଗିବ ? କାହିଁକି ପୁଅ ବୋହୂ ତାକୁ ପୁଣି ଆସି ନେଇଯିବେ ସେଠିକି, ଯେଉଁଠୁ ସେ ବାରଂବାର ପଳେଇ ଆସେ ଡାକ ପଛରେ।

ଆସୁନୁ – ଆ –

ଡାକି ଡାକି ବେଣା ନଈ ସେ ପାଖରେ ଜଙ୍ଗଲି ରାସ୍ତା ଦେଇ ଘେରି ବନ୍ଧ ଆଡ଼େ ଦରିଆ ଆଡ଼େ ସେ ଡାକ ମିଳେଇ ଚାଲି ଯାଉଛି। ସେ ଚାଲିଲା ଓ ବେଣା ନଈ ବାଉଁଶ ଗଡ଼ି ଘାଟର ଅକାତକାତ ପାଣି ଉପରେ ଚାଲିବା ପାଇଁ ପାଦ ଦେଲା ।

ସମୁଦ୍ର କଥା କୁହନ୍ତୁ ନାହିଁ

ସମୁଦ୍ର କଥା କୁହନ୍ତୁ ନାହିଁ। ମୁଁ ସିନା ପିଲାଟି ଦିନରୁ ଏହି ତିରିଶ ପଇଁତିରିଶ ବର୍ଷ ହେଲା ସାତଭାୟା ସମୁଦ୍ର କୂଳରୁ କେବଳ ଦେଖିଥିଲି, ହେଲେ ଏ ଧନ୍ଦା କଲାପରେ, ସମୁଦ୍ର ଭିତରକୁ ଗଲି। ଗଲା ତିନିଚାରିବର୍ଷ ତଳେ ସମୁଦ୍ର ଭିତରେ ଯାହା ଦେଖିଲି ମୋ ଅକଲ ଗୁଡ୍ଡୁମ୍ ! ବାବୁ ! ଆପଣ ବିଶ୍ୱାସ କରିବେ ନାହିଁ – ଠିକ୍ ତାଳଚୁଆ ବତୀଘର ସାମ୍ନା ସମୁଦ୍ର ଭିତରେ ଦେଖିଲି, ଗୋଟେ କେମିତି ପବନ ଏତେ ସ୍ପିଡ୍‌ରେ ପାଣିକୁ ଗୋଟେ ଜାଗାରେ ତାଳଗଛ ଅନ୍ଦାଜରେ ଉଠାଉଛି ଯେ, ଦୂରରୁ ଯେଉଁ ଡିଂଗିବାଲା ଦେଖିଲା – ସିଏ ନମସ୍କାର କଲା। କୁହନ୍ତି ନାହିଁ ବାବୁ ହସ୍ତୀ ଶୁଣ୍ଢରୁ ପାଣି। ଠିକ୍ ସେମିତି। ସେହିଠି ଭୁଟ୍‌ଭୁଟି, ଡିଂଗି, କି ଟ୍ରଲର୍ ଯଦି ବାଇଚାନ୍ସ ପଡ଼ିଲା, ସେଇଠି ସବୁ ଶେଷ ବୋଲି ବୁଝିବେ।

ଦେଖନ୍ତୁ ବାବୁ – ହଁ, ଯାହା କହିଲି ସତ। ଆମେ ସିନା ସାତଭାୟା ଗାଁର ଦରିଆ କୂଳର ଲୋକ। ହେଲେ କେଜାଣି କାହିଁକି ସମୁଦ୍ରକୁ ଆମର ପିଲାଦିନରୁ ଭୟ। ଆମେ ତ କୂଳରେ ରହିଲୁ। ସମୁଦ୍ର କୂଳ ଖାଇ ଆମ ଗାଁ ଖାଇଲା। ଆମେ ତ ସେଠି ମାଛଧରି ଜାଣିଲୁ ନାହିଁ। ଆମର ସେଠି ଡିଙ୍ଗି ନାହିଁ। ସମୁଦ୍ର ଭିତରକୁ ଗଲୁ ନାହିଁ। ସମୁଦ୍ରକୁ ଡରି ରହିବୁ କି ନାହିଁ କୁହନ୍ତୁ ?

ହେଲେ ତାଳଚୁଆର ମୋର ଜଣେ ଲେଖାଯୋଖାର ମଉସା ମୋତେ ସେଠାରେ ଗୋଟେ ଡିଂଗିରେ ଭାଗୀଦାର ରଖେଇ ଦେଲେ , ଧାମରାକୁ ଡିଂଗି ଧରି ସମୁଦ୍ର ଭିତରକୁ ଯେବେ ଫିସିଂ ପାଇଁ ଗଲି, ଜାଣିଲି ସମୁଦ୍ରଟା କ'ଣ । ପ୍ରଥମେ ସମୁଦ୍ର ଭିତରେ ବାନ୍ତି ବାନ୍ତି ଲାଗିଲା। ମୁଣ୍ଡ ବୁଲେଇଲା । ତା'ପରେ ଧୀରେ ଧୀରେ ଠିକ୍ ହୋଇଗଲା। ସମୁଦ୍ରରେ ଜାଲ ପକେଇବା କାଇଦା ଧୀରେ ଧୀରେ ଶିଖିଲି। ଦେଖନ୍ତୁ ପ୍ରଥମେ ପତାକାଟା ପଡ଼େ। ପଡ଼ିସାରିଲା ପରେ ସେଟା ପାଣିତୋଡ଼ରେ ଟାଣି

ହୋଇଯାଏ। ଜାଲରେ ଯେଉଁ ପ୍ଲାଷ୍ଟିକ୍ ବଲ୍ ଥାଏ, ସେଟା ପାଣିରେ ଭାସେ। ଜାଲରେ ଗୋଟେ ମୁଣ୍ଡରେ ପତାକା ଚାଲିବ। ଗୋଟେ ମୁଣ୍ଡ ବଲ୍ ଚାଲିବ। କାଚିବାଡ଼ାରେ ତ ଜାଲ ଦଉଡ଼ି ବନ୍ଧା ହୋଇଥିବ । ଜାଲ ଭସା ସରିବ ତ ଡିଂଗିରେ ଦଉଡ଼ି ଟାଇଟ୍ ହୋଇଯିବ। ଡିଂଗିଟା ବୁଲିକରି ସମୁଦ୍ରରେ ରହିଲା। ଜାଲ ଭାସି ସାରିଲା। ଜାଲ ପକା ସରିଲେ ଡିଂଗିର ଷ୍ଟାର୍ଟ୍ ବନ୍ଦ କରିଦେଉ। ଆମେ ଭାଗୀଦାର ଓ ଡିଂଗିମାଲିକ ଡିଂଗିରେ ବସିଲୁ। ଗପ ମାରିଲୁ, ରୋଷେଇ କଲୁ। ଏମିତି ଜାଲ କିଛି ବାଟ ଭାସିଲା । ଅଧଘଣ୍ଟାଏ ହେଉ, ଘଣ୍ଟାଏ ହେଉ ଟାଣିଲାବେଳକୁ ମାଛ ଲାଗିଥିବ। ଦେଖନ୍ତୁ ବାବୁ ! ଜାଲକୁ ସମୁଦ୍ରରେ ଭସାଇଲା ବେଳେ ସିନା ତିନିଜଣ ଭାଗୀଦାର କାମ କରୁ। ଟାଣିଲାବେଳକୁ ଚାରିଜଣ କାମରେ ଲାଗୁ। ମାଲିକ ଡିଂଗିର ପଛରେ ହାଲି ଧରି ଟାଣିବ। ଜଣେ ଭାଗୀଦାର ଜାଲର ଚେକା ଧରି ଟାଣିବ। ଜଣେ ବଲ୍ ଟାଣିବ। ଜଣେ ଜାଲ ମଝିପେଟି ଧରି ଜାଲରୁ ମାଛ ଗୋଟେଇବ ।

ଦେଖନ୍ତୁ ବାବୁ – ହଁ। ମୁଁ ଯେଉଁ କହୁଥିଲି ଏ ଧନ୍ଦାରେ ପଶିବା କଥା। ମୁଁ ତ ସାତଭାୟାରେ ହାତଗୋଡ଼ ଜାକି ବସିଥାଏ। ବାହା ହୋଇ ଛୁଆପିଲା ବି ଦି'ଟା ହୋଇସାରିଥାଏ । ବାପ ମରିଥାଏ। କେବଳ ମା' ଥାଏ। ସେହି ଲେଖାଯୋଖାର ମଉସା ଗୋଟେ ଡିଂଗିରେ ଭାଗୀଦାର ଥାଏ। ସେ ଆମ ଘରକୁ ଏହି ଅଫ୍‌ସିଜିନ୍ ବେଳେ ଆସନ୍ତି । ସେହି ମଉସା ଆସି ଦିନେ କହିଲେ – ''ଆରେ ! ସମୁଦ୍ର କୂଳରେ ହାତଗୋଡ଼ ଜାକି ଓପାସରେ ବସିବା ତୁମ ସାତଭାୟା ପିଲାଙ୍କ ଆଦତ୍ ହୋଇଗଲାଣି । ସମୁଦ୍ର କାହାର ପେଟ ଅପୋଷା ରଖିଲାଣି ? ଆ' ତାଳଚୁଆରେ ଗୋଟେ ବଢ଼ିଆ ଭୁଟ୍‌ଭୁଟି ମାଲିକ ଅଛି। ଆ'କାମ କରିବୁ।''

ଆଜ୍ଞା ! ସେ ମଉସା ମୋତେ ବୁଝାଇଲା – ଆରେ ! ଡିଂଗିରେ ଭାଗୀଦାର କାମ ମୂଲିଆର କାମ ନୁହେଁ। ଯାହାର ଡିଂଗି ଜାଲ ଅଛି ସେ ମାଲିକ। ଯିଏ ମାଛ ଧରିବେ ସେ ଭାଗୀଦାର। ମାଛ ପଡ଼ିଲେ ଭାଗୀଦାର ଅଧେ ନେବେ, ମାଲିକ ଅଧେ ନେବେ। ଡିଂଗିରେ ଯାହା ଖର୍ଚ୍ଚ ହେବ, ମାଲିକ ଅଧେ ଦେବ। ଭାଗୀଦାର ଅଧେ ଦେବ । ମାଛ ପଡ଼ିଲେ ନାଲେନାଲ୍ ହୋଇଯିବ। ଗୋଟେ ଗୋଟେ ସିଜନ୍ ମାଛ ହେଲେ, ବର୍ଷକ ବସି ଖାଇଲେ ଚଳିବ, ମାଛ ନ ପଡ଼ିଲେ – ଭାଗୀଦାର କ୍ଷତି ସହିବ, ମାଲିକ ବି କ୍ଷତି ସହିବ। ଦେଖନ୍ତୁ ବାବୁ – ମୁଁ ଏ ଧନ୍ଦାରେ ପଶି ଦେଖିଲି – ଫିସିଂ ଉପରେ କିଛି କହିହେବନି। ବେଳେବେଳେ ମାଛ ଏତେ ପଡ଼ିବେ ଯେ, ଜାଲରୁ ମାଛ କାଢ଼ି କାଢ଼ି ବିରକ୍ତିରେ ଜାଲକାଟି ମାଛ ବାହାର କରିବ। ନଚେତ୍ ଏମିତି ଅଛି – ଦିନସାରା ଫିସିଂ କରି ମାଛଟିଏ ମିଳିବ ନାହିଁ। ଦେଖନ୍ତୁ ! ଯଦି ମାଛ ହୁଏ, ଗୋଟେ

ଭାଗୀଦାର ଯେତେ ଭାଗ ପାଇବ, ଗୋଟେ ଅଫିସର ବି ମାସକୁ ଏତେ ଦରମା ପାଇବ ନାହିଁ। ହେଲେ ଯଦି ମାଛ ନ ହୋଇଛି ସେତେବେଳେ ଚାରିପାଞ୍ଚମାସ ହାତରୁ ଖାଇବାକୁ ହୁଏ। ନଚେତ ମୂଳପାତି ଲାଗି, ଯଦି ଖବର ପାଉ ସମୁଦ୍ରରେ ମାଛ ହେଲାଣି, ଦେ ଅଫ୍ ସିଜନ୍‌ରେ ବି ଫିସିଂରେ ବାହାରିପଡୁ।

ଦେଖନ୍ତୁ ବାବୁ – ସାତଭାୟା ଦରିଆରେ କୂଳରେ ସିନା ଜୁଆର ଛାଡ଼ ଦେଖିଥିଲି । ଫିସିଂରେ ଆସି ଦେଖୁଛି, ଦରିଆର ପାଣି ନେଇ ବେପାର। ହେଇ ଦେଖୁନାହାନ୍ତି ! ପଞ୍ଚମୀରୁ ତ୍ରୟୋଦଶୀ ଯାଏ ସମୁଦ୍ରରେ ନରମ ପାଣି। ନରମ ପାଣିରେ ସିଜିନ୍ ସମୟରେ ଇଲିସ୍ ମାଛଟା ଭଲପଡ଼େ। ଇଲିସ୍ ମାଛଟା ଆଙ୍ଖା ! ଛ ଆନ୍ଧି, ପାଞ୍ଚ ଆନ୍ଧି ଜାଲରେ ଭଲ ପଡ଼େ। ଦେଖନ୍ତୁ ! ଗଲା ବର୍ଷ ଯେଉଁ ଟାଣ ମାଛ ହେଲା ଆପଣ ଜାଣିଥିବେ । ଗୋଟେ ଗୋଟେ ଦିନରେ ଜାଲିଆ ଦଶ କ୍ୱିଣ୍ଟାଲ୍, ପନ୍ଦର କ୍ୱିଣ୍ଟାଲ୍ ଇଲିସ୍ ଧରିଲେ। ବୋଟ୍ ମାଡ଼ ଖାଇ ହେଉ କି ଜାଲ କାଟି ଦେଇ ଥାଉ – ଏମିତି ଇଲିସ୍ ହେଲା ଯେ, ସମୁଦ୍ରରେ ପଟି ଭାସିଲା। ଯେଉଁ ଗନ୍ଧ ହେଲା – ଆପଣଙ୍କ ନାକ ଫାଟି ପଡ଼ିବ। ଧାମରାରେ ସେତେବେଳେ ସାତ ଆଠ ଟଙ୍କା ଇଲିସ କିଲ ହୋଇଗଲା। ମାଛ ଅଧିକ ପଡ଼ିଲାବେଳେ ଯଦି ବରଫ ସଟେଜ୍ ହୋଇଯାଏ, ମାଛ ତ ଚାଲାଣ୍ ହୋଇପାରେନା। ମାଛ ଶାଗମୁଗ ରେଟ୍‌ରେ ବିକ୍ରି ହୁଏ। ଏ ଚାନ୍ସ ବହୁ କମ୍ ଆସେ।

ଦେଖନ୍ତୁ ବାବୁ – ସାତଭାୟାରେ ହାତ ଗୋଡ଼ ଜାକି ବସିଲା ପରେ ମୋତେ କିଛି ଧନ୍ଦା ଦେଖା ଯାଉନଥିଲା। କେନ୍ଦ୍ରାପଡ଼ା କି ରାଜନଗର ଆଡ଼େ ମାଟି କାମ। ତାହା ତ ସବୁଦିନେ ମିଳେନା। ମୋର କେଉଁ ସାତଭାୟାରେ ଜମି ଅଛି ଯେ, ତା ଉପରେ ନିର୍ଭର କରି ଚଳିବି। ହେଲେ ଧାମରା ଆସି ଦେଖିଲି, ଏଠି ସମୁଦ୍ର ଉପରେ ନିର୍ଭର କରି ବହୁତ ଲୋକ ବଞ୍ଚିଛନ୍ତି। ଯାହାର ଡିଙ୍ଗି ଅଛି ସେ ବଞ୍ଚିଛି। ଯାହାର ଜାଲ ଅଛି ସେ ବଞ୍ଚିଛି, ଭାଗୀଦାର ଫିସିଂ କରି ବଞ୍ଚିଛି। ମାଛ ଗୋଦାମବାଲା, ବରଫବାଲା। ଦଲାଲ। ମାଛ ବେପାରୀ। ଟ୍ରକବାଲା। ପ୍ୟାକିଂବାଲା ଏମିତି କେତେ ଲୋକ ବଞ୍ଚିଛନ୍ତି। ପୁଣି ଦେଖନ୍ତୁ ! ସମୁଦ୍ର, ସମୁଦ୍ର ମାଛଧରା। କେହି କାହାକୁ ବନ୍ଦ କରିପାରିବେ ନାହିଁ। ଧରନ୍ତୁ ! ସମୁଦ୍ରରେ ଗୋଟିଏ ଦିଗରେ ଯାଇ ଆମେ ଭଲମାଛ ପାଇଲୁ ନାହିଁ। ଦେଖିଲୁ ଅନ୍ୟଦିଗରୁ ଆଉ ଗୋଟେ ଦି'ଟା ଭୁଟ୍‌ଭୁଟି ଭଲ ଫିସିଂ କରି ଫେରିଲେ – ଆମେ ସେୟାଡ଼େ ଚାଲୁ । ଆମ ଆଗରୁ ଆହୁରି କେତେ ଭୁଟ୍‌ଭୁଟି, ଡିଂଗିର ଭିଡ଼। ସେ କ୍ଷେତ୍ରରେ ସେଠି ଜାଲ ପରେ ଜାଲ ପଡ଼େ। ସେତେବେଳେ କେହି କାହାକୁ ବନ୍ଦ କରିପାରିବେ ନାହିଁ।

ଦେଖନ୍ତୁ ବାବୁ – ସାତଭାୟାରେ ସିନା ହେନ୍ତାଳ ଜଙ୍ଗଲର ଲୁଟ୍ କାଠକୁ

ନେଇ ଆମ ଆମ ଭିତରେ ତେରିମେରି ହୁଏ। କି ରାଜନଗର ନେତାଙ୍କଠୁ ଇଲମ ପାଇଁ ସେଠି କାନପୁରିଆ ସାତଭାୟା ଗାଁ ଲୋକଙ୍କ ଭିତରେ ଦି ଦଳ ରାଜନୀତିଆ ଦାଦାଗିରିଆ କୁଜିନେତା ହୋ ହାଲ୍ଲା କରନ୍ତି। ହେଲେ ସମୁଦ୍ର ଭିତରେ ବି ତାହା ହୁଏ ।

ଦେଖନ୍ତୁ – ଏହି ଫିସିଂରେ କେତେକ ଦାଦାଗିରିଆ ଟ୍ରଲରବାଲା ଅଛନ୍ତି, ସେମାନେ ଦେଖିବା କଥା – ଡିଂଗି ବାଲା ଜାଲ ପକେଇଛନ୍ତି। ଟିକେ ବୁଲିକରି ଟ୍ରଲର୍ ଚଲେଇ ନେଲେ ଚଳିବ। ବେଳେବେଳେ ସେ ଫୁଟାଣିଆ, ଟ୍ରଲର୍‌ବାଲା ଆମ ଛୋଟ ଜାଲ ଉପରେ ଟ୍ରଲର୍ ଚଲେଇ ନେଇଥାନ୍ତି। ଆମ ଜାଲ ଛିଡ଼ିଯାଏ, ବେଳେବେଳେ ଏମିତି ହୁଏ, ଆମ ଛିଣ୍ଡା ଜାଲ ଟ୍ରଲର ପନ୍‌ଖାରେ ଗୁଡ଼େଇ ମୁଡ଼େଇ ହୋଇଯାଏ। ହେ, ଜାଲ କାଟ, ପନ୍‌ଖା ସଜାଡ଼। ତେର ଧନ୍ଦା, ସେଇଠି ଆମ ସହିତ ଓଲଟି ସେମାନେ ତେରିମେରି କରନ୍ତି। ସବୁଠି ସେହି କଥା ଦେଖୁ ନାହାନ୍ତି – ଯୋର ଯାହାର ମୁଲକ ତା'ର । ଟ୍ରଲର୍ ବାଲାଙ୍କ ହେଭି ଜାଲ ଅଛି । ଆମ ଭୁଟ୍‌ଭୁଟିବାଲାଙ୍କର ସିନା ପାଞ୍ଚ ଆଙ୍ଗି, ଛ ଆଙ୍ଗି ଫାଶ ଜାଲ। ହେଲେ ସେମାନଙ୍କ ପାଖରେ, ଏହି ଦେଖନ୍ତୁ ମୋ ଆଙ୍ଗୁଠି ମୋଟା ସୂତାର ଜାଲ ଅଛି। ଆଠ ଆଙ୍ଗି, ଦଶ ଆଙ୍ଗି କି ବାର ଆଙ୍ଗି ଫାଶବାଲା ଜାଲ। ବେଳେବେଳେ ସେମିତିକା ଜାଲରେ ବଡ଼ ବଡ଼ ମଗର ବି ପଡ଼ିଯାନ୍ତି। ଦେଖନ୍ତୁ ! ବର୍ତ୍ତମାନ ବଜାରରେ ମଗର କାନର ଯେତେ ପଇସା। ତା ସମୁଦାୟ ମାଉଁସ ସେତେ ପଇସା। ତା'ର ଗୋଟେ ଗୋଟେ ପନ୍‌ଖା ଇନ୍‌ଚ ରେଟ୍‌ରେ ବିକ୍ରି ହୁଏ। ଫରେନ୍‌ରେ କି ଔଷଧ ହୁଏ। ଟ୍ରଲର୍‌ବାଲାଙ୍କ ଲାଭ ହେଉଛି, ସେମାନେ ବାଗଦା ଚିଙ୍ଗୁଡ଼ି ଧରନ୍ତି। ଦେଖନ୍ତୁ ! ବର୍ତ୍ତମାନ ବାଗଦା ଚିଙ୍ଗୁଡ଼ି ହେଡଲେସ୍ କିଲ ସାତଶହ ଆଠଶହ ଟଙ୍କା ଅଛି। ଆମେ ବି ଅଢ଼େଇ ଆଙ୍ଗି, ତିନି ଆଙ୍ଗି ଫାଶବାଲା ଜାଲରେ ଚାପ୍‌ଡ଼ା ଚିଙ୍ଗୁଡ଼ି ଧରୁ। ହେଲେ ତା ରେଟ୍‌ଟା ବାଗ୍‌ଦାଠୁ କମ୍। ମାଳ ଚିଙ୍ଗୁଡ଼ି ବି ଧରୁ। ଚାନ୍ଦିବାଉଲ, କଣ୍ଟିଆ, ଫାସୀ, ଭୁଲା କି ଜଳଙ୍ଗ ମାଛ ପଡ଼ିଲେ – ଦି ପଇସା ହୁଏ। ତେଲିଆ, ପାମ୍ଫ୍ଲେଟ୍, ଚାନ୍ଦି ବାଉଲ ମାଛ ଯଦି ପଡ଼ିଲା – ତେବେ କଚେ ପୁଅ ବାର୍। ସେରକୁ ମାଛ ପୁନ୍‌ଟି ସୁନାରକମ ବିକ୍ରି ହୁଏ। ସେ ମାଛ ପୁଣ୍ଟିରେ ଫରେନ୍‌ରେ କି ଔଷଧ ଫସଦ ତିଆରି ହୁଏ ।

ଦେଖନ୍ତୁ ବାବୁ – ସାତଭାୟା ସମୁଦ୍ର କୂଳରେ ମୁଁ ସିନା ଜନ୍ମ ହୋଇଥିଲି। ବଡ଼ ହୋଇଥିଲି । ସମୁଦ୍ର ପାଖ ଗାଁ ପିଲାଙ୍କର ଯେଉଁ ସାହସ ତାହା ସାତଭାୟାରେ ନାହିଁ। ଫିସିଂ ଧନ୍ଦାରେ ଧାମରା ଆସି ଦେଖୁଛି – ସମୁଦ୍ରକୁ ଜୁଝିବା ପାଇଁ ଅତିରିକ୍ତ ସାହସ ଦର୍କାର । ଦେଖନ୍ତୁ ଆମେ ଯେତେ ଓଡ଼ିଆ ବଙ୍ଗାଳୀ ଫିସିଂ କରୁଛୁ, ହେଲେ ଏ ଫିସିଂରେ ତେଲଙ୍ଗାଙ୍କ ଅସମ୍ଭବ ରକମ୍ ସାହସ। ତାଙ୍କର ଛୋଟ ଛୋଟ ପିଲା ଦେଖିଲେ

ଆପଣଙ୍କର ମାୟା ହେବ – ଛ ବର୍ଷ ସାତବର୍ଷର ପିଲାଙ୍କୁ ନେଇ ସେମାନେ ସମୁଦ୍ରକୁ ଯାଆନ୍ତି। ଏଇଠି ଦେଖନ୍ତୁ – ସାତଭାୟାରେ ମୋର ଯେଉଁ ସାତ ଆଠ ବର୍ଷର ପିଲା ଅଛି – ସେ ଦରିଆକୁ ଡରିକରି ବଞ୍ଚିଥିବ – ଠିକ୍ ମୋ ପିଲାଦିନ ଭଳି। ହେଲେ ଦେଖନ୍ତୁ ତେଲଙ୍ଗା ପିଲା ! ପିଲାଟିଦିନରୁ ସମୁଦ୍ର ଭିତରେ ଫିସିଂ କାମ ଶିଖିଲେ। ସମୁଦ୍ରକୁ ଜାଣିଲେ। ଦେଖନ୍ତୁ – ତେଲଙ୍ଗାଙ୍କ ଭୁଟ୍‌ଭୁଟି କି ଟ୍ରଲର୍‌ରେ ନିଶ୍ଚୟ ମଦଜାର୍ ଥିବ। ମଦ ନ ପିଇଲେ ଫିସିଂ କରିପାରିବେ ନାହିଁ । ଶୁଣିବେ ! ଚାରିବର୍ଷ ଆଗରୁ ଗୋଟେ ତେଲଙ୍ଗା ମାଛୁଆ ଏଇ ମଦ ପିଇ ମରିଗଲା। ଫିସିଂରୁ ଆସି ବାଲିଚଢ଼ାରେ ମାଛ ଦେଇ ସେ କଣ ନା ଧୁମ୍ ପିଇଲା। ପିଇବା ପରେ ବେହୋସ ହୋଇ ଡିଂଗିରୁ ପାଣିକୁ ଗଳିପଡ଼ିଲା। ମରିବାର ଚବିଶ ଘଣ୍ଟାପରେ ତା ଲାସ୍ ଭାସିଲା। ହେଲେ ! ତେଲଙ୍ଗା ମାଛୁଆମାନେ ଜାଲ ବାନ୍ଧିବାରେ ଓସ୍ତାଦ। ସେମାନେ ଯେଉଁ ଗଣ୍ଠିଦେବେ ଆମ ଓଡ଼ିଆ କଣ, ବଙ୍ଗାଳୀ କଣ – କେହି ପାରିବେ ନାହିଁ। ଏମିତି ସୁନ୍ଦର ସେମାନେ ଜାଲ ବାନ୍ଧିପାରନ୍ତି। ତାଙ୍କର ଆଇଡିଆ ଜାଲବନ୍ଧାରେ ଭଲ। ସେମାନଙ୍କ ଫିସିଂ ଭାରି ହୁମୁକାତିଆ।

ଦେଖନ୍ତୁ ବାବୁ – ସାତଭାୟାରେ ମୋ ଗାଁ। ଘର, ପରିବାର, ହେଲେ ଏ ଭାଗୀଦାର ଧନ୍ଦା କଲାପରେ, ଧାମରାରେ ମୋତେ ବର୍ଷକାଳ ରହିବାକୁ ହେବ। ହଁ ଫିସିଂ ସାରି ମୁଁ ସାତଭାୟା ଦରିଆ ଦେଇ ଗାଁକୁ ଯାଇପାରନ୍ତି। ହେଲେ ଡିଂଗି ନଂଗର ପକେଇବାକୁ ସେଠି ଜେଟି କାହିଁ ? ଧାମରା ବନ୍ଦରରେ ସବୁ ସୁବିଧା। ଆଠଦିନରୁ ଆଠଦିନ ସମୁଦ୍ରରୁ ଫିସିଂରେ ଫେରିଲେ ଧାମରା ବନ୍ଦରରେ ନଂଗର ପକେଇବାକୁ ହୁଏ। ଏଠିସବୁ ସୁବିଧା। ମାର୍କେଟିଂ କର, କି ବରଫ ତେଲ, ପାଣି ଆଣ। ସବୁ ଏଠି ନିଜେ । ଆମ ଡିଂଗିରେ ଆଠ ଦିନକୁ ଆଠ ଦିନ ଅଢ଼େଇ ଲିଟର ପାଣି ଦର୍କାର। ମାଲିକ ସେହି ମିଠାପାଣିରେ ଗାଧୋଇବ। ଆମେ ତିନିଜଣ ଭାଗୀଦାର ଲୁଣାପାଣିରେ ବୁଡ଼ ମାରିବୁ ଆଉ ଯେତକ ମିଠା ପାଣି ପିଇବୁ। ପୁଣି ଦେଖନ୍ତୁ – ଧାମରାରୁ ସାତଭାୟା ଗଲା ମାନେ, ଘାଟ ଡିଂଗିରେ ଦୁଇ ତିନିଟା ନଈ ପାରେଇ, ଚାଲି ଚାଲି ଗୁଡ଼ାଏ ବାଟ ଯିବାକୁ ହେବ। ଧରନ୍ତୁ ରଙ୍ଗଣୀ ଘାଟ ଦେଇଗଲେ ରାତି ଆଠ ମାଇଲ ଘେରିବନ୍ଧ, ସୁନେଇ ରୂପେଇ ଜଙ୍ଗଲ ବାଟଦେଇ ଯିବାକୁ ହେବ। ଯାଇ ଫେରିବାକୁ ପକ୍କା ଦୁଇଦିନ ତିନିଦିନ ଲାଗିବ। ମୁଁ ସାତଭାୟା ଯାଇପାରେନା । ହଁ ସେମିତି ପାଞ୍ଚ ସାତ ମାସରେ ଦିନେ ଦୁଇଦିନ ପାଇଁ ଯାଏ। ସାତଭାୟା ଗଲେ ଗୋଟେ ରାତି ଶୋଇଥିବି କି ନାହିଁ, ମୋତେ ସ୍ୱପ୍ନରେ ଯେପରି ଧାମରେଇ ଡାକୁଥାଏ – "ହେ ! ସାତଭାୟାରେ ଶୋଇଛୁ କ'ଣ ? ଫିସିଂରେ ଯିବୁ ନାହିଁ କି ?" ମୁଁ ବାଉଳି ବିଛୁଆତି ହୋଇ ଧାମରା ପଳେଇ

ଆସେ। ନିଶ୍ଚିନ୍ତ ଠାକୁରାଣୀଙ୍କ ଦୟାରୁ ହେଉ, କି ଭାଗ୍ୟବଳରୁ ମାଲିକ କେଉଁଠି ସିଲ୍‌ସିଲା ପାଇଥିବ ଅଫ୍‌ସିଜିନ୍‌ରେ ବି ମାଛ ହେଉଛନ୍ତି। ଅମକ ଡିଙ୍ଗିବାଲା ସମକ ଭୁଟ୍‌ଭୁଟି ବାଲା ଫିସିଂ କରି ଫେରିଛନ୍ତି। ମାଲିକ ଭୁଟ୍‌ଭୁଟି ଧରି ତ ମୋତେ ଯେପରି ଅପେକ୍ଷା କରିଥାଏ। ମୁଁ ପହଞ୍ଚିଗଲେ ପୁଣି ଫିସିଂକୁ ବାହାରି ଯାଉ । ମାଛ ସିଜିନ୍ ଆଷାଢ଼ ମାସ ଆରମ୍ଭ ହୋଇଗଲେ ଆରମ୍ଭ ହୋଇଯାଏ। ଆଷାଢ଼ ମାସ ପୁଷ ମାସ ଯାଏ ମାଛ ପଡ଼ିବ। ଅଫ୍ ସିଜିନ୍‌ରେ ମଝିରେ ସାତ ଆଠ ଦିନ ପାଇଁ ମାଛ ହୁଏ। ଅଫ୍ ସିଜିନ୍‌ରେ ହାତରୁ ଯେଉଁ ଖାଉଥାଉ, ଫିସିଂ ହୋଇଗଲେ ଖର୍ଚ୍ଚ ଉଠିଯାଏ ।

ଦେଖନ୍ତୁ ବାବୁ- ସାତଭାୟା ଘରେ ସିନା ମୋ ଛୁଆପିଲା ପରିବାର। ଦାଦା ଖୁଡ଼ିଙ୍କ ଘର। ବନ୍ଧୁବାନ୍ଧବ ସାଙ୍ଗସାଥୀ। ପଞ୍ଚୁବରାହୀ ମନ୍ଦିର, କାନପୁର, ଓକିଲପାଳ, ରାଜନଗର ବଜାର ସେୟାଡ଼େ। ହେଲେ ସେଠି ତୁମ ଆମ ଲୋକ ହାତରେ ଯଦି ଟଙ୍କା ପଇସା ନାହିଁ, ଜମିବାଡ଼ି ନାହିଁ ତାହାର କେହି ନାହିଁ। ହେଲେ ଧାମରା ହେଉଛି ଏମିତି ଜାଗା – ଏଠି ଯିଏ ନାହିଁ ସିଏ ଫିସିଂ ଧନ୍ଦାରେ ଲାଗିଯିବାକୁ ଆଗ୍ରହ କରୁଛି। ଦେଖନ୍ତୁ ଥରେ ଗୋଟେ ଖେପରେ ଯଦି ପଚାଶ ହଜାର ଟଙ୍କା ମିଳିଯାଏ – ଏହି ଲୋଭ ପାଇଁ ଲୋକେ ନିଜ ନିଜର ଚାଷବାସ ଛାଡ଼ି ମାଛ ଭିତରେ ପଶୁଛନ୍ତି। ଫିସିଂ ଏମିତି ଗୋଟେ ଜିନିଷ – କାହାର ଜମିବାଡ଼ି ପଡ଼ିଆ ପଡ଼ିଛି – ସେମାନେ ଫିସିଂରେ ମାତିଛନ୍ତି। ଫିସିଂଟା ଗୋଟେ ଲଟେରୀ। କିଏ ଜମି ବିକି ଜାଲ କିଣେ। କିଏ ବି ଜାଲ ଡିଂଗି ବିକି ବରବାଦ୍ ହୋଇଯାଏ। ହେଲେ ସମୁଦ୍ରରୁ ଫିସିଂ କରିବାରେ ଯେଉଁ ଆନନ୍ଦ – ତାହା ଜୁଆଖେଳର ଆନନ୍ଦ ଠାରୁ ଢେର ଅଧିକ। ହେଲେ ଏଟା ଭାରି ମେହନତି କାମ। ଦେଖନ୍ତୁ ଦରିଆ ତ ତୁମକୁ ସବୁବେଳେ ଡିଂଗି ଉପରେ ନଚାଉଥିବ। ସେଥିରେ ପୁଣି ଜାଲଟଣା କାମ, ସମୁଦ୍ର ଲୁଣି ହାୱା ମାଡ଼। ଫିସିଂରେ ଫେରିଲେ – ଟିକେ ଭଲଭାବେ ଖିଆପିଆ, ଦେହ ହାତରେ ତେଲ ମୋଡ଼ାଘଷା ନହେଲେ ଦେହ ଉଠେଇ ହେବନି। ପୁଣି ଧାମରାରେ ଘରଭଡ଼ା ନେଇ ହୋଟେଲରେ ଖାଇଲେ – ଆମ ଭଳି ଭାଗୀଦାର ଲୋକ କେତେ ଖର୍ଚ୍ଚ କରିପାରିବ ? ଅଫ୍ ସିଜିନ୍‌ରେ ଧାମରାରେ ନ ରହିଲେ ନ ଚଳେ। ସେଇଠୁ ମୋର ଜଣେ ଭାଗୀଦାର ସେଠାକାର ଲୋକ। ସେ ଧାମରାରେ ଗୋଟେ ଘରେ ରହିବା ପାଇଁ ଜୁଟେଇ ଦେଲା । ବିଧବା ମା, ତା ବିଧବା ବଙ୍ଗାଳୀ ରିଫ୍ୟୁଜି ଝିଅ। ସେଠି ଖାଇଲି। ଝିଅ ମୋର ସେବା ଫେବା କଲା। ଦେହହାତରେ ହାତ ଦେଲା। ସେଇଠି ରହିଗଲି। ବୁଢ଼ୀ ବି ମୋ ଉପରେ ଭରସା କରିଛି ତାକୁ ନାତିଟିଏ ଦେବି। ବଂଶ ରଖିବି।

ଦେଖନ୍ତୁ ବାବୁ – ଏପାଖରେ ମୋ ସାତଭାୟାର ମାଇକିନା ଏଇଟାକୁ କଣ

ସହିପାରୁଛି ? ବର୍ଷେ ଛ ମାସରେ ଗାଁକୁ ଗଲେ ତା'ର ଝିଂଗାସ ଲାଗି ରହେ – ତୁ ତ ଧାମରାରେ ରାଣ୍ଡ ରଖିଲୁ । ସେଇଠି ପଇସା ପୂରେଇଲୁ। ଏଠିକି କେଉଁ ମୁହଁରେ ଆସୁଛୁ ?' ଦେଖନ୍ତୁ ମୁଁ ବି ମାସ ତିନିମାସରେ ଥରେ ଲୋକଙ୍କ ହାତରେ ସାତଭାୟା ଘର ଚଳିବାକୁ ଟଙ୍କା ମାଛ ପଠାଏ। ତଥାପି ଏ ମାଇକିନା ଅଶାନ୍ତି। ପୁଣି ଦେଖନ୍ତୁ ଧାମରା ଆଡ଼ର ମାଇକିନା ମଧ୍ୟ ଅଶାନ୍ତି। ସେ ବି ମୋତେ ଗୋଡ଼େ ଗୋଡ଼େ ଜଗିଛି । ମୁଁ କୁଆଡ଼େ ବନ୍ଦର ଆଡୁ ଟଙ୍କା ପଇସା ଲୋକଙ୍କ ହାତରେ ସାତଭାୟା ପଠେଇ ଦେଉଛି ଦେଖନ୍ତୁ – ଧାମରାର ସେ ମାଇକିନା ତ ବାହା ହେବାର ଛମାସ ଭିତରେ ବିଧବା ହେଲା । ସେ ସ୍ୱାମୀ କ'ଣ ଜାଣିଥିଲେ ସିନା ମୋତେ ବୁଝିପାରନ୍ତା ? ପୁଣି ସେଥିରେ ତା'ର ଗର୍ଭ ଗଲା ଦି ବର୍ଷ ହେଲା ରହୁନି। ନଷ୍ଟ ହୋଇଯାଉଛି। ସେଥରକ କ'ଣ ହୋଇଛି ଶୁଣିବେ ! ଆପଣ ଯେଉଁ କୁହନ୍ତି ଡଲଫିନ୍ । ଆମେ ତାକୁ ସୁଷମା ମାଛ ବୋଲି କହୁଁ। ସୁଷମା ଅତିରିକ୍ତ ଗୋଳିଆ ପାଣି ହେଲେ ଗୋଟେ ଅଧେ ପଡ଼ିଯାଏ। ସେଟା ଏମିତି ତରକା ହଠାତ୍ ଯଦି କେଉଁ ଜାଲରେ ବାଜିଯାଏ, ସାଙ୍ଗେ ସାଙ୍ଗେ ମରିଯିବ। ପଡ଼ିବ ତ ମରିବ, ମଲାବେଳକୁ ମଣିଷ ପିଲା ଯେମିତି କାନ୍ଦନ୍ତି – ଠିକ୍ ସେମିତି କାନ୍ଦିବ । ମୁଁ ଥରେ ଗୋଟେ ସୁଷମା ଧରିଥିଲି। ମୁଁ ଯେତେ ଲମ୍ୱା, ସେତେ ଲମ୍ୱା। ତିନିଚାରିଟା ଲୋକ ଉଠେଇପାରିଲୁ ନାହିଁ। ସୁଷମା ମାଛ ତ କେହି ଖାଆନ୍ତି ନାହିଁ। ଫିଙ୍ଗିଦେଲୁ। ସେ ସୁଷମା ମାଛଟା ଜାଲ ଭିତରେ ଯେମିତି ମଲାବେଳେ କଅଁଳା ଛୁଆ ଭଳି କାନ୍ଦିକରି ମଲା, ସେଦିନ ମୋ ମନରେ ପାପ ଛୁଇଁଲା। ଫିସିଂରୁ ଫେରି ଧାମରାରେ ଆସି ଶୁଣିଲି ମୋ ଦ୍ୱିତୀୟ ସ୍ତ୍ରୀର ଛ ମାସର ଗର୍ଭ ନଷ୍ଟ ହୋଇଯାଇଛି।

ଦେଖନ୍ତୁ ବାବୁ – ସାତଭାୟାରେ ପରିବାର ଚଳେଇପାରିଲି ନାହିଁ। ପେଟ ପାଇଁ ଧାମରା ଆସିଲି। ସେହି ପେଟ ପାଇଁ ଦେହପାର ଯତ୍ନ ପାଇଁ ଆଉ ଗୋଟେ ଘର ବସେଇଲି । ଭାଗୀଦାରର ଗୋଟେ ଦି ଦିଟା ପରିବାର ଚଳେଇବା କେତେ କଷ୍ଟ କୁହନ୍ତୁ । ହେଲେ ନା ମୁଁ ସାତଭାୟା ଛାଡ଼ିପାରିବି ? ନା ଧାମରାରେ ଏ ରାଣ୍ଡ ବୁଢ଼ୀ, ତା ରାଣ୍ଡ ଝିଅଙ୍କ ଭରସାକୁ ଦଗା ଦେଇପାରିବି ? ଯାହା କହୁ ନାହାନ୍ତି ଦି ଡଙ୍ଗାରେ ଗୋଡ଼ ସେମିତି । ମଦ ଗଂଜେଇ କି ମାଇକିନା – ମୋର କୌଣସି ନିଶା ନାହିଁ। ଏବେ ଫିସିଂଟା ମୋର ବଡ଼ ନିଶା। ଅଫ୍ ସିଜିନ୍‌ରେ ଧାମରା ବଜାରରେ ତାସ୍ ପିଟା ଚାଲିଥିବ। କାନ ରହିଥିବ କେଉଁ ଡିଂଗି ମାଛ ଧରି ଫେରିଲା। ତାସ ଖେଳ ରହିବ ଅଧା। ଡିଂଗି ଧରି ଆମେ ଫିସିଂରେ ବାହାରିପଡୁ। ସମୁଦ୍ରରେ ଯଦି ମାଛ ଲାଗିଛନ୍ତି, ସେଠି ଆଉ କିଛି ମୋତେ ଦିଶେ ନାହିଁ – ସାତଭାୟା କି ଧାମରାରେ ହାତୀଭଳି ଦି'ଟା ପରିବାର, ଦି' ଦିଟା ମାଇକିନା, ଗୋଟେ ମାଇକିନାର ତିନିଟା ଛୁଆ ଚଳେଇବାର ସବୁତକ ମୋ

ପ୍ରତି ଗଂଜଣା। କି ଗୋଟେ ମାଇକିନାର ଛୁଆ ନଷ୍ଟ ହେଉଥିବାର ଦୁଃଖ। ମୋର କିଛି ମନେପଡ଼େ ନାହିଁ, କିଛି ଦିଶେ ନାହିଁ।

ଦେଖନ୍ତୁ ବାବୁ – ସମୁଦ୍ର ଭିତରକୁ ଗଲେ ଆଉ କ'ଣ କୂଳ କଥା ମନେରହେ ?

ମୋ ଜେଜେ ଗରିବ ଥିଲେ

– ''ମୋ ଜେଜେ ଗରିବ ଥିଲେ। ମୋ ବାପା ଗରିବ ଥିଲା। ମୁଁ ବି ଆଜ୍ଞା ସେହି ଗରିବ। ଆମେ ଗରିବ ହେବାର ମୂଳ କାରଣ ଆଜ୍ଞା – ଏହି ସମୁଦ୍ର !! ଆଜ୍ଞା ! ଆପଣ ବିଶ୍ୱାସ କରିବେ ନାହିଁ ଆମ ଜେଜେ ଖାସ୍ ଏ ସମୁଦ୍ରକୁ ଡରି ସମୁଦ୍ରରୁ ମାଛ କେମିତି ଧରାଯାଏ ଜାଣିଲା ନାହିଁ। ଲୁଣା ଜମି କେଇ ଗୁଣ୍ଠରେ ଚାଷ କଲା। ହେନ୍ତାଳବଣରୁ କାଠ, ଶିକାର, ଔଷଧ ପାଇଲା। ସେତିକିରେ ଠୁକୁରୁ ମୁକୁରୁ ସଂସାର ଚଳେଇଲା। ମୋ ବାପା ବି ମାଛୁଆ ହେଲା ନାହିଁ । ଏକାଅଶୀ ମସିହା ବାତ୍ୟା ପରେ ବିଲରେ ସମୁଦ୍ର ବାଲି ଓଜାଡ଼ି ଦେଲା। ଦେଖୁଛନ୍ତି ତ ହେନ୍ତାଳ ବଣ – ସେ ବି ଶେଷ ହୋଇ ଗଲାଣି। ତା'ପରେ ଦେଖନ୍ତୁ ମୋତେ, ପଇସା ହେଲେ ଗୋଟେ ଟ୍ରଲର୍ କରି ସମୁଦ୍ରରୁ ମାଛ ଧରିବା କଥାଟା ଆଜ୍ଞା କେବଳ ସ୍ୱପ୍ନ ଦେଖୁଛି। ହେଲେ ଟ୍ରଲର୍ କଥା ଛାଡ଼ନ୍ତୁ ଆଜ୍ଞା ଗୋଟେ ଛୋଟ ଡିଙ୍ଗି କରିବାକୁ ବି ମୋର କ୍ଷମତା ନାହିଁ। ସତ କଥା ଆଜ୍ଞା ! ସ୍ୱପ୍ନ ଦେଖିବାକୁ ବି ମୋ ପାଖରେ ପଇସାର ଅଭାବ। ଏହି ଆପଣ ମୋ କଥା ଶୁଣି ହସିଲେ ! ଏଇ ଦେଖୁନାହାନ୍ତି – ମୁଁ ପଞ୍ଚମ ଯାଏ ପଢ଼ିଛି। ଆଉ ପାଠ ହେଲାନି। ଘରେ ଅଭାବ ହେଲା। ପଞ୍ଚମ ଅଧା ପଢ଼ିଛି ପାଠ ଛାଡ଼ି ଦେଲି। ସୁଧୁ ବାଳୁଙ୍ଗା ହୋଇ ସମୁଦ୍ର କୂଳରେ ବୁଲିଲି। ପିଲାଦିନେ ଆଜ୍ଞା। ମୋ ସାନ ଭଉଣୀକୁ ସାଙ୍ଗରେ ଧରି ଗୋଟେ ଫାଉଡ଼ା, ଗୋଟେ ଟିଣ ଧରି ନିତି ଖରାବେଳେ ଏହି ଯେଉଁ ସମୁଦ୍ର ଭୁଷା ବାଲି ସିଆର ସିଆର ହୋଇଥିବା ଦେଖୁଛନ୍ତି – ସେଇଠି ଆମେ ଭାଇ ଭଉଣୀ ବାଲିକଙ୍କଡ଼ା ଗାତ ଖୋଳୁ। ଯେଉଁଠି କଙ୍କଡ଼ା ବିଳର ସୁରାକ୍ ପାଇବି। ବିଲ ପାଖରେ କଂକଡ଼ା ବାଲି ଗାଳିଥିବ – ସେଇଠି ଦେ ଫାଉଡ଼ାରେ ହାଣି ଚାଲିବି। କଙ୍କଡ଼ା ବିଳ ଫାଳିକିଆ ଦିଶି ଯାଉଥିବ। ମୋ ସାନ ଭଉଣୀ ଭାରି କାଇଦାରେ କଙ୍କଡ଼ା ଧରି ଟିଣର ମୁହଁ ଖୋଲି

ଖୁଡ଼୍ କରି କଙ୍କଡ଼ାଟିମାନ ଟିଣରେ ଗଳେଇ ଚାଲିଥିବ। ସେସବୁ ଗୋଟେ ନିଶା ଆଜ୍ଞା ! ମୋ ଜେଜେମା' ସବୁବେଳେ ସମୁଦ୍ରକୁ ନିନ୍ଦି ନିନ୍ଦି ମଲା – "ତୁ ତ ସକାଳେ ସଞ୍ଜେ ଦରିଆ ପାଣିରେ ଡିଆଁ ମାଇଲୁ। ଦରିଆ ବାଲିରେ କଙ୍କଡ଼ା ଖୋଜିଲୁ। ତୋ' ପାଠପଢ଼ା ସେଇ ଅଲପେଇସା ଦରିଆ ଖାଇଲା।" ହଁ ଆଜ୍ଞା ଏ ହସିବା କଥା। ମୋ ଜେଜେମା' ଆଜ୍ଞା ବ୍ରିଟିଶ୍ ବେଳର ବୁଢ଼ୀ । ସବୁବେଳେ ସମୁଦ୍ରକୁ ଦୋଷ। ପ୍ରତିଦିନ ସକାଳେ ଯେମିତି ଆମ ଘର ସାମ୍ନା ସମୁଦ୍ରରୁ ତା' ମା' କୋଳରୁ ସୂର୍ଯ୍ୟ ଡେଇଁପଡ଼େ। ବୁଢ଼ୀ କେତେବେଳୁ ଉଠି ସୂର୍ଯ୍ୟଙ୍କୁ ଦଣ୍ଡବତ ପକେଇ ସମୁଦ୍ରକୁ ଶଂପୁଥାଏ – "ହେ ସୂର୍ଯ୍ୟ ଦେବତା ! ହେ ଧର୍ମ ଦେବତା ! ତୁ ବୁଝ। ଏ ସମୁଦ୍ର ସାତଭାୟାରୁ ପାଞ୍ଚପାଞ୍ଚଟା ଗାଁକୁ ଗିଳିଲାଣି। ଏ ଅଲପେଇସା ସମୁଦ୍ର ଦାଉରୁ ଆଉ ଦି'ଟା ଗାଁକୁ ରକ୍ଷାକର ହେ ଧର୍ମଦେବତା ମୋ କାନପୁର ଗାଁକୁ ରକ୍ଷା କର । ସାତଭାୟା ଗାଁକୁ ରକ୍ଷାକର !" ଆଜ୍ଞା ! ଆମେ ତ ଛୋଟ ଛୋଟ ପିଲା ସକାଳୁ ଉଠି ଧା'ଦଉଡ଼, ଗୁଳୁରୁବୁଳୁରୁ ଚଳେଇଥିବୁ। ବୁଢ଼ୀର ଏହି ବଡ଼ ପାଟିର ଦଣ୍ଡବତ ଦେଖି ଆମେ ବୁଢ଼ୀକୁ ଛିଗୁଲାଉ –"ରକ୍ଷା କର ଧର୍ମ ଦେବତା ରକ୍ଷା କର।" ବୁଢ଼ୀ ପିଲାମାନଙ୍କ କଥାରେ ଚିଡ଼ି ନିଆଁବାଣ ହୋଇଯାଏ। ପୁଣି ଏ ସମୁଦ୍ରକୁ ଲଗେଇ ପିଲାମାନଙ୍କୁ ଗାଳିଦିଏ – "ସମୁଦ୍ରକୂଳିଆ ଛୁଆ। ଛୋକ୍‌କାର ଛୁଆ। ବେଧ ଛୁଆ !" ଆମେ ସବୁ ତାଳି ମାରି ହସୁ । ଆପଣ ବିଶ୍ୱାସ କରିବେ ନାହିଁ ଆଜ୍ଞା ! ଯେବେ ମୋ ଦାଦା ଖୁଡ଼ି ବାପାଙ୍କଠୁ ଭିନେ ହୋଇ ପାଠଶାଳା ନଈ ସେପାଖର ଝୁନ୍‌ସୁ ନଗରରେ ଅଲଗା ଘର କରି ରହିଲେ। ବେପାର ବଣିଜ କଲେ। ଜମି କିଣିଲେ। ଆନନ୍ଦରେ ରହିଲେ। ଯେତେ ବୁଢ଼ୀକୁ ସେମାନେ ଝୁନସୁ ନଗର ଡାକିଲେ । ବୁଢ଼ୀ ସାତଭାୟାରୁ ଟିକେ ବି ଚଂକିଲା ନାହିଁ। ଓଲଟି କହିଲା –"ସାତଭାୟା ମାଟି ଛାଡ଼ି ମୁଁ କୁଆଡ଼େ ଯିବିନି । ଏ ଛତରୀ ସମୁଦ୍ର ସମସ୍ତଙ୍କୁ ଖାଇଲା। ମୋତେ ନ ଖାଇଲେ କ'ଣ ତା'ମନ ବୋଧ ହେବ ? ମରିବାର ଚାରିପାଞ୍ଚଦିନ ଆଗରୁ ବୁଢ଼ୀ କତରା ଲଗା ହୋଇଗଲା। ବିଛଣାରେ ହଗିଲା ମୁତିଲା। ସ୍ମରଣ ରହିଲା ନାହିଁ। ଖାଲି ବାଉଳି ଚାଉଳି ହେଲା – "ପାଞ୍ଚଟା ଗାଁକୁ ତ ଖାଇଲୁ। ମୋତେ ଖା। ମୋତେ ଖା ।" ହଁ ଆଜ୍ଞା ! ଆପଣଙ୍କୁ ଖରାପ ଲାଗୁଥିବ। ମୋତେ ତେତିଶ ଚଉତିଶ ବର୍ଷ ବୟସ ହେଲାଣି। ଆଉ ଦିନ କେଇଟାରେ ମୋତେ ଚାଳିଶା ଡେଇଁବ। ଏଇଠି ତ ଜନ୍ମ ହେଲି। ସାତଭାୟା, କାନପୁର ଗାଁ, ପଞ୍ଚୁବରାହୀ ମନ୍ଦିର ଛକ ଆଉ ଏ ସମୁଦ୍ର କୂଳ ଏଇଆ'କୁ ଛାଡ଼ି ଆଉ କୁଆଡ଼େ ଗଲି କୁହନ୍ତୁ ଯେ ନୂଆ କିଛି ଦେଖିଲି ନା ନୂଆ କଥା କିଛି କରିଲି। କଲିକତାକୁ କୌଣସି ଧନ୍ଦା କରିବାକୁ ଗଲି ଯେ ପନ୍ଦରଦିନ ପରେ ଫେରି ଆସିଲି। ଆଜ୍ଞା ! କଲିକତାରେ ଲୋକ ହାଲୁ ହାଲୁ । କୋଠା, ମଟର, ଗଙ୍ଗା, ହାବଡ଼ା ବ୍ରିଜ – ସବୁ ଅଛି

ଆଜ୍ଞା ! ସେଠି ହାଉଆ କାହିଁ ହାଉଆ ! କଲିକତାରେ କାମ କରିବି କ'ଣ ମୋତେ ଅଣନିଃଶ୍ୱାସୀ ଲାଗିଲା, ସାତଭାୟା ଫେରି ଆସିଲି। ଦିନାକେତେ କେନ୍ଦ୍ରାପଡ଼ାରେ ରହିଲି। ପୁଣି ମନ କ'ଣ ହେଲା ପଳେଇ ଆସିଲି। ଆଜ୍ଞା ! ଚାନ୍ଦବାଲିକୁ ଗଲି ଯେ, ଜିଦି କରି କିଛି ଗୋଟେ କରିବି, ସେଠି ପାଞ୍ଚ, ଛ'ଦିନ ରହିଛି। ଚାନ୍ଦବାଲି ହାଟପାଳି ଦିନ ଏଠୁ ଯେଉଁ ମାଲପତ୍ର ଆଣିବାକୁ ଭୁଟ୍‌ଭୁଟି ଯାଏ, ସେଇଥିରେ ପଳେଇ ଆସିଲି। ସାତଭାୟା ଓ ସମୁଦ୍ର ଛଡ଼ା ଆଉ କେତେ କଥା ମୋତେ ମାଲୁମ ଯେ ମୁଁ କହିବି ? ତା'ଛଡ଼ା କ'ଣ ବା ମୋର ଜ୍ଞାନ ଅନୁଭବ ଅଛି ମୁଁ ଆପଣଙ୍କୁ କହିବି ? ଆପଣ ବିଶ୍ୱାସ କରିବେ ନାହିଁ ଆଜ୍ଞା ! ଆପଣ ସିନା ଆଜି ଏଠିକି ଆସିଛନ୍ତି। ଆପଣଙ୍କ ଭଳି ବହୁତ କମ୍ ଟୁରିଷ୍ଟ ପାରାଦ୍ୱୀପ ଆଡୁ ଟ୍ରଲର କି ହାଉସ୍‌ବୋଟ୍‌ରେ ପହଂଚନ୍ତି। ବେଳେବେଳେ ଚାନ୍ଦବାଲି ଆଡୁ ବଙ୍ଗାଳୀ ଟୁରିଷ୍ଟ ଭୁଟ୍‌ଭୁଟିରେ ଆସି ବୁଲିଯାଆନ୍ତି । ଯିଏ ଏଠିକି ଆସୁ ,ସେ ସମୁଦ୍ର କୂଳରେ ତ ଘଣ୍ଟେ ଦି'ଘଣ୍ଟା ବସା ଉଠା ହେବ। ସେ ଅଲବତ୍ ପଞ୍ଚୁବରାହୀ ମନ୍ଦିର ଦର୍ଶନ କରିବ। ଏଠିକି ଆସିବା ଆଗରୁ ଆପଣ ଯାହା ଦେଖି ଆସିଲେ ରାସ୍ତାରେ ଆଜ୍ଞା ! ପଞ୍ଚୁବରାହୀ ମନ୍ଦିର। କନିକା ରାଜା ସେ ଦେବୀ ସ୍ଥାପନା କରିଥିଲେ। ମନ୍ଦିର ଭିତରେ ଦେଖିଲେ ସିନା ପାଞ୍ଚଟା ଘୁଷୁରିମୁହାଁ ମୁଗୁନି ପଥର ମୂର୍ତ୍ତିସବୁ। ଆଜ୍ଞା ! ସେ ଘୁଷୁରିମୁହାଁ ଦେବୀମାନଙ୍କୁ ଏଠିକା ଲୋକେ ଭାରି ମାନନ୍ତି। ଅସଲ କଥା କ'ଣ ଜାଣନ୍ତି ଆଜ୍ଞା ! ସେମାନେ ସାତ ଭଉଣୀ। ଗୋଟେ ଭଉଣୀ ଯାଜପୁରର ବିରଜାଈ । ଆଉ ଗୋଟେ ସବା ବଡ଼ ଭଉଣୀ ଏ ସମୁଦ୍ର। ଏହି ବରାହୀ ସାତଟା ଗାଁ ସାତଭାୟାର ସାତ ଭଉଣୀ। ଜେଜେ ବାବା ଅମଳରୁ ଆମେ ଶୁଣୁଛୁ ବରାହୀ ମନ୍ଦିରକୁ କେବେ ସମୁଦ୍ର ହଜମ କରିବନି। କାରଣ ଆଜ୍ଞା ପାଞ୍ଚଭଉଣୀ – ଯେଉଁ ପଞ୍ଚୁବରାହୀ ସମୁଦ୍ରର ସାନଭଉଣୀ। ଯେଉଁଦିନ ବଡ଼ ଭଉଣୀ ସାନ ପାଞ୍ଚଭଉଣୀକୁ ତା'ଗର୍ଭରେ ଲୀନ କରିଦେବ ସେହିଦିନ ଯାଇ ସାତଭାୟା ଗାଁ ନାଁ ଓଡ଼ିଶାରୁ ଉଠିଯିବ। ଆଜ୍ଞା ! ଦେଖନ୍ତୁ କେତେ ଅନ୍ଧ ବିଶ୍ୱାସ ! ହେଲେ ଆଜ୍ଞା ! ସାତଭାୟା ଲୋକଙ୍କର ଯେଉଁଟା ଅନ୍ଧବିଶ୍ୱାସ, ସେଇଟା ଆଜ୍ଞା ଗୋଟେ ବଡ଼ ଆଶା । ଏବେ ବି ଲୋକେ କୁହନ୍ତି – ଆମ ବିରାହୀ ମା' ଅଛି। ସମୁଦ୍ର ପାଞ୍ଚଟା ଗାଁକୁ ସିନା ଖାଇଲା। ଆମ ଦି'ଟା ଗାଁକୁ ଖାଇବ ନାହିଁ। ଏହି ବିଶ୍ୱାସରେ ଆଜ୍ଞା ଏ ଜାଗାରେ କାନପୁର, ସାତଭାୟା ଲୋକେ ଅଛନ୍ତି। ନଚେତ୍ କେବେଠୁଁ ଏମାନେ ଓକିଲପଡ଼ା କି' ରାଜନଗର ଆଡ଼େ ଯାଇସାରନ୍ତେଣି । ଛାଡ଼ନ୍ତୁ ଆଜ୍ଞା ! ଆମେ ଏଠି ଅଛୁ ବୋଲି ଆପଣଙ୍କ ଭଳି ଲୋକ ଏତେ ଦୂରରୁ ଆସି ଆମ ସହିତ ମିଶି ପାରିଲେ। ଯଦି ଆଜ୍ଞା ସାତଭାୟାକୁ ସମୁଦ୍ର ଖାଇଯିବ, ସାତଭାୟାର ନାଁ ଲୁଚିଯିବ – ତେବେ ଆଜ୍ଞା ଆପଣ ଆସିବେ ନା ଆମେ ଥିବୁ ! ଏହି ଦେଖୁ ନାହାନ୍ତି ଆଜ୍ଞା ! ଆଗରେ

ଯେଉଁ ବଡ଼ ଲହଡ଼ି ଦେଖୁ ନାହାନ୍ତି – ଆମ ଜେଜେବାବା କୁହନ୍ତି – ସେଠି କୁଆଡ଼େ ଗାଁର ନଡ଼ିଆ ଗଛବୃଛ ଥିଲା। ଗାଁ ଦାଣ୍ଡ ଥିଲା । ମଝି ସମୁଦ୍ରକୁ ଚାହିଁନ୍ତୁ ଆଜ୍ଞା ! ସେ ପର୍ଯ୍ୟନ୍ତ ସାତଭାୟାର ଗାଁ ଗଣ୍ଡା ଥିଲା। ଲୋକବାକ ଥିଲେ। ଯେଉଁଠି ଆପଣ ଲହଡ଼ି ଦେଖୁଛନ୍ତି, ଜୁଆର ଦେଖୁଛନ୍ତି ଆଜ୍ଞା, ସେଠି ଗାଁ ଲୋକଙ୍କ ଚଳପ୍ରଚଳ ଲାଗିଥିଲା, ଏ କଥା କିଏ ବିଶ୍ୱାସ କରିବ ଆଜ୍ଞା। ପାଞ୍ଚପାଞ୍ଚଟା ଗାଁ ଆସ୍ତେ ଆସ୍ତେ ସମୁଦ୍ରରେ ଗଲା। ଲୋକେ କାହିଁ ଗୁପ୍ତିଘାଟ, କାହିଁ ଝୁଣାଗଡ଼ି ଘାଟ, ନଈପାରେଇ, ରାଜନଗର, କେନ୍ଦ୍ରାପଡ଼ା, କଟକ, କଲିକତା ବି ପଳେଇଲେ । ଯେଝା' ପେଟପାଟଣା କରି ରହିଲେ। କେବଳ ଦି'ଟାର ଗାଁ ଦେଖୁଛନ୍ତି କେଇଟା ଘର – ଆମେ ଏଠି ପଡ଼ି ରହିଛୁ। ପଡ଼ି ରହିଲେ କିଛି କ୍ଷତି ନାହିଁ । ଏଠି ଦୂରରେ ଯେଉଁ ହେନ୍ତାଳ ବଣ ଦେଖୁଛନ୍ତି । ଅନୁମାନ କରନ୍ତୁ ଆଜ୍ଞା ଏ ହେନ୍ତାଳ ବଣ ଗୁପ୍ତିଘାଟରୁ ଲଗେଇ ସାତଭାୟା ଦେଇ ଗହୀର ମଥା ସମୁଦ୍ର ମୁହାଁଣ ଯାଏ ଥିଲା। ଏ ହେନ୍ତାଳବଣ ଆଉ କ'ଣ ଅଛି ? ଏ ସାତଭାୟା ଲୋକେ ପଦା କରିଦେଲେଣି। ସମସ୍ତଙ୍କ ଘରେ ଚୋରାକାଠ। ଏଠି ସମସ୍ତେ କାଠ ଚୋର। ହେଲେ ଆଜ୍ଞା ! ଏ ଯେଉଁ ଫରେଷ୍ଟର୍‌ମାନେ ଏଠି ରହିଲେ – ସମସ୍ତେ ସାତଭାୟାଠୁ ପକ୍‌କା ଚୋର ଆଜ୍ଞା ! ରାତି ରାତି ସେମାନେ ଶହ ଶହ ହରିଣ ଚମଡ଼ା ଚୋରକୁ ଖସେଇ ଦେଉଛନ୍ତି, ଦିନରେ ସାତଭାୟାଙ୍କ ଉପରେ ଚଢ଼ାଉ। ଆଜ୍ଞା ! କୁହନ୍ତି ନାହିଁ କାଣୀ ବିରାଡ଼ିର କୁଜି ଅସରପା ଉପରେ ଦାଉ। ସେମିତି କଥା। ଏକରେ ତ ଆଜ୍ଞା, ହେନ୍ତାଳ ବଣ ସଫା। ପୁଣି ଏଠିକା ଲୋକେ ସମୁଦ୍ରରୁ ମାଛ ମାରି ଜାଣିଲେ ନାହିଁ। ଦେଖୁନାହାନ୍ତି ଏଠି ଗୋଟିଏ ବି ଡିଙ୍ଗି ଅଛି ? ଗୋଟିଏ ବି ଜାଲ ସମୁଦ୍ର ବାଲିରେ ଶୁଖୁଛି ? ଆଜ୍ଞା ! ମୁଁ କହୁନଥିଲି – ସାତଭାୟା ଲୋକେ ଖାସ୍ ସମୁଦ୍ରକୁ ଡରିବେ ପୁଣି ସମୁଦ୍ର କୂଳରେ ପଡ଼ିଥିବେ। ଆପଣ ଦେଖନ୍ତୁ – କେଉଁଠୁ କେଉଁଠୁ ଚିଙ୍ଗୁଡ଼ି ବେପାରୀମାନେ ସର୍କାରଠୁ ଲିଜ୍ ନେଇ ଆମରି ସାତଭାୟା ପାଖରେ ଆମରି ଲୋକଙ୍କୁ ମୂଲିଆ କରି ଲୁଣିଘେରା କରି ଚିଂଗୁଡ଼ି ଚାଷ ମେଲେଇଲେଣି, ଆମେ ଆଜ୍ଞା ! ଯେଉଁ ଗରିବକୁ ସେହି ଗରିବ ହୋଇ ରହିଛୁ। ଦେଖନ୍ତୁ ଆଜ୍ଞା ! ଆପଣ ହେଲେ ଟୁରିଷ୍ଟ ଲୋକ। ଦିନେ ଅଧେ ଏଠିକି ଆସିଛନ୍ତି । କେବଳ ସେଇଥିପାଇଁ ମୋ କଥା ଆପଣଙ୍କୁ କହୁଛି। ନଚେତ ଏ ଗାଁରେ ଯାହା ପାଖରେ ମୋ ଦୁଃଖ କହିବି, ସେମାନେ କ'ଣ ଶୁଣିବେ ? ସେମାନଙ୍କ ଦୁଃଖ ତ ସେମାନଙ୍କୁ ବଳାଉଛି । ମୋ ଦୁଃଖ ବା ଶୁଣିବ କିଏ ? ସମୁଦ୍ରକୁ ମଣିଷ ନିଜର ଦୁଃଖ ଶୁଣାଇବାର କୌଣସି ମୂଲ୍ୟ ନାହିଁ, ଆଜ୍ଞା ! ସାତଭାୟା ଲୋକକୁ ସାତଭାୟା ଲୋକଟେ ନିଜ ଦୁଃଖ ଶୁଣାଇବା ସେମିତି ମୂଲ୍ୟ ନାହିଁ। ଆପଣ ବିଶ୍ୱାସ କରିବେ ନାହିଁ ଆଜ୍ଞା ! ଆପଣଙ୍କ ଭଳି ଜଣେ ଟୁରିଷ୍ଟ୍ ବାବୁ ଅନେକ ଦିନ ତଳେ ଆସି ଏଠି ପାଞ୍ଚ,

ଛ'ଦିନ ରହିଲେ। ସେ ବାବୁ କଚ୍ଛିମ ଅଣ୍ଡା ଦେଖିବାକୁ ଆସିଥିଲେ। ଏବେ ସିନା ଆଜ୍ଞା ! ଏହି ଯେଉଁ ମାଛ ଟ୍ରଲର୍ ଚାଲିବା ଯୋଗୁ ଏଠି କଚ୍ଛିମ ଅଣ୍ଡା ଦେବାକୁ ନ ଆସି ଗହୀର ମଥା ଆଡ଼େ ଦେଇଛନ୍ତି । ଦିନେ ସାତଭାୟାରେ ହଜାର ହଜାର କଚ୍ଛିମ ଅଣ୍ଡା ଦେବାକୁ ଆସୁଥିଲେ । ଆଜ୍ଞା ! ଆପଣ ବିଶ୍ୱାସ କରିବେ ନାହିଁ ସିଜିନ୍ ଚାରିମାସ ସେମାନେ ହଜାର ହଜାର କ'ଣ ଆଜ୍ଞା ବର୍ଷେ ବର୍ଷେ ଲକ୍ଷ ଲକ୍ଷ ସମୁଦ୍ରରେ ପହଁରି ପହଁରି ଆସିବେ। ଠିକ୍ ଭୋର୍‌ଟାଇମ୍‌ରେ ଏହି ସାତଭାୟା ସମୁଦ୍ର ବାଲିରେ ସେମାନେ ଦି ଗୋଡ଼ରେ ଗାତ ଖୋଳିବେ । ଗାତରେ ଅଣ୍ଡା ଦେବେ। ଗାତକୁ ଠିକ୍ ଆଜ୍ଞା ମଣିଷ ଭଳିଆ ବାଲିରେ ପୋତି ଦେବେ, ତା'ଉପରେ ପେଟରେ ବାଡ଼େଇ ବାଡ଼େଇ ସମାନ କରିଦେବେ। ଦେଖନ୍ତୁ ଆଜ୍ଞା ! କଚ୍ଛିମ କେତେ ଚାଲାକ ପ୍ରାଣୀ। ଯେଉଁଠି ଅଣ୍ଡା ଦେଇ ବାଲି ସମାନ କରିଥିବେ, କଚ୍ଛିମ ଅଣ୍ଡା ଚୋରକୁ ଭୁଆଁ ବୁଲାଇବା ପାଇଁ ଅଣ୍ଡା ଦେବା ଜାଗାରୁ କିଛି ବାଟ ଆଗେଇ ଆସି ରାମ୍ପି ବିଦାରି ହେବେ। ଯେମିତି ଆଜ୍ଞା ହଜାର ହଜାର ଆସିଥିବେ, ଦିନ ବାରଟା ସୁଦ୍ଧା ଗୋଟିଏ ଗୋଟିଏ କରି ସମୁଦ୍ରରେ କୁଆଡ଼େ ପହଁରି ପଳେଇବେ। ଖାସ୍ ଏୟା' ଦେଖିବାକୁ ଆଜ୍ଞା ସେ ଟୁରିଷ୍ଟ ବାବୁ ଜଣକ ଆସିଥିଲେ। ତାଙ୍କ ସହିତ ମୋର ଭାରି ଭାବଦୋସ୍ତି ହୋଇଗଲା । ସେତେବେଳେ ମୋ ଅବସ୍ଥା ଆଜ୍ଞା ! ବର୍ତ୍ତମାନ ଯେମିତି ଦେଖୁଛନ୍ତି – ସେତେବେଳେ ବି ସେମିତି ଥିଲା। ଆଜି ଭଳି ସେଦିନ ବି ମୁଁ ଗରିବ ଥିଲି। ସେ ଟୁରିଷ୍ଟ ବାବୁ ଗଲାବେଳେ ଖଣ୍ଡେ କାଗଜରେ ମୋତେ ଠିକଣା ଦେଇ ଗଲେ । କହିଗଲେ – ''ସୁବିଧା ଦେଖି ଏହି ଠିକଣାରେ ମୋ ପାଖରେ ପହଞ୍ଚିବ। ତୁମ ପାଇଁ କିଛି ଧନ୍ଦା ବ୍ୟବସ୍ଥା କରିବି।'' ଦେଖନ୍ତୁ ଆଜ୍ଞା ! କେତେ ସୁଯୋଗ ଜୁଟିଲା ! ହେଲେ ମୁଁ କ'ଣ ଯାଇପାରିଲି ? ଏହି ଦେଖୁନାହାନ୍ତି, ସେ ଠିକଣା କାଗଜ ତ ମୋ ଅଣ୍ଟାରେ ଖୋସି ଥିଲି। ମୋର ବିଲକୁଲ ମନେ ନାହିଁ ବାଲିରେ ଝାଡ଼ା ଫେରି ସମୁଦ୍ରରେ ପାଣି ସାରିଲାବେଳେ ଆସିଲା ତ ଆଜ୍ଞା ଗୋଟେ ପ୍ରବଳ ଲହଡ଼ି ମାଡ଼ି। ମୁଁ ସର୍ବାଙ୍ଗେ ତିନ୍ତି ଗଲି। ସେ ଠିକଣା କାଗଜ ଖଣ୍ଡକ ବି ଆଜ୍ଞା ନଷ୍ଟ ହୋଇଗଲା। ଅକ୍ଷର ଫକ୍ଷର କିଛି ପଢ଼ି ହେଲା ନାହିଁ। ଆଜ୍ଞା ! ଆପଣଙ୍କୁ ମିଛ ମୋତେ ସତ – ଯଦି ସେ ଠିକଣା ମୋ ପାଖରେ ଥାନ୍ତା, ସତରେ କ'ଣ ସେ ବାବୁଙ୍କ ପାଖରେ ମୁଁ ପହଞ୍ଚି ପାରିଥାନ୍ତି ? ଏଠି ଗଲେ ଭୁଟ୍‌ଭୁଟି ଭଡ଼ା, ଟ୍ରେକର କି ବସ୍ ଭଡ଼ା, ରିକ୍ସା ଭଡ଼ା କରି ସେଠିକି ପହଞ୍ଚିବାକୁ ମୁଁ କ'ଣ ଏତେ ପଇସା ଯୋଗାଡ଼ କରିପାରିଥାନ୍ତି ? ଛାଡ଼ନ୍ତୁ ଆଜ୍ଞା ! ଯେଉଁ ଥାନରେ ମଣିଷ ରହିବା କଥା ରହିବ । ଆଜ୍ଞା ! ଏ ମାଟି ତ ମୋ କପାଳରେ ଲେଖା ହୋଇଛି। ମୁଁ କେଉଁ ମାଟି କି ଯିବି ? ଅସଲ କଥା କ'ଣ ଜାଣନ୍ତି ଆଜ୍ଞା ! ଏ ଯେଉଁ ପାରାଦ୍ୱୀପ ବନ୍ଦର ତିଆରି ହେଲା ନାହିଁ,

ତା'ପରଠୁ ସାତଭାୟା ଉପରେ ବିପତ୍ତି ମାଡ଼ି ପଡ଼ିଛି । ଦେଖନ୍ତୁ ଆଜ୍ଞା ! ସେୟାଡ଼େ ବନ୍ଦର ହେଲା, ଜାହାଜ ଚାଲିଲା । ବେପାର ବଣିଜ ହେଲା । ଏ ପାଖରେ ପାଞ୍ଚ ପାଞ୍ଚଟା ଗାଁ ସମୁଦ୍ରରେ ଗଲା । ଆଜ୍ଞା ପ୍ରତିବର୍ଷ ପାରାଦ୍ୱୀପ ବନ୍ଦର ଯେତେ ଖୋଳା ହେଉଥିବ ଆଉ ଦି'ଟା ଗାଁ ଖାଇ ଖାଇ ଯାଉଥିବ । ଏ ଯେଉଁ ଆମ ଗାଁ କାନପୁର ଆଜ୍ଞା ଦେଖୁଛନ୍ତି । ଆପଣଙ୍କ ପଛକୁ ଦେଖନ୍ତୁ ଆଜ୍ଞା ! ସେ ଘରଟାର ଡ଼ିହ ସମୁଦ୍ର ଖାଇ ଦେଲାଣି । ବାଲିହୁଡ଼ା ପରେ ଦେଖନ୍ତୁ ଯେଉଁ ନଡ଼ା ଛପର ଉଡ଼ିଯାଇଥିବା ଘର ଦେଖୁଛନ୍ତି । ଆଉ ପାଞ୍ଚଦଶ ବର୍ଷ ଭିତରେ ଏ ଘରଟା ସମୁଦ୍ରରେ ଯିବ । ଏମିତି ହିସାବ କରନ୍ତୁ ଆଜ୍ଞା ଆଉ ପଚାଶ ଷାଠିଏ ବର୍ଷ ଭିତରେ ଆମ କାନପୁର ଗାଁ ସାଫ୍ ହୋଇଯିବ । ମୁଁ ଆଜ୍ଞା ! ସବୁ ବୁଝୁଛି । ମୋ ଆଖିରେ ସବୁ ଜଳଜଳ ଦେଖାଯାଉଛି । ମୁଁ ଆଉ କୁଆଡ଼େ ଯିବି ? ମୋ ସ୍ତ୍ରୀ ଏଠୁ ଉଠିବାକୁ ଅମଙ୍ଗ । ମୋ ସ୍ତ୍ରୀ କଥା କ'ଣ କହିବି ଆଜ୍ଞା ! ସେ ଏ ସାତଭାୟା ଗାଁର ଝିଅ । ସେ ଗୁପ୍ତିଘାଟ ଯାଏ ଯାଇଛି । ପାଠଶାଳାନଈ ପାରି ହୋଇନି । ଥରେ ତାକୁ କହିଲି –''ସାତଭାୟାରୁ ଉଠି ଲୋକେ କୃଷ୍ଣପ୍ରିୟାପୁର, ଓକିଲପଡ଼ାରେ ରହିଲେଣି । ଚାଲେ ଆମେ ସେଠି ରହିବା ।'' ଆପଣ ହସିବେ ଆଜ୍ଞା । ମୋ ସ୍ତ୍ରୀ ମୋ କଥା ଶୁଣି ମୁହଁ ମୋଡ଼ି ଦେଲା – ''ସେ ରିଫ୍ୟୁଜି ମେଳରେ ମୁଁ ଚଳିପାରିବି ନାହିଁ ।'' ଆଜ୍ଞା ! ଆପଣ ପାଞ୍ଚଟା ମୂର୍ଖକୁ ବୁଝେଇବେ ହେଲେ ଯେଉଁ ଗାଁର ଝିଅ ସେହି ଗାଁର ବୋହୂକୁ ବୁଝେଇ ପାରିବେ ନାହିଁ । କହୁନାହାନ୍ତି ଆଜ୍ଞା – ସ୍ତ୍ରୀ, ଛୁଆପିଲା, କାନପୁର ମାଟି ଛାଡ଼ି ମୁଁ ଯିବି କୁଆଡ଼େ ? ହଁ ଆଜ୍ଞା ଯାଜପୁର, କେନ୍ଦ୍ରାପଡ଼ା, କଟକ ଯାଇଛି । ମନେ ମନେ ଅଣ୍ଡାଳିଛି । ସେଠି କି ଧନ୍ଦା ଚାଲିଛି ? ଏଠି କରି ପେଟ ପୋଷିବି । ମୋ ମନ ଆଜ୍ଞା ଟିକେ କଳା ଲାଇନ୍‌ରେ । ପିଲାଦିନେ ସମୁଦ୍ର ବାଲିକୁ ଠୁଳେଇ ମୁଁ ମୂର୍ତ୍ତି ସବୁ କରେ । ସେଠି ସବୁ ବଡ଼ ବଡ଼ ମୂର୍ତ୍ତି କାରିଗରଙ୍କ କାମ ମୁଁ ଲକ୍ଷ୍ୟ କରିଛି । ହାଉଲେ ହାଉଲେ ଏଠି ବିନା ଗୁରୁରେ ମାଟିରେ ମୂର୍ତ୍ତି ତିଆରି କରିବା ଶିଖିଗଲି । ଆଜ୍ଞା ! ଏଠି ସରସ୍ୱତୀ ପୂଜାବେଳେ ସରସ୍ୱତୀ ମୂର୍ତ୍ତି, ଭାଲୁକୁଣୀ ବେଳେ, ଗଣେଶ ପୂଜାବେଳେ ମୂର୍ତ୍ତି ସବୁ ବନାଏ । ଏଠି ତ ଦେଖୁଛନ୍ତି ଦି'ଟା ଗାଁ । ଯାହା ମୂର୍ତ୍ତି ବିକ୍ରି ହେଉଥିବ ଅନୁମାନ କରନ୍ତୁ । ସହଜେ ଏମାନେ ଗାଁ ଲୋକେ । ସବୁ ଚିହ୍ନାପରିଚ । ବନ୍ଧୁବାନ୍ଧବ । ଯାହା ରଙ୍ଗ ଖର୍ଚ୍ଚ ରେଟ୍ ଉଠିଗଲେ ମୂର୍ତ୍ତି ମୁଁ ବିକ୍ରି କରିଦିଏ । ମୂଳଚାଲ କରେନା କି ମୂର୍ତ୍ତି ବେପାର ମଧ୍ୟ କରିପାରେନା । କହୁନାହାନ୍ତି ଆଜ୍ଞା ଏ ସିଜିନାରୀ ମୂର୍ତ୍ତି ବିକାରେ କ'ଣ ପେଟ ପୋଷିହେବ ? କ'ଣ ଆଜ୍ଞା ବୁଝୁଛନ୍ତି ତ ! ଦେଖନ୍ତୁ ଆଜ୍ଞା ଆପଣଙ୍କ ଭଳି ବେଳେବେଳେ ଖବରକାଗଜବାଲା ବାବୁମାନେ କ୍ୟାମେରା ଝୁଲେଇ ଏଠିକି ଆସୁଛନ୍ତି । ଖବରକାଗଜରେ କୁଆଡ଼େ ସାତଭାୟା ଉପରେ ଖବର ଛପାଉଛନ୍ତି । ଫଟୋ

ବାହାର କରୁଛନ୍ତି। ହେଲେ ଆଜ୍ଞା ! ସାତଭାୟାର କ'ଣ ଦୁଃଖ ଯାଉଛି ? ଶୁଣିବେ ଆଜ୍ଞା ! ଥରେ ଚାରି ପାଞ୍ଚଟା ଟୋକା। ଗୋଟେ ଝିଅ ବଡ଼ ବଡ଼ କ୍ୟାମେରା, ଲାଇଟ୍ ଯନ୍ତ୍ରପାତି ମେଞ୍ଚେ ଧରି ଲଞ୍ଚରେ ଆସି ଏଠି ପହଞ୍ଚିଲେ। କ'ଣ ନା ସାତଭାୟାରେ ଫିଲ୍ମ୍ ସୁଟିଂ ହେବ। ଚାରିଆଡ଼େ ଆଜ୍ଞା ଏଠି ହାଲ୍ଲୋଳ ପଡ଼ିଗଲା । ଆଜ୍ଞା ! ବୁଝିଲାବେଳକୁ ସେମାନେ ଟି.ଭି.ବାଲା। ଏଇ ଯେଉଁ ସମୁଦ୍ର ବାଲିରେ ଠିଆ ହୋଇଥିବା ଘର ଢ଼ିହ ଦେଖିଲେ। ଏଇ ଘରଟା ତ ଆଗେ ସମୁଦ୍ରରେ ଯିବ - ସେ ଘରଟାର ଫଟୋ ନେଲେ। ସେ ଘର ଲୋକଙ୍କ ଫଟୋ ନେଲେ । ତାଙ୍କୁ କ'ଣ ସବୁ ପଚାରିଲେ। ପଞ୍ଚୁବରାହୀ ମନ୍ଦିର ଫଟୋ ନେଲେ। କାନପୁର, ସାତଭାୟା ଗାଁର ବଛା ବଛା ଲୋକଙ୍କ ଫଟୋ ନେଲେ, କଥା ନେଲେ। ମୋ'ଠୁ ମଧ୍ୟ କଥା ନେଇ ମୋ ଫଟୋ ଉଠେଇ ନେଲେ। ହେଲେ ଆଜ୍ଞା ! ଆମ ଗାଁରେ ଦେଖିଲେ କାହା ଘରେ ଟି.ଭି.ନାହିଁ। ଆମେ କେହି କ'ଣ ସେ ଟି.ଭି. ପ୍ରୋଗ୍ରାମ କେବେ ଦେଖି ପାରିବୁ ? ଛାଡ଼ନ୍ତୁ ଆଜ୍ଞା ! ଏ ସାତଭାୟା ଲୋକଙ୍କ କପାଳକୁ ଦେଖନ୍ତୁ। ଶଳେ ଏତେ ସରି ହେଲେଣି - ହେଲେ କଂଗ୍ରେସ ଜନତା ରାଜନୀତିକୁ ନେଇ ମାତିଛନ୍ତି। ଆଜ୍ଞା ! ନେତା ରହିବେ ରାଜନଗରରେ । ଏଠିକା କୁଜିନେତା ନିତି ସାଇକେଲରେ ଓକିଲପଡ଼ା ଯାଇ, ସେଠୁ ଟ୍ରେକରରେ ରାଜନଗର ନେତାଙ୍କ ପାଖରେ ପହଞ୍ଚିବେ। ସେଠୁ ରାଜନୀତି ଇଲମ୍ ଆଣିବେ। ଏଠି କଂଗ୍ରେସ ଜନତା ବିଭେଦ କରିବେ। ଦେଖୁନାହାନ୍ତି ଆଜ୍ଞା ! ଏ ଲୋକେ କେତେ ବୋକା ! ନେତା - ନେତା ଜାଗାରେ। ସେଠି ତାଙ୍କର କଂଗ୍ରେସ ଜନତା ଭାଇ ଭାଇ। ରାଧେ ରାଧେ ତୋ'ରି ଅଧେକୁ, ମୋରି ଅଧେ। ହେଲେ ଏଠି ଏହି ରାଜନୀତି ଛକାପନ୍‌ଜା ପାଇଁ କାନପୁର ସାତଭାୟା ଗାଁରେ ଅହିନକୁଳ ସଂପର୍କ। ଏଠି ଆଜ୍ଞା ଘରେ ଘରେ କଂଗ୍ରେସ ଜନତା ରାଜନୀତି । ଆଜ୍ଞା ! ବେଳେବେଳେ ଏମିତି ହେଉଛି ଗୋଟିଏ ଘରେ ଦି'ଭାଇ ଭିତରେ ବାଡ଼ିଆପିଟା ତେରିମେରି ହୋଇଯାଉଛି। ହବ ନାହିଁ ଆଜ୍ଞା ! ବଡ଼ ଭାଇ ଯଦି କଂଗ୍ରେସ ହେଲାଣି, ସାନ ଭାଇ କହିଲାଣି ମୁଁ ଜନତା । ମୋର ଆଜ୍ଞା କହିବାର କଥା ପାଞ୍ଚ ପାଞ୍ଚଟା ଗାଁକୁ ସମୁଦ୍ର ଗିଳିଲାଣି। ଏମାନେ କଂଗ୍ରେସ ଜନତା ହୋଇ ମରୁଛନ୍ତି ! ଏ ଦି'ଟା ଗାଁରେ ଆଜ୍ଞା ଏମାନେ ଉନ୍ନତି କରୁଛନ୍ତି ନା ଗାଁ ଛାଡ଼ି କୁଆଡ଼େ ପଳାଉଛନ୍ତି। ଏଠି କ'ଣ ହେଂଗୁ ଅଛି - ପଡ଼ିଛ - ଏ ଶଳେ ବୁଝୁ ନାହାନ୍ତି, ମୁଁ ବି ଶଳା ଯେତେ ଫନ୍ଦି ଫିକର କରୁଛି ହେଲେ ଏଠୁ ଛାଡ଼ି ଆଉ କୁଆଡ଼େ ଯାଇପାରୁନି। ଦେଖନ୍ତୁ ଆଜ୍ଞା ! ମୋ ଅବସ୍ଥା ମୋତେ ନାକେଦମ କଲାଣି - ନା ଏ ମାଟି ଛାଡ଼ି ମୁଁ ଯାଇପାରୁଛି ନା ଏ ସମୁଦ୍ର କୂଳରେ ମୁଁ ଭଲ ଭାବରେ ପେଟ ପୋଷି ପାରୁଛି।

ସମୁଦ୍ରକୁ ମୁହଁ କରି ଟୁରିଷ୍ଟର ପାଖେ ପାଖେ ବସି ଏମିତି ଭାବେ ସାତଭାୟା

ଅଞ୍ଚଳର କାନପୁରିଆ ଗାଁଲୋକଟି ଅନର୍ଗଳ ଗପି ଚାଲିଥାଏ । ତା'ର ଯେପରି ଅସରନ୍ତି କଥା। ଗପ ସରୁ ନଥାଏ। ଟୁରିଷ୍ଟଟି ସେ ଗାଁ ଲୋକଟିର ବ୍ୟକ୍ତିଗତ ଦୁଃଖକୁ ଏ କାନରେ ପୂରେଇ ସେ କାନରେ ବାହାର କରି ଦେଉଥିଲା। ସମୁଦ୍ର କୂଳରେ ଟୁରିଷ୍ଟ ହୋଇ ଆସିଥିବା ଲୋକଟି ହାବୁଡ଼ରେ ଯଦି ଗରିବ ଲୋକଟିଏ ପଡ଼େ ଏହା ହିଁ ହୁଏ – ଟୁରିଷ୍ଟଟି କେବଳ ବୋର୍ ହେଉଥିଲା। ତଥାପି ଲୋକଟି ତା'ର ଗପ ଚାଲୁ ରଖିଥିଲା। ଟୁରିଷ୍ଟ ମନେ ମନେ ବିରକ୍ତ ହୋଇ ସାରିଥିଲା। ତା'ର ଉପଭୋଗର ନିଶା, ବ୍ୟକ୍ତିଗତ ଭାବେ ସମୁଦ୍ର କୂଳେ ଏକୁଟିଆ କଟାଇବାର ଯୋଜନା, ପାଣି ପରି ପଇସା ଖର୍ଚ୍ଚ କରି ସାତଭାୟାରେ ପହଞ୍ଚିବାର ଉଦ୍ଦେଶ୍ୟ ନଷ୍ଟ ହେଉଥିଲା। ସେ ପାଇଁ ଶେଷରେ ସେ କାନପୁରିଆ ଗାଁ ଲୋକଟିକୁ ଟୁରିଷ୍ଟ ନିଜ ପାଖରୁ ହଟାଇବା ପାଇଁ ମନେ ମନେ ଉପାୟଟିଏ ଖୋଜୁଥିଲା । ସେ ଉପାୟଟିଏ ପାଇଗଲା। ସେହି ପ୍ରଗଳ୍ଭ କାନପୁରିଆ ଗରିବ ଲୋକଟିକୁ ଭିକାରୀ ସଜେଇ ସାତଭାୟାର ସମୁଦ୍ର ଛାଡ଼ି ଆସିବା ପୂର୍ବରୁ ତା' ହାତରେ ଟୁରିଷ୍ଟ ଗେଞ୍ଜି ଦେଲା ଗୋଟେ ପାଞ୍ଚ ଟଙ୍କିଆ ନୋଟ୍ ଓ କହିଲା – "ରଖି ଥାଅ ଖର୍ଚ୍ଚ କରିବ।"

ଦରିଆ ବୁଝିଗଲାଣି

ଦରିଆ ବୁଝିଗଲାଣି – ଆଉ ଆମ ସାତଭାୟା ଲୋକଙ୍କୁ ଗ୍ରାସ କରିବ ନାହିଁ । ପ୍ରଥମେ ପ୍ରଥମେ ଡରାଉଥିଲା। ଆଉ ଏବେ ଡରାଉ ନାହିଁ।

ଦରିଆ ଦେଖୁଛି – ଯଦି ମାଡ଼ି ଆସେ, ତେବେ ସମସ୍ତେ ଆମେ ମରିଯିବୁ । ବଞ୍ଚିବା ପାଇଁ ମାଟି ମୁଠେ ରହିବ ନାହିଁ। ସାତଭାୟା ଗାଁର ନାଁ ଲୁଚିଯିବ। ସାତଟା ଗାଁରୁ ପାଞ୍ଚଟା ଗାଁ ଉଠିଗଲାଣି। ଦରିଆ ତା' ଧର୍ମରକ୍ଷା କରି କାନପୁର ସାତଭାୟା ଗାଁ ଦୁଇଟିକୁ ରଖିଛି।

ସାତଭାୟା ଉପରେ ଯାହା ଆଗରୁ ଝଡ଼ବତାସ, ଲୁଣାପାଣି ମାଡ଼ ଲାଗି ରହିଥିଲା । ହେଲେ ଏକସ୍ତୋରି ମସିହା ବାତ୍ୟାରେ ଏକା ଏକା ସାତଭାୟାର ଗୋବିନ୍ଦପୁର ମୌଜାରୁ ସାତଶହ ବାସ୍ତୋରି ଲୋକ ମଲେ। ଗୋଟିଏ ଗୋଟିଏ ପରିବାରରୁ ଜଣେ ଦି'ଜଣ ବଞ୍ଚିଲେ । ହେଲେ ସେମାନେ ସାତଭାୟା ଏରିୟା ଛାଡ଼ି ପଳେଇଲେ। ଓକିଲପାଳରେ ଘର କରି ରହିଲେ।

ଦରିଆ ଯେଉଁ ଗାଁକୁ ଖାଇଛି, ସେମାନେ ଦରିଆକୁ ଡରି ପ୍ରକୃତ ଭିଟାମାଟି ଛାଡ଼ି ଜମି ଲେବୁଲରେ ଘର କରିଥିଲେ। ଉପୁାତିଆ ହୋଇଥିଲେ। ଫୁଟାଣି ମାରି କହିଲେ –"ଏଥର ଆମର ଦରିଆ କିଛି କରିପାରିବନି।" ଦରିଆ ସବୁ ସହିବ, ହେଲେ ମଣିଷର ଗର୍ବ ସହିବ ନାହିଁ। ଏକାଅଶୀ ମସିହାରେ ଯେଉଁ ବାତ୍ୟା ହେଲା, ସେହି ଭିଟାମାଟି ଛାଡ଼ି ଘର କରିଥିବା ଲୋକଙ୍କୁ ଅଧେ ଦରିଆ ଖାଇଲା। ଅଧେ ପ୍ରାଣ ବିକଳରେ କିଏ କୁଆଡ଼େ ପଳେଇଲେ।

ଆମେ ସାତଭାୟା, କାନପୁର – ଦି'ଟା ଗାଁ ଲୋକେ ତାହା କରିନୁ। ଦରିଆ ଯେତେ ଖାଇ ଆସୁଛି, ଆମେ ଉପର କୁଦରୁ ତଳ କୁଦକୁ ଆସି ଘର କରୁଛୁ। ଭିଟାମାଟି ଛାଡ଼ି ଜମି ଉପରେ ଘର କରୁନୁ – ତାହା ଭାତହାଣ୍ଡି ଉପରେ ଘର କଲା ଭଳି ହେବ।

ଆମେ ଆମ ଧର୍ମ ରକ୍ଷା କରିଛୁ। ଦରିଆ ତା' ଧର୍ମ ରକ୍ଷା କରିବ।

ଆମର ଏବେ ଖାଲି ଧର୍ମ ଉପରେ ବିଶ୍ୱାସ। ଧର୍ମ ଥିଲା ବୋଲି ପଞ୍ଚାନବେ ମସିହାରେ – ଦୁଇ ଶହ ଷାଠିଏ କିଲୋମିଟର ବେଗରେ ପବନ ବୋହିବ ବୋଲି ଘୋଷଣା ହେଲା। ନ'ନମ୍ବର ସଂକେତ ଦିଆଗଲା ଯେ, ଦରିଆ ଉପରେ ତିନିମିଟର ଉଚ୍ଚରେ ଜୁଆର ମାଡ଼ି ଆସିବ। ଡିକ୍ଲାର୍ ହେଲା – ଯିଏ ଯେଉଁଠି ଅଛ, ଖୁବ୍ ଶୀଘ୍ର ଉଚ୍ଚ ଜାଗାକୁ ପଳାଅ। ଆଉ କେଉଁ ଉଚ୍ଚ ଜାଗା ଏଠି ପାଖରେ ଅଛି ଯେ, ଯିବୁ ? ଜଙ୍ଗଲକୁ ଗଲେ ବି ତିନିମିଟର ଉଚ୍ଚ ଜୁଆର ଆମକୁ ବୁଡ଼େଇ ଦେବ। ନିରୁପାୟ ହୋଇ ଧର୍ମକୁ ଡାକି ରହିଲୁ । ଜୁଆର ପଶିଲା। ପଞ୍ଚୁବରାହୀ ମନ୍ଦିର ଦକ୍ଷିଣପଟୁ ଜୁଆର ପାଣି ମାଡ଼ି ଆସିଲା ।

କାନପୁର ସାତଭାୟା ଗାଁ ଦାଣ୍ଡରେ ପାଣି ଚାଲିଲା। କାଁ ଭାଁ ଖାଲରେ ଥିବା କେଇଟା ଘର ଭାଙ୍ଗିଲା। ଆଶ୍ଚର୍ଯ୍ୟଜନକ ଭାବେ ଲଘୁଚାପ ବଙ୍ଗଳାଦେଶ ଆଡ଼େ ଚାଲିଗଲା ।

ଦରିଆକୁ ଆମେ ଭଲ ଭାବରେ ଚିହ୍ନିଗଲୁଣି। ତା' ନାଡ଼ି ପରୀକ୍ଷା କରି ସାରିଲୁଣି । ଆମର ଅନୁମାନ ହେଉଛି ପଞ୍ଚାନବେ ପରେ ପୁଣି ଥରେ ଦୁଇ ହଜାର ମସିହା ବେଳକୁ ପୁଣି ଗୋଟେ ବଡ଼ ଧରଣର ବାତ୍ୟା ହେବ, ଆମେ ଏବେଠୁ ଜାଣି ଗଲୁଣି – ସେ ବାତ୍ୟା, ଜୁଆର ମାଡ଼ରୁ ଆମେ ରକ୍ଷା ପାଇଯିବୁ। ହେଲେ କିଛି ନା କିଛି ଗୋଟେ କ୍ଷତି ନିହାତି ହେବ। ଆମେ ଜାଣୁ – ସାତଭାୟା ଦରିଆ କୂଳରେ ଆମର ଜୀବନ ସଂରକ୍ଷିତ ନୁହେଁ। ଜୀବିକା ନଷ୍ଟ ହୋଇ ଚାଲିଛି। ବର୍ଷେ ଲୁଣାପାଣି ଚଢ଼ିଲେ ତିନି ବର୍ଷ ପାଇଁ ଫସଲ ନଷ୍ଟ ହେଉଛି। ଏଠି ଆମ ଗାଁ ପିଲାମାନେ ଗାଁରେ ନାହାନ୍ତି।

କେବଳ ବୁଢ଼ାବୁଢ଼ୀ, ଛୋଟପିଲା, ଝିଅବୋହୂ ଅଛନ୍ତି। ପରିଶ୍ରମୀ ଯିଏ ସେ ପେଟପାଟଣାରେ କେନ୍ଦ୍ରାପଡ଼ା, ଭୁବନେଶ୍ୱର, ଗୁଜୁରାଟ, ଉତ୍ତରପ୍ରଦେଶ କି ଦିଲ୍ଲୀରେ। କେବଳ ପର୍ବପର୍ବାଣୀ, ଦାୟଦରକାର ବେଳେ ବର୍ଷକରେ ଥରେ ଅଧେ ଆସୁଛନ୍ତି। ସାତ ଆଠ ଦିନ ରହି ଖସି ଯାଉଛନ୍ତି। ଗାଁରେ ଟୋକା ନାହାନ୍ତି। ଆଉ କ'ଣ ସାତଭାୟା ଗାଁ ଅବସ୍ଥାରେ ଅଛି ? ଆମେ ଯେତକ ଏଠି ଅଛୁ ଆମେ ତ ଆତ୍ମରକ୍ଷା କରିପାରୁନୁ – ପିଲାଙ୍କ କଥା ଚିନ୍ତା କରିବୁ କ'ଣ ?

ସାତଭାୟାର ପିଲା ପାଠଶାଠ ପଢ଼ି ଯଦି ସହରରେ ଚାକିରୀ କଲା, ସେ ମଧ୍ୟ ନିଜ ଗାଁ ପାଇଁ କିଛି କରିପାରୁନି। ଆମ ଗାଁ ପୁଅ ଓଭରସିଓର୍ ହେଲା, ପୁଣି ଇଲେକ୍ଟ୍ରି ଡିପାର୍ଟମେଣ୍ଟ୍‌ରେ । ଅଠଷ୍ଠୋରି ମସିହାରେ କହିଲା – ''ଏ ପଞ୍ଚାୟତ ଇଲେକ୍ଟ୍ରିଫାଏଡ୍ ହେବ।'' ପ୍ଲାନ୍ ହେଲା କେତେ ଖୁଣ୍ଟ ପଡ଼ିବ। କେଉଁ ବାଟ ଦେଇ

ଲାଇନ୍ ଟଣା ହୋଇ ଆସିବ। ସବୁ କାଗଜପତ୍ର ରେଡ଼ି ହେଲା। ଆମେ ସାତଭାୟା ଲୋକ ଗାଁ ପୁଅ ଓଭରସିଓର କଥାରେ ଭାସିଯାଇ ସ୍ୱପ୍ନ ଦେଖିଲୁ – ଯଦି ଗାଁକୁ ଇଲେକ୍ଟ୍ରି ଆସିବ, ତେବେ ପଞ୍ଚୁବରାହୀ ମନ୍ଦିରରେ ଫାଷ୍ଟ୍ ବଲବ୍ ଜଳିବ । ସେ ଗାଁ ପୁଅ ଏବେ ଓଭରସିଓରରୁ ଏସ୍. ଡ଼ି. ଓ.ରୁ ଆହୁରି ଅଧିକ ଉପରକୁ ଉଠିଲାଣି । ଆମେ ଯେଉଁ ଅନ୍ଧାରରେ ସେହି ଅନ୍ଧାରରେ। ଅଠସ୍ତୋରି ମସିହାର ସ୍ୱପ୍ନ – ମନ୍ଦିରରେ ଫାଷ୍ଟ୍ ବଲ୍‌ବ ଜଳିବ, ତାହା ତ ହେଲା ନାହିଁ। ଏବେ ଆମ ଗାଁ ପିଲାମାନେ ଚେଷ୍ଟାକରି ସୋଲାର୍ ଆଲୁଅ ମନ୍ଦିରରେ ବସାଇଛନ୍ତି। କେବଳ ମନ୍ଦିରରେ ଲାଇଟ ଜଳାଉଛୁ। ଦରିଆ ଉପରୁ ସକାଳର ସୂର୍ଯ୍ୟ ଉଇଁଲେ ଦିନମାନ ଖରାରୁ ଯେତେ ତାକତ୍ ଆସିବ, ରାତିଟେ ମନ୍ଦିରରେ ସୋଲାର ଲାଇଟଟେ ଜଳିବାକୁ ଯଥେଷ୍ଟ। ଆଉ ଏ ଗାଁରେ କେବେ ଇଲେକ୍ଟ୍ରିଫାଏଡ଼ ହେବ, ବଲବ ଜଳିବ, ସେପାଇଁ ଭରସା ନାହିଁ।

ସାତଭାୟାକୁ ବିଭିନ୍ନ ସମୟରେ ବିଭିନ୍ନ ନେତା, ସର୍କାରୀ କର୍ମଚାରୀ ଆସିଛନ୍ତି । ଓଡ଼ିଶାର ମୁଖ୍ୟମନ୍ତ୍ରୀ, ରାଜସ୍ୱମନ୍ତ୍ରୀ, ଜଙ୍ଗଲ ମନ୍ତ୍ରୀ, ପୂର୍ତ୍ତବିଭାଗ ମନ୍ତ୍ରୀ – ଓଡ଼ିଶା ଗଭର୍ଣ୍ଣମେଣ୍ଟ କହିଲେ ଏଠିକି ଆସିଛି। ଦରିଆ କେମିତି ବର୍ଷକୁ ବର୍ଷ ଆମ ଗାଁକୁ ଖାଇଯାଉଛି, ବାତ୍ୟା ମଡ଼କର ବିପଦ ଭିତରେ କିପରି ଏ ଦୁଇଟି ଗାଁ ରହିଛି ଦେଖିଛନ୍ତି। ସମସ୍ତେ ଗୋଟିଏ କଥା କହିଛନ୍ତି – ତୁମକୁ ଥଇଥାନ ପାଇଁ ଜଙ୍ଗଲରେ ଜାଗା ଦିଆଯିବ। ଏ ଜାଗା ଛାଡ଼। ନିରାପଦ ଜାଗାରେ ଗାଁ ବସାଅ। ସବୁ ସର୍କାରୀ ସାହାଯ୍ୟ ସହଯୋଗ ଦିଆଯିବ।

ସାତଭାୟା ବୁଢ଼ା ବୁଢ଼ା, ମୁରବୀମାନେ କଥା ଟାଳନ୍ତି – ଆମେ ସାତଭାୟା ଛାଡ଼ି, ଆମ ଭିଟାମାଟି ଛାଡ଼ି କୁଆଡ଼େ ଯିବୁନୁ। ଦରିଆର ଭିତରେ ମାଇଲ କି ଦି'ମାଇଲ ଦୂରରେ ରହିଲାଣି ଆମ ମୂଳ ଜନ୍ମ ଥାନ। ଆମେ ୟା' ଭିତରେ ଚାରି ଚାରି ଜାଗାରେ ଘର କରି ଏଠି ଆସି ରହିଛୁ। କେତେ ବାତ୍ୟା ଗଲାଣି। ଆମେ ଅଛୁ। ଆମର ଆଉ କେତେ ଦିନ କାଳ ? ଏଇ ମାଟିରେ ମିଶିବୁ। ଦରିଆ ଆମ ସହିତ ବେଇମାନୀ କରୁଥାଉ । ଆମେ ତା' ସହ ବେଇମାନୀ କରିବୁ ନାହିଁ।

ସାତଭାୟାର ଦରବୁଢ଼ା ଓ ଟୋକାଟାକଳିଆମାନେ କହିଲେ – ଦଳେ ରହିବେ ଏଠି । ଦଳେ ଏଠୁ ଉଠିଯିବେ। ଏ କେମିତି କଥା ? ଭିଟାମାଟି ଛାଡ଼ି ସମସ୍ତେ ଯଦି ଉଠିଯିବା, ଉଠିଯିବା। ନଚେତ୍ ସମସ୍ତେ ଏଇଠି ପଡ଼ି ରହିବା। କେତେବେଳେ ଦରିଆ ଦ୍ୱାରା ସମୂଳେ ନାଶ ହେବା। ମରିବା।

ଦରିଆ କୂଳରେ କାନପୁର, ସାତଭାୟା ଗାଁ ଲୋକଙ୍କର ଗୋଟେ ହୋଲସେଲ ମିଟିଂ ହେଲା। ଦରିଆ ସବୁ ଶୁଣୁଥାଏ – ଆମର ତେରି ମେରି। ଆମ ବୁଢ଼ାମାନଙ୍କ

ନଯିବା ପାଇଁ କୁଂଥୁ କୁଂଥୁ, ଅନ୍ୟ ଲୋକମାନଙ୍କର ହଁ ଯିବା ହଁ ଯିବାର ହକର୍ ହକର୍ କଥା। ଶେଷରେ ସ୍ଥିର ହେଲା – ଯିବା। ସାତଭାୟା ଛାଡ଼ିବା। ଏ ମାଟିର ମୋହ ଛାଡ଼ିବା । ଦରିଆକୂଳ ଛାଡ଼ି ସବୁଦିନ ପାଇଁ ପଳେଇବା।

ଅଣାନବେ ମସିହାରେ ଓଡ଼ିଶାରେ ଜାନକୀ ପଟ୍ଟନାୟକଙ୍କ ମିନିଷ୍ଟ୍ରି ଥାଏ। ଆମର ଏଠିକା କଂଗ୍ରେସ ନେତା ରାଜଧାନୀ ଦୌଡ଼ାଦୌଡ଼ି କରୁଥାନ୍ତି। ସେତେବେଳେ ଅଫ୍ ସିଜିନ୍ । ଜୁଲାଇ–ଅଗଷ୍ଟ ମାସ। ସେପ୍‌ଟେମ୍ବର ମାସରେ ତହସିଲଦାରଙ୍କୁ କୁହାଗଲା – ''ସାତଭାୟା ଯାଅ। ପରିବାର ଲିଷ୍ଟ କର।'' ଯେଉଁଦିନ ସାତଭାୟାରେ ସର୍କାରୀ କ୍ୟାଂପ୍ ପଡ଼ିଲା। ଦରିଆ କୂଳ ଛାଡ଼ି ଜଙ୍ଗଲକୁ ଉଠିଯିବାକୁ ଏକପ୍ରକାର ପକ୍କା ହୋଇଗଲା । ବୁଢ଼ାବୁଢ଼ୀମାନେ ଗାଁର ବଡ଼ ବଡ଼ ପୁରୁଣା ନଡ଼ିଆ ଗଛକୁ ଚାହିଁ ହାଏ ହାଏ କଲେ। ଦରବୁଢ଼ା ଟୋକାଙ୍କ ଉତ୍ତେଜନା ଦେଖେ କିଏ – ପଳେଇଯିବା, ପଳେଇଯିବା ହାହ୍ଲୋଳ ତ ଆମ ଗାଁରେ ଖେଳିଗଲା, ଆଉ ଦରିଆକୁ ଅନାଏ କିଏ ?

ଦରିଆ ଯେଉଁ ସାତଟା ଗାଁକୁ ଖାଇ ଦି'ଟା ଗାଁ ରଖିଲା। ଯେଉଁ ହଜାର ହଜାର ପରିବାରରୁ ଦୁଇ ଶହ ଅଢ଼େଇଶ ପରିବାର ରହିଲା, ରହିଲା। ଶେଷରେ ଭୋଟର୍ ଲିଷ୍ଟ୍‌ରେ ଦୁଇଟି ଗାଁର ଦୁଇ ଶହ ସତାବନ ରହିଲା। ସର୍କାରୀ କ୍ୟାଂପ୍ ଯେତେବେଳେ ଏଠି ପଡ଼ିଲା – କିଏ କେତେ ତା' ପରିବାରକୁ ଭାଙ୍ଗି ଭୁଙ୍ଗି ତା' ଗୋଟେ ପରିବାରକୁ ଦି'ଟା କରି ଲିଷ୍ଟରେ ଚଢ଼ାଇବ ସେହି ଖୋସାମତିରେ ଲାଗିଲେ। ଦରିଆକୂଳ, ହେନ୍ତାଳବଣ, ବିଲବାଡ଼ି, ଗାଁ ଦାଣ୍ଡ–ଏମିତି ପ୍ରଶସ୍ତ ଜାଗାରେ ଆମେ ଚଳି ଆସିଛୁ। ପ୍ରତ୍ୟେକ ପରିବାରକୁ ତ ମାତ୍ର କୋଡ଼ିଏ ଡିସ୍‌ମିଲ୍ ଜାଗା ଦିଆଯିବ। ସେତିକିରେ ଘରଦ୍ୱାର, ବସାଉଠା। ଆଉ କଡ଼ିଏ ଜାଗା ବି ମିଳିବନି। ବଡ଼ ବଡ଼ ପରିବାର ସେତିକି ଜାଗାରେ ଚଳିବୁ କିପରି ? ସେପାଇଁ ସର୍କାରୀ ଲୋକ ଆମ କୁହାବୋଲା ଦେଖି ଭୋଟର୍ ଲିଷ୍ଟର ଦୁଇ ଶହ ସତାବନ ପରିବାରକୁ ତାଙ୍କ ଥଇଥାନ ଲିଷ୍ଟରେ ଚାରି ଶହ ପରିବାର ଲିଷ୍ଟ କରିଦେଲେ । ସେପ୍‌ଟେମ୍ବରରୁ ଅକ୍ଟୋବର ମାସ ପନ୍ଦର ତାରିଖ ଯାଏ ଗାଁରେ ସର୍କାରୀ କ୍ୟାମ୍ପ୍ ପଡ଼ିଲା। କାଳେ ଅଧିକ ଟିକେ ସୁବିଧା ମିଳିବ, କେତେକ ଗାଁ ଲୋକ ଜଙ୍ଗଲରୁ ହରିଣ, କୁତ୍ରା ମାରି କ୍ୟାଂପ୍‌ରେ ପହଞ୍ଚାଇଲେ। ସେମାନେ ବୁଝାଇଲେ –''ଦେଖ ! ଉତ୍ତର ବଗପାଟିଆ ଅଞ୍ଚଳରେ ଯେଉଁ ଜଙ୍ଗଲ ଅଛି, ସେଠୁ ଚବିଶ ଶହ ଏକର ଜାଗା ଦିଆଯିବ। ତୁମେମାନେ ଯେଉଁ ଥାନରେ ରହିବ – ସେଟା ଗୋଟେ କଲୋନୀ ଭଳି ହେବ। ସହରରେ କଲୋନୀରେ ଯେପରି ସବୁ ସୁବିଧା ଥାଏ, ସେମିତି ରାସ୍ତାଘାଟ, ଆଲୁଅ ପାଣି ଯୋଗାଇ ଦିଆଯିବ। ଚାଷ କରିବାକୁ ପ୍ରତ୍ୟେକ ପରିବାରକୁ ଜମି ଦି ଦି ଏକର ମିଳିବ।''

ବୁଢ଼ାମାନେ ତଥାପି ଅଧିକ ଆଶା କରି ପଚାରିଲେ –''ଆଚ୍ଛା ! ଆମକୁ କ'ଣ ଏଠିକା ଚଳିଲା ଭଳି ଜାଗା ସର୍କାର ଦେବେ ? ଆମ ଗାଈ ଗୋରୁ ଚରିବା ପାଇଁ ଗୋଚର । ପିଲାମାନେ ଖେଳିବାପାଇଁ ପଡ଼ିଆ। ମନ୍ଦିର ମଉଛବ କରିବା ପାଇଁ ଜାଗା ?''

ସେମାନେ କେବଳ କହୁଥାନ୍ତି ''ଏ ଜାଗା ଛାଡ଼। ସେ ଜାଗାରେ ଏହାଠୁ ଅଧିକ ପାଇବ।''

ଦରିଆ କୂଳେ ଆମ ସାତଭାୟା ଗାଁ ଯେଉଁଠି ଥିଲା ସେଇଠି, ହେଲେ ରାଜନୀତିରେ ଘଡ଼ିକେ ଘୋଡ଼ା ଛୁଟିଲା, ଅକ୍ଟୋବର ପନ୍ଦର ତାରିଖ ପରେ ଗାଁରୁ କ୍ୟାଂପ୍ ଉଠିଗଲା। ନଭେମ୍ବର ମାସରେ ଓଡ଼ିଶାରେ ଇଲେକ୍‌ସନ ଡିକ୍ଲାର୍ ହେଲା। ଜାନକୀ ପଟ୍ଟନାୟକ ସର୍କାର ଗଲା, ବିଜୁପଟ୍ଟନାୟକ ସର୍କାର ଆସିଲା।

ସାତଭାୟା ଛାଡ଼ିବାର ସବୁ ପ୍ଲାନ୍, ଫନ୍ଦିଫିକର, ଉତ୍ତେଜନା ଥମ୍ ହୋଇଗଲା । ଶୁଣାଗଲା ସାତଭାୟାର ଥଇଥାନ ପାଇଁ ଉତ୍ତର ବଗପାଟିଆ ଅଞ୍ଚଳରେ ଯେଉଁ ଜଙ୍ଗଲ କଟାଯାଇଥିଲା ବିଭିନ୍ନ ସମୟରେ ଜନତାବାଲା ତାଙ୍କ ଲୋକଙ୍କୁ, ରିଫ୍ୟୁଜିମାନଙ୍କଠୁ ଭୋଟ ପାଇବାକୁ ପ୍ରଜାଲଗାଣ କରିଛନ୍ତି। ତାଙ୍କ ଦେଖାଦେଖି କଂଗ୍ରେସ ଲୋକ ଦଳୀୟ ଲୋକଙ୍କ ନାଁରେ ବି ସେହି ଜମି ଲଗାଣ କରିଦେଇଛି। ଆଉ ଷୋଳଶହ ଏକର ଜମି ସେଠାକାର ସ୍ଥାନୀୟ ଲୋକ ଜବରଦସ୍ତ ଦଖଲ କରି ନେଲେଣି। କଂଗ୍ରେସ ବେଳରେ ଆମ ଥଇଥାନ ପାଇଁ ଯେତକ ଫାଇଲପତ୍ର ଗାଏବ୍ ।

ଆମମାନଙ୍କ ମନ ଦୁଃଖ ହୋଇଗଲା। କିଛିଦିନ କାମଦାମରେ ମନ ଲାଗିଲା ନାହିଁ। ସବୁ ଗୋଳମାଳିଆ ଲାଗିଲା। ହେଲେ ବୁଢ଼ାମାନେ ସବୁ ସାନ୍ତ୍ୱନା ଦେଲେ – ''ଆମେ ଏ ସାତଭାୟା ଛାଡ଼ି ଆଉ କୁଆଡ଼େ ଯିବାନି। ଆରେ ! ଏଠି ନାହିଁ କ'ଣ ? ବାସୁମତି ଚାଉଳର ଧାନ, ଦରିଆ ପାଣିରେ ଲୁଣ, ଶଗଡ଼ିଗଡ଼ି ନଈନାଳର ମାଛ, କଙ୍କଡ଼ା । ସୁନେଇ ରୂପେଇ ଜଙ୍ଗଲ ଅଛି ତ ଆମର ସବୁ ଅଛି।''

ଗାଁ, ମାଟି ଓ ମଣିଷକୁ ନେଇ ରାଜନୀତି କରୁଥିବା ନେତା କ'ଣ ଆମ ସାତଭାୟା ପିଛା ଛାଡ଼ନ୍ତି ? ଜନତା ନେତା ଗାଁରେ ପ୍ରଚାର କଲେ – ''ଦଶ ବର୍ଷ ଭିତରେ କଂଗ୍ରେସ ସର୍କାର ସାତଭାୟା ପାଇଁ କିଛି କଲା ନାହିଁ। ବିଜୁ ପଟ୍ଟନାୟକ ସର୍କାର ସାତଭାୟା ପାଇଁ ଗୋଟେ ନୂଆ ପ୍ରୋଭିଜନ୍ କଲାଣି। ଏଥର ଥଇଥାନ ପାଇଁ ସବୁ ଯୋଜନା ରାଜଧାନୀରୁ ରେଡ଼ି ହୋଇ ଆସିବ।'' ଏହାପରେ ବାରମ୍ବାର ସର୍କାରୀ ଅଫିସର ଆମ ଗାଁ ଆଡ଼େ ଧାଇଁଲେ, ପ୍ରଥମେ ଆସିଲେ ରେଭେନ୍ୟୁ ମିନିଷ୍ଟର, ତା'ପରେ ଫରେଷ୍ଟ ମିନିଷ୍ଟର, ଶେଷରେ ଜାନୁଆରୀ ତେର ତାରିଖରେ ଆମ ସାତଭାୟା ଗାଁକୁ

ଆସିଲେ ଖୋଦ୍ ମୁଖ୍ୟମନ୍ତ୍ରୀ ବିଜୁ ପଟ୍ଟନାୟକ। କହିଲେ ''କ'ଣ କହୁଛ ? ଏ ଜାଗାରେ କାହିଁକି ପଡ଼ିଛ ? ମୋ ରାଜ୍ୟରେ କ'ଣ ଜାଗା ଅଭାବ ?''

ଖୋଦ୍ ମୁଖ୍ୟମନ୍ତ୍ରୀ କହିଗଲେ। ଏଇଟା ଗୋଟେ ପ୍ରକାର ବିଶ୍ୱାସ ଆମମାନଙ୍କର ହୋଇଗଲା। ତଥାପି ପୂରା ବିଶ୍ୱାସ ହୋଇ ନଥାଏ। ଅଫିସରମାନେ ଆସି ପୁଣି ଆମ ଗାଁରେ କ୍ୟାଂପ କଲେ। କଂଗ୍ରେସ ପିରିଅଡ଼ରେ ଯେଉଁ ଚାରିଶହ ପରିବାର ଲିଷ୍ଟ ହୋଇଥିଲା । ତାହା ବଢ଼ି ବଢ଼ି ଜନତା ଲିଷ୍ଟରେ ଚାରିଶହ କୋଡ଼ିଏ ହେଲା। ତଥାପି ସେ ଅଫିସରମାନଙ୍କୁ ପଚାରିଲୁ -''ଆଚ୍ଛା ! କଂଗ୍ରେସ ସର୍କାର ବେଳେ ବଗପାଟିଆ ଏରିୟାରେ ଜଙ୍ଗଲ କଟାଯାଇଥିଲା - ତାହା ତ ସେଠିକା ଲୋକ ଅକ୍ତିଆର କରି ନେଲେଣି। ଆମେ ଯିବୁ କେଉଁଠିକି ? ସର୍କାର ଆମକୁ ଜାଗା ଦେବ କେଉଁଠି ?''

ଅଫିସରମାନେ ବୁଝାଇଲେ-''ସେ ବଗପାଟିଆ ଏରିଆ କଥା ଛାଡ଼। ବାଉଁଶଗଡ଼ି ନଈ ଏ ପାଖରେ ସୁନେଇ ରୂପେଇ ଜଙ୍ଗଲରେ ତୁମକୁ ଜାଗା ଦିଆଯିବ । ସେଇଠି ଘରଡିହ ବନ୍ଧା ହେବ। ଘର କରିବା ପାଇଁ ପ୍ରତି ପରିବାର ପିଛା ଚଉଦ ହଜାର ସାତଶହ ଟଙ୍କା ଦିଆଯିବ। ରାସ୍ତାଘାଟ, ପାନୀୟଜଳ, ସ୍କୁଲ - ସର୍କାର କରିବ । ଏ ସର୍କାର ତୁମ ପାଇଁ ମୁଖ୍ୟମନ୍ତ୍ରୀଙ୍କ ରିଲିଫ୍‌ଫଣ୍ଡରୁ, ଇନ୍ଦିରା ଆବାସ ଯୋଜନାରୁ ସେଠାରେ ଘରଡିହ ବାନ୍ଧିବାକୁ ଟଙ୍କା ଅଲ୍‌ରେଡ଼ି ରଖି ସାରିଲାଣି। ତୁମେମାନେ କେବଳ ଏଠୁ ଉଠିଲେ ହେଲା। । ସେ ପାଇଁ ଆଗେ ଗୋଟେ ଏଗ୍ରିମେଣ୍ଟ୍ କରିବାକୁ ହେବ।''

ଆମେ ପଚାରିଲୁ-''କି ଏଗ୍ରିମେଣ୍ଟ ? ଏଗ୍ରିମେଣ୍ଟ କ'ଣ ପାଇଁ ?''

ସେମାନେ କହିଲେ -''ଏ ଜାଗା ଛାଡ଼ିବ। ଜମିବାଡ଼ି ମୋହ ଛାଡ଼ିବ। କାଗଜରେ ଲେଖିଦେବ। ତା'ପରେ ସର୍କାରୀ ଟଙ୍କା ସାଂକସନ୍ ହେବ। ବୁଝିଲ ?''

ଦରିଆ କୂଳରେ ପୁଣି ଗୋଟେ ମିଟିଂ ହେଲା। ସବୁ ଦଳର ଲୋକ ବସିଲେ । ସାତଭାୟା କାନପୁରର ବଛା ବଛା ଭଦ୍ରଲୋକ ବସିଲେ। ଜନତା ନେତା ମିଟିଂରେ କହିଲେ -''ସାତଭାୟାର ଯେଉଁ ଅବସ୍ଥା ଏହାକୁ ନେଇ ଦଳୀୟ ରାଜନୀତି କରିବା ଦରକାର ନାହିଁ। ରାଜଧାନୀ, କେନ୍ଦ୍ରାପଡ଼ା କି ରାଜନଗର ରାଜନୀତିରେ ସିନା କଂଗ୍ରେସ ଜନତା, ହେଲେ ଆମେ ଏ ଯେଉଁ ଦରିଆଖିଆ ଗାଁ ଦୁଇଟିର ଗ୍ରାମବାସୀ - ଆମେ ସାତଭାୟା କାନପୁର ଭାଇ ଭାଇ।''

ଏଠିକା କଂଗ୍ରେସ ନେତା କହିଲେ -''ତାହା ସତ ଯେ, ହେଲେ ଜନତା ସର୍କାରଙ୍କ ଏଗ୍ରିମେଣ୍ଟ୍‌ରେ ଆମେ ରାଜି ନୋହୁଁ। ଆମକୁ ଯଦି ନେବେ, ତେବେ ଆଗେ ସେଠାରେ ଘରଡିହ ବାନ୍ଧନ୍ତୁ। ଘର ତିଆରି ପାଇଁ ଟଙ୍କା ଦିଅନ୍ତୁ। ଆମର ମଧ୍ୟ ସର୍କାର ପାଖରେ ଗୋଟେ କଣ୍ଡିସନ ରହିବ - ଆମେ ସେଠି ଥଇଥାନ ହେବା ପରେ ହଠାତ୍

ସାତଭାୟାର ଏ ଜମିବାଡ଼ି, ଘରଦ୍ୱାର ଜାଗା ସର୍କାରକୁ ଜିମା କରିପାରିବୁନି । ସେଠାର ନୂଆ ଜାଗା, ନୂଆ ଜମିରେ ହଠାତ୍ ଫସଲ ପାଇପାରିବୁ ନାହିଁ। ଆମେ ସେଠି ଦି ବର୍ଷ ତିନି ବର୍ଷ ଫସଲ କମେଇବୁ। ସେଠାକାର ନୂଆ ଫସଲ ଖାଇବୁ, ଏଠିକାର ଫସଲ ବି ଖାଇବୁ। ନିହାତି ଚାରି ପାଞ୍ଚ ବର୍ଷ ପରେ ସାତଭାୟାକୁ ସର୍କାରକୁ ଦେବୁ। ନହେଲେ ଏ ସର୍କାର ଉପରେ କେଉଁ ଭରସା ? ଘର ପାଇଁ ଡିହଟିଏ ବାନ୍ଧି ଦେବ, ଟିଉବ୍ୱେଲଟିଏ ବସେଇଦେବ – ଖସିପଳେଇବ। ଆମେ ସେଠି କରିବା କ'ଣ ? ଚଳିବା କେମିତି ?

ଶେଷରେ ଦଳମତ ନିର୍ବିଶେଷରେ ଦରିଆ କୂଳ ମିଟିଂରେ ଫାଇନାଲ ହେଲା ଯେ –''ଆମେ ଏଠୁ ଯିବୁ। ଉଠିବୁ। ହେଲେ ସର୍କାରୀ କଣ୍ଡିସନ୍‌ରେ ନୁହେଁ। ଆମେ ଆମ କଣ୍ଡିସନ୍‌ରେ ହିଁ ଉଠିବୁ। ସାତଭାୟା ଛାଡ଼ିବୁ।''

ନବେ ମସିହା। ସାତଭାୟାର ଆରାଧ୍ୟ ଦେବୀ ପଞ୍ଚୁବରାହୀ ମନ୍ଦିରରେ ସେତେବେଳେ ପଣା ସଂକ୍ରାନ୍ତି। ଏପ୍ରିଲ ମାସ। ଦୂର ଦୂରାନ୍ତରେ ରହିଥିବା ଗାଁ ପିଲାମାନେ ପର୍ବ ପାଇଁ ଗାଁକୁ ଆସିଥାନ୍ତି। ଆନନ୍ଦ ମହୋତ୍ସବ ଚାଲିଥାଏ। ଆମ ଆମ ଭିତରେ କଥାବାର୍ତ୍ତା ଚାଲିଥାଏ, ଏ ଜାଗା ତ ଛାଡ଼ିବୁ। ଏ ଜାଗାରେ ଏଇଟା ଶେଷ ପଣା ସଂକ୍ରାନ୍ତି । ନୂଆ ଜାଗାରେ ରହିବା, କଲୋନୀ, ବିଜୁଳିବତୀ ପାଣି ପାଇପର ସ୍ୱପ୍ନରେ ବି ପିଲାମାନେ ହୁଲୁକୁମତା ହେଉଥାନ୍ତି। ସେତେବେଳେ ଆମ ପଞ୍ଚାୟତ ନେତା କହିଲେ – ''ସର୍କାର କହିଛନ୍ତି, ଜଙ୍ଗଲ ମିନିଷ୍ଟର କହିଛନ୍ତି। ଚାଲ ସୁନେଇ-ରୂପେଇ ଜଙ୍ଗଲ କାଟିବା । ଆମେ ସିନା ଆଗେ ଜଙ୍ଗଲ କାଟି ପଦା କରିଦେଲେ ସର୍କାର ଡିହ ବାନ୍ଧିବେ। ଘର ତିଆରି ପାଇଁ ଟଙ୍କା ସାଂକ୍‌ସନ ହେବ ।''

ସାତଭାୟାରେ ଘରକୁ ଘର, କାନକୁ କାନ ଏହି ଜଙ୍ଗଲ କଟା କଥା ମେଜିକ୍ ଭଳି ଖେଳିଗଲା । କା' ହାତରେ ଦା, କା' ହାତରେ ଟାଙ୍ଗିଆ, କଟୁରୀ, କୁରାଢ଼ୀ – ପିଲା ବୁଢ଼ା ସ୍ତ୍ରୀ ଲୋକେ ସବୁ ହୋ କରି ଉଠିଚାଲିଲେ ଜଙ୍ଗଲ କାଟି। ସମସ୍ତେ ଯେମିତି ଏଠୁ ପଳେଇ ଯିବାକୁ ଗୋଡ଼ କାଢ଼ି ଅପେକ୍ଷା କରି ବସିଥିଲେ। କେବଳ ଗୋଟେ ଆଦେଶ, ଗୋଟେ ସୁଯୋଗକୁ ଯା' ଅପେକ୍ଷା ଥିଲା। ତାହା ମିଳିଗଲା ଯେପରି। ବାଉଁଶ ଗଡ଼ି ନଈ ଏ ପାଖର ସୁନେଇ-ରୂପେଇ ଜଙ୍ଗଲକୁ ତିନି ଦିନ ଭିତରେ ଆମେ କାଟି କୁଟି ସଫା କରିଦେଲୁ।

ଏ ପାଖରେ ଜନତା ସର୍କାର ସୁନେଇ-ରୂପେଇ ପଦା ଜଙ୍ଗଲରେ ଆମ ସାତଭାୟା ପାଇଁ ଡିହ ବାନ୍ଧି ଚାଲିଲେ। ସେ ପାଖରେ ବିରୋଧୀ ଦଳ କଂଗ୍ରେସ ପକ୍ଷରୁ କୁହାଗଲା – ଅଭୟାରଣ୍ୟ। କେନ୍ଦ୍ରସର୍କାରଙ୍କ ସଂରକ୍ଷିତ ଜଙ୍ଗଲ। ସେଠି ଗାଁ ବସାଇ ପାରିବନି।

ସାତଭାୟା ପାଇଁ ବିଧାନସଭାରେ ତୁମ୍ଭିତୋଫାନ୍ ହେଲା । ଦରିଆ ଜାଣୁଥାଏ, ଆମେ ସାତଭାୟା ଲୋକ ଶୁଣୁଥାଉ । ବିଧାନ ସଭାରେ କଂଗ୍ରେସ ଜନତା ଭିତରେ କଥା କଟାକଟି ଚାଲିଲା । ଆମେ ଦେଖିଲୁ ସମସ୍ତେ ସାତଭାୟା ପାଇଁ କାନ୍ଦୁଛନ୍ତି । କାହାରି ଆଖିରେ ଲୁହ ନାହିଁ ।

କଂଗ୍ରେସ କହିଲେ – ସାତଭାୟା ପାଇଁ ଯେଉଁ ବଗପାଟିଆ ଜମି କଟା ଯାଇଥିଲା ତୁମେ ଜନତାବାଲା ବିଧାୟକ ସେଠାରୁ ରିଫ୍ୟୁଜି ଭୋଟ ପାଇବ ବୋଲି ସେମାନଙ୍କ ନାଁରେ କରିଦେଇଛ ।

ଜନତାବାଲା କହିଲେ – ସାତଭାୟା ଗାଁ ଲୋକଙ୍କ ଥଇଥାନ ପାଇଁ ତୁମ କଂଗ୍ରେସ ଲୋକଙ୍କ ଆନ୍ତରିକତା ନଥିଲା । ତୁମେ ବି ବଗପାଟିଆ ଏରିୟାର ହଜାର ବାରଶହ ଏକର ଜମି ତୁମ ଦଳୀୟ ଲୋକଙ୍କ ନାଁରେ କରି ଦେଇଛ । ଆମେ ସୁନେଇ-ରୂପେଇରେ ଥଇଥାନ କରୁଛୁ ।

ସେଇଠୁ କଂଗ୍ରେସବାଲା କହିଲେ – କଂଗ୍ରେସ ଯାହା ପ୍ଲାନ୍ କରେ, ଜନତାବାଲା ତାହା କାର୍ଯ୍ୟକାରୀ କରନ୍ତି । ସାତଭାୟାଙ୍କ ଥଇଥାନ ପାଇଁ ତୁମେ ନୂଆ କାମ କ'ଣ କରିଛ । ଆମେ କହୁଛୁ ବଗପାଟିଆ ଉପରେ ଇନକ୍ୟୁରୀ ହେବ । ଦଖଲକାରୀ ଉଠିଯାଆନ୍ତୁ, ସେଠି ସାତଭାୟା ଥଇଥାନ ହେବେ । ହେଲେ ସୁନେଇ ରୂପେଇରେ ହୋଇପାରିବ ନାହିଁ ।

ଜନତାବାଲା ଦେଖିଲେ ସେମାନେ ଇଲିଗାଲ୍ କାମ କରିଛନ୍ତି । ସେଞ୍ଚୁରୀ ଡିକ୍ଲାର୍ ହେଲାବେଳେ ସେମାନେ ସେଣ୍ଟର୍ ଗଭର୍ଣ୍ଣମେଣ୍ଟ ଜଙ୍ଗଲକୁ କାଟିବାକୁ କହୁଛନ୍ତି, ପୁଣି ବଜେଟ ଫଜେଟ ନ କରି ଅନ୍ୟ ହେଡ୍‌ରୁ ଟଙ୍କା ଆଣି ଡିହ ବାନ୍ଧିଲେଣି । ତଥାପି ପଛକୁ ନ ହଟିବା ପାଇଁ କହିଲେ – ଆମେ କହୁଛୁ ସାତଭାୟା ଲୋକଂକୁ ଯଦି ଥଇଥାନ କରାଯାଏ ତାହା ଜନତା ସର୍କାର କରିବ ।

ସେଇଠୁ କଂଗ୍ରେସର ଜିଦି ବଢ଼ିଲା – ଦେଖିବା କେମିତି ଥଇଥାନ କରିବ ।

ସେତେବେଳେ ରାଜ୍ୟରେ ସିନା ଜନତା ସର୍କାର । ସେଣ୍ଟରରେ କଂଗ୍ରେସ ସର୍କାର । ସେମାନେ ସାତଭାୟା ପାଇଁ ସେଣ୍ଟର ପର୍ଯ୍ୟନ୍ତ ଧାଇଁଲେ । କହିଲେ – ବିଜୁ ପଟ୍ଟନାୟକ କଥାରେ ସାତଭାୟା ଲୋକେ ଅଭୟାରଣ୍ୟ କାଟି ସଫା କରିଦେଲେଣି ।

କେନ୍ଦ୍ର ସର୍କାର କହିଲା – କଥା କ'ଣ ? ଆମେ ଗଛ ରୋପଣ କରୁଛୁ । ପଶୁ ପକ୍ଷୀ ରହିବାକୁ ଅଭୟାରଣ୍ୟ କରୁଛୁ । ଓଡ଼ିଶା ସର୍କାରରେ ଯେଉଁ ଜନତା ଦଳ ଅଛି ସେ ଗଛ କାଟୁଛି ? ଜଙ୍ଗଲ କାଟି ଗାଁ ବସାଉଛି ? ହୋଇପାରିବ ନାହିଁ ।

ସେଣ୍ଟର କଥା ବିଜୁଳି ବେଗରେ ସାତଭାୟାରେ ପ୍ରଚାର ହୋଇଗଲା । ଆମେ

ଦେଖିଲୁ ଆଉ ଚାନ୍ସ ନାହିଁ। ଓଡ଼ିଶାରେ ଯେତେବେଳେ ଜନତା ପିରିୟଡ଼ ସରିଗଲା। ପୁଣି କଂଗ୍ରେସ ସର୍କାର ଆସିଲା। ସେମାନେ ସୁନେଇ-ରୂପେଇ ଜଙ୍ଗଲରେ ଆଉ କାହାକୁ ପୂରେଇ ଦେଲେନାହିଁ। ସେଠି ଗୋଟେ ଫରେଷ୍ଟ ଚେକ୍ ଗେଟ୍ ବସାଇଲେ । ଜଙ୍ଗଲକୁ ଯିଏ ପଶିଲା ତାକୁ ପାଞ୍ଚ ଆଇନ୍‌ରେ ବାନ୍ଧି ଆଣିଲେ। ଜନତା ପିରିୟର୍ଡ୍ ଫରେଷ୍ଟ ଡିପାର୍ଟମେଣ୍ଟ ଯେଉଁ ସର୍କାରକୁ ଡରି, ଲୋକଙ୍କୁ ଡରି ଜଙ୍ଗଲ କଟା ଦେଖି ଚୁପ୍ ରହିଥିଲା, ସେମାନେ ଏକ୍ଟିଭ୍ ହୋଇଗଲେ। ସୁନେଇ ରୂପେଇରେ ତିଆରି ହୋଇଥିବା ଡିହ ମାଟି ଧୋଇଗଲା । ଆମେ ପଦା କରି ଦେଇଥିବା ଜଙ୍ଗଲ ପୁଣି ଆସ୍ତେ ଆସ୍ତେ ବଢ଼ିଲା।

ପୁଣି କଂଗ୍ରେସନେତା ଏଠି କହିଲେ - ଏଥର ପ୍ରକୃତ ଥଇଥାନ ଆରମ୍ଭ ହେବ । ସେଣ୍ଟର ଗଭର୍ଣ୍ଣମେଣ୍ଟଙ୍କ ପର୍‌ମିଶନ ମଗାଯାଇଛି। ବଗପାଟିଆ ଅଞ୍ଚଳରୁ ବେଦଖଲକାରୀଙ୍କୁ ହଟାଯିବ। କିଛି ଜଙ୍ଗଲ ଜାଗା ମିଶିବ। ସାତଭାୟା ଏଠୁ ଉଠିବ ।

ବୁଢ଼ାମାନେ ଖିଂକାରି ହେଲେ -"ଆମେ ସାତଭାୟା ଲୋକ, ଆମ ଦୁଃଖ ସୁଖରେ ଆମେ। ସେଣ୍ଟରରେ କେଉଁ ସର୍କାର ଆସିଲା, ଗଲା ? ଓଡ଼ିଶାର କେଉଁ ସର୍କାର ଆସିଲା। ଆମର କ'ଣ ଗଲା ? ତୁମେ ଆମକୁ ସୁବିଧା ଦେବ ? କି ସୁବିଧା ! ଏଠି କ'ଣ ଅସୁବିଧାରେ ଅଛୁ ? ଆମକୁ ଉଠେଇ ଏଠି କ'ଣ ଡ୍ୟାମ କରିବ ? କାର୍ଖାନା ବସେଇବ ?ଯା, ଯା ଆମର କୌଣସି ସର୍କାର ଉପରେ ଭରସା ନାହିଁ। ଆରେ ! ରାଜନୀତି ଚାଲିଛି ରାଜଧାନୀରେ। ତୁମେ କେଇଟା ସାତଭାୟାର ଅକାଳ କୁଷ୍ମାଣ୍ଡ କେନ୍ଦ୍ରାପଡ଼ା, ରାଜନଗର ଯାଇ ସେଠୁ ଗାଁକୁ କଂଗ୍ରେସ, ଜନତା, ବିଜେପି, କମ୍ୟୁନିଷ୍ଟ ହୋଇ ଫେରୁଛ। ଗାଁରେ ନାଗର ଦେଖାଉଛ । ନିଜ ଗାଁକୁ ନେଇ ଖେଳୁଛ। ନାଇଁ ?"

ଏହାପରେ ସବୁ ଶାନ୍ତ ପଡ଼ିଗଲା। ଆମର ଦରିଆର ଧର୍ମ ଉପରେ ବିଶ୍ୱାସ ହୋଇଗଲା । କୌଣସି ବାହାରିଆ ଲୋକ ଏଠିକି ଆସିବା ମଧ୍ୟ ଆମେ ବିଶ୍ୱାସ କରିପାରୁନୁ । ସେମାନେ ତ ମୋଟିଭ୍ ନେଇ ଏଠିକି ଆସନ୍ତି। ବେଳେ ବେଳେ ଦଳେ ସାମ୍ବାଦିକ ଆସୁଛନ୍ତି। ଫଟୋ ନେଉଛନ୍ତି। ଆମକୁ ପଚାରି କଥା ନେଉଛନ୍ତି। ଫିଚର ଲେଖୁଛନ୍ତି, ଦଳେ କ୍ୟାମେରା ନେଇ ବାହାରିଆ ଲୋକ ଆସୁଛନ୍ତି ଡକ୍ୟୁମେଣ୍ଟାରୀ ଫିଲ୍ମ କରିବେ, ନାଁ କମେଇବେ। ପଇସା କମେଇବେ। ବାହାରିଆ ଲୋକ ସାତଭାୟା ଉପରେ ରିସର୍ଚ୍ଚ କରିବାକୁ ଆସୁଛନ୍ତି। ଥେସିସ୍ ଲେଖିବେ। ଡିଗ୍ରୀ ପାଇବେ। ଚାକିରୀ ପାଇବେ।

ଦରିଆଖିଆ ଏ ସାତଭାୟାରେ ସବୁବେଳେ ବାହାରିଆ ଲୋକଙ୍କ ଗୋଟେ ମୋଟିଭ୍ ଚାଲିଛି। କହନ୍ତୁ ବାବୁ - ଆପଣ ତ ଜଣେ ବାହାରିଆ ଲୋକ ! ଆପଣ କ'ଣ ସେଇ ମୋଟିଭ୍ ନେଇ ଏତେ ବାଟ ସାତଭାୟାକୁ ଆସିଛନ୍ତି ?

ମୋର କିଛି ମନେ ନାହିଁ

ସାତଭାୟା ଉପରେ ମୋର କିଛି ମନେ ନାହିଁ। ମନେଅଛି ଯଦି ମାଷ୍ଟ୍ରେଙ୍କ ଭଂଗାକାଚ ଚଷମା କଥା ମନେଅଛି। ସେଥରକ ସେଠି ପହଂଚି ଫାଷ୍ଟ ମାଷ୍ଟ୍ରେଂକୁ ଖୋଜିଲି । ମାଷ୍ଟ୍ରେ ତାସ୍ ଖଟି ପାଖରେ ବସିଥିଲେ। କଳା ମାର୍ସରାଇଜ୍ ଲୁଂଗି ହାତବାଲା ଗଂଜିଟେ ପିନ୍ଧିଥିଲେ, ଖେଳୁ ନଥିଲେ, ତାସ୍ଖେଳ ଦେଖୁଥିଲେ। ପଛଆଡୁ ହିଁ ଚିହ୍ନିଗଲି, ସେ ମାଷ୍ଟ୍ରେ। କିଏ ଜଣେ ଡାକୁଛି ଶୁଣି ସେ ଖଟିରୁ ଉଠି ଆସିଲେ। ତାସ୍ଖେଳାଳି, ଦେଖଣାହାରୀ ସମସ୍ତେ ଶଣ୍ଢ ଟେକି ମୋତେ ଚାହିଁଲେ। ଓ-ସେଇ ଆସିଛି।

ଫିସିଫିସିଆ କଥା ଖେଳିଗଲା ପଙ୍ଗତରେ। ସେମାନେ ମୋତେ ସେଥରକ ସ୍ୱାଭାବିକ ଭାବେ ଗ୍ରହଣ କରିନଥିଲେ।

ସେହି ମାଷ୍ଟ୍ରେଂକ ସହ ସେଥରକ ମୋର ଶେଷ ଦେଖା। ହୁଏତ ସେଠିକି ମୁଁ ଆଉ ଯିବି ନାହିଁ। କିଏ ଜାଣେ ଅନେକ ବର୍ଷ ପରେ ସେଠିକି ବି ଯାଇପାରେ। ସେତେବେଳେ କ'ଣ ମାଷ୍ଟ୍ରେ ବଂଚିଥିବେ ?

ହେଲେ ମୋ ପାଖରେ ରହିଗଲା ତାଙ୍କ ଭଂଗାକାଚ ଚଷମାଟି ଏଯାବତ୍। ସେତକ ମୋର ସାତଭାୟାର ସ୍ମୃତି।

ସାତଭାୟା ଉପରେ ଆଉ କିଛି ମୋର ମନେ ନାହିଁ।

ମନେ ଅଛି ଯଦି ବିଷ୍ଣୁସାର୍ଂକ ବାଟୁଳିମରା କଥାବାର୍ତ୍ତା ସବୁ। ଏତେ ଠୁସ୍ ଯେପରି ବଂଗୋପସାଗରରେ ଲହଡ଼ି ପରେ ଲହଡ଼ି। ବିଷ୍ଣୁସାର୍ଂକ ପଦେ ଦୁଃଖକଥା ମୋର ମନେଅଛି-ଆମେ ସାତଭାୟାର ଲୋକେ, ଭାଗ୍ୟ ପାଇଁ ଆମେ କାଂଦୁ ନାହିଁ ଭାଗ୍ୟ ଆମ ପାଇଁ କାଂଦୁଛି। ହେଲେ କାହାରି ଆଖିରେ ଲୁହ ନାହିଁ।

ବିଷ୍ଣୁସାରଙ୍କ ସହ ସେହି ମୋର ପ୍ରଥମ ଦେଖା। ପ୍ରାୟ ଶେଷଦେଖା

ହୋଇପାରେ । ମୁଁ ପୁଣି କେବେ ସାତଭାୟାରେ ପହଂଚି ବିଷ୍ଣୁସାରଙ୍କୁ ଖୋଜିବି। ବିଷ୍ଣୁସାର୍ କ'ଣ ତାଂକ ବାପା ଭଳି ପାୱାର ଚଷମା ପିଂଧୁଥିବେ ? ସେତେବେଳେ ସେ କ'ଣ ମୋତେ ଚିହ୍ନିବେ ?

ବିଷ୍ଣୁସାର୍‌ଙ୍କ ସେ ସବୁ ଅପ୍ରିୟ ସତ କଥା ସବୁ ମୁଁ କ'ଣ ଭୁଲିପାରିବି ? ସେତକ ତ ମୋର ସାତଭାୟାକୁ ମନେ ପକେଇବାକୁ ସମ୍ବଳ।

ସାତଭାୟା ଉପରେ ଆଉ କିଛି ମୋର ମନେ ନାହିଁ।

ମନେ ଅଛି ଯଦି ମୋ କାଂଧ ଝୁଂକେଇ ଦେବାକୁ ଉହୁଂକି ଆସିଥିବା ସେ ନାଲିସୂତାର ବ୍ରତ ପିନ୍ଧା ଡାହାଣହାତ କଥା ମନେଅଛି। ସେ ହାତ ଅଲେଖର !

କାହାକୁ ଅପମାନ ଦେବାକୁ ଙଂଚିଆସେ ଯେଉଁ ହାତ, ସେ ହାତ ନମାରି ମାରିବାଠୁ ଯେପରି ଅଧିକ ମାରେ। ଅନ୍ୟକୁ ଆଘାତ ଦେଉଥିବା ହାତରେ ସେ କିପରି ବ୍ରତ ସୂତାର ବଳା ପିନ୍ଧିପାରେ ? ଅଲେଖ ବୟସରେ ମୋ ରକ୍ତ ବି ତାହା ଥିଲା - ଏହାହିଁ ହୋଇପାରେ ଠିକ୍ ଅଲେଖ ପାଇଁ।

ହୁଏତ କେବେ କେଉଁଠି ଅଲେଖ ସହିତ ମୋର ଦେଖା ହୋଇଯାଇପାରେ । ସେତେବେଳେ ସେ କ'ଣ ମୋତେ ଚିହ୍ନିବ ? ନା ନ ଚିହ୍ନିଲା ଭଳି ଚାଲିଯିବ ? ମୁଁ ସେତେବେଳେ ଅଲେଖକୁ ଡାକି ପାରିବିକି- ଏଇ ଅଲେଖ ! ମୁଁ ଘଟଣାଟା ଭୁଲିଛି। ତୁମେ କ'ଣ ମନେ ରଖିଛ ? ଏସବୁ ମଣିଷ ଜୀବନରେ ଘଟେ।

ଏୟା ମୁଁ କହିପାରିବି ତ ? ନା ଅଲେଖକୁ ମିଛରେ ଦୋଦୋ ଚିହ୍ନା ଦେଇ ନିଜ ବାଟରେ ମୁଁ ଖସିଯିବି ?

ସେଦିନ ମୋ କାଂଧ ଝୁଂକେଇ ଦେଇଥିବା ଅଲେଖ କଥା ମୁଁ କ'ଣ ସତରେ କେବେ ଭୁଲିପାରେ ? କଷ୍ଟ ପାଇଥିବା ଘଟଣା ଭିତରେ ମନେ ଅଛି ସେତକ।

ସାତଭାୟା ଉପରେ ଆଉ କିଛି ମୋର ମନେନାହିଁ।

ମନେଅଛି ଯଦି କଥା କହିପାରୁ ନଥିବା, ଅଥଚ ଗୀତ ଗାଇ ପାରୁଥିବା ସାତଭାୟାର ସେ ଝିଅଟି କଥା ମନେଅଛି।

ସେ ଝିଅର ଗୀତ ବହୁତ ସମୟ ମୋ ମନ ଭିତରକୁ ଚାଲିଆସେ। ଦୂର ସମୁଦ୍ରରୁ ସୁ ସୁ ରିଆଜ୍। ପାଖ ସମୁଦ୍ରର ଢେଉଭଂଗା ଶବ୍ଦ ମିଶାମିଶି ସ୍ୱରର ଗୀତ। ସେ ଗୀତର ଯେପରି ଭାଷା ନାହିଁ। କେବଳ ଗୋଟେ ବଂକିଟଂକି ଯାଉଥିବା ଲହର। ଗାୟନ ଶୈଳୀରେ ଶାସ୍ତ୍ରୀୟତା ଠୁ ଉର୍ଦ୍ଧ୍ୱରେ ଗୋଟେ ନୂଆ ପ୍ରଚେଷ୍ଟା। ମୁଁ ୱେଷ୍ଟର୍ଣ୍ଣ ଶୁଣେ ଇଷ୍ଟର୍ଣ୍ଣ ଶୁଣେ। ୱେଷ୍ଟର୍ଣ୍ଣ ଇଷ୍ଟର୍ଣ୍ଣର ଖେଚୁଡ଼ି ଗୀତ ବି ଶୁଣେ। ହେଲେ ସବୁ ଗୀତ ମୋତେ ଲାଗେ ପାଣିଚିଆ । ମୁଁ ଗୋଟେ ସୁଂଦର ଗୀତ ମନେପକାଏ, ସେ ଝିଅଟିର ଗୀତ।

ନଚେତ ମୁଁ ଯେତେ ବ୍ୟସ୍ତ ଓ ବିବ୍ରତ କିସମର ମଣିଷ। କେତେକଥା ଭଳି ସାତଭାୟା ବି ଗୋଟେ ଟୁରିଷ୍ଟର ସ୍ମୃତି।

ସାତଭାୟା ଉପରେ ଆଉ କିଛି ମୋର ମନେ ନାହିଁ।

ତେବେ ମନେ ଅଛି ଯଦି ମନେ ପଡୁଛି – ସମୁଦ୍ର କୂଳରେ ମୋର ଯାଯାବର ଭଳି ବୁଲିବାର ଦିନ ସବୁ। କୁହ ପାରାଦ୍ୱୀପ, କୁହ ଚଂଦ୍ରଭାଗା ପୁରୀ, ଗୋପାଳପୁରଠୁ ଚାଂଦିପୁର – କାଂଧରେ ଏୟାରବ୍ୟାଗ୍ ଝୁଲେଇ ବୁଲିବା ସମୁଦ୍ର କୂଳରେ। ଏକଦମ୍ ଟୁରିଷ୍ଟ କରି ନେବାର ଝୁଂକ୍ ଥିବା ସେ ଦିନ ସବୁ।

ସେହି ସୂତ୍ରରେ ସାତଭାୟା ଯିବା। ସାତଭାୟା ସମୁଦ୍ର କୂଳର ସେହି ପ୍ରଥମ ଖରାବେଳ । ମୁଁ ଏକ୍କା। ଜୁଆର ମାଡ଼ରେ ଭୁସ୍‌ଭୁସ୍ ଗଡ଼ି ପଡୁଛି ଘର ଡିହ। ସୁ ସୁ ପବନରେ ଓଲାରି ହୋଇପଡୁଛି ବାଲି.... ଉପରେ ସମୁଦ୍ର ମୁହାଁ ନଡ଼ା ଛପରର ବସ୍ତି। ଚକ୍‌ଚକ୍ ଢେଉ। ଗାଢ଼ ନୀଳର ମାଇଲ୍ ମାଇଲ୍ ବଂଗୋପସାଗର। ସେଇଠି ସେଦିନ ମୋର ମନେ ହେଲା ମୁଁ ଏଇଠି ଦିନେ ଦି ଦିନ ରହିବି, ଦେଖିବି ଏ ବିଚିତ୍ର ସମୁଦ୍ର କୂଳ ଗାଁ – ଯେଉଁଠି କ୍ରମଶଃ ଭୁଷୁଡ଼ି ପଡୁଥିବା ଗାଁ ଲୋକେ ଓ ସମୁଦ୍ର – ଦୁହେଁ ଅବୁଝା। ଗାଁ ଲୋକଂକ ଘର ଗୁଡ଼ିକର ଅସ୍ତିତ୍ୱ ଯେପରି ସୂଚେଇ ଦେଉଥାଏ ସେମାନଂକ ସାହସକୁ– ଆମେ ଏ ଜାଗା ଛାଡ଼ି କୁଆଡ଼େ ଯିବୁନି। ଭିଟାମାଟି ଛାଡ଼ିବୁନି । ଆଉ ଏ ଦୁମ୍‌କାତିଆ ସମୁଦ୍ର ଯେପରି ହୁଂକାରୁଛି – ପାଂଚ ପାଂଚଟା ଗାଁକୁ ଖାଇଛି। ଆହୁରି ଦି'ଟାକୁ ଖାଇବି। ଏ ସମୁଦ୍ରକୂଳ ଗୋଟେ କୁହୁକିତ ଶ୍ମଶାନ। କ୍ରମଶଃ ଭାଂଗି ଚାଲିଛି ଜୀବନ ଓ ଜନପଦ। ଗାଁ ଓ ସମୁଦ୍ରର ଖେଳ ବେଶ୍ ମନ ଭିତରେ ଚାଲିଲା କେମିତି ରହିବି ଏ ସମୁଦ୍ରଖିଆ ଗାଁରେ ? ଯେଉଁଠି ଦୋକାନ ବଜାର ନାହିଁ, ଗାଡ଼ିମଟରେ ଯିବା ଆସିବାକୁ ରାସ୍ତା ନାହିଁ। ଧର୍ମଶାଳା, ଲଜିଂ ଏଠି ମିଳିବ ବା କାହୁଁ ? ସେଇ ବେଳାଭୂମିରୁ ସମୁଦ୍ରକୂଳିଆ ଲୋକଟେ ଖୋଜିଲି। ବହୁ ଦୂରରେ ଦି' ଚାରିଟା ପିଲା ଭଙ୍ଗା ପଡ଼ି ଆସୁଥିବା ସମୁଦ୍ର କୂଳରୁ କ'ଣ ସାଉଁଣ୍ଟୁ ଥିଲେ। ଯେତିକି ଗୋଳୁ ଥିଲେ ଖେଳୁଥିଲେ ତା'ଠୁ ଅଧିକ। ମୁଁ ଡାକିଲି – ହେ ପିଲାମାନେ ! ଆସ ! ଶୁଣ।

ସେମାନେ ମୋତେ ଆଶ୍ଚର୍ଯ୍ୟ କରି ଦୂରକୁ ପଳେଇଲେ। ଟୁରିଷ୍ଟ ଆସୁନଥିବା ସମୁଦ୍ରକୂଳିଆ ପିଲାମାନଙ୍କ କଥା ଏହିଭଳି। ସମୁଦ୍ରକୂଳରେ ଅଚିହ୍ନା ଲୋକ ଯେପରି ସେମାନଂକ ପାଇଁ ପିଲାଧରା।

ତଥାପି ମୁଁ ଗାଁ ଲୋକଟେ ଖୋଜୁଥିଲି। ମୋର ଯେପରି ଉତ୍ସାହ ଦ୍ୱିଗୁଣ ବଢ଼ି ଯାଇଥିଲା – ଏଠି ରହିବି। ମୋତେ ଭଲ ଲାଗିବ।

ଦୈବାତ୍ ସମୁଦ୍ର ଛାଡ଼ ବେଳେ ଖୁବ୍ ଜୋରରେ ଓଦାବାଲି ଉପରେ ସାଇକେଲ

ଚଲେଇ ଦୂରରୁ ଗାଁ ଆଡ଼କୁ ମାଡ଼ି ଆସୁଥିଲା ଗୋଟେ ଟୋକା । ସାଇକେଲ କ୍ୟାରିୟରରେ ପ୍ଲାଷ୍ଟିକ ବ୍ୟାଗ ବନ୍ଧା ହୋଇଥିଲା । ସେ ଟୋକାକୁ ମୋତେ ଅଟକାଇବାକୁ ହେଲା । ସେହି ସମୁଦ୍ରରେ ମୋର ଅଲେଖ ସହିତ ପ୍ରଥମ ଭେଟଭାଟ ।

ହଁ ରହିବା ପାଇଁ ସବୁ ସୁବିଧା ହୋଇଯିବ – ସେ ମୋତେ ସେଠି ପ୍ରଥମେ ସାହସ ଦେଲା, ରହିବା ପାଇଁ ସ୍ୱାଗତ କଲା । ସେ ହିଁ ମୋତେ ହାତ ବଢ଼େଇ ଚିହ୍ନେଇ ଦେଇଥିଲା ଓ ସେଇ ମଂଦିର ପଞ୍ଚୁବରାହୀ ମନ୍ଦିର । ଓ ବାଁ ପାଖର ଗାଁ କାନପୁର, ଡାହାଣ ପାଖ ଗାଁ ସାତଭାୟା ।

ସେହି ଝଲମଲିଆ ଦ୍ୱିପ୍ରହରର ଠୋ ଠୋ ସମୁଦ୍ର କୂଳେ ସେଠାରେ ରହିବା ଖାଇବା ଶୋଇବା ପାଇଁ ଗାଁରେ ବ୍ୟବସ୍ଥା ପାଇଁ ମୁଁ ଯେତେବେଳେ ଥଳକୂଳ ପାଉ ନଥିଲି । ସେତିକି ବେଳେ ଅଲେଖର ହାତ ବଢ଼ାଇଥିବା ଆଗ୍ରହରୁ ମୋର ମନେ ହେଲା– ସମୁଦ୍ରରୁ ଉଠି ଆସିଥିବା ଅଲେଖ ମୋ ପାଇଁ ଜଣେ ନେଳିଆ ଓଦା ସର ସର ସମୁଦ୍ର ମଣିଷ–ଯିଏକି ମୋତେ ବାଟ କଢ଼େଇ ନେଉଛି ଗାଁର ମାଟି ଆଡ଼କୁ ଭିନ୍ନ ଏକ ଜୀବନଯାପନର ବହୁ ପୁରାତନ ବସ୍ତିକୁ ।

ସେହି ଗାଁ ଭିତରକୁ ଅଲେଖ ପଛେ ପଛେ ପଶିବାର ଉତ୍କଣ୍ଠାଟି ଛଡ଼ା ସାତଭାୟା ଉପରେ ମୋର କିଛି ମନେ ନାହିଁ ।

ମନେ ଅଛି ଯଦି ସେ ଗାଁ ଲୋକଙ୍କ କଥା ମୋର ମନେ ଅଛି । ଯେଉଁମାନେ ଯେପରି ଖାସ୍ ଅଭିମାନରେ ଏଠି ବିତେଇ ଚାଲିଛନ୍ତି ଶହ ଶହ ବର୍ଷ । ତା ଭିତରେ କେତେ ଧୋଇ, କେତେ ବାତ୍ୟା ଓ ଜୁଆର ମାଡ଼ରେ ପୋଛି ଚାଲିଛି ଗାଁ ଜୀବନର ସରସତା ।

ଅଲେଖ ରହିବା ପାଇଁ ଗାଁ ମାଇନର ସ୍କୁଲରେ ବ୍ୟବସ୍ଥା କରି ଦେଇଥିଲା । ତାଙ୍କ ଘରୁ ଖାଇବା ଆଣି ଠିକ୍ ସମୟରେ ପହଂଚାଇ ଦେଉଥିଲା । ମୋର ସୁବିଧା ଅସୁବିଧା ବୁଝୁଥିଲା । ଗାଁ ଲୋକଙ୍କ ସଂପର୍କରେ ମୋର ଅକାତକାତ ଭାବନା ଭିତରେ ସେ ପଶି ପାରୁନଥିଲା । ଓଲଟି ତହିଁ ପରଦିନ ମୋତେ ଖରାବେଳେ ପ୍ରସ୍ତାବ ଦେଲା –

ଆସଂତୁ ମୋ ଜେଜେଂକୁ ଭେଟେଇ ଦେବି । ତାଂକୁ ଏଠି ସମସ୍ତେ ମାଷ୍ଟ୍ରେ ବୋଲି ଡାକନ୍ତି । ବୁଢ଼ା କେତେକଥା ଗପିବେ । ଆପଣ ଶୁଣିବେ । ମାଷ୍ଟ୍ରେ ଗାଁ ଭିତର ଜଣଂକ ପିଣ୍ଡାରେ ତାସ୍ ଖେଳ ଦେଖୁଥିଲେ । ଅଲେଖ ଚିହ୍ନା ପରିଚୟ କରିଦେଲା । ମୁଁ ତାଙ୍କୁ ନମସ୍କାର କଲି । ମାଷ୍ଟ୍ରେ ମୋତେ ତାଳଗଛକୁ ବେକ ଟେକି ଚାହିଁଲା ଭଳି ଚାହିଁଲେ । ତାଙ୍କର କୋରଡ଼ିଆ ଆଖି ଉପରେ କୁହୁଡ଼ିଆ ପୁରୁଣା ପାୱାର ଚଷ୍ମାକାଚ ହଳକ ମୋତେ ଯେପରି ଠଉରାଉଥିଲା ।

ତାସ୍ ଖଟିରେ ଦି ତିନି ମିନିଟ ପାଇଁ ଖେଳ ଥମ୍ ହୋଇଗଲା। ସମସ୍ତେ ମୋତେ ଶଣ୍ଢା ଟେକି ଚାହିଁଲେ। ଅଚିହ୍ନା ଗାଁ ଭିତରକୁ ପଶି ଆସିଥିବା ଲୋକର ଅବସ୍ଥା ଭଳି ମୁଁ।

ତାସ୍ ଖଟିରେ ଜଣେ ଜଣଂକୁ ଧୀରେ ପଚାରିଲା – ଅଲେଖ ସହିତ ଏ ବାବୁ ଜଣଂକ କିଏ ?

– ଇଏ ପା'ଦି ଦିନ ହେଲା ଆସିଛି। ସ୍କୁଲରେ ରହିଛି। ଦରିଆ ଦେଖୁଛି।

– ଓ। ସେହି।

ଗୁଂଜରଣରୁ ପୁଣି ସେମାନେ ଫେରିଗଲେ ଖେଳର ଉତ୍ତେଜନା ପାଖକୁ। ଆଗରେ ଅଲେଖ। ତାଂକ ପଛରେ ମାଷ୍ଟ୍ରେ। ମାଷ୍ଟ୍ରେଙ୍କ ପଛରେ ମୁଁ। ଅଲେଖ ଆଗତୁରା ଯାଇଁ ତାଂକ ନୁଆଣିଆ ଚାଳଘରର ଗୋବରଲିପା ପିଣ୍ଡାରେ ସପ ବିଛେଇ ଦେଲା। ସପ ଉପରେ ମାଷ୍ଟ୍ରେ ଓ ମୁଁ। ତା' ଭିତରେ ତାସ୍ ଖଟିରୁ ଧୀରେ ଧୀରେ ଖସିଲେ ଜଣେ ଜଣେ ଗାଁ ଲୋକ। ମାଷ୍ଟ୍ରେଂକ ଘର ସାମ୍ନା ଆଉ ଜଣଂକ ପିଣ୍ଡାରେ ସେମାନେ ବାଁରେଇ ବସି ସାରିଲେଣି । କିଏ ଦୋକ୍ତା ଦଳି ନାସ ତିଆରି କଲାଣିତ କିଏ ଚକା ଆସନ ପକେଇ ବିଡ଼ି ଟାଣିଲାଣି । କିଏ ଦଉଡ଼ି ବଳି ଲାଣି। ସମସ୍ତେ ନଜର ରଖିଥାନ୍ତି ମାଷ୍ଟ୍ରେଂକ ପିଣ୍ଡା ଆଡ଼େ – ଇଏ କିଏ ? କ'ଣ କହିବାକୁ ଆସିଛି ?

ମୁଁ ଯେପରି ସାତଭାୟାରେ ଗୋଟେ କୌତୂହଳ। ଅଦ୍‌ଭୁତ ଏକ ଗୁମ୍‌ସୁମ୍ ପରିସ୍ଥିତି – ମୁଁ ଚୁପ୍। ମାଷ୍ଟ୍ରେ ଚୁପ୍। ଗାଁ ଲୋକେ ଚୁପ୍।

ଅଲେଖ ଘର ଭିତରୁ ଆଣି ଆମ ପାଖରେ ଦି କପ୍ ଚା' ପହଚାଂଇ ଦେଲା। ମାଷ୍ଟ୍ରେ ନିଜ କପ ଉଠାଇ ଦେଲେ। ଦଶବାର ଜଣ ଗାଁ ଲୋକ ଚାକୁ ଚାହିଁଛନ୍ତି ମୁଁ ସେମାନଙ୍କୁ ସଂକୋଚରେ ଚାହିଁଲି। ସେମାନେ କହିଲେ – ପିଅଂନ୍ତୁ। ପିଅଂନ୍ତୁ।

ମୁଁ ଚା' ପିଇଲି। ମାଷ୍ଟ୍ରେ ବିଡ଼ି ଲଗାଇଲେ। ଦି ଚାରିଜଣ ଗାଁ ଲୋକ ଉଠି ଆସି ବୁଢ଼ା କଠାରୁ ବିଡ଼ି ଝାଂପି ନେଲେ। ବିଡ଼ି ପିଆ ଚାଲିଲା। ଯେମିତି ମନେ ହେଲା ଆଉ ଆମ ଭିତରେ ଦୂରତା ନାହିଁ। ଆସର ଏକ ହୋଇଗଲା।

– ଆପଣ ଯେ କହିଲେ ସର୍କାର ଜାଗା ଦେଉଛଂତି ଆମେ ଯାଉନୁ । ଏସବୁ ଭୁଲ କଥା । ଏଗୁଡ଼ା ସେହି ରାଜନଗର, କେଂନ୍ଦ୍ରାପଡ଼ା, ଭୁବନେଶ୍ୱର କଥା । ଆମ କଥା ନୁହେଁ । ବିଷ୍ଣୁସାରଂକୁ ମୁଁ ଚାହିଁଲି । ବୟସ ଅଧା ପାଚିଲା ବାଳ ତିଆରି କରି ଦେଲାଣି। ଗାଁ ସ୍କୁଲର ଶିକ୍ଷକତା ତାଂକୁ ଗୋଟେ ଜାଗାରେ ବସେଇ ଦେଲାଣି। ତଥାପି ପ୍ରତିବାଦର ସ୍ୱର ତାଂକର ଶୁଭୁଥିଲା ତୀକ୍ଷ୍ଣ ଓ ସଂବେଦନଶୀଳ – ଶୁଣଂନ୍ତୁ ! ପ୍ରଥମେ କଂଗ୍ରେସ ସର୍କାର ସାତଭାୟା ଲୋକଂକୁ ଜାଗା ଦେବାକୁ ପ୍ଲାନ କଲା। ଜଙ୍ଗଲ କଟା ହୋଇ ଗାଁ

ପାଇଁ ଜାଗା ତିଆରି ହେଲା । ସେ ଫାଇଲ୍ ରହିଲା ଫାଇଲ୍ ଜାଗାରେ । ଯେଉଁ ଗାଁ ବସା ପାଇଁ ଜଙ୍ଗଲ ପଦା ହୋଇଥିଲା, ଭୋଟର ଲିଷ୍ଟ ବଢ଼ାଇବାକୁ ନେତାମାନେ ରିଫ୍ୟୁଜିମାନଙ୍କ ନାଁରେ ସେ ଜାଗା କରିଦେଲେ । ରିଫ୍ୟୁଜି ଥଇଥାନ ହେଲେ ସିନା ସେମାନଙ୍କ ଭୋଟବ୍ୟାଙ୍କ ବଢ଼ିବ । ଆମ କେଇ ଶହ ଘର କଥା ପଚାରେ କିଏ ? ପୁଣି ଦେଖନ୍ତୁ ଜନତା ପିରିୟର୍ଡ଼ କଥା । ସେ କହିଲା ଆମ ପାଇଁ କିଛି କରିବ । ଥଇଥାନ କରିବ । ସେ ଜଙ୍ଗଲ କାଟିଲା । ଜଙ୍ଗଲରେ ଆମର ପ୍ରତ୍ୟେକ ଘର ପାଇଁ ଘରଡିହ ତିଆରି କଲା । କେଂନ୍ଦ୍ର ସର୍କାର ଯାଏ କଥା ଗଲା, ସେମାନେ କହିଲେ – ସେଠି ସେଂଚୁରୀ ଡିକ୍ଲାର୍ ହୋଇ ସାରିଛି । ଗାଁ ପାଇଁ ତିଆରି ହୋଇଥିବା ସେ ଡିହ ଓ ଜଙ୍ଗଲ ଭିତରେ ଆଉ କିଛି ତଫାତ୍ ନାହିଁ । ଏଇଥିରୁ ସବୁ କଥା ଅନୁମାନ କରଂତୁ । ଏବେ କୁହଂତୁ କେଉଁ ସର୍କାର ଆଂତରିକ ଭାବେ ସାତଭାୟା ପାଇଁ ଲାଗିଛି ?

ବିଷ୍ଣୁସାରଂକ କଥାରେ ଗାଁ ଲୋକେ ଯେପରି କହିବାର ଶକ୍ତି ଫେରି ପାଇଲେ । ମିଳିତ ଗୁଂଜରଣ ଶୁଭିଲା – ହଁ ବିଷ୍ଣୁସାରେ ଯେଉଁ କଥା କହିଲେ ସତକଥା । ସତକଥା ।

ବିଷ୍ଣୁସାର ଗାଁ ଲୋକଙ୍କ ନେତୃତ୍ୱରେ ହେଲେ ଅଧିକ ଉତ୍ସାହିତ । ସେ ସମସ୍ତଙ୍କ ପ୍ରତିନିଧି ଭଳି ସାତଭାୟାର ଅବଶୋଷ କେମିତି ଗୋଟେ ଉଦାସ ଭସାଣିଆ ସ୍ୱରରେ କହିଲେ – ଆମେ ସାତଭାୟାର ଲୋକେ, ଭାଗ୍ୟ ପାଇଁ ଆମେ କାଂଦୁ ନାହୁଁ । ଭାଗ୍ୟ ଏଠି ଆମ ପାଇଁ କାଂଦୁଛି । ହେଲେ କାହାରି ଆଖିରେ ଲୁହ ନାହିଁ ।

ମାଷ୍ଟ୍ରେ ଏ ଯାବତ୍ ଚୁପ୍ ଥିଲେ । ପୁଅ କଥାରେ ସେ ଅତୀତରୁ ପୁଣି ଫେରିଗଲେ ଭବିଷ୍ୟତର ନିଷ୍ପତ୍ତି ଆଡ଼କୁ – ଦେଖିବେ ସାତଭାୟାରେ ଆଗକୁ ଗୋଟେ ବଡ଼ ଧରଣର ଝଡ଼ ବତାସ ହେବ । ସେ ବିପ୍ରାତରେ ବି ଗାଁର କିଛି ହେବନି । ଏମିତି କେତେ କଥା ଯାଇଛି । ଆମେ ଏଠି ରହିଛୁ । ରହିବୁ । ଯେଉଁ ସର୍କାର ଡାକିବ –ଏଠିକି ଆସ, ସେଠିକି ଯାଅ । ଆମେ କ'ଣ ସର୍କାର କଥାରେ ?

ବାପାଂକ କଥାକୁ ଆହୁରି ଟିକେ ସହଜ କରିଦେଲେ ବିଷ୍ଣୁସାରେ ।

– ବାପା ଯାହା କହିଲେ ସେଇଟା ଆମର ଅଭିମାନର କଥା । ଦେଖୁନାହାନ୍ତି ଦି ଦି ଥର ଆମେ ଗୋଡ଼ଟେକି ବସିଛୁ ଏ ଜାଗା ଛାଡ଼ିବୁ । ମା'ର ମାୟା ତୁଟାଇ ଅନ୍ୟଜାଗାରେ ରହିବୁ – ସର୍କାର କାଗଜରେ, ପଇସାପତ୍ର, ଆଇନକାନୁନ ଠିକ୍ ନକରି ଆମ ସହିତ ଖେଳିଲା । ଏବେ କେଉଁ ସର୍କାରଂକ ପ୍ରତିଶ୍ରୁତିକୁ ଆମର ଭରସା ? ଆମେ ଏ ସାତଭାୟା ଛାଡ଼ିବୁ ଯେ, ହେଲେ ନିଜ ଚେଷ୍ଟାରେ । ନିଜ ଚେଷ୍ଟାରେ ନିଜ ପଇସାରେ ଅନ୍ୟଜାଗାରେ ଜାଗା କିଣିବୁ । ଧୀରେ ଧୀରେ ଉଠିଯିବୁ । ନ ଗଲେ ଚାରା କାହିଁ କୁହଂତୁ – ଏ ପାଖରେ ସମୁଦ୍ର ଖାଇ ଆସୁଛି, ସେ ପାଖରେ ସେଂଚୁରୀ ଜଙ୍ଗଲ ।

ଆଉ କିଛି ଦିନ ପରେ ସେଂଚୁରୀ ଜଙ୍ଗଲକୁ ସମୁଦ୍ର ଖାଇ ଚାଲିବ। ଏଠି ଗାଁ କେଉଁଠି ରହିପାରିବ ଯେ ଆମେ ରହିବୁ ?

ଆମ ଭିତରେ କଥା ଚାଲିଲା ଇତିହାସରୁ ଭବିଷ୍ୟତ ଆଡକୁ, ପୁଣି ସେଠୁ ବର୍ତ୍ତମାନ ଦେଇ ଅତୀତର ଗୌରବ ଗର୍ବର ଦିନ ଗୁଡ଼ିକ ପର୍ଯ୍ୟଂତ। କ୍ରମଶଃ ଗାଁ ଭିତରକୁ ପଶିଆସୁଥିଲା ମୁହଁ ସଂଜ। ଆମ ସାମ୍ନାରୁ ଗୋଟେ ଗୋଟେ ଗାଁ ଲୋକ ଖସି ଚାଲିଗଲେ । ମୁଁ ସେଇ ପରିବାର ଭିତରେ ଯେପରି ସାତଭାୟାର ମଣିଷମାନଙ୍କୁ ନୂଆ କରି ଗଢ଼ିବାକୁ ପାଇଲି। ଏଠି ତିନୋଟି ଜେନେରେଶନ୍‌ର ତିନିଟା କଥା। ମାଷ୍ଟ୍ରେ ଚାହୁଁଛନ୍ତି – ଏତେ କଷ୍ଟ ଦେଇ ବଂଚିଛନ୍ତି । ଆଗକୁ କଷ୍ଟଅଛି। ଆଉ ଦିନ କାଳ କେତେ ଦିନ। ଏଇଠି ରହିବେ। ଏଇଠି ମରିବେ। ତାଂକ ପୁଅ ବିଷ୍ଣୁସାରେ ଚାଂହାନ୍ତି – ଏଇ ଜାଗା ଛାଡ଼ିବେ। ହେଲେ ଏଇ ଜାଗା ପାଖାପାଖି ନିଜ ଚେଷ୍ଟାରେ ଥଇଥାନ ହେବେ। ଯେପରି ଗୋଟେ ପାଦ ନୂଆଜାଗାରେ। ଅନ୍ୟପାଦ ପକେଇ ହେଉଥିବ ପ୍ରିୟ ସାତଭାୟାରେ। ତାଂକ ପୁଅ ଅଲେଖତ ଏ ଭିତରେ କଥା ଛଳରେ ଅନେକଥର କହିସାରିଲାଣି – ଏ ଗାଁ ଛାଡ଼ି କୁଆଡ଼େ ପଳେଇବ। ବାହାରେ ବିଶାଳ ଜଗତ । ସେ ସାମିଲ ହେବ।

ଗୋଟେ ଘର। ତିନୋଟି ଅଲଗା ଅଲଗା ଚିଂତାଧାରାର ଜୀବନଯାପନ। ବାପ, ତା'ପୁଅ, ତା'ପୁଅ – କାହାରି ସହିତ କାହାର ମେଳଝୁଲ ନାହିଁ। ଅଥଚ ତିନିଜଣଂକ ଚିଂତାଧାରା ହିଁ ମୋତେ ଲାଗିଲା ଯୁକ୍ତିଦିଆ ସୁଂଦର।

ସାତଭାୟାର ଅଲେଖ ପରିବାର ସହ ସେହି ଖୋଲାମେଲା ଆଲୋଚନାର ସଂଧ୍ୟାଟି ମୋତେ ସେ ଗାଁ ଲୋକଂକୁ ମନେ ପକେଇ ଦିଏ। ଆଶଂକା ଓ ଆନନ୍ଦ ଭିତରେ ସେମାନେ। ଦୂରରେ ଥାଏ, ସାତଭାୟା ପାଇଁ କିଛି କରିପାରେନା। ବ୍ୟଥିତ ହୁଏ କେବଳ। ଏହି ବ୍ୟଥାଟି ଛଡ଼ା ସାତଭାୟା ଉପରେ ମୋର କିଛି ମନେ ନାହିଁ।

ମନେ ଅଛି ଯଦି ଅଲେଖର ଦଶ ଏଗାର ବର୍ଷର ସେ ସାନ ଭଉଣୀଟି କଥା ମନେଅଛି ।

ସେହି ସଂଜରେ ରାତି ପାଇଁ ଘର ଭିତରେ ଚାଲିଥିଲା ଯେପରି ପ୍ରସ୍ତୁତି। ଲଣ୍ଠନ ଲଗାଇବାର ପ୍ରସ୍ତୁତି ସହିତ ଝୁଣା ନଡ଼ିଆ କତା ଧୂଆଁର ଆସ୍ତରଣ ଭିତରୁ, ଘର ଭିତରୁ ଲହରି ଆସିଲା ଗୋଟେ ଅଦ୍‌ଭୁତ ସ୍ୱର।

ମୁଁ ସେ ସ୍ୱରରେ ଯେପରି ବାଟ ପାଇଲିନି ପଚାରିଲି – କିଏ ?

– ମୋ ଝିଅ। ପ୍ରାର୍ଥନା ଗାଉଛି।

ଆଶ୍ଚର୍ଯ୍ୟ। ଏ ପ୍ରାର୍ଥନାର କୌଣସି ଭାଷା ନାହିଁ।

ବିଷ୍ଣୁସାରେ କହିଲେ ଅଲେଖକୁ। କିଛି ସମୟ ପରେ ଅଲେଖ ତା ଭଉଣୀକୁ ମୋ ପାଖରେ ବସାଇଲା। ବିଷ୍ଣୁସାର୍ ପରିଚୟ କରିଦେଲେ – ଦେଂଖନ୍ତୁ ଏ ଝିଅ ଜନ୍ମରୁ ମୂକବଧିର । ପାଠଶାଠ ପଢ଼ିନି। ହେଲେ ଏ ମୋର ଗୋଟେ ରତ୍ନ। ଯା ପାଖରେ ଯେଉଁ ଗୁଣ ଅଛି ଏଠି ପାଟି ଖୋଲୁଥିବା କେଉଁ ଝିଅ ପାଖରେ ନାହିଁ।

ମୁଁ ସେ ଅଲରାମଲରା ସୁନେଲି କଳାକେଶର ଉହାଡ଼ରେ ଲୁଚି ରହିଥିବା ଝିଅଟିକୁ ଦେଖିଲି। ସେମିତି ଆଶ୍ଚର୍ଯ୍ୟ, ସେମିତି ସରଳତା ତା' ପାଖରେ ଥିଲା। ମୁଁ ହଠାତ୍ ବିଶ୍ୱାସ କରିପାରିଲିନି – ଆଛା ! ଆଶ୍ଚର୍ଯ୍ୟତ !

ବିଷ୍ଣୁସାରେ ଆଗୁଂଠି ମୁହାରେ ଠାରିଲେ – ଗାଅ !

ଝିଅଟି ଚକା ଆସନ ପକେଇ ବସିଲା। ଆଖି ବଂଦ କଲା ! କଂଠ ସ୍ୱରକୁ ଥରେଇ ଥରେଇ ପେଟ ଭିତରୁ ଓଁକାରି ଆଣିଲା ଗୋଟେ ଅଂକା ବଂକା ଲହର। ସେଥିରେ କିଛି ଭାଷା ନଥିଲା। ଯେପରି ଗୋଟେ ଅକ୍ଷରର ଶବ୍ଦ। ଗୋଟେ ଶବ୍ଦର ସଂଗୀତ। ନିଃଶ୍ୱାସ ପ୍ରଶ୍ୱାସର ସେ ସଂଗୀତ। ସେ ଗୀତର ଲୟ ତାଳ ଓ ଭାବ ଭିତରେ ରହିଥିଲା ଯେପରି ଗୋଟେ ଅଦ୍ଭୁତ କୁହୁକ ସାଂଗୀତିକତା – ଯାହାକି ପବନକୁ ଥମ୍‌କରି ଦେଉଥିଲା। ସଂଧ୍ୟାର ପାତଳ ଅଂଧାରକୁ ଚହଲାଇ ଦେଉଥିଲା । ମୁଁ ଗୋଟିଏ ଜାଗାରେ ବସିଥିଲି ହେଲେ କ୍ରମଶଃ ଭାସି ଯାଉଥିଲି ସେ ଗୀତର ସ୍ରୋତରେ, କୁଆଡ଼େ ନାହିଁ କୁଆଡ଼େ।

ମଂତ୍ରମୁଗ୍ଧ ଆବେଗରେ ପ୍ରସ୍ତାବଟେ ଦେଇଥିଲି – ଏ ଝିଅପାଖରେ ଟାଲେଂଟ ଅଛି। ବଣ ଫୁଲ ଭଳି ଯା'କୁ ଗାଁରେ ବାଂଧି ରଖନା। କଟକ ଭୁବନେଶ୍ୱରରେ ଯା'କୁ ଶିକ୍ଷା ଦିଅ। ମୂକବଧିର ସ୍କୁଲରେ ପଢ଼ାଅ। ଏ ଝିଅ କିଛି କରିକି ଦେଖାଇବ।

ସେତେବେଳେ ଅଧା ଓଢ଼ଣା ଦେଇ ବାହାରେ ତୁଳସୀ ଚଅଁରାରେ ସଂଜବତୀ ଲଗାଇଲେ ସେ ଝିଅର ମା। ସେ ମୋତେ ଶୁଣିଲେ ଆଶା ଅଭିଳାଷରେ ଘଡ଼ିଏ ମୋ କଥାକୁ କାନେଇଲେ ଘର ଭିତରକୁ ଚାଲିଗଲେ।

ହେଲେ ମୋ ପ୍ରସ୍ତାବରେ ମୁଁ ଆଚଂବିତ ହେଲି। ବିଷ୍ଣୁସାର୍ ସେ ସଂପର୍କରେ ପଦେ ଆଲୋଚନା କଲେ ନାହିଁ। ପୁଣି ଆମେ ସମସ୍ତେ ନିଜ ନିଜ ଭାବନାରେ ଚୁପ୍ ହୋଇଗଲୁ। ଅଲେଖ ସେଇଠି ଗୁମ୍‌ସୁମ୍ ଭାଂଗିଲା। ମୋ ଆଗରେ ଆସି ଛିଡ଼ା ହେଲା –ପଚାରିଲି – ଯିବା ।

ଅଲେଖ ବି କହିଲା – ଯିବା।

ସେ ପରିବାରଠୁ ବିଦାୟ ନେଇ ଆସିଲି ପ୍ରଥମ ଥର ସେ ମୁହଁ ସଂଜରେ ।

ସେତେବେଳେ ତଟକା ସାତଭାୟାରୁ ଫେରିଥାଏ।

ତଟକା ସେ ପରିବାରର ସ୍ମୃତି ମୋତେ ଘେରି ରହିଥାଏ।

ଆସିଲାବେଳେ ଅଲେଖ ମୋତେ ପଚାରିଥିଲା – ଆଉ କ'ଣ ଆପଣ ଆମ ଗାଁକୁ ଆସିବେ ? କିଏ ଜାଣେ ?

ଅଲେଖର ବିଶ୍ୱାସ କରୁନଥିବା ସଂଦେହକୁ ଭାଂଗିବା ପାଇଁ ତା ହାତରେ ହାତ ରଖିଥିଲି – ମୁଁ ପୁଣି ସାତଭାୟାକୁ ସମୟ ସୁବିଧା ଦେଖି ଆସିବି। ଏଠି କେହି ଚିହ୍ନା ନଥିଲେ ଏଠିତ ତୁମେ ଅଛ। ତୁମ ପରିବାର ଅଛି। ଅଲେଖ ଯେପରି ଭରସା ଠୁଳ କରି ନେଇଥିଲା ମୋ କଥାରୁ। ଆପଣାର ଲୋକଟେ ଭାବି ସେ ପରାମର୍ଶ ଚାହିଁଲା – ଆପଣ ତ ଯିବେ ? କୁହଂତୁ ମୁଁ କ'ଣ କରିବି ? ଏଠି ମୋ ପାଇଁ ରୋଜଗାର କାହିଁ ? ଭାବୁଛି କୁଆଡ଼େ ପଳେଇବି। ଦିଲ୍ଲୀ ବମ୍ବେ କି ଗୁଜୁରାଟ। ଆମ ଗାଁ ପିଲା କାମ କରୁଛନ୍ତି। ମୁଁ ବି ସେଠି କାମ କରିବି।

ପରାମର୍ଶ ଲୋଡୁଥିବା ସାନମାନଙ୍କୁ ଉପଦେଶ ଦେବା ଆମ ବଡ଼ମାନଂକର ଯେପରି ଆଦତ୍। ସେ ସେହି ସ୍ୱରରେ କଥା ଚଳେଇ ନେବାକୁ ମୁଁ ଅଲେଖକୁ ସେଦିନ କହିଥିଲି – ତୁମେ ଯୁବକ। ଏଠି ହେଉ ବା ଆଉ କେଉଁଠି – ଯଦି କିଛି ରୋଜଗାର କରି ନିଜେ ବଂଚି ପରିବାରକୁ ସାହାଯ୍ୟ କରିପାରିବ ତାହା କର।

ଅଲେଖ ସେ ଦିନ ଖୁସି ହେଲା ଭଳି ଦେଖାଗଲା। ଏକପ୍ରକାର ଅଳି କରି କହିଲା – ଆପଣ ଆମ ଗାଁକୁ ଆଉଥରେ ଆସିବେନା ନାହିଁ କୁହଂତୁ। କେଜାଣି ଆପଣ ଆସି ପହଂଚିଲା ପରେ ମୁଁ ଏଠି ଥିବି ନା ଆଉ କେଉଁଠି ? ଅଲେଖ, ସାତଭାୟା, ସମୁଦ୍ର – ଏମାନଂକଠୁ ବିଦାୟ ନେଇଆସିବା କଷ୍ଟ ଥିଲା ତଥାପି ଆବଶ୍ୟକ ଥିଲା। ମୋ ଘରେ, ପରିବାରରେ ଥିବି, ମୋ କାମ, ବୃତ୍ତି ଭିତରେ ଥିବି, ବଂଧୁ, ଆଲୋଚନା ଭିତରେ ଥିବି। କେଉଁ ଅସର୍ତକ ମୁହୂର୍ତ୍ତରେ ମୋତେ ଲାଗ ଲାଗ ତିନିଚାରିବର୍ଷ ସତେଇଲା ସାତଭାୟାର କଥା। ଆଉ ଥରେ ସାତଭାୟା କଷ୍ଟ କରିଯିବି। ଆଉ ଥରେ।

ସେହି ଦ୍ୱିତୀୟ ଥର ସାତଭାୟାରେ ପହଂଚିବା ପାଇଁ ମୋ ଭିତର ଉତ୍ତେଜନା, ସେଠି ପହଂଚି ଅପ୍ରତ୍ୟାଶିତ ଘଟଣାରେ ସାମିଲ ହେବା ଛଡ଼ା ସାତଭାୟା ଉପରେ ମୋର କିଛି ମନେନାହିଁ।

ମନେଅଛି ଯଦି ସେଥରକ ସାତଭାୟାରେ ପହଂଚି ଆଗେ ସମୁଦ୍ର କୂଳକୁ ଯାଇ ଗାଁରେ ଅଲେଖକୁ ଖୋଜିବା ଉଦ୍‌ବେଗ କଥାଟି ମନେ ଅଛି।

ଅଲେଖ ଯା' ଭିତରେ ଗାଁ ଛାଡ଼ି ବମ୍ବେ ଦିଲ୍ଲୀ ଗୁଜୁରାଟ ଚାଲିଯାଇନଥିଲା । ଗାଁରେ ରହିଯାଇଥିଲା। ରାଜନୀତି କରୁଥିଲା। ମୋ ପହଂଚିବା ଦିନ ସକାଳେ ସେହି ରାଜନୀତି କାମରେ ସେ ରାଜନଗର ଯାଇଥିଲା। ତା'ପରେ ମୁଁ ମାଷ୍ଟ୍ରେଙ୍କୁ ଖୋଜିଲି ।

ମାଷ୍ଟ୍ରେ ତାସ୍ ଖଟି ପାଖରେ ବସିଥିଲେ। ତାଂକ ପଛଆଡୁ ହିଁ ଚିହ୍ନିଗଲି – ସେ ମାଷ୍ଟ୍ରେ । ସେ ସେମିତି କଳା ମାସ୍‌ରାଇଦ୍ ଲୁଂଗି, ହାତବାଲା ଗଂଜିଟେ ପିନ୍ଧି ଖେଳ ଦେଖୁ ନଥିଲେ, ଯେପରି ଶୁଣୁଥିଲେ। କିଏ ଜଣେ ଡାକୁଛି ଶୁଣି ମାଷ୍ଟ୍ରେ ଖଟିରୁ ଉଠି ଆସିଲେ, ତାସ ଖଟିରୁ ଅନ୍ୟମାନେ ଶଣ୍ଢା ଟେକି ମୋତେ ଚାହିଁଲେ।

–ଓ। ସେଇ ଆସିଛି। ଗାଁ ଲୋକେ ନିଜ ନିଜ ଭିତରେ ଫିସ ଫିସ୍ କଥା ହେଲେ। ପୁଣି ସେମାନେ ତାସ୍‌ଖେଳ ଉତ୍ତେଜନାରେ ମଜ୍ଜିଗଲେ। ମୁଁ ନମସ୍କାର କଲି ମାଷ୍ଟ୍ରେ ଦୋଦୋ ଚିହ୍ନାରେ ଚିହ୍ନିଲେ – ଓ ! ତୁମେ ! ସେ ଆଗେ ଆଗେ ଚାଲିଲେ। ତାଂକ ପଛରେ ମୁଁ। ସେ ଆସି ନିଜ ଘର ସାମ୍ନା ମଝିରାସ୍ତାରେ ଛିଡ଼ା ହେଲେ। ଘର ଭିତରେ ମାଛି ମ'ପଡ଼ିଯାଇଥିଲା । ଆମେ ଦୁହେଁ ଦାଂଡରେ ଛିଡ଼ା ହୋଇଥିଲୁ। ଅଲେଖ ଥିଲେ ସିନା ସେ ପିଣ୍ଡାରେ ମସିଣା ବିଛେଇ ଦେଇଥାଂତା। ମୁଁ ମନେମନେ ଅଲେଖକୁ ଖୋଜୁଥିଲି । ମାଷ୍ଟ୍ରେ ପଚାରିଲେ ଆଉ ! ଆମ ଅଲେଖ ସହିତ ଦେଖା ହେଲାଣି ? ମୁଁ ମନା କଲି।

ଅଲେଖକୁ ଦେଖିବା ପାଇଁ କଥା ହେବା ପାଇଁ ମୋ ଭିତରେ ବ୍ୟାକୁଳତା ମୋତେ ବୁଢ଼େଇ ଚାଲିଥାଏ। ମୁଁ ପଚାରିଲି – ଅଲେଖ କିପରି ଅଛି ? ଭଲ ଅଛିନା ! ଅଲେଖ ସଂପର୍କରେ କଥା କହିବା ପାଇଁ ମାଷ୍ଟ୍ରେ ଯେପରି କୁଣ୍ଠିତ ଦିଶୁଥିଲେ। ତାଂକ କଥାବାର୍ତ୍ତାରେ ରହିଥିଲା ଯେପରି ଚାପା ଅସନ୍ତୋଷର ଛାପ – ଅଲେଖ ଭଲରେ ଅଛି କି ନାହିଁ ସେ ଜାଣେ । ହେଲେ ତା' ପାଇଁ ଆମେ କେହି ଭଲ ମନରେ ନାହୁଁ। ଆଗରୁ କହୁଥିଲା ସେ ଗାଁ ଛାଡ଼ି ଗୁଜୁରାଟ ଯିବ। କାରଖାନାରେ କାମ କରିବ। ଅନ୍ୟ ପିଲାଂକ ଭଳି ମାସକୁ ଦୁଇ ହଜାର କମେଇବ। ତାପରେ ତୁମେ ତା' କାନରେ କି ମନ୍ତ୍ର ଦେଲ କେଜାଣି। ତୁମର ସେଥରକ ଗାଁରୁ ଗଲାପରେ ସେ ଟୋକା କହିଲା – ମୁଁ ଯେଉଁଠିକି ଯିବି ରୋଜଗାର କରିବି। ଗାଁରେ ରହି ରୋଜଗାର ନ କରିବି କାହିଁକି ? ରାଜନୀତିରେ ମିଶିଲା । କି ରୋଜଗାର କରୁଛି ମା' ପଞ୍ଚୁବରାହୀ ଜାଣଂତି। ଦିନେ ଦିନେ ବୁଲିବୁଲି ରାତି ଏଗାର ବାରରେ ଘରକୁ ଫେରୁଛି। ଦିନେ ଚାରିପାଂଚ ଦିନ କୁଆଡ଼େ ଯାଉଛି ତା'ର ଦେଖା ମିଳୁନି। ତା'ରି ପାଇଁ ଆମ ଦି'ଟା ଗାଁରେ ଗଣ୍ଡଗୋଳ, ମାଡ଼ପିଟ, ମନଫଟାଫଟି। ନାନା ରାଜନୀତିଆ କନ୍ଦଳ। ଆମର ତ ମାଷ୍ଟର ପରିବାର । ଖାସ୍ ତା' ପାଇଁ ଆମ ଘରେ ଅଶାଂତି।

ମାଷ୍ଟ୍ରେଂକ ପାଚିଲା ବାଳକେରାଏ ସାତଭାୟାର ହାଲ୍‌କା ସାମୁଦ୍ରିକ ପବନରେ ଫୁର୍ ଫୁର୍ ହେଉଥିଲା। ଏହି ତିନିଚାରିବର୍ଷ ବ୍ୟବଧାନରେ ମାଷ୍ଟ୍ରେ ଯେପରି ଅଧିକ ବୁଢ଼ାଠୁ ଅଧିକ ଭାଂଗିପଡ଼ିଛଂତି। ତାଂକର ନୈରାଶ୍ୟକୁ ଅନ୍ୟଆଡ଼କୁ ବୁଲେଇ ଆଣିବାକୁ

ପଚାରିଲି – ଆଉ ! ବିଷ୍ଣୁସାରଂକର କାହିଁ ଦେଖାମିଳୁନି । ସାରେ କ'ଣ ଘରେ ନାହାନ୍ତି ?

ବିଷ୍ଣୁ ଆଜି ଘରେ ନାହିଁ । ଡିଆଇ ଅଫିସ୍ ଯାଇଛି । ସେ କେଉଁ ଭଲ ଅବସ୍ଥାରେ ଅଛି । ଏ ଅଲେଖଟା ତା ମୁଂଡ ଖରାପ କରିଦେଲାଣି । ସବୁ ଦିନେ ବାପପୁଅଂକ ଭିତରେ ତେରିମେରି । ସେଥିରେ ପୁଣି ତୁମେ ଯେଉଁ ଗତଥର ଆସି କହି ଦେଇଗଲ – ଝିଅକୁ ଗୀତ ଉପରେ ଟ୍ରେନିଂ ଦେବାକୁ । ମୂକବଧିର ସ୍କୁଲରେ ଛାଡ଼ିବା ପାଇଁ । ସେହି କଥାକୁ ନେଇ ବିଷ୍ଣୁ ଓ ତା' ସ୍ତ୍ରୀ ଭିତରେ ମନ ଫଟାଫଟି । ସେ ତ ମାଇପି ଲୋକ । ବାହାର ଲୋକ ଯାହା କହିଥିବ ସେଇଟା ଗୁରୁଜ୍ଞାନ କରି ନେଇଛି । ତା ସ୍ତ୍ରୀ କହୁଛି – ଝିଅକୁ ପଠାଅ । ବିଷ୍ଣୁ ଆମ ଏକ ଜିଦିଆ । ସେ ମନା କରୁଛି । ବାପମାଆଂକ ଏ ଝଗଡ଼ାରେ ମୋ ନାତୁଣୀର ଗୀତଫିତ କୁଆଡ଼େ ଗଲାଣି ।

ମୁଁ ମାଷ୍ଟ୍ରେଙ୍କ ସାମ୍ନାରେ ସ୍ତବ୍ଧ ହୋଇ ଛିଡ଼ାହୋଇଥାଏ । ମୁଁ ଯେପରି ସେହି ପରିବାର ଲୋକଙ୍କ ବଦଳିଯାଉଥିବା ମାନସିକତା ପାଇଁ ଦାୟୀ । ସବୁ ବିପର୍ଯ୍ୟୟ ପାଇଁ ମୁଁ ଯେପରି ମୁଖ୍ୟ – ଥକ୍କା ମାରି ଗୋଟେ ଜାଗାରେ ବସିବାକୁ ମୁଁ ଚାହୁଁଥିଲି । ମୁଁ ପିଣ୍ଡା ଉପରେ ବସିବା ପାଇଁ ଚାହୁଁଥିଲି । ହେଲେ ମାଷ୍ଟ୍ରେ ମଝିଦାଂଡରେ ମୋତେ ଦୋଷୀ ଭଳି ଛିଡ଼ା କରାଇ ଦେଇଥିଲେ ।

ଦୈବାତ୍ ଅଲେଖ କେଉଁଠୁ ଆସି ସାଇକେଲରେ ସେଠି ପହଂଚିଲା । ମୋତେ ଚାହିଁଲା – ଓ । ଆପଣ ଆସିଛନ୍ତି ।

ମୁଁ ହସିଲି – ତୁମେ କ'ଣ ମୋତେ ମନେ ରଖିଛ ?

ଆପଣଙ୍କୁ କ'ଣ ଭୁଲିପାରିବୁ ? ଆଉ କେମିତି ପୁଣି ସାତଭାୟା ମନେପଡ଼ିଲା ।

ଅଲେଖ ସାଇକେଲରେ ଷ୍ଟାଣ୍ଡ ମାରି ଛିଡ଼ା ହେଲା । ତା'ର କଥାବାର୍ତ୍ତା, ଚାଲିଚଳନ ପୋଷାକପତ୍ର, ରକ୍ତର ଗତିଶୀଳତାରେ ଗୋଟେ ଅଦ୍‌ଭୁତ ପରିବର୍ତ୍ତନ, ଗୋଟେ ଅସମ୍ଭବ କ୍ଷିପ୍ରତା । ସେ ଚୁଡ଼ିଦାର ପଂଜାବୀ ପିନ୍ଧିଥିଲା । କାଂଧରେ ସମ୍ବଲପୁରୀ ଗାମୁଛା ଭାଂଗି କରି ପକେଇଥିଲା । ମୁହଁରେ ବଢ଼ିଥିବା ଦାଢ଼ୀର ଯତ୍ନ ନେଇ ସଜାଇ ରଖିଥିଲା । ଗୋଟେ ହାତରେ ନାଲିବ୍ରତର ବଳା, ଦିଚାରିଟା ପଥରବସା ରୂପା ମୁଦି ପିନ୍ଧିଥିଲା ।

ମୁଁ ସେ ଅଲେଖ ପାଖରେ ସହଜ ଯେପରି ହୋଇପାରୁ ନଥିଲି । ତଥାପି ପଚାରିଲି – କ'ଣ ଶେଷରେ ପଲ୍‌ଟିକ୍‌ସ୍ କ୍ୟାରିୟର କଲ ?

ପଲ୍‌ଟିକ୍‌ସ୍‌ଟା କ'ଣ ଖରାପ ? – ସେ ଓଲଟି ପଚାରିଲା । ମୋ ମୁହଁ ବଂଦ । ମୋର ଏହି ପଦିଏ କଥାରେ କେଉଁଠି ଲୁଚିରହିଥିଲା ଅଲେଖ ଭିତରେ ଏତେ

ତାସ୍ଲଲ୍ୟ। ସେ ନିଜର ସମସ୍ତ ଅସନ୍ତୋଷକୁ ଯେପରି ମୋରି ଉପରେ ଓଜାଡ଼ି ଦେବାକୁ ପ୍ରସ୍ତୁତ ହୋଇଗଲା – ଦେଖଂତୁ ! ଆପଣ ଲେଖକ ହୁଅଂତୁ, ସାମ୍ବାଦିକ ହୁଅଂତୁ, ଆପଣ ଯେ କୌଣସି କାମ ପାଖରେ ସାତଭାୟାକୁ ଆସନ୍ତୁ ମନା ନାହିଁ। ହେଲେ ଗୋଟିଏ କଥା ମନେ ରଖିବେ ଆପଣ ଟୁରିଷ୍ଟ। ଆସିବେ। ଦେଖିବେ। ଯିବେ। ସମୁଦ୍ର କୂଳ ଗାଁ ଭିତରକୁ ପଶିବେନି। ଆପଣ ଗାଁ ଭିତରେ ପଶିଲେ, ନିଆଁ ଲଗାଇ ଦେଲେ ଆମ ଘରେ । ଏବେ ଗାଁରୁ ସମୁଦ୍ର କୂଳକୁ ଯାଆନ୍ତୁ।

ମୋତେ ସେଠୁ ଝୁଂକେଇ ହଟେଇ ଦେବାକୁ ମୋ ଆଡ଼କୁ ଉହୁଁକି ଆସିଲା ତାର ନାଲି ବ୍ରତ ସୁତାର ବଳାବନ୍ଧା ଡାହାଣ ହାତ। ହାଁ ହାଁ କରି ଆମ ମଝିକୁ ଧାଇଁ ଆସିଲେ ମାଷ୍ଟ୍ରେ। ମୋ କାଂଧ ଧରି ଝୁଂକେଉଥିବା ଅଲେଖର ହାତଧରି ମାଷ୍ଟ୍ରେ ଘୁଂଚେଇ ନେବାବେଳେ ଆଖିରୁ ଖସିପଡ଼ିଲା ମାଷ୍ଟ୍ରେଂକ ଚଷମା। ଭାଂଗିଗଲା ପଟେ କାଚ।

ଅଲେଖ ମୋ କାଂଧ ଛାଡ଼ିଦେଲା। ସାଇକେଲ ଧରି ଗମ୍‌ଗମ୍ ଉତ୍ତେଜନାରେ ପୁଣି ଗାଁ ଆଡ଼େ ଚାଲିଗଲା।

ମୋତେ ସେଠି ଖାଲି ଘୋ ସମୁଦ୍ର, ସିର୍‌ସିର୍ ଚୁନି ଧୂଳିର ନାରା ଶୁଣାଗଲା । ମାଷ୍ଟ୍ରେ ମୋତେ କ'ଣ ଗାଡୁରମାଡୁର ହୋଇ ବୁଝାଉଥିଲେ। ଶାଂତ କରୁଥିଲେ। ମୁଁ ତଳୁ ମାଷ୍ଟ୍ରେଙ୍କ ସେହି ଭଂଗା କାଚ ଚଷମାଟି ଧରିଲି। ତାଂକୁ ନମସ୍କାର କରି କହିଲି – ମୁଁ ଆପଣଂକ ଏ ଚଷ୍ମାରେ କାଚ ଲଗେଇ ନିଜେ ନେଇ ଆସିବି ନଚେତ୍ କାହା ହାତରେ ପଠେଇ ଦେବି।

ଏବେ ବି ସେ ଚଷ୍ମାଟି ମୋ ପାଖରେ। ସେମିତି। କାଚ ବଦଳାଇନି କି କାହା ହାତରେ ପଠେଇ ଦେଇପାରିନି। ଯଦି କେବେ ଚଷ୍ମା ସଜାଡ଼ି ମୁଁ ସାତଭାୟାରେ ପହଂଚେ ଚଷ୍ମା ପିନ୍ଧିବାକୁ ମାଷ୍ଟ୍ରେ ଥିବେ କି ନାହିଁ କେଜାଣି ?

ସମୁଦ୍ର ଦେଖି ଯାଇଥିଲି ଭେଟିଲି କେତେଜଣ ମଣିଷ। ଏହାଛଡ଼ା ସାତଭାୟା ଉପରେ ମୋର କ'ଣ ମନେଅଛି ?

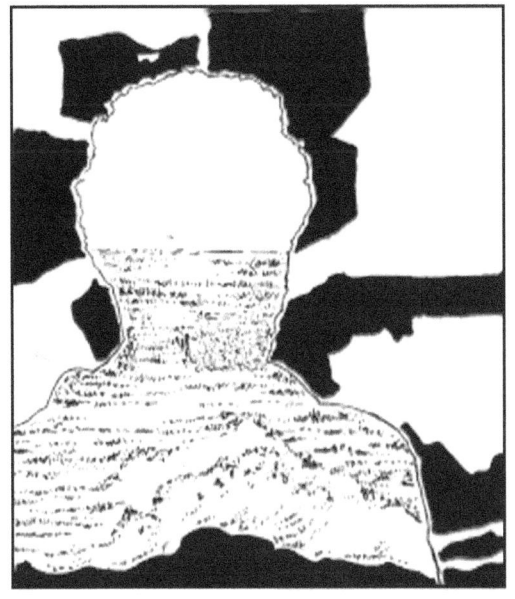

ଛବି : ଛାୟା ଆଚାର୍ଯ୍ୟ

କିପରି ହେଲା ସମୁଦ୍ର ମଣିଷ

ସୁଲୁ ସହିତ ବଂଧୁତା ନ ହୋଇଥିଲେ – ସମୁଦ୍ର ମଣିଷ ଥାନ୍ତା ସାତଭାୟା, କାନପୁରରେ। ମୁଁ ଥାନ୍ତି ଚାନ୍ଦବାଲିରେ, ଆମ ଭିତରେ ତିନି ଚାରୋଟି ଜୁଆର ଭଟ୍ଟା ନଈ, ମାଇଲ ମାଇଲ ଧରି ହେନ୍ତାଳ ଜଙ୍ଗଲର ତଫାତ୍। ସୁଲୁ କହିଲା –ବାହାରନ୍ତୁ ଯିବା।

ସେତେବେଳେ ମୋର ନୂଆଣିଆ ହୋଇଥିବା ହିରୋ ସାଇକେଲ। ଲଦିଲୁ ବୈତରଣୀରେ ଗୋଟେ ଯାତ୍ରୀବୁହା ଲଂଚ୍‌ରେ, ଧାମରାରେ ମେଳା ଲାଗିଥାଏ। ସହଜେ ଭିଡ଼ ମୋତେ ଅସହଜ ଲାଗେ। ସୁଲୁ ମୋ ବୋଦ୍ ବୁଝୁଥାଏ। ବୁଲାଉଥାଏ ଦୋକାନର ଗଳିକୁ ଗଳି। ଭିଡ଼ ଠେଲି ଧାମରାଇ ଦେଖାଉଥାଏ – ଏଇଟା ଖାଆନ୍ତୁ ସେଇଟା ଖାଆନ୍ତୁ, କେଉଁଥିରେ ମୋର ମନ ଲାଗୁନଥାଏ । ସେଠୁ ରାତିରେ ଫେରିଆସିବାର ଲଂଚ୍ ନଥାଏ। ସାରା ରାତି ଅନିଦ୍ରାରେ କେବଳ ଏହି ଛୋଟ ମେଳାରେ ଲକ୍ଷ୍ୟହୀନ ପଦଚାରଣ ଓ କ୍ଳାନ୍ତି ? ଏମିତି ଭାବୁଥିଲା ବେଳେ ସୁଲୁ ମୋ ହାତଧରି ଡାକିନେଲା ଅପେରା ତମ୍ବୁ ତଳକୁ। ନାଟକ ଥିଲା ବେଶୀ ମେଲୋଡ୍ରାମିକ୍, ବହୁତ କନ୍ଦାକଟାର

ନାଟକ। ଗୀତ ନାଚର ସଂଳାପରେ ରହୁ ରହୁ ରାତି ପାହିଗଲା। ଲଂଚ୍ ଚାନ୍ଦବାଲି ଓ ଅନ୍ୟ ଲଂଚ୍ ଘାଟକୁ ଫେରିବାକୁ ରେଡ଼ି, ସୁଲୁ ଓ ମୁଁ – ଆମ ସାଇକେଲ ରେଡ଼ି। କେବଳ ଡେରି ହେଉଥାଏ ଲଂଚ ଛାଡ଼ିବାରେ।

ଧାମରା ମାଛଜେଟି ଉପରେ ଏକଡ଼ ସେକଡ଼ ହେଉଥାଉ। ଦେଖୁଥାଏ ଦୂରରେ ବୈତରଣୀ ବଙ୍ଗୋପସାଗର ମୁହାଣଟାକୁ। ମୁହାଣ ସେ ପାଖରେ ଝଲ୍ ଝଲ୍ ଜଳର ଭୂଗୋଳ। ମାଛଧରା ଷ୍ଟିମର୍ ସବୁ ମୁହାଣରେ ଯିବା ଆସିବା ଚଳେଇଥିଲେ। ଡକାହକା ହୋଇଗଲା – ଆମ ଲଂଚ୍ ଛାଡ଼ିବ। ଆମେ ସାଇକେଲ ଉଠାଇଲୁ, ଧାମରା ଛାଡ଼ିଲୁ।

ଘାଟକୁ ଘାଟ ଯାତ୍ରୀ ଛାଡ଼ି ଲଂଚ ଯେତେବେଳେ ନଳିତାପାଟିଆ ଜେଟିରେ ଲାଗିଲା, ସୁଲୁ ମୋ ସାଇକେଲ ସିଟ୍‌ରେ ହାତ ପକେଇଥାଏ, ଇଶାରାରେ ଡାକିଦେଲା – ସମୁଦ୍ରର କୂଳ ଦେଖିବ ? ଯିବ ? ସମୁଦ୍ର କୂଳ ଓ ରେଳ ଷ୍ଟେସନ୍ – ମୋର ଚିରକାଳ ଦୁର୍ବଳତା..ସୁବିଧା ସୁଯୋଗ ହେଲେ ମୁଁ ହଜାରେ କାମ ପକାଇ ଧାଏଁ – ଏ ଦିଇଟା ଜାଗା ମୋତେ ଟାଣେ। ଆମେ ନଳିତାପାଟିଆରେ ଓହ୍ଲେଇଲୁ । ତା'ର ସେଠି ଥିଲା ଗୋଟେ ରିଫ୍ୟୁଜି ସାଙ୍ଗର ଘର, ତା' ଘରେ ରହିଲୁ। ଦିନରେ ମୋତେ ସାଇକେଲର ଆଗ ରଡ଼ରେ ବସେଇ ମାଇଲ୍ ମାଇଲ୍ ଜଙ୍ଗଲ ରାସ୍ତାରେ ଘୁରେଇଲା ତିନି ଚାରି ଦିନ – ଚିହ୍ନେଇଲା ହେନ୍ତାଳ ଜଂଗଲ। କହିଲା କେବେ ଶୁଣିନଥିବା ସେ ଗଛମାନଙ୍କର ନାଁ। କୁମ୍ଭୀରମାନଙ୍କ ନିର୍ଭୟ ବସା ଉଠା ଜାଗା, ହରିଣମାନଙ୍କ ମୁହଁଛପା ଦୌଡ଼। କଙ୍କଡ଼ାମାନଙ୍କର ଖୋଳପା ଛଡ଼େଇ ରୋଷେଇ କରିବାର ତରିକା। କେଉଁ ରାତିରେ କେଉଁ ଫରେଷ୍ଟ ବିଟ୍‌ରେ ତ, କେଉଁ ଦିନ ଭିତରକନିକା ଡାଙ୍ଗମାଳରେ।

ମୁଁ ପଚାରେ ସୁଲୁ ସମୁଦ୍ର କାହିଁ ?

ମୁଁ ସମୁଦ୍ରମନସ୍କ ଥିଲି। ଜଙ୍ଗଲ, କୁମ୍ଭୀର, ହରିଣମାନଙ୍କ ମେଳରୁ ଯାଇ ସମୁଦ୍ରର ସୁନାବାଲିରେ ତା'ଆଡ଼କୁ ମୁହଁ କରି ଛିଡ଼ା ହେବାକୁ ଚାହେଁ। ମୁଁ ଭିନ୍ନ ହୋଇ ତା'ଭିତରେ ନିମିଷକେ ବୁଡ଼ା ମାରି ଉଠି ଆସିବାକୁ ଚାହେଁ। ଜିଗର ଲଗାଇଲି – ତେବେ କେବେ ଦେଖିବା ସମୁଦ୍ର ?

କାଲି, କାଲି ସକାଳରେ ବାହାରିବା, ସମୁଦ୍ରକୂଳ ଦେଖିବେ। ଭୋର ଭୋର ମୋତେ ଉଠାଇଲା ସୁଲୁ – ସାଇକେଲରେ ବସେଇ, ହେନ୍ତାଳ ଜଙ୍ଗଲି ରାସ୍ତା, ଗାଁ, ବିଲଡିହ ରାସ୍ତା ଦେଇ ସାତ ଆଠ ମାଇଲ୍ ଅଣ୍ଟା ବଙ୍କେଇ, କଷ୍ଟକରି ଠେଲିନେଲା ସୁଲୁ, ନେଇ ପହଞ୍ଚାଇ ଦେଲା ରଙ୍ଗଣୀପାଟଣା ଗାଆଁରେ। ଏ ରଂଗଣୀପାଟଣା ଗାଁରେ ଆମେ କରିବୁ କ'ଣ ? ଏ ଗାଁ ପାଖରେ ତ ବିଶାଳ ପାଠଶାଳା ନଈ, ସୁଲୁ ତର୍ତର ଥିଲା। କହିଲା – ବାହାରନ୍ତୁ। ଏବେ ଲଂଚ୍ ଛାଡ଼ିବ। ଯିବା ଗୁପ୍ତି। ଚାନ୍ଦବାଲିରୁ ଧାମରା,

ଧାମରାରୁ ତାଳଚୁଆ, ତାଳଚୁଆରୁ ରଂଗଣୀପାଟଣା । ତା'ପରେ ଗୁପ୍ତି। ତା'ପରେ କ'ଣ ସମୁଦ୍ର ? ସୁଲୁ ମୋ ଅବସ୍ଥା ଦେଖି ହସୁଥିଲା । ଗୁପ୍ତି ଘାଟରେ ଲଂଚରୁ ଓହ୍ଲେଇ ମୋତେ ସାଇକେଲ ରଢ଼ ଦେଖାଇଦେଲା ସୁଲୁ। କହିଲା ବସନ୍ତୁ । ଗୁପ୍ତି ପରେ ଓକିଲପାଳ ଛକ। ଓକିଲପାଳ ଛକରୁ ରାସ୍ତା ଲଂବିଛି ରାଜନଗର–ଶୁଣିଛି ସେଠିକା ରାଜନୀତି କୁଆଡ଼େ ଏଠିକା ଏରିଆକୁ କରେ କଣ୍ଟ୍ରୋଲ୍ । ହୋଇଥିବ । ଦେଖୁଥାଏ ଓକିଲପାଳ ପାଖରେ କୃଷ୍ଣପ୍ରିୟାପୁର ଗାଁ। ରିଫ୍ୟୁଜିଙ୍କୁ ମିଳି ସାରିଥିଲା ଭୋଟ୍ ପରିଚୟ ପତ୍ର। ସେ ପାଇଁ ସେ ଗାଁରେ ଉଂଚା ଚାଳ ଉପରେ ଟିଭି ଆଣ୍ଟିନା ସବୁ ହସ ହସ। ସୁଲୁ କହିଲା – ଆସନ୍ତୁ ଖାଇବେ, ମୁଁ ମନା କଲି। ସୁଲୁ କହିଲା ସମୁଦ୍ର କୂଳରେ କିଛି ମିଳିବନି। ଦହିଚୁଡ଼ା ପଡ଼ିଗଲେ ସାରାଦିନ ସେତକ ଆମକୁ ଟଣେଇ ନେବ। ଓକିଲପାଳ ଛକରେ ଚୁଡ଼ା ଦହି ଗୋଟେ ଦୋକାନରେ ଖାଇସାରିଲା ପରେ, ସୁଲୁ କହିଲା – ସମୁଦ୍ରକୂଳ ଦେଖିବେ ପରା ବସନ୍ତୁ ସାଇକେଲରେ ।

ଆବୁରା ଖାବୁରା ଶୁଖିଲା ମାଟି ରାସ୍ତାରେ ସାଇକେଲରେ ବସେଇ ନେଉ ନେଉ ସୁଲୁ ମୋତେ ଚିହ୍ନେଇଦେଲା – ଫରେଷ୍ଟ ବିଟ୍‌ର ଚାଳଘର। କହିଲା – ସେଠୁ ଫେରିଲେ ଏଠି ରାତିରେ ରହିବା। ରାସ୍ତା ଦୁଇ ପାଖରେ ଜଙ୍ଗଲକୁ ଦେଖେଇ ଚିହ୍ନେଇ ଦେଲା – ସୁନେଇ ରୂପେଇ ଜଙ୍ଗଲ। ରାସ୍ତାରେ ପଡ଼ିଲା ପୁଣି ଗୋଟେ ଛୋଟ ଜୁଆର ଭଙ୍ଗା ବାଉଁଶଗଡ଼ି ନଈ, ଶଗଡ଼ିଆ ଘାଟରେ ବନ୍ଧା ହୋଇଥିଲା ଗୋଟେ ଘାଟ ଡଙ୍ଗା।

ସମୁଦ୍ରକୂଳରେ ପହଞ୍ଚିବା ପାଇଁ ଏସବୁ ଜାଗାମାନଙ୍କରେ କ'ଣ ନଈ ନାଳର ଶେଷ ନାହିଁ । ଘାଟ ପାରିହେଲା ବେଳେ ଭାବୁଥିଲି ଏକଥା। ପୁଣି ନଈ ସେ କୂଳରୁ ସାଇକେଲରେ ବସାଇ ଜଙ୍ଗଲ ରାସ୍ତାରେ ନେଇ ଦୂରରୁ ଦେଖାଇଦେଲା–ଆଗରେ ସମୁଦ୍ର ?

ମୁଁ କହିଲି – ଆଗରେ ସମୁଦ୍ର କାହିଁ ? ସେଟା ତ ଗୋଟେ ମାଟିବନ୍ଧ। ସେ ବନ୍ଧ ସେପାଖରେ କ'ଣ ସମୁଦ୍ର ?

ମୁଁ ସାଇକେଲ୍‌ରେ ବସି ମୋ ଚାରିପାଖର ପବନରୁ ଅଣ୍ଡାଳୁଥିଲି ସମୁଦ୍ରର ଗନ୍ଧ। ଘେରିବନ୍ଧ ପହଂଚି ସୁଲୁ ମୋ ହାତରେ ସାଇକେଲ୍ ଧରାଇ ଦେଇ, ଖେପାମାରି ବନ୍ଧ ଉପରକୁ ଉଠିଗଲା। ମୁଁ ସାଇକେଲ୍ ପେଲି ବନ୍ଧ ଉପରକୁ ଉଠୁଛି। ସୁଲୁ ବନ୍ଧ ଉପରେ ମୋତେ ପଛ କରି ଛିଡ଼ା ହୋଇ ଡାକିଲା – ଆଂସନ୍ତୁ ଦେଖିବେ ସମୁଦ୍ରକୂଳ। ମୋତେ ସମୁଦ୍ରକୂଳ ଦେଖାଇବାର ଖୁସିରେ ଥାଏ ସୁଲୁ। ତା'ପାଖରେ ବନ୍ଧ ଉପରେ ଛିଡ଼ାହେଲି, ଆଗରେ ବଙ୍ଗୋପସାଗର। ଦୂର ଦିଗ୍‌ବଳୟ ପାଣି ଓ ଆକାଶ ଦୁଇଟା ଦି ପ୍ରକାର ଚମତ୍କାର ନୀଳ। ସୁଲୁ ମୋ ଧ୍ୟାନ ଭାଂଗି ଦେଲା। ଅନ୍ୟ ଆଡ଼କୁ ଆଙ୍ଗୁଠି

ଦେଖାଇ ସମୁଦ୍ରଦାଢ଼ରେ ଲଟକି ଥିବା ସାବ୍‌ଜା ଗଛଲତା ମଝିରେ ନିଚା ଚାଳଘର ସବୁ ଦେଖାଇ କହିଲା – ଏଇଟା ସାତଭାୟା।

ଘେରି ବନ୍ଧରେ ସାଇକେଲ୍ ଚଢ଼େଇ ଗାଁ ପାଖ ଗଡ଼ାଣିରୁ ସାଇକେଲ୍ ଗଡ଼େଇ ଗୋଟେ ସାହି ଭିତରେ ମୋତେ ଚଳେଇ ଚଳେଇ ନେଇ ଚାଲିଲା ସୁଲୁ, କହିଲା – ଏଇଟା କାନ୍‌ପୁର ଗାଁ। ଏହା ପରେ ସାତଭାୟା ଗାଁ। ଏଠି ଆଗରୁ ସାତଟା ଗାଁ ଥିଲା। ସାତଟା ଗାଁକୁ ନେଇ ସାତଭାୟା। ଏହା ଭିତରେ ପାଞ୍ଚଟା ଗାଁକୁ ସମୁଦ୍ର ଖାଇ ସାରିଲାଣି। ରହିଛି ଏ ଦି'ଟି ଗାଁ। କାନପୁର ଗାଁରେ ସତୁରି ଅଶୀ ଘର। କାନପୁର ଗାଁ ଯେଉଁଠି ଶେଷ ହେଲା ସେଇଠୁ ସାତଭାୟା ଗାଁ ଆରମ୍ଭ। ଦୁଇ ଗାଁ ମଝିରେ ମଂଦିର। ମଂଦିର ପାଖରେ ସମୁଦ୍ରକୂଳ। ସୁଲୁ ମୋତେ ସେହି ମଂଦିର ପାଖକୁ ନେଇଗଲା। ଗୋଟେ ବିଶାଳ ମୁଗୁନି ପଥର ପ୍ଲେଟ୍ ରଂଗୀନ କସ୍ତା ଶାଢ଼ି ପିନ୍ଧା ହୋଇଥିବା ୫ଟି ବିଶାଳ ମୁଗୁନି ପଥରରେ ତିଆରି ଭାରତୀୟ ଘୁଷୁରୀ ମୁହାଁ ବରାହୀ ତାନ୍ତ୍ରିକ ଦେବୀ, ତାଙ୍କୁ ସଜା କରି ପୂଜା କରୁଥିଲା ଜଣେ ସ୍ତ୍ରୀ ଲୋକ –ପୂଜକ । ସୁଲୁ କହିଲା – ଏ ପଞ୍ଚୁବରାହୀ।

ସାତଭାୟାରେ ସିନା ପଞ୍ଚୁବରାହୀ – ଏ ପାଞ୍ଚଜଣ। ହେଲେ ଏମାନେ ସାତଭଉଣୀ । ଯାଜପୁରର ବିରଜାଇ। ସବୁଠୁ ବଡ଼ ଭଉଣୀ ଦରିଆଦେବୀ। ବଡ଼ ଭଉଣୀ ଯେଉଁଦିନ ତା'ର ଏ ପାଞ୍ଚଭଉଣୀ ପଞ୍ଚୁବରାହୀଙ୍କୁ ନିଜ ଗର୍ଭକୁ ନେଇଯିବ ସେଦିନ ପରେ ଏ ଦିଟା ଗାଁ ନଥିବ। ପଞ୍ଚୁବରାହୀଙ୍କୁ ବିଶ୍ୱାସ କରି ସାତଭାୟାର ଲୋକ ଏଠି ପଡ଼ିଛନ୍ତି । ମନ୍ଦିର ସେ ପାଖରେ ମୋତେ ଡାକୁଥାଏ ସମୁଦ୍ରକୂଳ। ହେଉଥାଏ ଘୋ ଘୋ, ମୁଁ ଏହା ଭିତରେ ଯେପରି ଭୁଲିଯାଇଛି ସମୁଦ୍ରକୂଳ । ସାତଭାୟା ଗାଁ ଉପରେ ମୁଁ ଥିଲି ମନସ୍କ। ସୁଲୁ ସହିତ କଥା ଲମ୍ୱେଇଲି, ଗାଁ ସମ୍ପର୍କରେ କ'ଣ ଜାଣ ?

– କୁହନ୍ତି ତଅପୋଇ ଯେତେବେଳେ ଘରମଣୀ ଛେଳି ହଜେଇ ଭାଉଜମାନଙ୍କଠୁ ଗାଳିମାଡ଼ ଖାଇ ଏହି ଜଙ୍ଗଲରେ କାନ୍ଦି କାନ୍ଦି ଛେଳି ଖୋଜିଛି, ତା'କାନ୍ଦ ଶୁଣି ଏହି ସାତଭାୟାରେ ତଅପୋଇର ସାଧବ ସାତ ଭାଇ ବୋଇତ ଲଗେଇଲେ।

ମୁଁ ସୁଲୁର କିମ୍ବଦନ୍ତୀ ଶୁଣୁଥାଏ। ବହୁତ ପଛରେ ଗାଁରେ ଖୁଦୁରୁକୁଣି ଓଷା । ତଅପୋଇର କଥା ନେଇ ଚଟି ଓଷା ବହିର ଲହର ମୋତେ ଶୁଭୁଥିଲା। ଏହି ତଅପୋଇ, କାଳିଜାଇ, ଧରମା, ବାଜି ରାଉତ କଥା ଯେବେ ମୋ କାନରେ ବାଜେ ସେହି ପ୍ରିୟ ଲୋକ କଥାରେ ମୁଁ ଓଦା ହୋଇଯାଏ।

ସୁଲୁ ମୋତେ ସାତଭାୟାର ଇତିହାସ, କିମ୍ବଦନ୍ତୀ, ଲୋକମାନଙ୍କଠାରୁ ଆଡ଼େଇ ନେଇ ଛିଡ଼ା କରାଇ ଦେଲା ସମୁଦ୍ରକୂଳରେ। ଭୁଷା ବାଲିରେ ପଡ଼ିଥିଲା ମଲା କଇଁଚର

ଲାସ ସବୁ। ସମୁଦ୍ର ବାଲିରେ ଛିଡ଼ା ହୋଇ ଉପର ମୁହାଁ ହୋଇ ବାଲି ଡିହ ଉପରେ ସମୁଦ୍ର ଗ୍ରାସକୁ ଅପେକ୍ଷା କରିଥିବା ନୁଆଣିଆ ଘରଗୁଡ଼ିକ ଦେଖିଲି। ଅଗଣାରେ ସ୍ତ୍ରୀ ଲୋକ ପିଲାଛୁଆ ନିଜ ନିଜ ଘରକରଣାରେ ଥିଲେ ଖୁଜବୁଜ୍। ଟୁରିଷ୍ଟ ନଥିବା ନିର୍ଜନ ସମୁଦ୍ରକୂଳେ କୌଣସି ମାଛଧରା ଡଂଗା ନଥିଲା । ବରଂ ସେଠାରେ ଦୁଇଟା ଗାଁର ଦଶବାର ଜଣ ସ୍ତ୍ରୀ ଲୋକ ନିଜ ଲୁଗା କାନି ମୁଂଡୁଳି ଜାଲ କରି ଫେଣରୁ ଧରୁଥିଲେ ବାଗଦା ଜାଆଁଳା। କେହି କେହି ପୁରୁଷ ମାଛ ଶିକାର ପାଇଁ କୂଳରେ ଛିଡ଼ା ହୋଇ ଲଂବା ରସିରେ ଖାଦ୍ୟରେ କଂଟା ଲୁଚେଇ ସମୁଦ୍ରକୁ ପକାଉଥିଲେ ଜିଅଳ।

ସୁଲୁ ତା'ର ନଇଁପଡ଼ି ଲହଡ଼ିଛଡ଼ା ଓଦା ବାଲିରେ ଖୋଜୁଥିଲା ଭଳିକି ଭଳି ଶାମୁକା ଟୁରିଷ୍ଟ ପରି ଖୋଜୁଥିଲା କଳାତ୍ମକ ସାମୁଦ୍ରିକ ଫସିଲ୍।

ମୁଁ କିନ୍ତୁ ସମୁଦ୍ରକୁ ମୁହଁ କରି ଛିଡ଼ା ହୋଇଥିବା ଜଣେ ବୁଢ଼ା ପାଖରେ ଯାଇ ପହଞ୍ଚିଲି। ସତୁରି ଅଶୀ ବର୍ଷ ବୟସର। ଅଂଟା ନଇଁ ପଡ଼ିଲାଣି। ବଙ୍କୁଲିବାଡ଼ିରେ ଠେସ ମାରି ଆଖିରେ ମୋଟା ପାୱାରଦିଆ ଚଷମାରେ ଏକ ଲୟରେ ସମୁଦ୍ରକୁ ଚାହିଁଛି । ପଥର ମୂର୍ତ୍ତି ଭଳି ଛିଡ଼ା ହୋଇଛି ସେମିତି ସାତଭାୟାର ସମୁଦ୍ରକୂଳେ ନିର୍ଧୂମ୍ ଖରାବେଳେ।

ସମୁଦ୍ର କୂଳ ଗାଁର ବୁଢ଼ା। ଖରାବେଳେ ଘରେ ନ ରହି ନିତି ଦେଖା ସମୁଦ୍ରରୁ ଦେଖୁଛି କ'ଣ ? ମୁଁ ପଚାରିଦେଲି – ସମୁଦ୍ର ଭିତରେ କ'ଣ ଦେଖୁଛ ମଉସା ? ନାଇଁରେ ପୁଅ। ଖରାବେଳେ ଖାଇସାରିଲେ ମୋତେ ନିଦ ହୁଏନା। ବେଳେବେଳେ ଏ ଦରିଆ କୂଳକୁ ଆସେ। ଖୋଜେ। ଏହି ଯେଉଁ ଚୁନାଚୁନା ଢେଉ ଦେଖୁଛ। ସେଇଠି ଥିଲା ଆମ ପୁରୁଣା ଘର ଓ ଏହି ସେହି ଯେଉଁ ଦୂରରେ ବଡ଼ ଢେଉ ଭାଙ୍ଗିପଡ଼ିଲା ସେଇଠି ଥିଲା ଆମ ଗାଁର ସବୁଠୁ ପୁରୁଣା ବରଗଛ। ଆଉ ଟିକେ ଦୂରରେ, ସେହି ଦରିଆ ଆକାଶ ମହାପ୍ରଭୁଙ୍କ ମିଶିବା ଜାଗାରେ, ସେଇଠି ଥିଲା ମୋର ମାମୁଁ ଘର।

ସମୁଦ୍ରକୁ ଆଙ୍ଗୁଠି ବଢ଼େଇ ବୁଢ଼ା ମୋତେ ଚିହ୍ନେଇ ଥିଲା – ସମୁଦ୍ର ଖାଇ ଯାଇଥିବା ତାଙ୍କ ପୂର୍ବଜଙ୍କ ଘର। ତାଙ୍କ ପିଲାଦିନ। ସେଇଠି। ସେଦିନ। ସେହି ଆଖିଝଲସା ସମୁଦ୍ର କୂଳରେ ସେହି ବୁଢ଼ାଟି ମୋତେ ଲାଗିଲା, ଯିଏ ମୋ ଆଗରେ ଛିଡ଼ା ହୋଇଛି। ସେ ସେ ନୁହେଁ। ଗୋଟେ ସମୁଦ୍ର କୁହୁଡ଼ି ତିଆରି ମଣିଷ। ସମୁଦ୍ରକୂଳରେ ଛିଡ଼ା ହୋଇ ମୂଳ ଜାଗାଟିକୁ ଖୋଜି ହେବାର ବେଦନା ଓ ଆନନ୍ଦର ସେ ସ୍ୱରୂପଟା ମୋତେ ଥ'କରି ଛିଡ଼ା କରାଇ ଦେଲା। ସାତଭାୟାରେ ସେହି ବୁଢ଼ାକୁ ମୁଁ ପଚାରି ପାରିନଥିଲି ତା' ନାଁ। ମୁଁ କିନ୍ତୁ ତାକୁ ନେଇ ଗୋଟେ ନାଁ ବାଛିଲି –'ସମୁଦ୍ର ମଣିଷ।'

ସମୁଦ୍ରକୂଳଟେ ଦେଖିବାକୁ ଆସିଥିଲି ସୁଦ୍ଧୁ କୌତୁହଳରେ। ଆସି ଏଠି ସମୁଦ୍ର ମଣିଷଙ୍କ ହାବୁଡ଼ରେ ପଡ଼ିଗଲି।

ସୁଲୁ ମୋତେ ସାଇକେଲ୍‌ରେ ବସେଇ ସଂଧ୍ୟା ପୂର୍ବରୁ ଓକିଲପାଳର ଫରେଷ୍ଟ ବିଟ୍‌ରେ ପହଞ୍ଚାଇ ଦେଲା। ଫରେଷ୍ଟ ବିଟ୍‌ର ଗାର୍ଡ ଦୁଇଜଣଙ୍କ ସହିତ ସୁଲୁର ଚିହ୍ନା ଥିଲା। ସେମାନେ ସ୍ଥାନୀୟ ବାସ୍‌ମତି ଚାଉଳରେ ରାନ୍ଧିଥିଲେ ମହକଦିଆ ଭାତକୁ କଙ୍କଡ଼ା ତର୍କାରୀର ଝୋଲ୍। ସୁନ୍ଦର ଗୋଟେ ଭୌତିକ ଜହ୍ନରାତି। ଫରେଷ୍ଟ ବିଟ୍ ପଛ ପାଖରେ ଛୋଟ ଗଡ଼ିଆ। ସେ ପାଖରେ ନଈନାଳ ଘେରା ସୁନେଇ ରୂପେଇ ଜଙ୍ଗଲ। ଜଙ୍ଗଲ ସେପାଖରେ ରାତିର ଅଂଧାରରେ ବୁଡ଼ି ଯାଇଥିଲା ସାତଭାୟା।

ସେଠୁ ଫେରିଲାପରେ ସୁଲୁ ସହିତ ମୋର ଦେଖା ନାହିଁ। ଯାଯାବର ସୁଲୁ ଖସିଗଲା। ବୁଲିଲା କଲିକତା, ଯାଇଁ ରହିଲା ଭୁବନେଶ୍ୱର, ମଝିରେ ସୁଲୁ ସହ ଦେଖା ହେଲାବେଳକୁ ସେ ଫେରିଥିଲା ଦିଲ୍ଲୀରୁ। ସାଂଗରେ କିଣି ଆଣିଥିଲା ଦୁଇଟି ସ୍ନୋ ବଲ୍ କୌତୁକିଆ କୁକୁର ଛୁଆ। ହେଲେ ସାତଭାୟାରୁ ଫେରିଲାପରେ ମୁଁ ଯେମିତି ମୋ ଜାଗାରେ ଥମ୍ ହୋଇ ବସିଛି। ବଜାର, ଘାଟ, ଲୋକବାକ ଯେପରି ମୋ ପାଖରେ କେହି ନାହାନ୍ତି। ଯେତେବେଳେ ଚାଂଦବାଲିର ବୈତରଣୀ ନଈ ଭିତରେ ଥିବା ଫରେଷ୍ଟ ଜେଟି ଉପରେ ବସିଥାଏ ସେ ପାଖରେ ଦିଶେ ରାଜକନିକା । ଖୋଲା ଘାଟ। ଆହୁରି ଦୂରରେ ଦିଶେ ଈଶ୍ୱରପୁର, ଝୁନ୍‌ସୁ ନଗର । ତା'ପରେ ପୁଣି ବାଉଁଶଗଡ଼ି ଘାଟ। ତା'ପରେ ଓକିଲପାଳ ତା'ପରେ ଯାଇଁ ସାତଭାୟା । ସୁଲୁ ମୋତେ ଚଲେଇ ଚଲେଇ କାନପୁରରେ ଯେତେ ଘର ଦେଖାଇଥିଲା। ସାତଭାୟାର ଯେତେ ଅଚିହ୍ନା ଲୋକ, ସବୁ ମନେପକାଏ । ସମୁଦ୍ର ଚଟାରେ ଗାଁର ଭୂଷାବାଲିରେ ଫୁର୍ ଫୁର୍ ହେଉଥିବା ନଡ଼ିଆଗଛ ସବୁର ଚିତ୍ର ଭାସେ। ମୋ ଜାଗାରେ ରହି ମୁଁ ଯେପରି ଶୁଣୁଥିଲି ସମୁଦ୍ରର ସୁସୁ। ମନେ ପଡୁଥିଲା ଲହଡ଼ି ଭିତରେ ଘର ଖୋଜୁଥିବା ସେହି ବୁଢ଼ାର କଥା। ଲାଗୁଥାଏ ସେହି ବୁଢ଼ା ସତ। ତା'ର ଭାବନା ଓ ଆବେଗ ସତ । ଭାବିଲି ଆଉ ଯେତେଥର ମହାବାତ୍ୟା, ସମୁଦ୍ର ତାଂଡବ ହୋଇଚାଲିବ ସେତେଥର ହଜିଯିବ ସେ ଗାଁର ମଣିଷ। ଜନପଦର ଅସ୍ତିତ୍ୱ।

ମୋ ଭିତରେ ସାତଭାୟାକୁ ନେଇ ଯେଉଁ ଅସ୍ଥିରତା, ମୋତେ ମୋ ଜାଗାରେ ବସେଇ ଉଠେଇ ଦେଲାନାହିଁ। ସମୁଦ୍ରଗ୍ରାସକୁ ଅପେକ୍ଷା କରିଥିବା ଗାଁ ଆଡ଼େ ଚାଲିଲି ଦିନେ। ଏକା।

ସାଇକେଲ୍‌ରେ ଏୟାର ବ୍ୟାଗ୍ ଓହଳାଇ। ଯେଉଁ ଘାଟ, ବାଟ ଦେଇ ସୁଲୁ ମୋତେ ଫେରାଇ ଆଣିଥିଲା ଚାଂଦବାଲି। ସେହି ରାସ୍ତା ଓ ନଈ ଘାଟ ପାରେଇ ପଇଁତିରିଶି ଚାଳିଶି କିଲୋମିଟର ସାରାଦିନ ସାଇକେଲରେ ସାତଭାୟାରେ ପହଞ୍ଚିଲା ବେଳକୁ ସଂଜ ସଂଜ।

୧୧୬ ସମୁଦ୍ର ମଣିଷ

ଘେରିବନ୍ଧ ଉପରୁ ଚାହିଁଲି । ମୁହଁ ସଂଜରେ ବି ଅଂଧାରରେ କଳା ଦିଶୁଥିଲା ନୀଳ ସମୁଦ୍ର । ତା'ର ଘୋ ଘୋ କହି ଦେଉଥିଲା – ସେ ଗାଁ ଖିଆ ସମୁଦ୍ର ।

ସମୁଦ୍ର କୂଳରେ ମୋର କାମ କ'ଣ ? ମୋର କୂଳ ଏ ପାଖର ମଣିଷ ପାଖରେ କାମ । ସେଠି ପହଞ୍ଚି ଅଚିହ୍ନା ମଣିଷ ଖୋଜିଲି । ଚିହ୍ନା ହେବି । ପଞ୍ଚୁବରାହୀ ମନ୍ଦିରରେ ଚାଲିଥିଲା ଉଚ୍ଛାଙ୍ଗ ଆଳତି କୀର୍ତ୍ତନ । ପାଂଚ ଛ'ଜଣ ଏକକାଳୀନ ବଜାଉଥିଲେ ମୃଦଙ୍ଗ । ତା'ଠୁ ଅଧିକ ବଜାଇଲାବାଲା ଝାଂଜ । ଦୁଇଜଣ ମନ୍ଦିର ବେଢ଼ା ଭିତରେ ବଜାଉଥିଲେ ବଡ଼ ବାଜା ଧୁମ୍‌ସା । ମନ୍ଦିର ଭିତରେ ପୂଜାରୁଣୀର ଆଳତୀ ନିଆଁରେ ଚହଚହ ଚହଟୁ ଥିଲେ ପାଂଚମୂର୍ତ୍ତୀ । ପଚାଶ ଷାଠିଏ ହେବେ ପୁରୁଷ ସ୍ତ୍ରୀ ପିଲା ଗାଁ ଲୋକ । ସଂଧ୍ୟାବେଳେ ଗୋଟେ ଜାଗାରେ ଠୁଳ । କୀର୍ତ୍ତନରେ ସେମାନଙ୍କ ଭିତରୁ ମୋରି ବୟସର ଜଣେ ଲୋକକୁ ଧରିଲି । ଦେଲି ମୋର ପରିଚୟ । କହିଲି – ସାତଭାୟା ଉପରେ ମୁଁ ଲେଖାଲେଖି କରିବାପାଇଁ ଭାବି ଆସିଛି । ରାତିରେ କେଉଁଠି ରହିବି ? ପଇସା ଦେଇ କେଉଁଠି କେମିତି ଖାଇବି ? ମୋର ସିଧା ସହଜ କଥାରେ ସେ ଲୋକ ମୋତେ ବଲବଲ କରି ଚାହିଁଲା, ତୁମେ କ'ଣ ସାମ୍ବାଦିକ ? କେଉଁ କାଗଜର ? ସେମାନେ ତ ଆସି ଫଟୋ ଉଠେଇ, ଆମ କଥା ଲେଖି ଥାଆନ୍ତି । ତୁମେ ଏଠି ରହିବ କାହିଁକି ? କହିଲି – ମୁଁ ଖବରକାଗଜରୁ ଆସିନି । ସାତଭାୟା ଉପରେ ଲେଖିବି । ବହି । ରହିବି ଏଥରକ ଦଶ ପନ୍ଦର ଦିନ ।

ସେ ଲୋକ ମୋତେ ନେଇଗଲା ମାଷ୍ଟ୍ରେଙ୍କ ପାଖକୁ । ମାଷ୍ଟ୍ରେ ମାଷ୍ଟ୍ରୀରୁ ରିଟାୟାର୍ ହୋଇ କେବେଠୁ ବସିଲେଣି । ଆଖିକୁ ଭଲ ଦିଶୁନାହିଁ । ତଥାପି ମୁରବୀ ଭଳି ସାତଭାୟାରେ ତାଙ୍କୁ ମାନନ୍ତି । ଗାଁରେ ରହିଛି ଯେଉଁ ୟୁ.ପି.ସ୍କୁଲ୍, ତା'ର ସାର୍‌ମାନେ ଦୂରରୁ ସେଠିକି ଯିବା ଆସିବା କରନ୍ତି । ସ୍କୁଲ୍‌ର ଚାବିକାଠି ରହେ ମାଷ୍ଟ୍ରେଙ୍କ ହେପାଜତରେ । ସେ ମୋତେ ସ୍କୁଲ୍ ଚାବିକାଠି ଦେଲେ । ପ୍ରଥମ ଦିନ ରାତିରେ ମୋ ଖାଇବା ବ୍ୟବସ୍ଥା କରି ଘରକୁ ଡାକିଲେ । ତା'ପର ଦିନଠୁ ଏଠି ରହିବାର ଅବଶିଷ୍ଟ ଦିନ ପାଇଁ ମଂଦିର ପାଖରେ ଗୋଟେ ଜଳଖିଆ ଦୋକାନୀ ମୋତେ ଦୁଇବେଳା ମିଲ୍ ଦେବାକୁ ଠିକ୍ କଲି । ତା'ପରେ ମୋତେ ଅସ୍ୱାଭାବିକ ଲାଗିଲାନି ସମୁଦ୍ରର ସ୍ୱର, ଅଚିହ୍ନା ଅଂଧାର ଓ ସାତଭାୟାର ପ୍ରତି ମଣିଷ, ପ୍ରତି ଘର ।

ସ୍କୁଲରେ ପିଲା ପହଞ୍ଚିଗଲେ, ଭାଂଗେ ମୋ ପାଠଶାଳା । ଘୁରିବୁଲେ ସାତଭାୟା, କାନପୁର । ଘରକୁ ଘର । ମଣିଷକୁ ମଣିଷ । କା' ପିଣ୍ଡାରେ ଆସନ ମିଳେ । କେଉଁଠି ମିଳେ ଅବିଶ୍ୱାସ । ତା'ପରେ ସେମାନଙ୍କ ସହିତ ଆହୁରି ସହଜ ହୋଇ ମିଶିଯିବାକୁ ଧାଇଁଲି । ହାଜର ହେଲି ବୁଢ଼ାମାନଙ୍କ ତାସ୍ ଖଟିରେ । ମୋରି ବୟସର ଲୋକଙ୍କ ସହ

ମିଶିଲି । ସମୁଦ୍ରରେ ଜିଅଲ ପକାଇବା ସହଯୋଗରେ । ମୋଠୁଁ କମ୍ ବୟସ ପିଲାଙ୍କ ସହ ସମୁଦ୍ର ଛାଡ଼ୁବେଳେ କୂଳେ କୂଳେ ଓଦା ବାଲିରେ ସାଇକେଲ୍ ଚଳେଇ ବୁଲି ବାହାରିଯାଏ ଏକ୍‌କୁଳା କି ଜଙ୍ଗଲ ଦେବତା ସାଧୁବାବା ଦର୍ଶନ, ବଣଭୋଜି ହୋହଲ୍ଲାରେ । ପନ୍ଦର ଦିନପରେ ସାତଭାୟା ମୁଁ ଛାଡ଼ିଲି । ମୋତେ ଯେମିତି ଛାଡ଼ିପାରୁନଥିଲା ସାତଭାୟା । ଓକିଲପାଳ ଯାଏ ମୋତେ ବଳେଇ ଆସିଲା ଧୁସା । ମୁଁ ଗୁପ୍ତିଘାଟ ଧରିଲାବେଳେ ଓକିଲପାଳରୁ ଚାଲିଚାଲି ଆଠ ଦଶ ମାଇଲ ସାତଭାୟା ଫେରିଥିବ ଧୁସା । ହେଲେ ବିଦା ହେଲାବେଳେ କହିଥିଲା–ଆସିବ । ସାତଭାୟାରେ ପର୍ବବେଳେ ଆସିବ । ଦେଖାହେବ । କେବଳ ଦୁର୍ଗାପୂଜା, ବିଷୁବସଂକ୍ରାନ୍ତି କି ଚୈତ୍ରପର୍ବ ବେଳେ ନୁହେଁ । ଧୁ ଧୁ ମରୁଡ଼ିଧରା ଖରାଦିନେ, ଉଚ୍ଛୁଳ ଛୁଳ ବର୍ଷାଦିନେ, ଶୀତରେ, ଶେଷ ହେମନ୍ତରେ ଚାଲିଛି ସାତଦିନିଆ, ପାଞ୍ଚଦିନିଆ ସାତଭାୟା ରହଣି । ଚାଲିଛି ଏମିତି ଚାରିବର୍ଷ । ଦେଖିଛି ସେମାନଙ୍କର ଭିଟାମାଟି ବିଭୋରତାକୁ । ଦେଖିଛି ସେହି ଅଧାରୁ ଅଧିକ ନିରକ୍ଷର ମଣିଷଙ୍କର ପାଣି ଓ ଜଙ୍ଗଲରୁ ଜୀବନ ସାଉଁଟିବାର ନିରବ ସଂଗ୍ରାମ ।

ଭୋଟବେଳେ ସେମାନଙ୍କର ଆସରରେ ବସିଛି । ଶୁଣିଛି ସେମାନଙ୍କର ଉତ୍ତେଜନା–ସ୍ୱାଧୀନତାର ଏତେବର୍ଷ ପରେ ସାତଭାୟାରେ ଆଲୁଅ ନାହିଁ, ଶିକ୍ଷା ନାହିଁ, ସ୍ୱାସ୍ଥ୍ୟ ନାହିଁ, ରାସ୍ତା ନାହିଁ । ଜାନକୀବଲ୍ଲଭ ପଟ୍ଟନାୟକ ଶାସନବେଳେ, ବିଜୁ ପଟ୍ଟନାୟକ ଶାସନ ବେଳେ, କେତେଥର ସାତଭାୟା ଲୋକଙ୍କ ଥଇଥାନ କଥା ଉଠିଛି । କଂଗ୍ରେସକୁ ବିରୋଧ କରିଛନ୍ତି ଜନତା ଦଳ । ଜନତା ଦଳକୁ ବିରୋଧ କରିଛନ୍ତି କଂଗ୍ରେସ ଦଳ । କେଉଁ ଦଳ ଉପରେ ଏଠିକା ଦଳେ ବିଶ୍ୱାସ ରଖୁନାହାନ୍ତି । ଯେଉଁ ସମୁଦ୍ର ଦାଢ଼ରେ କ୍ରମଶଃ ଖାଇଚାଲିଛି ସାତଭାୟା, ସେଇଠି ଦେଖୁଛି ଧୀରେ ଧୀରେ ଗାଁର ଜବାନ ଟୋକା ଚାଲିଗଲେଣି ସୁରାଟ, ବମ୍ବେ, ଦିଲ୍ଲୀ କାମ ଖୋଜି ।

ଟୋକାଶୂନ୍ୟ ସାତଭାୟା – ଶେଷକୁ ଯେମିତି ରହିଥିଲା ଧୁସା । ଥରେ ମୋତେ ଓକିଲପାଳ ଛକରେ ବଳେଇ ଦେବାକୁ ଆସି କହିଲା –'ଏଥରକ ଆସିଲେ ଦେଖା ହେଲା । ଆର ଥର ଆମ ଗାଁକୁ ଆସିଲେ ମୋତେ ପାଇବେନି । ସୁରାଟ୍ ଯିବି । ସୂତାମିଲ୍‌ରେ ରହିଯିବି ।' –'ଆଉ ଗାଁରେ ତୋ' ବିଧବା ବୁଢ଼ୀ ମା', ତୋ କୁଜା ଖନା ବଡ଼ଭାଇ ?' –'ସେହିମାନଙ୍କ ପାଇଁ ତ ଗାଁ ଛାଡୁଛି । ସେଠୁ ପଠେଇଲେ ଏଠି ଏମାନେ ଚଳିବେ ।'

ସେମାନଙ୍କ ରୁଦ୍ଧବିଶ୍ୱାସ ଓ ବାସ୍ତବତାରେ ଯେତେବେଳେ ମୁଁ ଉପାୟହୀନ, ମୁହଁ ସଂଜରେ କେଉଁ ମଧ୍ୟବୟସ୍କ ଖଟିରେ ଗାଁ ଚାନ୍ଦିନୀରେ ମୋତେ ମିଳିଥାଏ କଥାର କୁହୁକ – ବୋଇତରେ ଓଡ଼ିଆ ସାଧବମାନଙ୍କ ସମୟକୁ । ସାତଗାଁର ଲୋକେ ଥିଲେ

ସମୁଦ୍ର ଯାତ୍ରାରେ ବାହାରି ଯାଉଥିବା ଦୁଃସାହସିକ ନାବିକ। ସାଧବମାନଙ୍କ ବୋଇତ ଚଳେଇ ସାତଭାୟାର ନାଉରିଆ ପହଞ୍ଚୁଥିଲା ଜାଭା, ବାଲି, ସୁମାତ୍ରା, ସିଂହଳ।

ମୁଁ ସେ ଅର୍ଦ୍ଧ ଇତିହାସ, ପରିଚ୍ଛନ୍ନ କିମ୍ବଦନ୍ତୀ ଆଡ଼ରୁ ପୁଣି ଚାଲିଛି, ଠିଆ ହୋଇଛି ଚୈତ୍ରପର୍ବର ଘୋଡ଼ାନାଚ ପାଖରେ। ଶୁଣୁଛି ସେମାନଙ୍କ ଲୋକ ସଂଗୀତ । ଭେଟୁଛି କେଉଁ ଲମ୍ବା ଛୁଟିରେ ସହରରୁ ଆସିଥିବା ସେ ଗାଁ ଲୋକକୁ। ଯାହାର ମୂଳ ଘରଟି ନାହିଁ। ବଂଧୁବାଂଧବ ଘରେ ରହି ତା' ଜିନ୍ ପିନ୍ଧା ଟୁରିଷ୍ଟର ଆଖିନେଇ ଆସିଥିବା ପୁଅ ଝିଅଙ୍କୁ ଦେଖାଇବ ନିଜ ଗାଁର ସମୁଦ୍ର।

ଅଧାରାତିରେ ନିଦ ଭାଂଗିଗଲେ, ସାରା ଗାଁ ଯେତେବେଳେ ଅଚେତନ, ଲହଡ଼ି ଚୁଡ଼ା ସମୁଦ୍ରକୂଳେ ଛିଡ଼ା ହୋଇଛି ଅଂଧାରରେ। ଦେଖୁଛି ଯେତେଥର ଲହଡ଼ି କୂଳ ଖାଉଛି, ବାଲିଚଢ଼ାରୁ ବାଲି ଖସ୍ ଖସ୍ ଖସୁଛି। ବାଲିଚଢ଼ା ଉପରେ ସମୁଦ୍ରମୁହାଁ କବାଟ ବଂଦ ଘରସବୁ। ନିଜଘର ଭୁଷୁଡ଼ିବା ଡେରି ଲାଗିବ,–ଏହି ନିଶ୍ଚିନ୍ତତାରେ ଘର ଭିତରେ ଶୋଇଛନ୍ତି ସାତଭାୟାର ଲୋକ। କେଉଁ ସାହି ଦେଇଗଲା ବେଳେ, କେଉଁ ଘର ପାଖରେ ଅଟକି ଯାଇଛି ପାଦ। ଘର ଭିତରୁ ଶୁଭୁଥିଲା ଉଚ୍ଚସ୍ୱରରେ କାନ୍ଦୁଥିବା ଗୋଟେ ସ୍ତ୍ରୀ ଲୋକର ଚିତ୍କାର। ସେ କାହିଁକି ବାଂଝ ହେଲା – ଏ ପାଇଁ ସହୁଥିଲା ତା' ଅଶିକ୍ଷିତ ନିଶାସକ୍ତ ସ୍ୱାମୀର ପ୍ରହାର। ସେହି ଅତ୍ୟାଚାର ପାଖାପାଖି ମୁଁ ଛିଡ଼ା ହୋଇଛି ସଂକୋଚରେ।

କେଉଁ ସମୁଦ୍ର ଦାଢ଼ ଘର ଭିତରେ ତିନୋଟି ଝିଅ। ସେମାନଙ୍କ ଦାୟିତ୍ୱ ନେଇ ନିଜ ପିଣ୍ଡାରେ ବସିଥିବା ବୁଢ଼ୀ ମା'ଟିଏ। ତା'ପ୍ରଶ୍ନର ଉତ୍ତର ମୁଁ ଦେଇପାରୁନି । ଶୁଣୁଛି କେବଳ ନିରୂପାୟରେ। ଗୋଡ଼ ଲଂବେଇ ବୁଢ଼ୀ ଗପି ଚାଲିଛି –

ବାବୁ ! ମୋର ବଡ଼ ଝିଅକୁ ସେୟାଡୁ ଧାମରା ଆଡୁ ଗୋଟେ ଲୋକ ଆସି ବାହା ହେଲା । ସେ ଧାମରାରେ ଫିସିଂରେ ଟ୍ରଲରରେ ମଜୁରୀରେ ଯାଏ। ମାସେ ଦି'ମାସରେ ଥରେ ଦୁଇଥର ଆସେ। ଆଉ ଦି' ବର୍ଷ ହେଲା ତା'ର ଦେଖା ନାହିଁକି ପଇସାପତ୍ର ନାହିଁ। ମୋର ତିନିଟା ବଢ଼ିଲା କୁଢ଼ିଲା ଝିଅଙ୍କ ଦାୟିତ୍ୱ । ସେଥିରେ ଅଧେଦିନ ଓପାସ। ଶୁଣିଛି ମୋ ଜୋଇଁ ନବଘନର ଧାମରାରେ ଆଉ ଗୋଟେ ସ୍ତ୍ରୀ । ଛୁଆ ପରିବାର। ଶୁଣିଛି ଧାମରାରେ ସେ ଏବେ ନାହିଁ। ପାରାଦ୍ୱୀପ ଆଡ଼େ ରହିଲାଣି। ବାବୁ ! ତୁମେ ତ ସେୟାଡ଼େ ଯାଉଥିବ ? ଦେଖା ହେଲେ ନବଘନକୁ କହିଦେବ, ଆସି ସାତଭାୟାରୁ ତା' ସଂସାର ନେଇଯିବ।

ପ୍ରତାରକମାନେ ହିଁ ଚିରକାଳ ବଦଳାଇ ଚାଲନ୍ତି ଠିକଣା। କେଉଁଠି ପାଇବି ନବଘନକୁ ? ଭେଟିଲେ କ'ଣ ଏଠିକି ସେ ଆଉ ଆସିବ ? ନା ଧାମରାରୁ ପାରାଦ୍ୱୀପରେ

ପହଂଚି ସେ ସେଠି କଲାଣି ତୃତୀୟ ସଂସାର । ସେମାନଙ୍କୁ ନେଇ ଲାଗିଛି ବେଳେବେଳେ ନିଜକୁ ଛୋଟ । ଅସହଜ । ତା'ରି ଭିତରେ ଦଳେଙ୍କ ଆନ୍ତରିକତା, ଖୁସି ଗପରେ ମନେ ହୋଇଛି – କାଲି ହେବ କ'ଣ ଠିକ୍ ନାହିଁ । ଆଜି ଠିକ୍ ଅଛି ସାତଭାୟା । ଯେତେବେଳେ ସୁନେଇ ଜଙ୍ଗଲରୁ ମହୁଭାଂଗି ଆସିଥିବା କୁଶ, ମୋ ହାତ ଚକିରେ ଆଦରରେ ଢାଳିଛି ମହୁ । ପଚାରିଛି–କେମିତି ଲାଗୁଛି ?'

–'ସାତଭାୟା ପରି ।'

ସେ ହସିଛି । ଯେତେଥର ଫେରିଛି । ବାରମ୍ବାର ପଛକୁ ଘୁରି ଚାହିଁଛି । କେହି ନା କେହି ଶଗଡ଼ିଆ ଘାଟରେ, ଗୁପ୍ତି ଘାଟରେ ଦେଖା ହୋଇଛି ସାତଭାୟାର ଚିହ୍ନା ଲୋକ । କିଏ କିଏ କହିଛନ୍ତି – ଆର ଥରକୁ ଆପଣ ଆସିଲାବେଳେ ସାତଭାୟାରେ ଆମେ ଥିବୁ କି ନାହିଁ କିଏ ଜାଣେ ? ନିଜ ଜାଗାଟାକୁ ନେଇ ସେମାନଙ୍କର ଭଲ ପାଇବା ଓ ଆତଂକକୁ ପଛକରି ମୋତେ ହିଁ ମୋ ଜାଗାକୁ ଫେରିବାକୁ ହୁଏ ।

ସାତଭାୟା ଗାଁରୁ ଶେଷ ହୋଇଛି ଓଡ଼ିଶା । ସାତଭାୟା ହିଁ ଭାରତ ବର୍ଷର ଶେଷ ସୀମାର ଗାଁ, ଏସିଆ ମହାଦେଶର ସୀମାନ୍ତ – ସେହି ଦୁଇଶହ ଅଢ଼େଇଶ ମଣିଷଙ୍କ ଅଂଧାରୀ ଜନପଦ ଚାରିବର୍ଷ ଧରି ଆକ୍ରାନ୍ତ କରିଛି । ସାତଭାୟା ଭିତରେ ଥାଏ କି ବାହାରେ – ଚାରିବର୍ଷରେ ଲେଖିଛି ବାର ତେରଟା ଗପ ।

ପାଂଚବର୍ଷ ଭିତରେ ବିଭିନ୍ନ ପତ୍ର ପତ୍ରିକାରେ ପ୍ରକାଶିତ ହୋଇଛି 'ସମୁଦ୍ର ମଣିଷ' । ମୋତେ ପଢୁଥିବା ପାଠକଂକ ଉତ୍ସାହ ଓ ସମର୍ଥନ । ତା'ରି ଭିତରେ ସାତଭାୟାରୁ ଦୁଇ ତିନିଥର ଚିଠି ଆସିଛି । – କେବେ ବାହାରିବ ଆମ ଉପରେ ବହି ? ସୁଲୁ ବି ଦେଖାହେଲେ ପଚାରିଛି – 'କେବେ ସାତଭାୟା ବହି ହେବ । ଏଇ ଥରକ ଆପଣ, ମୁଁ ଓ ବହି ଆମେ ତିନିଜଣ ସାତଭାୟା ଯିବା ।'

ମୋର ଘୁରାଫେରା ଜୀବନରେ ଆସିଗଲାଣି ଅନ୍ୟ ଜାଗା, ଅନ୍ୟ ମଣିଷ । ଆରମ୍ଭ ହୋଇ ସାରିଥାଏ ସେମାନଙ୍କୁ ନେଇ ଲେଖାଲେଖିର କାମ । ଏ ପାଖରେ ମୋତେ ଅଥୟ କରୁଥାଏ ସମୁଦ୍ର ମଣିଷ । ଦିନେ ଫାଇଲରେ ସଜାଇ ରଖିଲି । ଗଲି ବାଲୁବଜାର । 'ଗ୍ରନ୍ଥ ମନ୍ଦିର'ରେ ବସିଥିଲେ ବାପ ପୁଅ – ପ୍ରକାଶକ । ସାତଭାୟା, ମୁଁ ଓ ଲେଖା ଉପରେ କହିଲି । କହିଲି – ସାତଭାୟା ହୁଏତ କାଲି ନଥିବ, ଯଦି ବହିଟିଏ ହୁଅନ୍ତା, କାଲି ପାଇଁ ସାତଭାୟାର କିଛି ରୁହନ୍ତା ।'

ପ୍ରକାଶକ ବାପା ତାଙ୍କ ପୁଅକୁ କହିଲେ – ମନୋଜ ! ଏ ପାଣ୍ଡୁଲିପିଟା ୟାଙ୍କଠାରୁ ରଖ । ଯେଉଁଦିନ ସମୁଦ୍ର ମଣିଷର ଫାଇଲ୍ ପ୍ରକାଶକଙ୍କୁ ଦେଇ ଫେରିଲି, ମୋତେ ଲାଗୁଥାଏ ହାଲ୍କା ଫୁଲ୍କା । ଅପେକ୍ଷା କରେ ସମୁଦ୍ର ମଣିଷର ବହିର ଗୋଟେ

ଆକାରକୁ। ପ୍ରକାଶକଙ୍କ ଉତ୍ତରକୁ। ଦୁଇବର୍ଷରେ ବାର ତେର ଥର ଯାଇଛି ସେଠିକି। ବସିଛି ମନୋଜଙ୍କ ସାମ୍ନାରେ। ପଦେ ଦି'ପଦ ପଚାରି ମନୋଜ ତାଙ୍କ ବ୍ୟବସାୟର ହିସାବରେ। ମୁଁ ଘଣ୍ଟା ଘଣ୍ଟା ସେମିତି ତାଂକର ସାମ୍ନାରେ ଚୁପ୍‌ଚାପ୍ ବସିଛି। ଦେଖେ ନୂଆ ବହି ସବୁ ବାହାରୁଥାଏ। ର୍‌ୟାକ୍‌ରେ ସଜା ହେଉଥାଏ। ମୋତେ ପାଣ୍ଡୁଲିପି ନା ଫେରାନ୍ତି ମନୋଜ ନା ତିଆରି କରନ୍ତି ବହି। ସବୁଥର ବହିକଥା ଆଡ଼େଇ ମନୋଜ କୁହନ୍ତି – ନିଜ ପ୍ରକାଶନ ବ୍ୟବସାୟର ସମସ୍ୟା କଥା । ମୁଁ ଫେରେ । ଭାବେ – ହଉ ପ୍ରକାଶକର କ'ଣ ସମସ୍ୟା ନାହିଁ ? ମନୋଜଙ୍କ ସମସ୍ୟା ବଦଳିଯାଉ। ସେମାନେ ନିଶ୍ଚେ ତିଆରି କରିବେ ସମୁଦ୍ର ମଣିଷ।

ଆସିଲା ଓଡ଼ିଶାରେ ମହାବାତ୍ୟା। ଛାରଖାର କରିଦେଲା ସମୁଦ୍ର କୂଳିଆ ଗାଁ, ସହର। ସେହି ପ୍ରଳୟର ଆଁ ଭିତରେ ମୁଁ ଯେଉଁଠି ନିରାପଦ ଦୂରତାରେ ଛିଡ଼ା ହୋଇଥିଲି ଆଣ୍ଠୁଏ ପାଣିରେ, ସାତଭାୟା ଆଉ କ'ଣ ଥିବ ସମୁଦ୍ର କୂଳରେ ?

ସାତଭାୟା ପାଇଁ ମୁଁ ଆକୁଳ ବ୍ୟାକୁଳ ଥିଲି। ହେଲେ ମୋତେ ମିଳିନଥିଲା ଠିକ୍ ଖବର । ମିଡ଼ିଆ ପାରାଦ୍ୱୀପ, ଜଗତସିଂହପୁର, ଅସ୍ତରଂଗ ନେଇ ମାତିଥିଲା। କେନ୍ଦ୍ରାପଡ଼ା ରାଜନଗର ଆଡ଼େ ପହଂଚି ପାରୁନଥିଲା ଟିଭି କ୍ୟାମେରା। ସବୁ ଥଂବିଥାଂବି ଗଲାପରେ ନେସ୍‌ନାଲ ନ୍ୟୁଜ୍ ପେପରରେ ପଢ଼ିଲି ଛୋଟ ଖବର–ମହାବାତ୍ୟାରେ ସାତଭାୟାର ଅଧେ ଗାଁ ନାହିଁ। କୋଡ଼ିଏ ଜଣ ଭାସିଯାଇଛନ୍ତି ସମୁଦ୍ରରେ।

ମୁଁ ଚିତ୍‌ହୋଇ ଶୋଇଛି – ମୋ ଆଖି ଖୋଲା। ଭାବୁଛି – ଯିଏ ମୋତେ କହିଥିଲା ସୁରାଟ ଯିବ। ସେଠୁ ପଠେଇଲେ ଏଠି ମା ଭାଇ ଚଳିଯିବେ। ସେହି ଧୁସା ଫେରି ଆସି ଗାଁରେ ଦେଖୁଛି ତା' ଘର ନାହିଁ। ଭାବୁଛି ସେ ଯେଉଁ ବାଞ୍ଛାମାଷ୍ଟ୍ରେ କହିଥିଲେ ୭୨ ମସିହାରେ, ୮୨ ମସିହାରେ ବାତ୍ୟା ହୋଇଛି, ସାତଭାୟାର ଗୋଟିଏ ଗୋଟିଏ ଗାଁ ନାଁ ହଜିଛି। ଆଗକୁ ବାତ୍ୟା ହେଲେ ସାତଭାୟା ନାଁ ହଜିଯିବ।

ଏଥରକ ମହାବାତ୍ୟା ପରେ ରହିଯାଇଥିବା ଅବଶିଷ୍ଟ ସମୁଦ୍ର ମଣିଷଂକ ପାଖରେ ଛିଡ଼ା ହେବାକୁ ଧାଇଁଲି ସାଇକେଲ୍‌ରେ। ରାସ୍ତାରେ ଦେଖୁଥାଏ ଜୁଆର ମାଡ଼, ପବନରେ ଛିନ୍‌ଭିନ୍ ହୋଇଥିବା ଗାଁ ସବୁ। ହଜିଯାଇଥିଲା ରାସ୍ତାଘାଟ। ପ୍ରଳୟରେ ଉପୁଡ଼ି ଯାଇଥିବା ବିଶାଳ ଓଲଟ ବୃକ୍ଷର ଆକାର।

ସାତଭାୟା ଗାଁ ଥିଲା, କାନପୁର ଗାଁର ଅଧେ ଘରକୁ ନିଜ ଗର୍ଭକୁ ନେଇ ସାହି ଭିତରକୁ ପଶି ଆସିଥିଲା ସମୁଦ୍ର କୂଳ। ଉତ୍ତାଳ ଲହଡ଼ି ଡୁବେଇ ଛାଡ଼ିଯାଇଥିଲା ସାତଭାୟାର ଖାଲରେ ରହିଥିବା ଘରଦ୍ୱାର। ଭାଂଗି ଦେଇଥିଲା ଗୋରୁଗୁହାଳ। ବାଲିବନ୍ଧ ଉପରେ ଛପର ସଜାଉଥିଲେ ଲୋକେ। ମୋତେ ମିଲ୍ ଯୋଗାଇ ଦେଇଥିବା ଜଳଖିଆ

ଦୋକାନର ଚିହ୍ନବର୍ଣ୍ଣ ନଥିଲା । ସମୁଦ୍ର, ପବନ ସେମାନଙ୍କୁ ମୂକ କରିଦେଇଥିଲା । ସାନ୍ତ୍ୱନା ଶୁଣିବାକୁ ସେମାନଙ୍କର ଯେପରି କାନ ନଥିଲା । ପ୍ରଳୟ ଖୁଂପି ଦେଇଥିବା ସାତଭାୟାରୁ ଫେରି ବଂଦ ହୋଇଯାଇଛି ଅନେକ ମାସ ଧରି ଲେଖାଲେଖି । ମଣିଷର ଅବସ୍ଥା ଆଉ ଆମର ରାଜନୈତିକ ଅବ୍ୟବସ୍ଥା ଭିତରେ ଓଡ଼ିଶା ପଡୁଥିଲା ଉଠୁଥିଲା । ମହାବାତ୍ୟା ପାଖରେ ଆମ କଳକବ୍‌ଜା ଆମ ନୀତି, କୂଟନୀତି, ଆମ ଲେଖା ଯୋଖା – ସବୁ ଅଚଳ ହୋଇ ଯାଇଥିଲା ।

ପାଣି ଭଳି ମଣିଷ । ଯେକୌଣସି ଜାଗାରେ ଧରିନେଇପାରେ ତା'ର ସ୍ୱାଭାବିକ ରୂପ, ପୁଣି ସଜାଡ଼ା ସଜଡ଼ି ଚାଲିଲା ଉଜୁଡ଼ା ଗାଁ । ରିଲିଫ୍ ତୋଷରପାତ ଉପରେ ବସିଲା ରାଜନୈତିକ ତଦନ୍ତ କମିଟି । କେବଳ ବିଜୁଳି ଓ ପାଇପ୍ ପାଣି ହରାଇଥିବା ସହର ଓ ରାଜଧାନୀ ପୁଣି ଟିଭି ଚ୍ୟାନେଲ୍, ଅଫିସ୍ ଭିତରେ ଚଳଚଂଚଳର ଆବହାଓ୍ୱା ଭରିଗଲା ।

ମହାବାତ୍ୟାର ତିନିଚାରିମାସ ପରେ ମୁଁ ମନୋଜଙ୍କ ପାଖରେ ଛିଡ଼ା ହେଲି । କହିଲି ମହାବାତ୍ୟାରେ ସାତଭାୟାର ଅବସ୍ଥା । ଏଥର ଅଧେ ଗାଁ ଯାଇଛି । ଆଉ ଗୋଟେ ପ୍ରଳୟରେ ନଥିବ ସାତଭାୟା । ପଚାରିଛି – କ'ଣ ହେଲା ସମୁଦ୍ର ମଣିଷଙ୍କ ବହି କଥା ?

ବାତ୍ୟା–ଦାନ୍ତରେ ଖିନ୍‌ଭିନ୍ ହୋଇଥିବା ସାତଭାୟା ଉପରେ ଉତ୍ସାହିତ ନଥିଲେ ମନୋଜ । କହିଲେ – ସମୁଦ୍ର ମଣିଷ କେବେ ବହି ହେବ କହି ହେବ ନାହିଁ ।

ଯେଉଁ କେତେଜଣ ସମୁଦ୍ର ମଣିଷ ପଢ଼ିବାକୁ, ସାତଭାୟାରେ ନୂଆ ପାଠକ – ତାଙ୍କ ଭିତରେ ଏଥର ହଜିଗଲେ । ବହିଟି ପଢ଼ିବାକୁ ଆଶା ରଖିଥିବା ଆଉ ଥୋକେ ସେଠିକା ପାଠକ ହୁଏତ ବହିଟି ବାହାରିଲା ବେଳକୁ ସେଠାରେ ନଥିବେ । ମୋ ଭିତରେ ବ୍ୟସ୍ତତା ଓ ବିବ୍ରତତା ମୋତେ ଗୋଟେ ନିଷ୍ଠୁରତା ପାଖରେ ସେଠି ଛିଡ଼ା କରାଇଦେଲା

– ତେବେ କ'ଣ ପାଂଡୁଲିପିଟା ମୁଁ ଏଠୁ.... ନେଇଯିବି ?

– 'ନେବେ ଯଦି ନେଇଯା'ନ୍ତୁ ।'

ମୁଁ ମନୋଜଙ୍କୁ ଚାହିଁଲି । ଦିନେ ଏହାଙ୍କ ବାପା ଆଗ୍ରହରେ ପୁଅକୁ କହିଥିଲେ ପାଂଡୁଲିପିଟି ରଖ । ଦୁଇ ବର୍ଷ ପରେ ପୁଅ କହୁଛନ୍ତି – ପାଂଡୁଲିପି ନେଇଯାଅ । ମନୋଜ ମୋ ପାଣ୍ଡୁଲିପିର ଫାଇଲ୍ ଖୋଜୁଥାନ୍ତି । ଆଲମାରୀକୁ ଆଲ୍‌ମାରୀ । ଶେଷକୁ ଅଧଘଣ୍ଟାଏ ପରେ କହିଲେ – 'ସମୁଦ୍ର ମଣିଷ ଫାଇଲ୍ ମୁଁ ପାଉନି । କେଉଁଠି ଅଛି, କେବେ ଖୋଜି ଖବର ଦେବି ।'

ମୁଁ ମନୋଜଙ୍କ ଦାୟିତ୍ୱବୋଧ ଓ ବିବେକ ଆଡ଼େ ଚାହିଁଥାଏ । ଏସବୁ ତାଙ୍କ

ପାଖରେ ନାହିଁ। ସେ ପାଇଁ ମୋର ଦୁଃଖ ନାହିଁ, ହେଲେ ମୋ'ରି ଅବହେଳାରେ ସମୁଦ୍ର ମଣିଷର ଅନ୍ୟକପି ଯେ ମୋ ପାଖରେ ନାହିଁ, ଯାହା ଅଛି ମୋ ଛାତି ଭିତରେ। ଯାହା ସମୁଦ୍ର ମଣିଷ ଲେଖା ହୋଇ ବାହାରେ ଅଛି – ତାହା ବହି ହେବାକୁ ଅଛି ଫାଇଲ୍ ଭିତରେ। ଏମିତି ହଜିଯାଏ କେଉଁ ଲେଖାର ଆତ୍ମା ? ସ୍ୱପ୍ନ ଓ ପରିଶ୍ରମ କ'ଣ ଏମିତି ହଜିଯାଏ ଅନ୍ୟ କାହାର ଅବହେଳାରେ ?

ସମୁଦ୍ର ମଣିଷର ଫାଇଲରୁ ବହୁଦୂରରେ ମୁଁ ଛିଡ଼ା ହୋଇଛି ଆଉ ଗୋଟିଏ ଜାଗାରେ। ଆଉ ଗୋଟେ ଲେଖାରେ। ଆଉ କେତେଜଣ ମଣିଷଙ୍କ ପାଖରେ। ଫାଇଲ ମିଳିଲାଣି କି ନାହିଁ । ପୁଣି ଗଡ଼ିଗଲାଣି ବର୍ଷେ। ଖବର ମିଳିନି।

ବର୍ଷେ ପରେ ପୁସ୍ତକମେଳା ପରିସରରେ ପୁଣି ଦେଖା ମିଳନ୍ତି ମନୋଜ। ମୋତେ ଯେପରି ଚିହ୍ନି ନାହାନ୍ତି, ସେମିତି ଦେଖି ନ ଦେଖିଲା ପରି ଚାଲିଯାଉଥିଲେ । ମୁଁ ପଚାରିଲି – ମିଳିଲା ମୋ ସମୁଦ୍ର ମଣିଷ ଫାଇଲ୍ ?

– ମିଳିଛି।

ମୋର ଯେପରି ହୋସ୍ ଓ ସାନ୍ତ୍ୱନା ଫେରିଆସିଲା। ଛିଡ଼ା ହେଲି ଗୋଟିଏ ମିନିଟ୍। କ'ଣ କହିବେ ମନୋଜ ? କହିବେ କି – ସମୁଦ୍ର ମଣିଷ ବହି ହେବ, ଟିକେ ଡେରି ହେବ। ହେଲେ ମନୋଜ କହିଲେ ଛାତିଫଟା କଥା।

– କେତେ ଲେଖକ ଆମକୁ ପାଂଡୁଲିପି ଦେଇ ମରି ହଜି ଗଲେଣି ତାଙ୍କ ବହି ଏ ଯାବତ୍ ଆମେ ବାହାର କରିନୁ। ଆସନ୍ତୁ ଆମ ଦୋକାନରୁ ଫାଇଲ୍ ନେଇଯିବେ ।

ତା'ପରଦିନ 'ଗ୍ରନ୍ଥ ମଂଦିର'ରେ ମନୋଜ ମୋ ହାତକୁ ଫେରାଇ ଦେଲେ ସମୁଦ୍ର ମଣିଷର ଫାଇଲ୍। ଯେମିତି ବାଂଧି ଦେଇଥିଲି, ସେମିତି, କେବେ ଫିଟା ହୋଇ, ପଢ଼ା ହୋଇନାହିଁ ସମୁଦ୍ର ମଣିଷ।

ଧୂଳି ଝାଡ଼ି ଖୋଲିଲି ଫାଇଲ୍‌ରୁ ଫିତା। ଗୋଟେ ଭୁଲ ଜାଗାରେ ହାତଗୋଡ଼ ବନ୍ଦୀ ହୋଇ ପଡ଼ିଥିବା ସମୁଦ୍ର ମଣିଷମାନେ ମୋ ଫାଇଲ ଖୋଲିବାରେ ଯେପରି ଉଠି ବସିଲେ। ଫାଇଲ୍ ଭିତରୁ ମୋତେ ଶୁଭିଲା। ସାତଭାୟାର ଘୋ ଘୋ ସମୁଦ୍ରକୂଳ । ଶୁଭିଲା ମାଷ୍ଟ୍ରେଙ୍କ ଥରିଲା ଅଭିମାନ – ଆମେ କେଇଜଣଙ୍କ ଛଡ଼ା ସାତଭାୟାରେ ଅଛି କ'ଣ ? ଶୁଭିଲା ଛେଉଣ୍ଡିଆ ମହାବାତ୍ୟାର ସୁସୁ ଚାପାସ୍ୱର । ସେହି ଅନ୍ୟମନସ୍କତା ବଂଦ କରିଛି ଫାଇଲ୍। ଓହ୍ଲେଇ ଆସିଛି ସେଠୁ, ସମୁଦ୍ର ମଣିଷ ପାଇଁ ମୋ ଭିତରେ ଠୁଳ ହୋଇଥିଲା ଯେତେ ସ୍ୱପ୍ନ, ବ୍ୟାକୁଳତା, ଠୋକର ସବୁ ଛାଁକୁ ଛାଁ ସାଫ୍ ହୋଇଯାଇଛି।

ଫାଇଲ ଭିତରେ ହାତଗୋଡ଼ ବନ୍ଧା ସମୁଦ୍ର ମଣିଷମାନେ ରହିଲେ ପୁଣି ଦି'ତିନି ବର୍ଷ। ତା'ପରେ ପହଂଚିଲା ସେହି ଦିନ। ମିଳିଲା ପ୍ରିୟଂବଦା, ରମାକାନ୍ତଙ୍କଠାରୁ

ଆକସ୍ମିକ ଫୋନ – ସମୁଦ୍ର ମଣିଷ ସ୍ତ୍ରୀପତ୍ନୁଙ୍କୁ ସେମାନେ ବହି କରିବେ। ସୃଜନଶୀଳ
ଦମ୍ପତି। ବିଶିଷ୍ଟ ବ୍ୟକ୍ତିତ୍ୱ ଅଧ୍ୟାପକ ଶିବରାମ ପାତ୍ରଙ୍କ ସ୍ମୃତିଦିବସରେ ତଥାକଥିତ
ପୁରସ୍କାର କୋଲାହଳରୁ ଦୂରେଇ ପ୍ରତିବର୍ଷ ସେମାନେ ତିଆରି କରିବେ ଖଣ୍ଡେ ଖଣ୍ଡେ
ନିର୍ବାଚିତ ସଂକଳନ। ସେ ଦୁହିଁଙ୍କର ଆଗ୍ରହ, ନିଷ୍ଠା, କାମର ତରିକା ମୋତେ ଭଲ
ଲାଗିଛି । ପୁଣି ଖୋଲିଛି ସମୁଦ୍ର ମଣିଷର ଫାଇଲ। ଅକ୍ଷରବନ୍ଦୀ ସମୁଦ୍ର ମଣିଷ ଜାଗି
ଉଠୁଛନ୍ତି । ଶୁଭୁଛି ସେମାନଙ୍କ ଚିହ୍ନାସ୍ୱର – ଆମେ ଅଛୁ। ଆମେ ରହିବୁ।

୨୦୦୬

କିପରି ଏବେ ସମୁଦ୍ର ମଣିଷ

ପୁଣିଥରେ ସାତଭାୟା ।

'ସମୁଦ୍ର ମଣିଷ' ବହିର ଦ୍ୱିତୀୟ ସଂକଳନ ବେଳେ ପୁଣି ମନେ ପଡ଼ିଲା- ସାତଭାୟା । ମହାବାତ୍ୟା ପରେ ୨୦୦୦ ମସିହାରେ ସେ ଯେଉଁ ସାତଭାୟା ଯାଇଥିଲି । ଏହା ଭିତରେ ବିତିଗଲାଣି ଦଶବର୍ଷ । ଏଇ ଦଶନ୍ଧି ଭିତରେ ଯେଉଁ କେଇଜଣ ସମୁଦ୍ର-ଖିଆ ମଣିଷ ମାଟିକାମୁଡ଼ି ପଡ଼ିଛନ୍ତି, ଯାଇ ଦେଖି ଆସିବି । ସମୁଦ୍ର ମଣିଷ ବହି ପୁଣି ପ୍ରକାଶିତ ହେବ, ସେଥିରେ ୨୦୧୧ ମସିହାର ସାତଭାୟା ଯଦି ନରହିବ ତେବେ ବହିର ଦ୍ୱିତୀୟ ସଂକଳନ ଅପୂର୍ଣ୍ଣ ଲାଗିବ । କିଏ ଜାଣେ, ସମୁଦ୍ର ମଣିଷ ତୃତୀୟ ସଂକଳନ ବେଳକୁ ଆଉ ସାତଭାୟାର ଚିହ୍ନବର୍ଣ୍ଣ ଥିବ କି ନାହିଁ ! ସେ ଏସିଆ ମହାଦେଶର ଶେଷ ଗ୍ରାମଟିକୁ ସମୁଦ୍ର ଲହଡ଼ି ଭିତରୁ ମୁଁ କେଉଁଠି ପାଇ ପାରିବି ?

ଦଶବର୍ଷ ପରେ 'ସମୁଦ୍ର ମଣିଷ' ଉପନ୍ୟାସର ସାତଭାୟା କାନପୁରର ଅବଶିଷ୍ଟାଂଶକୁ ଭେଟିବା ପାଇଁ ମୁଁ ଚଞ୍ଚଳ, ପୁଣି ଗୋଟେ ସୃଜନ ଯାତ୍ରାର ଅସ୍ଥିରତା ମୋ ଭିତରେ । ଏଥରକ ସାଙ୍ଗରେ ନେଲି ଚାନ୍ଦବାଲିର ମୋର ପୁରୁଣା ବନ୍ଧୁ ରବି ତ୍ରିପାଠୀଙ୍କୁ, ଆମେ ହିରୋହୋଣ୍ଡା ସୁପର ସ୍ପ୍ଲେଣ୍ଡର ବାଇକ୍‌ରେ ସବାର୍ । ଚାନ୍ଦବାଲିରୁ ଚାଲିଲୁ ରାଜକନିକା । ସେଠୁ ଜୟନଗରର ପକ୍କା ରୋଡ୍ ଦେଇ ଜୟନଗର ଘାଟ । ଏ କୂଳ ଘାଟରୁ ସେ କୂଳ ଖୋଲା ଘାଟକୁ ଆଖି ପାଉନଥିବା ଓସାରିଆ ବ୍ରାହ୍ମଣୀ ନଈ । ଡଙ୍ଗା ଏ କୂଳରେ ପହଞ୍ଚିବାକୁ ଡେରି ହେଉଥାଏ । ସେଥିରେ ସନ୍ଧ୍ୟା ପୂର୍ବରୁ ଆମେ ଆମ ସ୍ୱପ୍ନର ସେହି ସମୁଦ୍ର ଛିଣ୍ଡା କାନ୍‌ଭାସ୍‌ରେ ତୂଳୀଅଙ୍କା ଗାଁରେ ପହଞ୍ଚିବାକୁ ଆକୁଳମାକୁଳ । ଡଙ୍ଗା ଆସିଗଲା । ଖୋଲା ଘାଟରୁ ମୋର ପୂର୍ବ ପରିଚିତ ଈଶ୍ୱରନଗର ଓ ଝୁନସୁ ନଗର ଦେଇ ପାଠଶାଳା ନଈରେ ପୁଣି ଡଙ୍ଗାରେ ପାରି ହୋଇ ଗୁପ୍ତିଘାଟ । ସେଠୁ କିଛି ବାଟ ଗଲାପରେ ଓକିଲପାଳ ଛକ ।

ଏହି ଓକିଲପାଳ ଛକ ବିସ୍ଥାପିତ ସାତଭାୟା ଲୋକଙ୍କ କଲୋନୀ। ଏହି ଛକରେ ଦଶବର୍ଷ ତଳେ ମୁଁ ଚୁଡ଼ା ଦହି ପେଟ ଭରି ଖାଇ ଟିକେ ବିଶ୍ରାମ ନେଇ ସାତଭାୟା ଯାଉଥିଲି । ଦଶବର୍ଷପରେ ଦେଖୁଛି ଏଠି ଦ୍ରୁତ ବଦଳି ବାଦଳି ଯାଇଥିଲା ସବୁକିଛି। କଲୋନୀରେ ହେନ୍ତାଳ ପିଛା ଗଛର ପତରରେ ଛାଆଣି ଘରମାନଙ୍କ ମଝିରେ ମୁଣ୍ଡ ଟେକିଥିଲା ମହଲାଏ ଦି' ମହଲା ରଙ୍ଗୀନ କୋଠାଘର ସବୁ। ପୁରୁଣା ପତର ଛାଆଣି ଘର ଭାଙ୍ଗି ଦଳେ ବାଲି ସିମେଣ୍ଟ ରଡ଼ ପିଛା ଧାଁ ଧପଡ଼ କରୁଥିଲେ। ପ୍ରଧାନମନ୍ତ୍ରୀ ଗ୍ରାମ୍ୟ ସଡ଼କ ଯୋଜନାରେ କଲୋନୀରେ କଂକ୍ରିଟ ରାସ୍ତା, ବିଜୁଳି ବତୀ। ଲୋକଙ୍କ ବଢ଼ନ୍ତା ଅର୍ଥନୀତିରେ ଛକର ଝୁପୁଡ଼ି ଦୋକାନରେ ବସି ଚୁଡ଼ା ଦହି ଖାଇବା ଖାଦ୍ୟ ତାଲିକାରେ ଅପମାନଜନକ ହୋଇ ଲୋପ ପାଇ ଯାଇଥିଲା ଚୁଡ଼ା ଦହି ଦୋକାନ ସବୁ। ବଦଳରେ ଛକରେ ଖୋଲିଥିଲା ସଫାସୁତରା କ୍ୟାଟିନସ୍ ସବୁ। ତେଲଭାଜି, ଇଡ଼ଲି, ଅଣ୍ଡାଓମ୍‌ଲେଟ୍, କୋଲ୍ଡ଼ଡ୍ରିଙ୍କସ୍ ଦେଇ ସେଠି ଖାଦ୍ୟ ପାନୀୟ ବଦଳି ଯାଇଥିଲା। ଫ୍ୟାସନ୍‌ବୁଲ୍ ଲୁଗାପଟା ଦୋକାନ, ପାସେଞ୍ଜର ବୁହା ଅଟୋ, ଟ୍ୟାକସିର ପେଁ ପାଁରେ ପାଦେ ଆଗେଇ ଯାଇଥିଲା ଓକିଲପାଳ । ରାଜନଗର ଦେଇ ସାରା ଜଗତ ସହ ପକ୍କା ସଡ଼କର ଯୋଗାଯୋଗ ଦେଇ ଓକିଲପାଳ ଲୋକମାନେ ବଦଳେଇ ଦେଇଥିଲେ ସେମାନଙ୍କର ପୁରୁଣା ଜୀବନ ଯାପନ ଧାରା। ନିଜ ଦେହରୁ ହଟେଇ ଦେଇଥିଲେ ମୁଳ ସାତଭାୟାର ପୁରୁଣା ଧୂଳି ।

ଓକିଲପାଳରୁ ସୁନେଇ ରୂପେଇ ନଈ ଥିବା ସେ ଜଙ୍ଗଲି ରାସ୍ତା ଦେଇ ପହଞ୍ଚିଲି ବାଉଁଶଗଡ଼ି ଘାଟ। ଦୁଇ ଧାରରେ ନଈକୁ ଓହଳିଥିବା ହେନ୍ତାଳ ବଣ ମଝିରେ ଅଙ୍କା ବଙ୍କା ନୀଳ ଗଭୀର ଓ କୁମ୍ଭୀର ଭର୍ତ୍ତି ସେ ବାଉଁଶଗଡ଼ି ନଈ। ହେନ୍ତାଳବଣର ସେଇ ନଈର ଘାଟ ବଦଳିନଥିଲା। ଏ ଘାଟରେ ଡଙ୍ଗାରେ କାତ ଆହୁଲା କି ଇଞ୍ଜିନ ଦରକାର ପଡ଼େ ନାହିଁ। ନଈ ମଝିରେ ଏକୂଳ ସେକୂଳ ଯାଏ ବାଉଁଠ ପୋତା ହୋଇ ଦଉଡ଼ି ବନ୍ଧା ହୋଇଛି। ସେଇ ଦଉଡ଼ି ଧରି ଧରିକା ଆରକୂଳରେ ଆମକୁ ଡଙ୍ଗାରୁ ଓହ୍ଲାଇ ଦେଲା ଘାଟିଆଳ। ଘାଟ ସେପାଖରେ ଆବୁଡ଼ା ଖାବୁଡ଼ା ଜଙ୍ଗଲ ରାସ୍ତାରେ କିଛି ବାଟ ଗଲାପରେ ଆମେ ଖୋଜୁଥିଲୁ ସାତଭାୟାକୁ ଘେରି ରହିଥିବା ସେଇ ଉଞ୍ଚା ମାଟିବନ୍ଧ। ମୋର ମନେ ପଡ଼ିଲା, ପ୍ରଥମ ଥର ସୁଲୁ ସହିତ ଗଲାବେଳେ ସେଇ ମାଟି ବନ୍ଧକୁ ଚଢ଼ିବାକୁ କେତେ ସମୟ, କେତେ ନିଶ୍ୱାସ ଓ ସମୁଦ୍ରକୁ ଦେଖିବାକୁ କେତେ କୌତୂହଳ ଖର୍ଚ୍ଚ କରିଥିଲୁ। ଏବେ ଦେଖୁଛୁ ସେ ମାଟି ବନ୍ଧ ନାହିଁ। ମାଟି ସହିତ ମିଶି ଯାଇଛି ମାଟି ବନ୍ଧ। ଆବୁଡ଼ା ଖାବୁଡ଼ା ସରୁ ପାଦଚଲା ରାସ୍ତାରେ ପରିଣତ ହୋଇ ବିନା ସରକାରୀ ହେପାଜତରେ ନଷ୍ଟ ହୋଇଯାଇଛି ଜଙ୍ଗଲ ଓ ଜମିର ସୁରକ୍ଷା ପାଇଁ ତିଆରି ହୋଇଥିବା ମାଟିବନ୍ଧ।

ଦଶବର୍ଷ ତଳେ କାନପୁର ଗାଁ ପୂର୍ବରୁ ଯେଉଁ ଚିଙ୍ଗୁଡ଼ି ଘେରି ପୋଖରୀ ସବୁ କମ୍ପାନୀ ମାନଙ୍କର ଥିଲା, ସେଇ ପୋଖରୀ ଓ କମ୍ପାନୀର ଚିହ୍ନ ବର୍ଣ୍ଣ ନଥିଲା । ସମୁଦ୍ର କୂଳରେ ସେଇ ଚିଙ୍ଗୁଡ଼ି ପୋଖରୀ ଓ ଦଲ୍ ଦଲ୍ ମାଟି ଦେଇ ସମୁଦ୍ର ମାଡ଼ିଆସି ଘେରାଟେ ମାରି କାନପୁରରୁ ସାତଭାୟାର ମନ୍ଦିର ପର୍ଯ୍ୟନ୍ତ ରାସ୍ତା କଡ଼େ କଡ଼େ ଲମ୍ବି ଯାଇଥିଲା । ସେଇ ହ୍ରଦର ଉପର ମୁଣ୍ଡରେ ବାଲି ଚଢ଼ାରେ ବନ୍ଦ ହୋଇଯାଇ ଆଇଁଷିଆ, ଲୁଣିଆ ସମୁଦ୍ରର ପୁରୁଣା ପାଣିରୁ ଦୁର୍ଗନ୍ଧ ନାକ ଫଟେଇ ଦେଉଥିଲା । କୃତ୍ରିମ ସମୁଦ୍ର ଓ ପ୍ରକୃତ ସମୁଦ୍ର ମଝିରେ ଛିଡ଼ା ହୋଇଥିଲା ଯେଉଁ ଆଠଟି ଘର- ସେଇଟା କାନପୁର !

ମହାବାତ୍ୟା ପରେ କାନପୁରର ଘୋ ଘୋ ହେଉଥିବା ଦୁଇଶହ ଚାଳିଶ ଘରର ଗାଁ ଦାଣ୍ଡ ଚାଲିଗଲା । ଭୁଶୁଡ଼ି ପଡ଼ିଲା ସାତଟା ଗାଁରୁ ଛଅ ନମ୍ବର ଗାଁ । ହେଲେ ସେପାଖରେ ସମୁଦ୍ର ଏପାଖରେ ଦୁର୍ଗନ୍ଧ ହ୍ରଦ ମଝି ବାଲିଚଢ଼ାରେ କାନପୁରର ଏହି ଆଠ ଜଣ ମୁରବୀ ତଥାପି ତିଷ୍ଠି ରହିଛନ୍ତି କେଉଁ ମୋହରେ ?

ଅପରାହ୍ନରେ ସ୍କୁଲ୍‌ଘର ବାରଣ୍ଡା ମାଟି ଗୋବରରେ ଲିପୁଥିଲେ ସେଇ ଆଠଘରିଆ କାନପୁରର ରବୀନ୍ଦ୍ର ରାଉତ ଓ ତାଙ୍କ ସ୍ତ୍ରୀ । ରବୀନ୍ଦ୍ର କହିଲେ- ବାତ୍ୟାପରେ ଆମ ଗାଁ ଲୋକେ ଅଢ଼ାଶୋଳ, ରବୀନ୍ଦ୍ର ପଲ୍ଲୀ, ବଗମୋଡ଼ାରେ ଯାଇଁ ରହିଲେ । ଆମ୍ଭେ ମଧ୍ୟ ଯିବୁ । ଆସନ୍ତା ୨୦୧୨ ମସିହାରେ ଆଉ କାନପୁର ଗାଁର ନା ଗନ୍ଧ ନଥିବ ।

ରବୀନ୍ଦ୍ରର ଉଚ୍ଚାରଣର କ୍ଳେଶ ମତେ ଛୁରୀପରି ଛୁଇଁଲା । ଖୁବ୍ ପାଖରେ ହସୁଥାଏ ସମୁଦ୍ର । ଝାଟି ମାଟିର ଗୋଟେ ଲମ୍ବା ପିଛା ପତର ଛାଅଣି ନୁଆଁଣିଆ ଘର- ଏହିଟା କୁଆଡ଼େ କାନପୁରର ସରକାରୀ ୟୁପି ସ୍କୁଲ୍ ଘର । ପ୍ରଥମରୁ ପଞ୍ଚମ ଶ୍ରେଣୀ ଯାଏଁ ଗୋଟିଏ ବଖରାରେ ଏହି ସ୍କୁଲ୍ ଚାଲେ । ପାଞ୍ଚଟା କ୍ଲାସରେ ଚାଳିଶି, ପଚାଶ ଜଣ ପିଲା ପଢ଼ନ୍ତି । ଡ୍ରେସ୍ କୋଡ୍ ପିନ୍ଧି ଦୁଇଜଣ ଦିଦି ପଢ଼ାଇବାକୁ ଆସନ୍ତି ।

ଓଡ଼ିଶାରେ ସବୁଆଡ଼େ ସର୍ବଶିକ୍ଷା ଅଭିଯାନ ଚାଲିଥିଲା । ଆବଶ୍ୟକ ଶିକ୍ଷକ, ପକ୍କା ସ୍କୁଲ ଘର, ପାଇଖାନା ଓ ଖେଳକୁଦର ବ୍ୟବସ୍ଥା ହେଉଥିଲା । ମହାବାତ୍ୟା ପରେ ୨୦୦୧ ମସିହାରୁ ଆରମ୍ଭ ହେଲାଣି ସର୍ବଶିକ୍ଷା ଅଭିଯାନ ଯୋଜନା । ଏହି ୧୦ ବର୍ଷ ମଧ୍ୟରେ ଏଠି ଦୁଇଜଣ ଶିକ୍ଷୟିତ୍ରୀ ଓ ପଞ୍ଚମ ଶ୍ରେଣୀଯାଏଁ ଗୋଟିଏ ଝୁମ୍ପୁଡ଼ିରେ ଚାଲିଛି କାନପୁରର ସରକାରୀ ସ୍କୁଲ । ହାକିମ ମାନେ ମନେକଲେ- ହଁ ଏମାନେ ତ ଏଠୁ ଉଠିବେ । ଏଠି ସର୍ବଶିକ୍ଷାରେ ପଇସା ଖର୍ଚ୍ଚ କରି ଲାଭ କ'ଣ ? ଦଶ ବର୍ଷ ହେଲା ପିଲାମାନେ ଏଠି ଯା' ନପାଇଲେ କେଉଁ ହାକିମ ଫେରେଇଦେବ ସେମାନଙ୍କ ପିଲାଦିନ ! ଗୋଟିଏ ବଖରାରେ ପ୍ରଥମରୁ ପଞ୍ଚମ ଯାଏ ପିଲାଙ୍କ କୋଳାହଳ ଓ ଦିଦିଙ୍କ ହେସ୍ ହେସ୍, ଗାଁ ଲୋକଙ୍କ ବ୍ୟକ୍ତିଗତ ହେପାଜତରେ ବେଶ୍ ବଞ୍ଚିଥିଲା କାନପୁର ଶେଷ ସ୍କୁଲ ଘର ।

ସେହି ଘର ଭଙ୍ଗା ବଙ୍ଗୋପସାଗରରୁ ଚହଲି ଆସୁଥିଲା ଶେଷଖରା । ଆମେ କାନପୁରରୁ ସାତଭାୟା ଯିବାକୁ ପୁଣି ମାଟି ରାସ୍ତା ଉପରକୁ ଉଠି ଆସିଲୁ । ଦଶବର୍ଷ ପୂର୍ବରୁ କାନପୁରର ଲମ୍ବା ଗାଁ ଦାଣ୍ଡରେ ଚାଲି ଚାଲି ସାତଭାୟାର ଗାଁ ଓ ପଞ୍ଚୁବରାହୀ ମନ୍ଦିର ଯାଏ ପହଞ୍ଚି ହେଉଥିଲା । ଆଉ ନଥିବା କାନପୁର ଗାଁ ଦାଣ୍ଡରେ ଏବେ ସମୁଦ୍ରର ଧଡ଼ି ।

ପଞ୍ଚୁବରାହୀ ମନ୍ଦିର ଆଗରେ ପହଞ୍ଚିଲାବେଳକୁ ଦଶବର୍ଷ ତଳର ସାତଭାୟା ଗାଁ ଦାଣ୍ଡ ଓ ଲୋକବାକ କେହି ନଥିଲେ । ଗୋପୀନାଥ ସାହୁଙ୍କର ଗୋଟେ ତେଜରାତି ଦୋକାନ, ମନ୍ଦିର ପୂଜାରିଣୀ ମାନଙ୍କ ଦି' ତିନିଟା ଘର ଛଡ଼ା ଖାଁ ଖାଁ ସାତଭାୟା । ପଞ୍ଚୁବରାହୀ ମନ୍ଦିର ସମୁଦ୍ରର ମଶାଣିଆ ବାଲିରେ ଛିଡ଼ା ହୋଇଥିଲା ଏକା ।

ପଞ୍ଚୁବରାହୀ ମନ୍ଦିର ଭିତରେ ପଶିଲୁ । ପୂଜାରିଣୀ ଜାଇ ଦଲେଇ ପାଞ୍ଚଦେବୀଙ୍କୁ ମାଜଣା ସାରି ବେଶ କରିସାରିଥିଲେ । ଅପେକ୍ଷା ଥିଲା ସନ୍ଧ୍ୟା ଆଳତୀକୁ । ଧାଡ଼ି ହୋଇ ଛିଡ଼ା ହୋଇଥିବା ସେହି ପ୍ରାଚୀନ ଦେବୀଙ୍କ ଦେହରେ ପାଞ୍ଚ ରଙ୍ଗର ରଙ୍ଗୀନ ଛିଟ ଶାଢ଼ୀ, ସିନ୍ଦୂର ବୋଳା ପ୍ରତ୍ୟେକ ଦେବୀ ମୁଣ୍ଡରେ ଓଡ଼ିଆଣି ଓଢ଼ଣୀ । ବେକରେ ହଳଦିଆ ଓ ଲାଲ ରଙ୍ଗର ମନ୍ଦାର ମାଳ । ମନ୍ଦିର ଭିତରେ ଧୂପ ଝୁଣା ଓ ଭୌତିକ ଅନ୍ଧାରରେ ଦିପ୍‌ଦିପ୍ ଜଳୁଥିଲା ତେଲ ଚିକିଟା ପ୍ରାଚୀନ ଦୀପ । ଜଣେ ପୂଜାରିଣୀ ସଫା ସୁତୁରା କସ୍ତା ରଙ୍ଗୀନ ଶାଢ଼ୀ ପିନ୍ଧି ଦେବୀଙ୍କ ସନ୍ଧ୍ୟା ଆଳତୀ ବ୍ୟବସ୍ଥାରେ ଥାଏ । ଗତଥର ଯେତେଥର ମୁଁ ଏଠିକି ଆସିଛି ପ୍ରତ୍ୟେକ ସାତଭାୟାଙ୍କର ଗୋଟିଏ କଥାରେ ଦମ୍ଭ– ଏହି ପଞ୍ଚବରାହୀଙ୍କୁ ତାଙ୍କ ବଡ଼ଭଉଣୀ ଦରିଆ ଯେଉଁଦିନ ତା'ଗର୍ଭକୁ ନେଇଯିବ, ତା'ପରେ ଆମେ ସାତଭାୟା ଛାଡ଼ିବୁ । କେଉଁ ବଡ଼ ଭଉଣୀ ତା'ର ସାନ ଭଉଣୀମାନଙ୍କ ମନ୍ଦିର ଭାଙ୍ଗିପାରିବ ? ଏହି ପଞ୍ଚୁବରାହୀ ଆମକୁ ଘଣ୍ଟ ଘୋଡ଼େଇ ରଖିଛନ୍ତି ।

ଏବେ ଦେଖିଲୁ ପଞ୍ଚୁବରାହୀ ମନ୍ଦିରକୁ ସମୁଦ୍ର ଛୁଇଁଲାଣି । କେବଳ ଲହଡ଼ିର ମାଡ଼ରେ ମନ୍ଦିର ଭୁଷୁଡ଼ିବାଟା ବାକିଅଛି । ସମୁଦ୍ରର ଦାନ୍ତ ପାଖରେ ସେମାନେ ବିଶ୍ୱାସର ଦେବୀ ମାନଙ୍କୁ ଛାଡ଼ି ଏ ସାତଭାୟାମାନେ ଗଲେ କୁଆଡ଼େ ?

ସାତଭାୟା ଗାଁଲୋକମାନେ ଅଛନ୍ତି । ସେଇ ବାଲିପାହାଡ଼ ତଳେ ସେମାନେ ଅଛନ୍ତି । ବାଲିପାହାଡ଼ ଚଢ଼ିବା ଆଗୁ ଦେଖି ଦେଖି ଗଲି ଉଜୁଡ଼ି ଯାଇଥିବା ପୁରୁଣା ସାତଭାୟା ସାହିର ଅସ୍ତିତ୍ୱ । ସାହି ଭିତରେ ଗୋଟିଏ ଟିୟୁବ୍‌ୱେଲ୍ ବାଲିରେ ପୋତି ହୋଇଛି । ସାହି ଦାଣ୍ଡର ସାର୍ବଜନୀନ ବହୁ କାରୁକାର୍ଯ୍ୟର ବିଶାଳ ତୁଳସୀ ଚଉଁରା ଅଧା ବାଲିଲେ ପୋତି ହୋଇଥିଲା । ସେହି ଚଉଁରା ଚାନ୍ଦିନୀରେ ବସା ଉଠା, ଅଷ୍ଟପ୍ରହରୀର ଉତ୍ସବ, କୁମାରପୂର୍ଣ୍ଣମୀର ଲହର ସବୁ ବାଲିରେ ପୋତି ହୋଇଯାଇଥିଲା । ବାଲିର ପାହାଡ଼ ଉପରେ ଦଶ ବାରଟା ସମୁଦ୍ର ମୁହାଁ ଘର ତିଷ୍ଠି ଥିଲା । କୁଆଡ଼େ ଗଲା ଧୁସା ଓ

ତା' ଭାଇ କେମ୍ପାର ଘର ? ଭଞ୍ଜ ସାର୍‌ଙ୍କ ଘର ? ସାତଭାୟାର ସ୍କୁଲ ଘର ? ରମେଶ, ବଇନ, ସୁମା, ପଦନ, ବାବୁଲା ଏମିତି ବହୁ ବନ୍ଧୁଙ୍କ ଘର କୁଆଡ଼େ ଗଲା ? ବାଲି ଚଢ଼ି ଯାଇଥିବା ମୃତ ସାହି ଭିତରେ ଗଲାବେଳେ ଅଜସ୍ର ସ୍ମୃତି ଓ ବ୍ୟର୍ଥପଣରେ ମତେ ଲାଗୁଥାଏ କ୍ଲାନ୍ତ ଶ୍ରାନ୍ତ। କାହିଁକି ଏ ମଣିଷ ସମୁଦ୍ର କୂଳ ଲୋକଙ୍କ ସହ ପରିଚିତ ହୁଏ। ଶେଷକୁ ସମୁଦ୍ର ଥାଏ, ସେମାନେ ନଥାନ୍ତି।

ସମୁଦ୍ରମାନେ ସବୁବେଳେ ଭୂଇଁକୁ ନେଇ ଖେଳ ଖେଳ ଖେଳୁଥାନ୍ତି। କେତେବେଳେ ତିଆରି କରନ୍ତି ନିଜ ଭିତରୁ ସ୍ଥଳଭାଗ। କେବେ ଖାଇ ଖାଇ ପଦା କରିଚାଲନ୍ତି ଜନପଦ। ସାତଭାୟା କୂଳରେ ଲାଗିଥିଲା ସେଇ ସାମୁଦ୍ରିକ-ହୁନ୍ଦର। ଦଶବର୍ଷ ଭିତରେ ଦୁଇଟା ତାଳ ଗଛ ଉଞ୍ଚରେ ଗୋଟିଏ ମାଇଲ୍ ଯାଏଁ ସମୁଦ୍ର ତିଆରି କରିଦେଇଛି ନିଜ କୂଳରେ ଗୋଟିଏ ବିଶାଳ ବାଲିଚଢ଼ା। ସେହି ଆକାଶ ଟେକା ବାଲିଚଢ଼ା ସେ ପାଖରେ ଛପାମାରି ରହିଛନ୍ତି ପୁରୁଣା ସାହିରୁ ବିସ୍ଥାପିତ ସାତଭାୟାମାନେ। ଜମିକୁ ଲାଗି ସେମାନଙ୍କ ଲଗାଲଗି ଘରସବୁ। ସେଠି ଚଉଡ଼ା ଗାଁ ଦାଣ୍ଡ ନାହିଁ। ପନିପରିବା ବାଡ଼ିବଗିଚା ପାଇଁ ଜାଗାନାହିଁ। କେବଳ ସମୁଦ୍ରକୁ ଓହାଡ଼ କରି ଏମାନେ ତଥାପି ଆଉଥରେ ଘର କରି ଏଠି ଅଟକି ରହିଛନ୍ତି। ମୋର ମନହେଲା ସମୁଦ୍ର ଓ ସାତଭାୟାର ଏହି ଲୁଚାଛପା ଖେଳପାଇଁ ପ୍ରକୃତି ଯେପରି ତିଆରି କରିଦେଇଛି ଏହି ବାଲି ପାହାଡ଼ !

ବାଲି ପାହାଡ଼ ଆର ମୁଣ୍ଡରେ ଓହ୍ଲେଇ ଆମେ ଝାଉଁବଣ ପଠାଦେଇ ସାତଭାୟାର 'ବାଲିସାହି'ରେ ପହଞ୍ଚିଲୁ। ସେହି ସାହିରେ ସବୁ ପୂର୍ବଭଳି ଥିଲା। ଭେଟିଲି ସେହି ପୁରୁଣା ଚେହେରା ଓ କୋଳାହଳ। ହେନ୍ତାଳ ପିଛା ଗଛର ପତ୍ରରେ ଛାଆଣି ଘର ଗୁଡ଼ିକ ଗାଁଦାଣ୍ଡର ଦୁଇକଡ଼ରେ। ପୁରୁଣା ବୁନିୟାଦି ମାଟିକାନ୍ଥ ଓ ପ୍ରବେଶ ଦର୍ଜା ଝୋଟି ଚିତାରେ କାରୁକାର୍ଯ୍ୟରେ ଝଲୁସୁଥିଲା। ନିଜ ମାଟି ପିଣ୍ଡାରେ ଗୋଡ଼ ହାତ ଲମ୍ବେଇ ମଉଜରେ ପାନ ଚୋବେଉଥିଲା ନବେବର୍ଷ ବୟସର ଗୋରୀ ସୁନ୍ଦରୀ ବୁଢ଼ୀ। ଲାଗିଥିଲା ଝାଉଁ ବଣରେ ଓ ଗାଁ ଦାଣ୍ଡରେ ପିଲାଙ୍କ ଖେଳକୁଦ ଓ ବୟସ୍କ ଲୋକମାନଙ୍କ ତାସ୍ ଖେଳ। ଫରେଷ୍ଟ ବିଟ୍‌ର ସିମେଣ୍ଟ ବାରଣ୍ଡାରେ ଦେଶ ଦଶ କଥା ଉପରେ ବୈଠକୀ। ଟିଉବ୍‌ୱେଲ୍ ପାଖରେ ସାହି ମାଇପି ଝିଅଙ୍କ କାଚୁରୁ ମାଚୁରୁ ଭିଡ଼ ।

ଆଶ୍ଚର୍ଯ୍ୟ ! ତିଷ୍ଠି ରହିଥିବା ଚେନାଏ ସାତଭାୟାର ତଥାପି ଅଛନ୍ତି ଏତେ ଛୁଆ ! ପୁଣି ଏତେ ବୁଢ଼ା ବୁଢ଼ୀ ! ଗାଁର କିଶୋର ଓ ଯୁବକମାନେ ତ ହାଇଦ୍ରାବାଦ, ପଞ୍ଜାବ, ଦିଲ୍ଲୀ, ସୁରଟ୍‌ରେ ପେଟପାଟଣାରେ ଥିଲେ। ହେଲେ କମ୍ ନଥିଲେ ଚାଷ କରୁଥିବା ମଧ୍ୟ ବୟସ୍କ ଗୃହସ୍ଥ । ଆଉ ବାହା ହେବାକୁ ଗୋଡ଼ ଟେକି ବସିଥିବା ହାଲୁ ହାଲୁ ତୁଲବୁଲ୍ ତଅପୋଇ।

ସମୁଦ୍ର ଆଗରେ ଅଧେ ବାଲି ପାହାଡ଼ ଓ ଆଧେ ଝାଉଁବଣରେ ପଠା ଏପଟରେ ବାଲିସାହି ନିରାପଦରେ ଥିଲା । ଗାଁ ଦାଣ୍ଡରେ ଚାରିପାଞ୍ଚଟା ଷ୍ଟ୍ରିଟ୍ ଲାଇଟ୍ ସାମୁଦ୍ରିକ ଜଳୀୟ କଣାରେ ଦିକ୍‌ଦିକ୍ ଦିଶୁଥିଲା । ଥିଲାବାଲା ଘରେ ସୋଲାର୍ ଲାଇଟ୍, ଫ୍ୟାନ୍ ଓ ଡିସ୍ ଆଣ୍ଟିନାରେ ଭଳିକି ଭଳି ଚ୍ୟାନାଲ୍‌ରେ ମେହେଫିଲ୍ ଲାଗିଥିଲା । ଘର ପିଛା ବାଇକ୍ ସଂଖ୍ୟା ବି କମ୍ ନଥିଲା । ଚାଷୀ ମାନଙ୍କ ମଧ୍ୟରେ ବିଜେଡ଼ି ଓ କଂଗ୍ରେସ ଦଳକୁ ନେଇ ଉଷୁମ ରାଜନୀତିର ଖେଳ କସାକସ୍ ଥିଲା ।

ଶୁଣିଲି, ଲୋକଙ୍କୁ ବିପିଏଲ କାର୍ଡ଼ ପ୍ରଥମେ ଯଚା ଗଲା । ତା' ଭିତରୁ ଏଠିକାର ବହୁତ ଲୋକ ବିପିଏଲ୍ କାର୍ଡ଼ ନେଲେ ନାହିଁ । ସେମାନଙ୍କ ମତ–ହଁ ମଃ ଆମେତ ଏଠୁ ଉଠିବୁ, ସେ କାର୍ଡ଼ ଫାର୍ଡ଼ ଆମର କ'ଣ ହେବ ? ଏହିଭଳି ଅନ୍‌ପଢ଼ ଓ ନିଜ ହତାଶରେ ବାଟ ପାଉନଥିବା ଗରିବ ଲୋକଙ୍କର ବିପିଏଲ୍ କାର୍ଡ଼ ନାହିଁ । ଚାଲାକ୍ ଲୋକେ କିଏ କିଏ ରାଜନୀତିଆକୁ ଧରି ନିଜଘର ପାଇଁ ଦୁଇ ଦୁଇଟା ବିପିଏଲ୍ କାର୍ଡ଼ କରିଦେଇଛନ୍ତି । ସେମାନଙ୍କୁ ଦୁଇ ଟଙ୍କିଆ ସରକାରୀ ଷାଠିଏ କେଜି ଚାଉଳ ମିଳିଯାଉଛି । ସେମାନେ ଚାଷ କରିଥିବା ବିନା ସାରର ଚାଉଳ ଖାଇବେ । ସେ ଚାଉଳ ସ୍ୱାସ୍ଥ୍ୟ ପାଇଁ ଠିକ୍ । ସାରଦିଆ ସରକାରୀ ଚାଉଳଟା ବିକିବେ । ସେଇଟା ସେମାନଙ୍କର ଉପୁରି ଲାଭ– ଏହି ସବୁ ଖୁଚୁରା ମତଲବୀ ସ୍ୱାର୍ଥ ସ୍ୱପ୍ନ କ'ଣ କେବଳ ସାତଭାୟାରେ ? ସବୁଠି ଏମିତି ଥାନ୍ତି ମତ୍‌ଲବଖୋର୍ ।

ଜବ୍ କାର୍ଡ଼ ଅବସ୍ଥା ମଧ୍ୟ ସେମିତି । ଏହି ଉଠିଯିବେ, ଏହି ଉଠିଯିବେ ନିଜ ସୁବିଧାରେ ଆଉ କେଉଁଠି ରହିବେ । ସେ ପାଇଁ ଏଠି ଇନ୍ଦିରା ଆବାସ, ପ୍ରଧାନମନ୍ତ୍ରୀ ଗ୍ରାମ୍ୟ ସଡ଼କ ଯୋଜନା, ସର୍ବଶିକ୍ଷା ଅଭିଯାନରେ ପକ୍କା ସ୍କୁଲ ଘର, ବିଜୁଳି ଯୋଗାଇଦେବା କି ଦରକାର ? ହାକିମମାନେ ପୂର୍ବାନୁମାନ କରିନେଲେ । ହେଲେ ମହାବାତ୍ୟାରୁ ଆସି ଦଶବର୍ଷ ବିତିଲାଣି ତଥାପି ଏଠି ସବୁ ସରକାରୀ କାର୍ଯ୍ୟକ୍ରମ ଠପ୍ । ସାତଭାୟା ପଞ୍ଚାୟତ ଅଫିସ୍‌ରେ ଗଦା ହୋଇ ପଡ଼ିଛି ଜବ୍ କାର୍ଡ଼ ସବୁ । ଯେଉଁଠି ଯିଏ ଯେଉଁ ପରିସ୍ଥିତିରେ ଥାନ୍ତୁ, ସେମାନଙ୍କ ଥଇଥାନ ଓ ପୁର୍ନବାସ ଯେ ପର୍ଯ୍ୟନ୍ତ ନହୋଇଛି, ସେ ପର୍ଯ୍ୟନ୍ତ ରାଷ୍ଟ୍ର ସର୍ବନିମ୍ନ ଆବଶ୍ୟକତା ସେମାନଙ୍କୁ ଯୋଗାଇଦେବା କଥା । କିନ୍ତୁ ଏଠି ଦଶବର୍ଷ ଭିତରେ କ୍ଷୟ ହୋଇଥିବା ଯୋଗାଯୋଗ ଓ ଶିକ୍ଷା ଅବସ୍ଥା ଯେମିତି ଥିଲା ସେମିତି । ଆଉ ସେମାନଙ୍କ ସ୍ୱାସ୍ଥ୍ୟ କଥା ବୁଝିବାକୁ ପଞ୍ଚୁବରାହୀ ଛଡ଼ା ଏଠି କେହି ନାହାନ୍ତି ! ନିଜେ ଚଳିଯିବା ପାଇଁ ସବୁ ଅଭାବକୁ ଚଳେଇନେବା ଅଭ୍ୟାସରେ ସାତଭାୟା ପାଲଟି ଯାଇଛନ୍ତି ସାମୁଦ୍ରିକ –କୁର୍ମ ।

ମୁହଁ ସଞ୍ଜର ସାତଭାୟା ସାହି ଭିତରେ ଥିବା ଫରେଷ୍ଟ ବିଟ୍ ଚଉଡ଼ା ସିମେଣ୍ଟ

ବାରଣ୍ଡାରେ ବସିଥିଲେ କେତେଜଣ ବୟସ୍କ ଲୋକ। ପଡ଼ିଥିଲା ସେଠି ସେମାନଙ୍କ ଥଇଥାନ କଥା। ଜଣେ କହୁଥିଲା–ବଗପାଟିଆରେ ସରକାର ସାତଭାୟାଙ୍କ ଥଇଥାନ ଓ ପୁର୍ନବାସ ଯୋଜନା ପାଇଁ 'ବିଜୁନଗର' ବସେଇବେ। ସେ ପାଇଁ ରାସ୍ତା କଡ଼ରେ ଗୋଟେ ବୋର୍ଡ଼ ଲାଗିଛି। ହେଲେ ଏ ସଂପର୍କରେ ଆମ ପାଖକୁ କୌଣସି ନୋଟିସ୍ ଆସିନି। ସେ ଥଇଥାନ ଜାଗାକୁ ସରକାର ମପାମପି କରିନାହାନ୍ତି। ପ୍ଲଟିଂ ହୋଇନି। ସେମାନେ କୁଆଡ଼େ ଗୋଟେ ପରିବାର ପିଛା ଦଶ ଡିସମିଲ୍ ଜାଗାରେ ଦୁଇ ବଖରା ଘର ଦେବେ। ଯଦି ନୋଟିସ୍ ଲାଗେ– ହଁ ଆମେ ସେଠିକି ଏଠୁ ଉଠିଯିବୁ । ଆମ ପାଖରେ ତ ଆମ ଚାଷ ଜମି। ଆମ ଆଗରେ ତ ଏ ଜଙ୍ଗଲ ଆମର କିଛି ଅସୁବିଧା ହେବନି। କିନ୍ତୁ କିଏ ଜାଣେ ଏ ଥଇଥାନ ହେବକି ନାହିଁ ? ପୂର୍ବରୁ ଅନେକ ଥର କଂଗ୍ରେସ ଜନତା ସରକାର ବେଳେ ଥଇଥାନ ପାଇଁ ହୁଆ ଉଠିଛି। ଜଙ୍ଗଲ କଟାଯାଇ। ଡିହବନ୍ଧା ହୋଇଛି। କିଛି ହୋଇନି। ଡିହ ଭାଙ୍ଗି ତା' ଉପରେ ଜଙ୍ଗଲ ମାଡ଼ି ଯାଇଛି। ଆମେ ଯେଉଁଠି ସେଇଠି। ଏ ବଗପାଟିଆରେ ଥଇଥାନର ସାଇନ୍‌ବୋର୍ଡ଼ କ'ଣ ସାଇନ୍‌ବୋର୍ଡ଼ ହୋଇ ରହିଯିବ ?

ଅତୀତର ତିକ୍ତ ଅନୁଭୂତିର ଏ ପାକଲ ମଣିଷମାନେ ଏମିତି ସବୁ ଆଶଙ୍କା ଓ ହତାଶାରେ ମୁହଁ ଅନ୍ଧାରରେ ବସିଥିଲେ। ରାତି ଆଠଟା, ନଅଟା ବେଳକୁ ନିସ୍ତବ୍ଧ ହୋଇ ଆସୁଥାଏ ବାଲି ସାହିର ଗାଁଦାଣ୍ଡ। ଲୋକେ ତାଟି କବାଟ ଦେଇ ଘରେ। ଯେତେ ବଢୁଥିଲା ରାତି ସେତେ ଜୋରରେ ସମୁଦ୍ରର ଗଳାଖଙ୍କର ଆବାଜ୍ ବଢୁଥିଲା।

ମୋ ସାଙ୍ଗରେ ଥିବା ବନ୍ଧୁ ରବି ତ୍ରିପାଠୀଙ୍କର ଜଣେ ଏଠି ଚିହ୍ନା ଜଣା ବାଲି ସାହିର ନଳିନୀ ବେହେରାଙ୍କ ଘରେ ଆମର ରାତି ରହଣୀ ସ୍ଥିର ହେଲା। ନଳିନୀ ତା'ର କୌଳୀକ ବୃତ୍ତି କାଠମିସ୍ତ୍ରୀ କାମ ଜାରି ରଖିଥିଲା। ତା'ଘରେ ଚିରାକାଠ, ଟେବୁଲ ଚେୟାରର ଫ୍ରେମ୍ ଓ ଯନ୍ତ୍ରପାତି ରହିଥିଲା। ତା' ବାପା ମରିଯାଇଥିଲା। ଖୁଡ଼ି ମରିଯାଇଥିଲା। ଘରେ କେବଳ ଦୁଇଜଣ ବୁଢ଼ାବୁଢ଼ୀ, ତା ଅଳସୁଆ ସାନଭାଇ, ସ୍ତ୍ରୀ ଓ ଦୁଇବର୍ଷର ଝିଅ। ନଳିନୀ ଏହା ଭିତରେ ପଙ୍ଗାମୁଣ୍ଡାଇର ସିଙ୍ଗିରି ପାଖରେ ଚାରିଗୁଣ୍ଠ ଜାଗା କିଣି ରଖିଥିଲା। ସମୁଦ୍ର ଆଉ ନିକଟରେ ଯଦି କିଛି ଅସୁବିଧା ଆସେ, ସେମାନେ ଏଠୁ ଯାଇ ସେଠି ଘର କରି ରହିବେ।

ନଳିନୀର ଘର ମାଟି ବାରଣ୍ଡାରେ ଖୁଣ୍ଟ ପରି ଦୁଇ ଜଣ ବସି ଆମ ରାତି ଖାଇବା ପାଇଁ ଅପେକ୍ଷାରେ ଥିଲେ। ନଳିନୀର ବୁଢ଼ୀମା'କୁ, ଚମ ଧୁଡୁଧୁଡୁ ଦାଦା। ନଳିନୀର ସ୍ତ୍ରୀ ରାତିରେ ଆମ ଖାଇବା ପାଇଁ ରାନ୍ଧି ଥିଲା ଯାହା–ସେ ସାତଭାୟାର ଚାଉଳର ଭାତ, ବିନା ସାରରେ ନିଜ ଡିହରେ ଫଳେଇ ଥିବା ପନିପରିବାର ତରକାରୀ।

ସେଇଥିରୁ ପାଇଲି ସେହି ଦଶବର୍ଷ ତଳର ଏଠି ଖାଇଥିବା ସାତଭାୟା ଖାଦ୍ୟର ମହକ୍। ସମୁଦ୍ର ଏଠି ସବୁ ଆତଙ୍କିତ କରି ରଖିଥିଲା, ହେଲେ ବୁଡାଇ ପାରିନଥିଲା ଏଠିକା ଭାତର ସୁଆଦ।

ଆମ ଖାଇବା ପାଖରେ କୋଡ଼ିଏ ପାୱାର ସୋଲାର୍ ଲାଇଟ୍ ଆଲୁଅକୁ ଆଡ଼ କରି ଦି'ଟା କାଦୁଅ ମୂର୍ତ୍ତି ପରି ବସିଥିବା ନଳିନୀର ମା' ଓ ତା' ଦାଦା–ମଦନ ମୋହନ ବେହେରା । ବେହେରାଙ୍କ ଆଖି ସେତେବେଳେ ଆମକୁ ଆତିଥ୍ୟ ଦେଇ ଗଦ୍‌ଗଦ୍ ଆଜ୍ଞା ! ଏଠି କ'ଣ ଅଭାବ ? ଦେଖନ୍ତୁ ଏଠି ମରୁଡ଼ି କେବେ ହୁଏନା। ଚାଷରେ ବେଶି ପରିଶ୍ରମ ନାହିଁ। ବିନା ସାରରେ ସୁନା ଭଳି ଧାନ ଫଳୁଛି। ଲୁଣା ପାଣିରେ ଆମର ଏଠି ଛଣ କୁଟା ପଚିଯାଏ। ପାଖରେ ହେନ୍ତାଳ ଜଙ୍ଗଲ ଅଛି ବୋଲି ଆମେ ପିଛା ଗଛର ପତରକୁ ଝାଞ୍ଜୁଣୀ ଭଳି ବାନ୍ଧି ଘର ଛାଇଁବା ପାଇଁ ସାଇତି ରଖୁ। ଏହି ଜଙ୍ଗଲ ମାଗଣାରେ ଆମ ଘର ଛପର କରିଦେଉଛି । ପୁଣି ମହୁ, କାଠ, ଚଢ଼େଇ ସବୁ ମିଳୁଛି ମାଗଣାରେ। ଶଗଡ଼ଗଡ଼ି, ସୁନେଈ, ରୂପେଈ ଏମିତି କେତେ ନଈ ନାଳ। ଘରେ ମସଲା ବାଟୁଥା'– କହି ପାଣି ଜାଗାରେ ଜାଲ ଦି'ଘେରା ଘେରିଦେଲେ ଘରେ ବାଟଣ ବଟା ଓ ଭାଜ ହେଲାବେଳକୁ ମାଗଣା ମାଛ ତରକାରୀଟା ମିଳୁଯାଉଛି। ଏଠି ସବୁ ମାଗଣା। ଏ ସୁବିଧା କେଉଁଠି ମିଳିବ ? ଶୋଇବା ପୂର୍ବରୁ ବୁଢ଼ା ପୁଣି ଭାଗ୍ୟବାଦୀ ହେଲା– ଅନେଶତ ମସିହାରେ ବାତ୍ୟା ହେଲା। ପୁଣି ଯଦି ଗୋଟେ ଉଠିଆ ମୁଣ୍ଡ ପୂର୍ବାଳି ପବନ ହୋଇଯିବ। ଦରିଆ ଏଠି ଆମ ପଛରୁ ଆସି ସମସ୍ତଙ୍କୁ ଏଠି ପାଣିରେ ବୁଡ଼ାଇଦେବ ? ପୂବେଇ ପବନକୁ ଭରସା କ'ଣ ?

ଏମାନେ ଏତେ ବିପ୍ରାତ ଏତେ ଦହଗଞ୍ଜରେ ତଥାପି କାହିଁକି ଗୋଟେ ସାହିରୁ ବସ୍ଥାପିତ ହୋଇ ସେହି ପାଖରେ ବାଲି ଚଢ଼ା ତଳେ ପୁଣି ଘରବାନ୍ଧି ଛପା ମାରି ରହିଗଲେ। ସମୁଦ୍ର ଛାଡ଼ି ତଥାପି ଗଲେ ନାହିଁ। କେଉଁ ମାୟା, କେଉଁ ପ୍ରଲୋଭନ ସାତଭାୟାଙ୍କୁ ଏଠି ଅଠାକାଠିରେ ଅଟକାଇ ରଖିଛି ?

କେବଳ ବାଇଶ୍ ଶହ ଏକର ଜମି !

ହେନ୍ତାଳ ଜଙ୍ଗଲରୁ ସମୁଦ୍ର ନାଶିଯାଏଁ ଲାଗିଥିଲା ସେ ବାଇଶ୍ ଶହ ଏକରରୁ ଊର୍ଦ୍ଧ୍ୱ ସାତଭାୟା, କାନପୁର ଓ ଓକିଲପାଳ ଲୋକଙ୍କ ଜମିସବୁ। ଯେଉଁଠି ଚାଲିଥିଲା ସେଇ ପୁରୁଣା ପଦ୍ଧତିର ଚାଷ ଓ ସେହି ପୁରୁଣା ଧାନ ବିହନ–ଲୀଳାବତୀ, ହରିବତୀ, ମାଳବତୀ, ହଦଗଡ଼, ରନ୍ନଚୂଡ଼ି, କୁନ୍ଦରି ଓ ପାଟେଣି ଧାନ ମଞ୍ଜି। ଧାନର ଚାରା ବଢ଼ିଗଲେ ଜମି ଚଷି, ମଇ ଦେଇ, ତଳି ରୋଇଦେବା କଥା। ଆଉ ଚାଷୀର ବିଲଆଡ଼େ ଯିବା ଦରକାର ନାହିଁ। ସେହି ସମୟ ଟିକକ ଚାଷୀ ଅନ୍ୟ ଧନ୍ଦାରେ ବ୍ୟସ୍ତ ରହେ।

ବେପାର ବଣିଜରେ ଲାଗେ। ଜଙ୍ଗଲ ଜିନିଷ ଯୋଗାଡ଼ରେ, ଅତିବେଶିରେ ଖୁଚୁରା ରାଜନୀତି କରେ। ଠିକ୍ ଫସଲ ପାଚିଲା ବେଳେ ୟା' ତା'ଠୁ ଧାନ ପାଚିବା କଥା ଶୁଣି ଚାଷୀ ନିଜ ଜମିକୁ ଦା'ଧରି ଚାଲେ।

ସେ ବାଇଶି ଶହ ଏକର ଜମି ସମତଳ ଜମି। ପାଖ ନଈ ନାଳରୁ ଲୁଣା ପାଣି ବିଲରେ ଆପେ ପଶେ। ଆପେ ମାଡ଼େ। ଆପେ ଛାଡ଼େ। ଠିକ୍ ସମୟରେ ସୁନା ଭଳି ଧାନ ଫଳେ। ଜମିରେ କେବଳ ଚାରା ରୋଇ ଦିଅ ଓ ଧାନ କାଟି ଆଣ। କେବଳ ଏତିକି ଏଠି ଚାଷୀର କାମ। ବିନା ସାର, ବିନା ଔଷଧ, ବିନା ଖର୍ଚ୍ଚରେ ଚାଷ, କିଏ ଛାଡ଼ିବ ବାଇଶ ଶହ ଜମିର ମୋହ ? ଠିକ୍ ସେଇଥିପାଇଁ ସାତଭାୟାର ଲୋକମାନେ ଏଠୁ ବିସ୍ଥାପିତ ହୋଇ ଏ ଜମି ଚାରି ପାଖରେ ଘେରଟ ମାରି ଶିଆଳଢ଼ିଅ, ଅଦ୍ଧାଶୋଳ, ରବୀନ୍ଦ୍ର ପଲ୍ଲୀ, ବଗମୋଡ଼ା ଓ ବାଲିଚଢ଼ା ତଳେ ଘର ବନାଇ ରହିଛନ୍ତି। ନିଜର ଜୀବନ ଓ ଜୀବିକାକୁ ଚାରି ପାଖରୁ ସେମାନେ ଯେମିତି ଘେରଟ ମାରି ଛକିଛନ୍ତି।

ବାଲିସାହିରୁ ଫେରିଲାବେଳେ କଚ୍ଚା ମାଟି ରାସ୍ତାରେ ଆମ ବାଁ ପାଖର ଅବଶିଷ୍ଟ ସାତଭାୟା ଓ କାନପୁରର ହତଶିରି ବାଲିପଠା ଉପରେ ଅର୍କ୍ଷିତ ପରି ଫର୍ ଫର୍ ଉଡୁଥିଲେ ନଡ଼ିଆଗଛ ବାହୁଙ୍ଗା ମାନେ, ସେତେବେଳେ ଉପର ମୁଣ୍ଡରେ ସୂର୍ଯ୍ୟ, ଚୁପ୍ ଶଇତାନ୍ ସମୁଦ୍ର ଶାନ୍ତ ଥିଲା। ଆମ ଡାହାଣ ପାଖରେ ସେହି ବାଇଶ ଶହ ଏକର ଜମି। ଗୋଟେ ନରମ ମସୃଣ ଶାଗୁଆ ସମତଳ ପଡ଼ିଆ। କୋଠରୀ ଭଳି କଟା ହୋଇଛି ହିଡ଼। କଅଁଳ ଧାନଗଛ ପାଦରେ କଳ କଳ ପାଣି। ଉପରେ ଧୀର ପବନର ଶାଗୁଆ ଲହଡ଼ି। କେବଳ ଧାନଗଛ ମାନଙ୍କର କ୍ଷୀର ଢୋକିବାକୁ ଡେରି ଥିଲା।

ଫେରିଲା ବେଳେ କାହାକୁ ହାତ ହଲେଇ କହିବି– ବିଦାୟ। ସମୁଦ୍ର କୂଳରେ କେଉଁ ଯୁଗରୁ ଉଡୁଥିବା ରଙ୍ଗୀନ ଗୁଡ଼ି–ସାତଭାୟା। ଏବେ ବାଇଶ ଶହ ଏକର ଚାଷଜମିର କାଦୁଅରେ ପୋତି ହୋଇଯାଇଥିଲା ତା' ଲଟେଇ। ସାତଭାୟା–ଗୁଡ଼ି ଖଣ୍ଡି ଉଡା ଦେଉଛି। ସମୁଦ୍ରରୁ ଆଗ ଖେଞ୍ଚା ଓ ଏବେ ପଛ ଖେଞ୍ଚା ଖାଇ ସାତଭାୟା ଲୋକେ ଜୀବନ କାଳ ଭିତରେ କେତେ ଜାଗାରେ ଛିଡ଼ା କରାଇପାରିବେ ଘର ?

କେଉଁ ଫଳପ୍ରସୂ ଯୋଜନାରେ କ'ଣ ଏଠି ଆଉ କିଛି ବର୍ଷ ପାଇଁ ଅଟକାଇ ହେବନି ସାମୁଦ୍ରିକ କ୍ଷୟ ମୁହଁରୁ ଏ ମୂଲ୍ୟବାନ ଚାଷ ଜମି ସବୁ ? ଯେଉଁ ଜମି ସହିତ ଯୋଡ଼ି ହୋଇ ରହିଛି ସାଧାରଣ ବର୍ଗ ଓଡ଼ିଆ ଏକାନ୍ନବର୍ତ୍ତୀ ପରିବାର ମାନଙ୍କ ସୁନ୍ଦର ସହାବସ୍ଥାନ। ଏମିତି କ'ଣ ଲୋପ ହୋଇଯିବ ଓଡ଼ିଶା, ଭାରତ ବର୍ଷ, ଏସିଆ ମହାଦେଶର ଶେଷ ସୀମାନ୍ତ ଗାଁର ଭାତହାଣ୍ଡି ? ନିସ୍ତବ୍ଧ ଘାଟ ପାରି କରି ଦେଉଥିବା କୁହୁକ ଡଙ୍ଗା ଓ ଘାଟିଆଳ ଆମ ପଛରେ ରହିଗଲେ।

ମୋର ମନେହେଲା, ସେମାନେ ଯେଉଁ ଚାଷ ଜମି ଘେରଟ ମାରି ସେଠି ସମୁଦ୍ର ସହିତ ଯୁଝୁଛନ୍ତି । ତା' ଆଉ କେତେ ଦିନ ? ଯେଉଁ ହାରରେ ସମୁଦ୍ର ସେଠି କୂଳ ଖାଉଛି, ଆଉ କିଛି ବର୍ଷ ପରେ ସମୁଦ୍ର ଏ ବାଇଶ ଶହ ଏକର ଜମିକୁ ଖାଇ ଖାଇକା ଦୁଇ, ଅଢ଼େଇ କିଲୋମିଟର ଦୂର ବିସ୍ଥାପିତ ହେବାକୁ ଥିବା ବଗପାଟିଆ ଠାରେ ପହଞ୍ଚିଯିବ । ଜମିଖାଇ, ବିସ୍ଥାପିତ କଲୋନୀ ଖାଇ, ସୁନେଇ, ରୂପେଇ ଜଙ୍ଗଲ ଖାଇ ଚାଲିବ । ସମୁଦ୍ର ଜମିଖିଆ ମଦ୍‍କ ପରେ ଏମାନେ ଯିବେ କୁଆଡ଼େ ? ଜମି ହରାଇବାପରେ ଭୋକ ଏମାନଙ୍କୁ ଅସଲରେ ବିସ୍ଥାପିତ କରିଦେବ । ଏ ଅଧା ଜଙ୍ଗଲୀ ଅଧାଚାଷୀ ସାତଭାୟାମାନେ ବୟସ୍କ ବେଳେ ଜମି ହରାଇ କ'ଣ ଭେଇ ପାରିବେ କିଛି ନୂଆ ଧନ୍ଦା ? ମେଣ୍ଡେଇ ପାରିବେ ସେମାନଙ୍କ ଗୁଜୁରାଣ ? ତାଙ୍କ ଭିତରୁ ଅଧିକାଂଶଙ୍କ ପୁଅ, ନାତିମାନେ ବିଭିନ୍ନ କମ୍ପାନୀରେ ସାରାଦେଶର ବଡ଼ବଡ଼ ସହରରେ ପେଟ ପାଚଣାରେ । ବସ୍ତି ଓ କଲୋନୀରେ ଗେଞ୍ଜିଗାଞ୍ଜି ହୋଇ ରହିଛନ୍ତି । ଶେଷକୁ ବୋହୂ, ନାତି ନାତୁଣୀଙ୍କୁ ଧରି ବୟସ୍କମାନେ ସେଠିକି ଚାଲିବେ ।

ଏଠି ଗୋଟେ ଗାଁ ଥିଲା ?

ଲୋକକଥା, କିୟଦନ୍ତୀ ଆଡ଼କୁ ଚାଲିଯିବ ସାତଭାୟା ।

ହେଲେ, ସାତଭାୟାଙ୍କ ଅନ୍ତ ନାହିଁ ।

ସେମାନେ ଅଛନ୍ତି ଓ ଥିବେ ।

କେବଳ ଖେଳେଇ ହୋଇ ଯାଇଥିବେ ସାରା ଭାରତରେ ।

୨୦୧୧

୧୩୪ ସମୁଦ୍ର ମଣିଷ

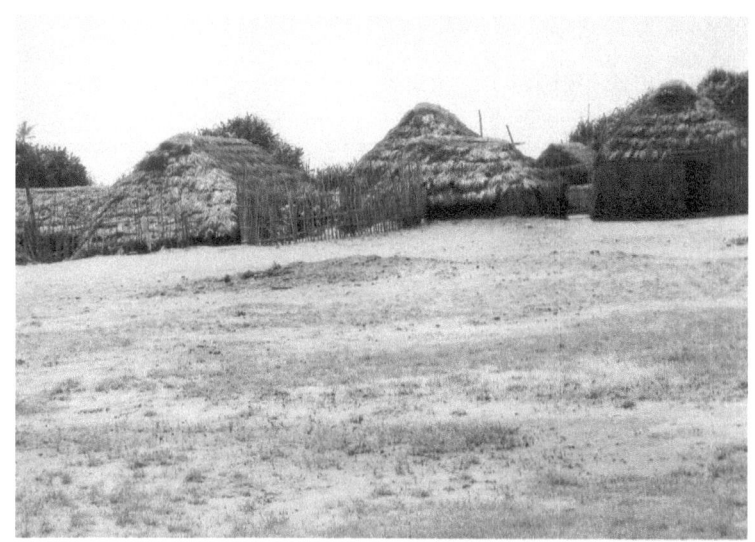

ଆଠଘରର ଗାଁ, କାନପୁର ତା ନାଁ

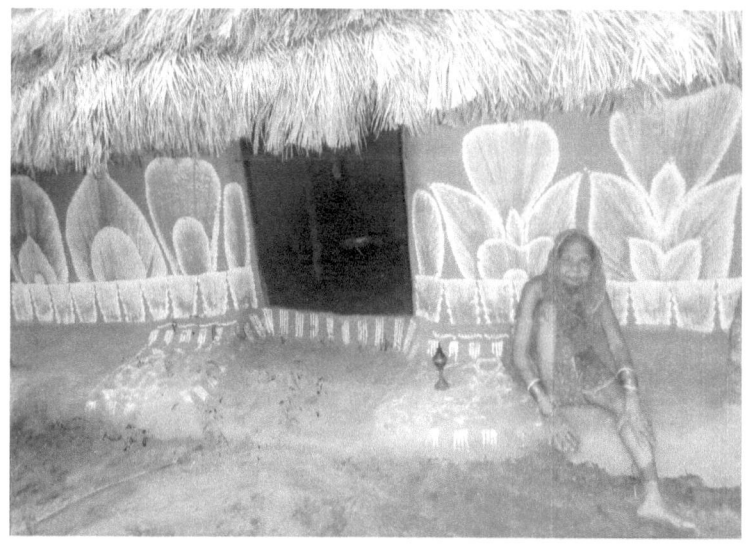

ଚିତା ଅଂକା କାନ୍ଥ

ନବେ ବର୍ଷର ଶେଷ ହସ

ସମୁଦ୍ର ଗ୍ରାସକୁ ଅପେକ୍ଷା ।

କେଉଁଠି ସର୍ବଶିକ୍ଷା ?

କାନପୁର ୟୁ.ପି.ସ୍କୁଲର ଅବସ୍ଥା

୧୩୬ ସମୁଦ୍ର ମଣିଷ

ଓଡ଼ିଶାର ଶେଷ ସୀମାନ୍ତ ଗାଁର ଚାଷୀ

ସମୁଦ୍ର ବାଲିରେ ନଡ଼ିଆଗଛ କହେ ଏଠି ଉଜୁଡ଼ିଯାଇଛି କାନପୁର

ସମୁଦ୍ର ଦାଂତରେ ପଞ୍ଚୁବରାହୀ ମନ୍ଦିର । ସମୁଦ୍ର ସବୁ ଖାଇଦିଏ–ସେ ମଣିଷ ହେଉ କି ଦେବୀଦେବତା !

ସାତଭାୟାର ପୂଜାରିଣୀ ପଞ୍ଚୁବରାହୀଙ୍କ ପ୍ରିୟ ଜାଇ

୧୩୮ ସମୁଦ୍ର ମଣିଷ

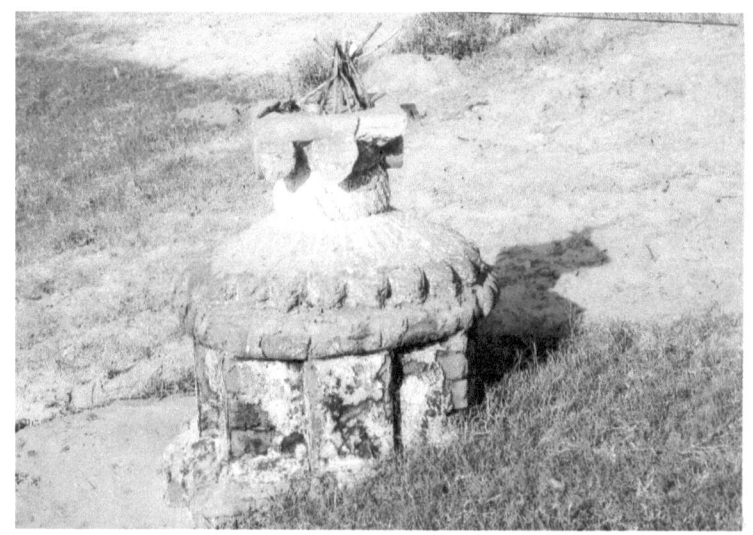

ପୋତି ହେଉଛି ବୃନ୍ଦାବତୀ କହୁଛି–ଏଠି ଥିଲା ଗୋଟେ ଜନବସତି

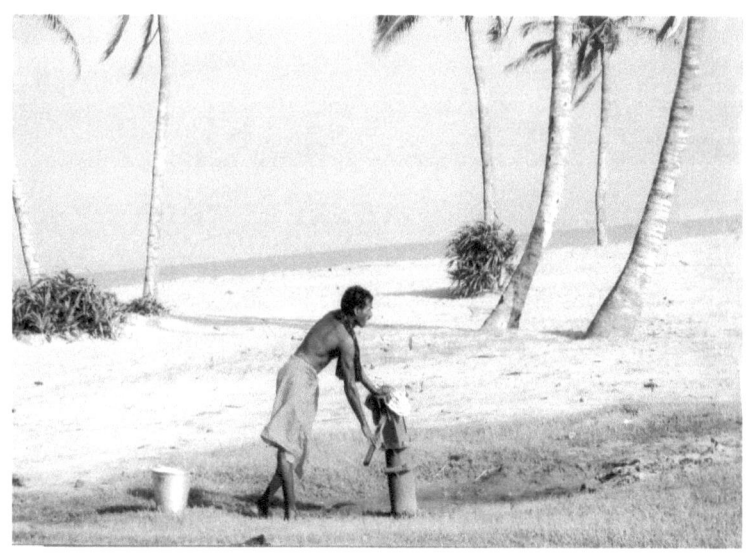

ଆମ ସାହି ଟିଉବୱେଲ ସମୁଦ୍ରକୁ ଯିବା ଯା'ର ବାକି

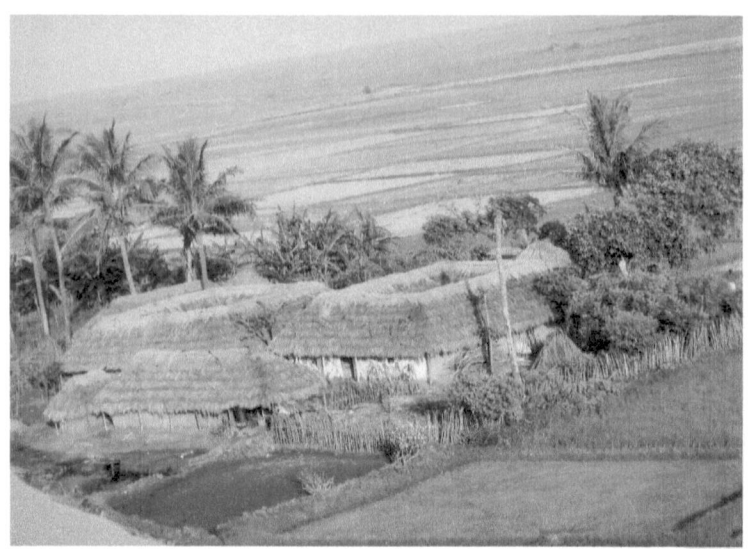

ବାଲିଚଢ଼ା ସନ୍ଧିରେ ନିଜସାହିରୁ ବିସ୍ଥାପିତ ସାତଭାୟା

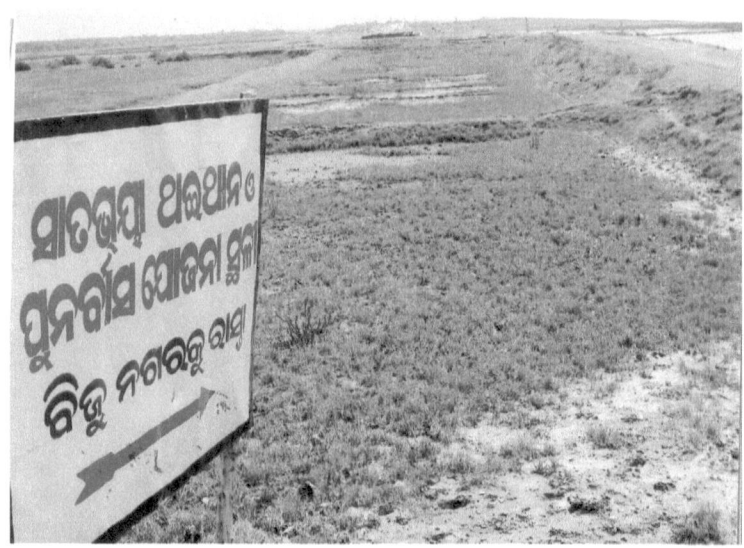

ସାଇନ୍‌ବୋର୍ଡ଼ କ'ଣ କେବଳ ସାଇନ୍‌ବୋର୍ଡ଼ ହୋଇ ରହିଯିବ ?

ସାତଭାୟାର ଶୈଶବ : କେବେ ବନ୍ଦ ହେବନି ଆମ ଖେଳ

ତାସ ଖେଳ ଦେଇ ନିଜକୁ ଭୁଲାଇବା ପାଇଁ

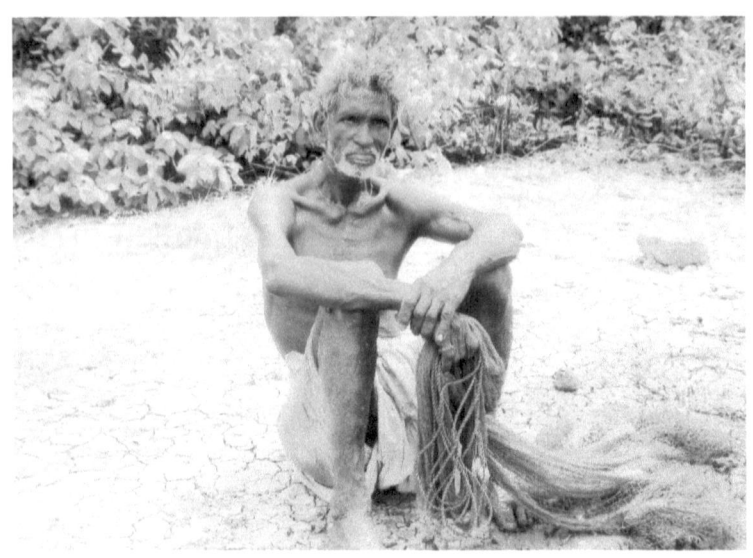

ସାତଭାୟାର ଏ କ'ଣ ଶେଷ ଲୋକ ?

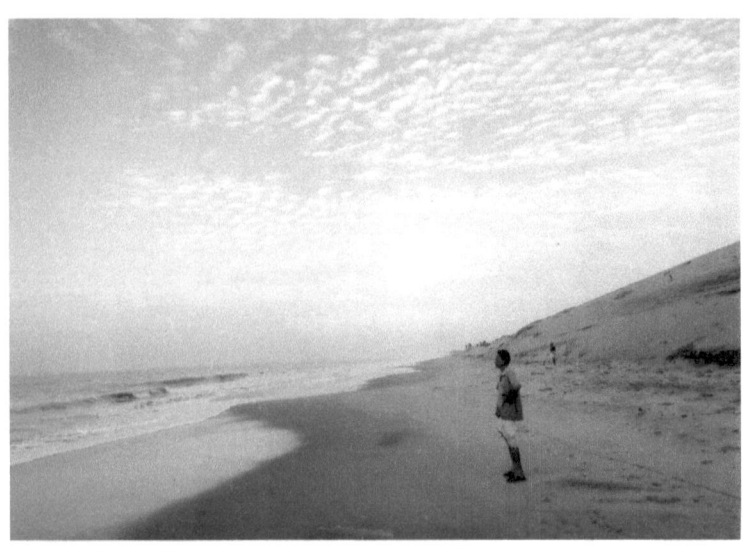

ଆଜି ମୁଁ ସମୁଦ୍ରମଣିଷ କାଲି ଏଠି କେହି ନାହିଁ

କ୍ଷେତ୍ର ଅନୁଧ୍ୟାନ ଉପନ୍ୟାସ ରଚନା କ୍ଷେତ୍ରରେ ଉପନ୍ୟାସିକ ଭୀମ ପୃଷ୍ଟି (ଜନ୍ମ-୧୯୫୯) ଏକ ଦୃଷ୍ଟାନ୍ତମୂଳକ ପରିଚୟ ସୃଷ୍ଟି କରିଛନ୍ତି। ତାଙ୍କର ଉପନ୍ୟାସଗୁଡ଼ିକ ମଧ୍ୟରେ 'ମୁହାଣ', 'ଓଁ', 'କବିତାର ଉପନ୍ୟାସ', 'ପ୍ରିୟ ନାରୀ', 'ସମୁଦ୍ର ମଣିଷ' ଓ 'ଜମ୍ବୁଲୋକ' ଇତ୍ୟାଦି ଅନ୍ୟତମ। ବର୍ଷ ବର୍ଷ ଧରି ପରିଭ୍ରମଣ, ଗବେଷଣା, ଅନୁଧ୍ୟାନ ଓ ଅନୁଭୂତିକୁ ଆଧାର କରି ତାଙ୍କର ଉପନ୍ୟାସଗୁଡ଼ିକ ତୃଣମୂଳ ସ୍ତରୀୟ ଅଂଚଳ ଓ ଜନ ଜୀବନର ବାସ୍ତବ ପ୍ରତିଲିପି। ସମୁଦ୍ର ଗ୍ରାସରେ ବିଲୁପ୍ତ ହୋଇ ଯାଇଥିବା ସାତୋଟି ଗାଁ ସାତଭାୟାକୁ ଆଧାର କରି 'ସମୁଦ୍ର ମଣିଷ' ଉପନ୍ୟାସ ବିଶ୍ୱ ପରିବେଶ ବିଘଟନର ଜୀବନ୍ତ ପ୍ରତୀକ। ମଣିଷର ଜୀବନ, ଜୀବିକା ଓ ସଂଘର୍ଷର ମର୍ମସ୍ପର୍ଶୀ କାହାଣୀ ଗୁନ୍ଥା ଉପନ୍ୟାସଗୁଡ଼ିକ ପାଇଁ ତାଙ୍କୁ ମିଳିଛି ଓଡ଼ିଶା ସାହିତ୍ୟ ଏକାଡେମୀ ପୁରସ୍କାର (୨୦୦୮), କାଦମ୍ବିନୀ ବିଭୂତି ପଟ୍ଟନାୟକ ଉପନ୍ୟାସ ସମ୍ମାନ (୨୦୧୧), ଉତ୍କଳ ସାହିତ୍ୟ ସମାଜ ଶୁକଦେବ ସାହୁ ଉପନ୍ୟାସ ସମ୍ମାନ(୨୦୨୨) ଓ ୪୪ତମ ଶାରଳା ପୁରସ୍କାର (୨୦୨୩)।

BLACK EAGLE BOOKS

www.blackeaglebooks.org
info@blackeaglebooks.org

Black Eagle Books, an independent publisher, was founded as a nonprofit organization in April, 2019. It is our mission to connect and engage the Indian diaspora and the world at large with the best of works of world literature published on a collaborative platform, with special emphasis on foregrounding Contemporary Classics and New Writing.